经典与解释(46)

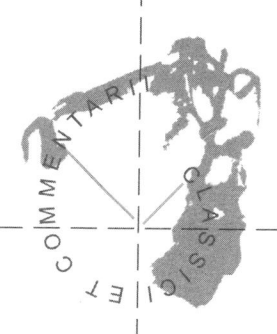

伊索寓言中的伦理

■古典文明研究工作坊 编
顾问/刘小枫 甘阳
主编/娄 林

华夏出版社

古典教育基金·"资龙"资助项目

目　录

论题　伊索寓言中的伦理

2　柏拉图、伊索和摹仿体散文的开端
　　………………………………… 库尔克（董晓博译）
76　《马蜂》和伊索寓言的社会政治学
　　………………………………… 罗斯维尔（董晓博译）
106　寓言的力量 ……………… 帕特森（董晓博　刘经博译）
144　狐狸、公鸡和教士：逃离寓言的乔叟
　　………………………………… 纳尔科斯（饶晗译）

古典作品研究

169　教育与命相：柏拉图《会饮》（172a1 – 174a2）研读
　　……………………………………………… 肖有志

195　《罗密欧与朱丽叶》中的政治哲学
　　……………………………………… 温伯格（包帅译）

思想史发微

232　从敬虔看加尔文的三一论 ……………………… 冯传涛

旧文新刊

264　《春秋》天王賵仲子非禮辨 ……………………… 李嘉善
268　揚雄奏四賦的年代 ………………………………… 唐蘭
275　孫夏峯學派的後勁：馬平泉的學術 ……………… 嵇文甫

评　论

292　评柏拉图《美诺》新译注本 ……… 普莱尔（杨志城译）
296　评《康德关于法律与和平的世界公民理论》
　　……………………………… 丘奇（岑艳媚　梁其蕾译）

论题　伊索寓言中的伦理

柏拉图、伊索和摹仿体散文的开端

库尔克(Leslie Kurke) 著
董晓博 译　戴晓光　娄林 校

> 散文起源于奴隶。
>
> ——黑格尔

哲学的创造和"摹仿体"散文的问题

柏拉图从哲学的主场出发指控诗歌,并把诗人驱逐出他的理想城邦,这是西方传统中将摹仿学说进行理论化的最早行为。他奠立了这一对文学批评的敌对姿态,人们不可能再忽视这一点:文学批评(如果不是文学本身)仍然在柏拉图"谴责"的重负下前进。[1]

---

[1] 最近对这一问题的回应,可参 Anthony J. Cascardi 编《文学与哲学问题》(*Literature and the Question of Philosophy*, Baltimore, 1987)中的多篇论文以及 Ramona A. Naddaff 的《放逐诗人:柏拉图〈王制〉中审查制度的产生》(*Exiling the Poets: The Production of Censorship in Plato's Republic*, Chicago, 2002)。

因为柏拉图的权威已经构成了对诗歌的批判，而且，这一批判看上去近乎永恒，是严酷的整体性批判，它的基础是一种观念论的形而上学和与受众灵魂学相关的复杂摹仿行为。因此，几千年来，它一直是攻击小说及戏剧道德状态的基础，或者说是对诗歌辩护的挑衅。最近，学者们采取了一种不同的研究进路，他们不再默认柏拉图解释具有超越历史的声望，而是将柏拉图对诗人的攻击进行历史化的、语境化的处理，以从口头到书面的文化转变、教育职业化的开始以及古希腊城邦复杂的表演文化为总体背景，看待柏拉图的攻击。① 事实上，一些学者坚持认为，我们必须把柏拉图对于诗人的驱逐理解为构建哲学的需要。因为，在公元前4世纪，柏拉图创造了一种非常特殊版本的"哲学"，这种哲学需要通过反对诗歌以及希腊文化中其他形式的传统智慧（sophia）来定义自身。正如南丁格尔（Andrea Nightingale）系统的阐述：

> 为了创建专门化的哲学学科，柏拉图不得不区分他自己所做的事与所有其他宣称懂得智慧、实则不得要领的实践。正是由于这一原因，在一篇篇对话中，柏拉图有意着手定义和捍卫一种新的、相当奇特的生活和思考模式。他宣称，只有这才配得上"哲学"之名。应该强调的是，在柏拉图为"哲学"划定界限的多次尝试中，种种反对和排斥的姿态都

---

① 关于这三种文献，具体可参 Eric A. Havelock，《柏拉图导读》（*Preface to Plato*），Cambridge, Mass., 1963；Havelock 的概论《苏格拉底为何受审？》（*Why was Socrates Tried?*），收入 Mary E. White 编，《致敬诺伍德文集》（*Studies in Honour of Gilbert Norwood*），Toronto, 1952, 页 95 – 109；关于柏拉图在古希腊表演文化中的影响，可参 G. R. F. Ferrari，《柏拉图与诗》（Plato and Poetry），收入 George A. Kennedy 编辑，《剑桥文学批评史》（*The Cambridge History of Literary Criticism*），卷一：《古典文学批评》（*Classical Criticism*），Cambridge, 1989, 页 92 – 148；另参 Andrea Nightingale，《对话中的类型：柏拉图与哲学的建构》（*Genres in Dialogue: Plato and the Construct of Philosophy*），Cambridge, 1995；Naddaff，《放逐诗人》，前揭。

扮演了一种至关重要的角色。事实上，正是通过将某些话语模式和活动领域指定为"反哲学的"，柏拉图才能够为"哲学"创建一种独立的身份。这是一项大胆和艰难的事业，毫无成功的保证：由于历史已经为哲学学科授予了柏拉图为其主张的正当性和崇高地位，我们现代人便倾向于忽视柏拉图为实现这个目标所付出的努力。①

在这个语境下，《王制》明显偶然提到的众所周知的"哲学与诗的古老纷争"（《王制》卷十，607b），事实上只是"柏拉图最有力量的虚构之一"：

> 在柏拉图之前，没有人明确表述过如下观念："诗"——作为一种话语方式，对"价值"有一套具体的设定——从根本上反对"哲学"（反之亦然）。那么，它就是柏拉图个人的争论，而这一争论又在《王制》第十卷中被回溯到古代人那里，从而避开了柏拉图自己所处历史瞬间的偶然性和特殊性。②

---

① Nightingale，《对话中的类型》，前揭，页10 – 11。参 Alexander Nehamas，《辩论术、矛盾术、智术、辩证法：柏拉图对哲学与智术的划界》（Eristic, Antilogic, Sophistic, Dialectic: Plato's Demarcation of Philosophy from Sophistry），载于 *History of Philosophy Quarterly* 7（1990），页5：在公元前4世纪，"哲学"和"诡辩"等术语似乎并没有得到广泛公认的应用。相反，不同的作者似乎为了各自实践和教育方案，相互之间争夺"哲学"这一术语的归属权。最终，柏拉图（在这方面尽管他们存在着很多的差异，亚里士多德如是说）取得了胜利。因此他通过将哲学与诡辩、修辞、诗歌、传统宗教和专门的科学进行对比，来阐述哲学是什么。这是一项宏大的工程，Naddaff 在《放逐诗人》中同样讨论了《王制》中柏拉图为了维持哲学建基、形成哲学自我构建的姿态，而对诗人采取的审查措施——在 Naddaff 的解读中，她认为，柏拉图始终针对这一审查问题、并随着对话的发展最终颠覆了这一问题。

② Nightingale，《对话中的类型》，前揭，页65；参 Glenn W. Most，《早期希腊哲学中的诗术》（The Poetics of Early Greek Philosophy），收入 A. A. Long 编，《剑桥早期希腊哲学指南》（*The Cambridge Companion to Early Greek Philosophy*），Cambridge，1999，页359 – 360。

正如南丁格尔和其他学者极其详细的证明：即便柏拉图让他笔下的苏格拉底把诗歌驱逐出理想城邦之外，柏拉图对话中仍然充满对各种诗歌形式的挪用、吸收和戏仿——按照南丁格尔的说法，这些诗歌诗式是柏拉图写作的"文本间"的对话。①

　　在此，我希望进一步推进这一历史考据的计划。因为即使在更晚近的学术研究中，"柏拉图为什么选择写散文"——而且是"摹仿"散文——的问题往往受到忽视。② 因为在柏拉图所处的时代，这是一种相对而言的新形式。在我们能够称之为哲学的传统中——就我们能够重建的程度而言，较早的散文中并没有对话或摹仿的框架，而仅仅由一些直白的宣称或观点构成，这些宣称或观点被表述为一系列无人称的第三人称陈述。因此，在柏拉图自己所处的传统中，他对"摹仿"散文的选择是很激进的；在一些学者（包括巴赫金［Mikhail Bakhtin］）看来，这一选择是现代小

---

　　① Nightingale,《对话中的类型》多次提及；参 Kathryn A. Morgan,《从前苏格拉底哲人到柏拉图的神话与哲学》（*Myth and Philosophy from the Presocratics to Plato*）, Cambridge, 2000; Naddaff,《放逐诗人》, 前揭。

　　② 因此，学者们重复地提出疑问，柏拉图为什么写作？柏拉图为什么用对话体写作？但是几乎从来不问柏拉图为什么写散文。对于提出前两个问题（即写作和对话）的学者，具体可参德里达,《柏拉图的药》（Plato's Pharmacy）, 收入 Barbara Johnson 译,《撒播》（*Dissemination*）, Chicago, 1981, 页 63 – 171; G. R. F. Ferrari,《听蝉：柏拉图〈斐德若〉研究》（*Listening to the Cicadas: A Study of Plato's Phaedrus*）, Cambridge, 1987; Michael Frede,《柏拉图的论证与对话形式》（Plato's Arguments and the Dialogue Form）, 收入 James C. Klagge 和 Nicholas D. Smith 编,《解释柏拉图及其对话的各种方法》（*Methods of Interpreting Plato and His Dialogues*）, Oxford, 1992, 页 201 – 219; Diskin Clay,《苏格拉底对话的起源》（The Origins of the Socratic Dialogue）, 收入 Paul A. Vander Waerdt 编,《苏格拉底运动》（*The Socratic Movement*）, Ithaca, 1994, 页 23 – 47; Nightingale,《对话中的类型》, 前揭；Charles H. Kahn,《柏拉图与苏格拉底对话：对文学形式的哲学应用》（*Plato and the Socratic Dialogue: The Philosophical Use of a Literary Form*）, Cambridge, 1996。

说的重要先驱。① 但是，柏拉图"摹仿"散文的来源或先驱又是什么（谁）呢？我想提出的是，我们需要为柏拉图作品补充上前期历史考据性的解读和文本间的解读，其方式在于承认，无论是对一般意义上的柏拉图对话而言，还是在苏格拉底的性格刻画的特殊意义上说，伊索以及围绕伊索这个形象形成的各种传统都是一些重要的先驱。

为什么是伊索呢？在古希腊传统中，伊索据说是个希腊外乡人（色雷斯人或弗里吉亚人），他的相貌极其丑陋，生活于公元前6世纪，最开始是个萨摩斯岛上的奴隶，最终却通过自己的智慧和解说技巧赢获了自由。无论这个人物是否真实存在，截至公元前5世纪，我们已经开始看到，关于一段非凡的生死经历的种

---

① 即使在柏拉图之前的"哲学的"传统观中，散文的使用相对较为新鲜而并未得到广泛应用：克塞诺芬尼、帕默尼德和恩培多克勒选择使用诗体创作（六音步长短短格），而在阿那克西曼德之后，赫拉克利特和阿那克萨哥拉已经以第一人称的形式开始使用散文体创作（所有这些，可参见 Most，《早期希腊哲学中的诗术》，前揭，页335，页 350 – 360）。同样应该承认，柏拉图所创作的摹仿的"苏格拉底对话"（Sôkratikoi logoi，"苏格拉底的谈话"或"同苏格拉底交谈"）是一种完全自然发生的散文体创作类型的一部分，这种散文体创作可追溯至公元前5世纪晚期，却在公元前4世纪扩展开来——苏格拉底许多不同的哲学跟随者都使用散文体进行创作。在所有将"苏格拉底对话"作为素材进行创作的作者中，尽管柏拉图和色诺芬的作品完全以文本的形式留存了下来，但他们二人进行创作的时间较晚。尽管如此，Clay（《苏格拉底对话的起源》，前揭，页 41 –47）

关于这个问题的讨论仍然值得一提，他认为柏拉图对这该文体类型的革新奠定了苏格拉底对话在时间和地点方面的特定基础。也就是说，按照 Clay 的论点，是柏拉图让苏格拉底对话体在我们熟悉的术语中更具摹仿性和小说意味。关于本文的目的，我不会将其他苏格拉底式比如色诺芬的苏格拉底作品（《苏格拉底的申辩》《会饮》《回忆苏格拉底》和《治家者》）的碎片化回忆纳入考虑范围，我将着眼点完全放在柏拉图作品上。对于其他苏格拉底式的对勘作品，可参 Gabriele Giannantoni 编，《苏格拉底及苏格拉底派残篇》（*Socratis et Socraticorum Reliquiae*），第 2 版，4 卷本，Naples，1990；对于柏拉图和色诺芬在其他苏格拉底对话作者语境中的富有启发性的讨论，具体参 Clay，《苏格拉底对话的起源》，前揭，以及其他收录于 Vander Waerdt 编的《苏格拉底运动》中的相关论文。

种传说已经开始结晶在伊索这个人物周围,与此同时,"寓言"这种"较低"的文体开始被归于伊索,他开始被视为寓言的制作者和开创者。在这个传统之中,伊索同前哲学智慧(sophia)系统的联系具有奇特的双重性:因为他看起来既参与到更高智慧的领域之中(作为一位颇受众人欢迎的竞争者,紧随古希腊"七贤"之列),又从"下面"批评或戏仿更高的智慧。由于哲学的发明本身同这些更早的"智慧"传统有复杂的关联——哲学同时既努力"借用"这些传统,又使自身区别于这些传统;因此,就其同这个智慧传统的双重关联而言,伊索的形象对哲学来说非常有用。

追踪"苏格拉底"哲学同伊索及伊索寓言的关联,将会使我们能够直接面对形式、风格及内容方面的许多问题。也就是说,我所辩护的是,在希腊散文写作谱系中(包括柏拉图的哲学散文在内)存在着一条隐蔽的、伊索式的线索。这一"文学-历史的"叙述通常被建构为从"神话"到"逻各斯"的不可避免的胜利进军,其中,诗人-先知们植根于仪典、并受神明激发的言辞转变为理性化的散文写作。① 在柏拉图的苏格拉底对话背后以及对话之中,潜藏着伊索式的要素,这些要素的存在必然使这一叙述模式变得复杂。因为从他最初在希腊文学中出现开始,伊索就同"散文制作"联系起来,同时也被认定为处在文体层次中最低的阶层——至少在观念上,这种文体层次也是一种社会政治的秩序。

黑格尔在其《美学演讲录》中以格言宣称,"散文起源于奴

---

① 对于该传统见解的版本,具体可参 Havelock,《柏拉图导读》,前揭;Thomas Cole,《古希腊修辞术的起源》(*The Origins of Rhetoric in Ancient Greece*),Baltimore,1991;Marcel Detienne,《希腊古风时代的真理大师》(*The Masters of Truth in Archaic Greece*),Janet Lloyd 英译,New York,1996;Andrew Ford,《批评的起源:古代希腊的文学文化与诗学理论》(*The Origins of Criticism: Literary Culture and Poetic Theory in Classical Greece*),Princeton,2002;Simon Goldhill,《散文的发明》(*The Invention of Prose*),Oxford,2002。

隶"（即拙文开篇所引警句）。通过这种说法，他的意图恰恰是区分伊索寓言中平凡、琐碎的小事同"诗歌和哲学"的崇高形式。①悖论的是，就希腊人自己对"摹仿体散文"的观念来说，黑格尔的这句格言恰好总结了这个观念中一个方面的特性；但是，为了领会其内涵，我们必须把这个宝石般精致的公式从黑格尔对艺术中超验之物的叙述里摆脱出来。在仍然主宰着希腊文学史的众多版本的黑格尔式阐释中，受到压制的事实是，在某种程度上，摹仿或叙述体散文这一低级或卑微的形成过程，同样也可适用于散文体哲学和散文体历史。因此，在希腊文学传统里保留下来的最早关于伊索的引用中，无论是希罗多德还是柏拉图，都明确把伊索同散文联系起来，并且含蓄地承认自己同伊索的联系（希罗多德，《原史》卷2，134；柏拉图，《斐多》60c9－61b7）。② 由此，

---

① Annabel Patterson,《权力的寓言：伊索的写作与政治史》(*Fables of Power：Aesopian Writing and Political History*)，Durham，1991，页13处曾引用。此处很有必要引用黑格尔在《美学演讲录》(*Aesthetics：Lectures on Fine Art*，T. M. Knox英译，Oxford，1975，页387) 中的全文叙述（由于他作品中的很多术语似乎源自于柏拉图、而散发着柏拉图哲学和希腊文学史的批判性议论）：在这种情况下，伊索当然不像印度人和埃及人那样把动物界乃至一般自然界看作本身高尚的带有神性的东西，而是用散文式的眼光把它们看作具有某些情况，可以用来表达人类所为和所不为的事。他所想到的东西只显出一些聪明劲儿，说不上精神的力量、见识的深度以及对实体的观点，他没有诗也没有哲学。他的见解和教训很富于常识，很机警，但是终不免小题大做，没有凭自由的精神创造出自由的形象，而只是就既定的现成的材料，例如动物的某些本能和冲动以及微细的日常事件之类，见出某种可以引申推广的意义——因为他不能把他的教训明白说出，只能以谜语的方式把它隐蔽起来让人猜测，其实马上也可以猜测出来的。散文起于奴隶，寓言这种散文体裁也是如此。

② 希罗多德（《原史》，2. 134）是第一个提到伊索的现存希腊学者，他把伊索命名为"故事作者"（logopoios）。在这段文章中，这个单词常被翻译为"讲故事的人"或者"编寓言的人"，但是它也意味着"散文作家"，——因为希罗多德在三个不同的地方使用了这一特定术语，来描写他通常意义上的引导者赫卡泰奥斯（《原史》，2. 143，5. 36，5. 125）。我打算探索一下希罗多德本人同伊索的联系的象征意义；拙文的第二部分"同苏格拉底对话的一般关联"将认真探讨柏拉图《斐多》中的这个段落。

两位作者都明确表示，至少截至公元前 5 世纪和前 4 世纪，归于伊索这个形象的诸多寓言被毫无争议地认作散文。①

然而，我觉得，无论是在文体、还是在社会政治的意义上，寓言都是鄙俗的，这又有什么证据呢？在此，我们必须采取两种用于区分的"坐标轴"：诗歌与散文，随后，在这两种形式的每一种内部，在风格和内容上还存在着一种严格的等级秩序——可以觉察的是，这种等级秩序对应着一种社会政治的等级制度。正如在其他许多传统中一样，在古希腊，诗歌作为一种艺术形式，远早于散文的出现。在诗歌的诸多形式中，从居于顶点的荷马史诗和合唱抒情诗，到独唱抒情诗、哀歌，最后到抑扬格体诗，在表演的详尽程度、风格和礼仪层次上都存在着一种明晰的层级制度。②那么，寓言在这种"文体—社会政治"的综合系统中适合居于何种位置就一目了然：底部。因此，我们可以在赫西俄德的教诲诗《劳作与时日》里发现动物寓言（古爱奥尼亚方言是 ainos），

---

① 我强调这一点是为了区别那些将伊索认为是诗人的学者，具体参 Gregory Nagy，《最卓越的希腊人：希腊古风诗歌中的英雄概念》(*The Best of the Achaeans: Concepts of the Hero in Archaic Greek Poetry*)，Baltimore，1979，页 279 - 290，页 308；Todd Compton，《讽刺诗人的审判：作为柏拉图〈申辩〉背景的诗体〈伊索、阿基洛库斯及荷马生平〉》(The Trial of the Satirist: Poetic *Vitae* [Aesop, Archilochus, Homer] as Background for Plato's *Apology*)，载于 *American Journal of Philology* 111 (1990)，页 330 - 347。

② 参见 M. L. West，《希腊诉歌及抑扬格讽喻诗研究》(*Studies in Greek Elegy and Iambus*)，Berlin，1974；E. L. Bowie，《早期希腊诉歌、会饮与公共节日》(Early Greek Elegy, Symposium and Public Festival)，载于 *Journal of Hellenic Studies* 106 (1986)，页 13 - 35；Leslie Kurke 在《"歌行文化"的特异性：论希腊古风诗歌》(The Strangeness of 'Song Culture': Archaic Greek Poetry) 中的总结，收入 Oliver Taplin 编，《希腊罗马世界中的文学新探》(*Literature in the Greek and Roman Worlds: A New Perspective*)，Oxford，2000，页 58 - 87。在稍后一段时期，奥尔巴赫在"文体风格的严格分离"的精彩讨论中，发展出了一个相似的模型，参见他关于古典文学的巨作《摹仿论：西方文学中现实的再现》(*Mimesis: The Representation of Reality in Western Literature*)，Willard R. Trask 英译，Princeton，1953，尤参页 24 - 49（[译按]中译参吴麟绶、周新建译本，北京：商务印书馆，2014）。

也可以在残留下来的古代抑扬格体诗中发现动物寓言，但从未在荷马的贵族史诗中找到过动物寓言。① 在这方面，旧谐剧极为有力地延续了抑扬格体诗的写作传统：阿里斯托芬八次提及伊索的名字，他的谐剧和情节充满了伊索寓言的元素。罗斯威尔（Kenneth Rothwell）详细论述了伊索寓言中社会政治学的这一要点，他指出：更高的文学类型可能会暗地提及伊索寓言，但几乎从不会直接叙述它们，仿佛感到这样做太"降低身份"（déclassé）——即使阿里斯托芬可能通过他的戏剧角色是否讲述动物寓言来定位他们的社会政治地位。② 罗斯威尔指出：

> 尽管有人认为寓言作为一种有用的工具可以为诗人所用，或者说高阶层的人物可以依靠寓言进行一种间接的和巧妙的交流，但在古代或经典文本中，寓言仍属罕见。在更为严肃的文学类型中，没有任何一个出身优越的希腊人讲过一个完

---

① 参见 M. L. West，《论寓言在希腊古风及古典时代归于伊索的过程》（The Ascription of Fables to Aesop in Archaic and Classical Greece），收入 Francisco Rodríguez Adrados 编，《寓言》（La Fable），Geneva，1984，页 105 - 128；Francisco Rodríguez Adrados，《希腊 - 拉丁寓言史》（History of the Graeco - Latin Fable）卷一：《导论以及从起源到希腊化时代的寓言史》（Introduction and From the Origins to the Hellenistic Age），Leslie A. Ray 译，Leiden，1999，页 240 - 285，页 367 - 383。荷马和赫西俄德的六音步诗歌，是现存最早的、分别代表了"精英"和"普通人"传统的作品，关于二者之间的重要区分，可参 Ian Morris，《作为文化史的考古学：希腊黑铁时代的词与物》（Archaeology as Cultural History: Words and Things in Iron Age Greece），Oxford，2000，页 163 - 176；关于视赫西俄德《劳作与时日》中的动物寓言为一种低文体元素的具体讨论，参 Richard P. Martin，《赫西俄德的吟游诗学》（Hesiod's Metanastic Poetics），载于 Ramus 21，no.1（1992），页 21 - 22。

② Kenneth Rothwell，《阿里斯托芬的〈马蜂〉与伊索寓言中的社会政治学》（Aristophanes' Wasps and the Sociopolitics of Aesop's Fables），收于 Classical Journal 93，no.4（1995），页 233 - 254。Rothwell 指出，在索福克勒斯的《埃阿斯》中（行 1142 - 1162），墨涅拉奥斯和透克洛斯引人注目地用寓言进行交流，这一例外使用证明的是，在这一语境中，人物之间使用低层次的寓言进行相互攻击，生动形象地说明了戏剧中的英雄人物死之后，世界变得是多么地低劣、卑鄙。［译按］参本辑主题论文。

整的动物寓言；相反，相比史诗和肃剧，寓言更多地出现在谐剧和抑扬格诗中。(同上，页 237)

事实上，罗斯威尔的区分模式同样可以延伸到更高的或严肃散文的文体中，一旦这些文体出现的话。因此，尽管亚里士多德在《修辞术》中推荐在公众审议演说和法庭演说中使用寓言，尽管在轶事趣闻传统中保存了许多演说家讲述合适寓言的事例，但是，以文本形式保留下来的一百多篇公元前 5 世纪和前 4 世纪的雅典演说中，并没有叙述一则完整的寓言。① 这些存在于严格的文体与礼仪的等级制度之中的复杂的"提及"和"避免"模式表明，意义与政治内在于形式之中——这一点无论对散文还是诗歌来说，都是成立的。简单地说：伊索和寓言被等同于品级很低的"讲故事"散文，因此，用散文体讲故事就成为一个问题。可是，就我所知，在关于散文历史或散文哲学之开端的讨论中，这种颇成问题的关于"叙述体"或"摹仿体"散文的社会政治学从未受到过正视。

我认为，柏拉图选择写作"摹仿体"散文这个问题之所以受到如此少的学术关注，原因必须回溯到《王制》本身。因为，在

---

① 关于所有古代的轶事趣闻和成文的演说词之间的显著且补足性的分配证据，可参见 Gert‑Jan van Dijk 搜集整理的《故事、言辞和神话：希腊古风、古典和希腊化文学中的寓言》(*AINOI, ΛΟΓΟΙ, MYΘOI*: *Fables in Archaic, Classical, and Hellenistic Greek Literature*), Leiden, 1997, 页 287‑310。然而，Van Dijk 本人并未注意到这一现象，因为他遵从了一种 19 世纪的学术实践，即把每一个演说家讲寓言的逸闻趣事作为一种失落的成文演说词的残篇。除亚里士多德的《修辞术》之外，能够证明寓言在实际的法庭演说中的确能够小有作用的古代证据是：阿里斯托芬《马蜂》中的主人公斐罗克勒翁提到，寓言在法庭审判中可以用来讨好陪审员，那些被审判的人"给我们讲故事，以及其他好笑的伊索寓言"(《马蜂》，行 566)。因此，当这些口头表演的手迹为了流通而被修订为成文文本时，这一关于分配和免责的奇特模型极有可能反映了一种被强加的恪守礼仪；关于这一现象，可参 Ian Worthington,《希腊演说辞，讲辞修订与史实可靠性问题》(*Greek Oratory, Revision of Speeches and the Problem of Historical Reliability*), 载于 *Classica et Mediaevalia* 42 (1991), 页 55‑74。

《王制》第三卷和第十卷关于摹仿的细节讨论中，柏拉图巧妙地设计了一个关于散文摹仿的概念盲点或者"闭塞"。起初，早在第二卷，阿德曼托斯就曾抱怨说，在关于正义和不义的问题上，日常的言语（ἰδίᾳ τε λεγόμενον）与诗歌意见一致（363e6 - 4a1）；他还抱怨说，也从来没有人在诗歌或日常言语中为正义何以本身就是最大的好给出充分论证（366e7 - 9）。于是，在他设想的对护卫者教育的描述中，苏格拉底接过并转换了阿德曼托斯对诗歌与日常言语的区分；因为他在此处（遍及第二卷和第三卷）一再指出，诗歌和（散文体）故事，或者诗人和讲（散文体）故事的人，都平等地需要管理和监督。① 可是，"散文体故事"这一类型一直被纳入诗歌的类型——直到这种独立的类型最终看起来完全消失。② 因此，举例来讲，苏格拉底坚持认为，需要监督和审查"保姆和母亲们"讲给孩子的最初的故事（377b5 - c3）。我们虽然有可能解释说，这种说法涵盖了范围广泛的散文和诗歌，但苏格拉底立即把注意力集中到由"赫西俄德、荷马和其他诗人"创作的"更大的假故事"上，并且提出了赫西俄德如何描写天神乌拉诺斯暴力对待自己的孩子，以及他的儿子为了报复而阉割父亲

---

① 整个《王制》卷二和卷三，苏格拉底都在用几个不同的术语来描述这样一对概念，"诗歌和用于讲故事的散文"或者"诗人和用散文讲故事的人"：μήτ' ἐν μέτρῳ μήτε ἄνευ μέτρου μυθολογοῦντα(卷二, 380c1 - 3)，τούς τε λέγοντας λέγειν καὶ τοὺς ποιοῦντας ποιεῖν（卷二, 380c6 - 9）；λεκτέον τε καὶ ποιητέον（卷三, 387c9），ἐν λόγῳ ἤ ἐν ποιήσει(卷三,390a1 - 2)，ποιηταί καὶ λογοποιοί（卷三,392a13），ᾄδειν τε καὶ μυθολογεῖν（卷三, 392b5 - Z）。

② 因此，我不能同意 Julia Annas 的观点，参其论文《柏拉图论文学之琐屑细微》（Plato on the Triviality of Literature）一文中的观点，收入 Julius Moravcsik 和 Philip Temko 编，《柏拉图论美、智慧与技艺》（Plato on Beauty, Wisdom, and the Arts），Totowa, N. J., 1982, 页 1；她认为，"柏拉图对用散文进行创作不感兴趣……且对散文在已成文作品中的功能没有任何严肃的关注"。尽管 Annas 是我迄今发现的唯一一个关注《王制》中的散文体写作、以及柏拉图的哲学读者，但她盲目的断言并没有充分地理解柏拉图对话中苏格拉底的谈话在修辞学意义上的伪装和下降。

(见《神谱》377d4 - 78a6）的例子。① 这是第一次、但绝不是最后一次把所有的"神话"或"故事"都同化、归纳到"诗歌"范畴中的做法。②

重要的是，散文体故事这个范畴被同化或者奇怪地被诗歌遮掩的情形，最密集地发生在苏格拉底定义和讨论摹仿（mimesis）的情况下。因此，在第三卷中，当苏格拉底第一次把"叙述"（diegesis）的概念当作所有讲故事的本质时，他仍然保留了两个术语：

> 可能这样你会更清楚。讲故事的人或诗人是不是都在描述过去的事情、未来的事情或者说即将发生的事情？（《王制》392d1 - 3）③

但是当他继续假定"简单的叙述、通过摹仿表现的叙述或两者兼而有之"之间的区别时（392d5 - 6），他的对话者阿德曼托斯困惑地表示反对。苏格拉底明显自我否定式地回应说，自己可能是位"荒唐可笑、含混不清的老师"，因此，就像不善言谈的人那样，他将避免笼统地说整件事，而是提出一个特殊的例子来讲明白他的意思（392d8 - e2）。这里提出的例子就是《伊利亚特》的开篇：荷马从自己口吻的简单叙述转向

---

① 参 Annas,《柏拉图论文学之琐屑细微》，前揭，页24 注释2（尽管 Annas 本人并没有对此作进一步的探究）："当他在《王制》卷三中谈到有害的故事和神话时，柏拉图有意地提到了关于诸神的简短寓言以及那些我们称之为神话的故事。"

② 事实上，使这种同化作用一直发生的是：贯穿整个对话始终，苏格拉底在两种不同的情况下使用 logos 和 legein：（1）用散文体讲故事（作为诗歌创作的对立面），（2）"真实的故事"（作为 muthoi 的对立面，"虚假的故事"）。这两种不同意义的失败分离使得苏格拉底最终能够把"散文体故事"简单地归入"诗歌"的内容。

③ 此处和别处，我从 G. R. F. Ferrari 和 Tom Griffith 那里引用了 Tom Griffith 所译《柏拉图的〈王制〉》（*Plato: The Republic*, Cambridge, 2000），因为它特别清楚地区分了《王制》卷二和卷三中"诗歌和用于讲故事的散文"这对常见的术语（此处以及整篇论文，如果没有特别指明译者，所引原文都是我自己的翻译）。

祭司克律塞斯的直接演讲。在把目光集中在《伊利亚特》第一卷中这个具体例子时，苏格拉底巧妙地使散文体故事完全消失在叙述中——因为他重新开始论证说："在这些段落中，荷马和其他的诗人们明显就在叙述中使用了摹仿。"（393c8 - 9）① 甚至当（散文体）故事似乎又在后文中返回时，苏格拉底用以围绕它的语境和例子都有效地杜绝了任何将"摹仿"与散文连结在一起思考的可能性：

> 我现在觉得能让你明白我刚才说不清楚的问题。诗歌与故事有几种体例，一种完全通过摹仿来推进——如你所说，肃剧和谐剧；另一种是诗人自己的叙述——当然，在酒神颂中这最为典型；还有一种是前两者的结合，既采用摹仿，也采用叙述，这在史诗和其他许多作品中可以找到。（《王制》394b8 - c5）②

在这里，完全的摹仿特征被描述为——但也被限制于——谐剧和肃剧的诗歌类型；这也使我们避免思考更低的比如摹仿体的散文形式。③ 甚至当苏格拉底看起来最后为混合的叙述提出了"其他许多作品"这个含义甚广的说法时，鉴于他列举的一套例证是肃剧、谐剧、酒神颂和史诗，那么，我们也很难超出诗歌的

---

① 《王制》393c8 - 9，Griffith 译，参见 Ferrari 和 Griffith，《柏拉图的〈王制〉》，前揭，页81，强调部分由本人所加。

② 《王制》394b8 - c5，Griffith 译，参见 Ferrari 和 Griffith，《柏拉图的〈王制〉》，前揭，页82。

③ 关于"拟剧"，我们几乎没有保存下来的残余作品，但是从我们现存的作品以及其他古代文本提到的文体类型中，我们可以稍微确定拟剧是一种低级形式的"滑稽剧"，它们的人物平凡、用散文创作、面向大众表演，这一形式的出现要早于柏拉图的写作。关于一般的拟剧以及具体的拟剧作家索弗戎，可参 J. H. Hordern 编，《索弗戎的拟剧：文本、翻译及注释》（*Sophron's Mimes: Text, Translation, and Commentary*），Oxford，2004。

界限之外去寻找那些"其他作品"。① 在这一点以及接下来的所有地方,"讲故事"仅仅简单地被归入诗歌的"内容",同时,围绕着摹仿这个困难范畴的所有问题(按苏格拉底的说法,是怎样摹仿,而不是摹仿什么)都与诗歌有关。

这种抹除"散文体故事"的行为在第十卷中更加极端。因为在第十卷中,苏格拉底从一开始就立即仅仅讨论诗歌(περὶ ποιήσεως)目的是更彻底地谴责诗,"无论其中有多少摹仿的成分(ὅση μιμητική, 595a5)"。在此,我不再重述柏拉图在第十卷中简单粗暴地(tout court)控告诗歌、并将其完全驱逐出理想城邦的论证,这一论证已经众所周知。关于柏拉图摹仿论的传统学术问题向来是如何协调他在《王制》中就摹仿提出的两种解释。在第三卷中,作为两种叙事模式,摹仿和叙述彼此相反,其原因在于摹仿是一种效仿;第十卷似乎扩大了摹仿这一术语的范围,涵纳了所有的诗歌,把它们都当成形象的制作——亦即对现实的再现或摹仿。②

---

① 此处,柏拉图修辞中的变戏法是否有效,我们可以看看现代评论者对短语"同样在其他许多地方"的回应。因此,例如,Ferrari 对于这个段落的注释是(Ferrari 和 Griffith,《柏拉图的〈王制〉》,前揭,页 82 - 83 注释 38):"在同时发现摹仿和叙述的'其他地方',也将包括品达凯歌以及许多其他抒情诗的胜利。"但是,也有许多以散文形式表现但混合着叙述的例子(口头和书面都有),柏拉图的读者非常熟悉这些例子——也许是拟剧,当然也包括《伊索传》和伊索寓言(它们经常将简单的叙述和直接的演讲混合在一起),还有色诺芬和柏拉图的苏格拉底对话,也包括《王制》本身。

② 关于《王制》中这两种针对摹仿看法的重要讨论,是企图使它们达致和解,还是认为它们永无可能完全和解,参 Alexander Nehamas,《柏拉图〈王制〉卷十论摹仿和诗》(Plato on Imitation and Poetry in *Republic* 10);Paul Woodruff,《灵感可能会有什么问题? 柏拉图的诗人何以失败》(What Could go Wrong with Inspiration? Why Plato's Poets Fail);Moravcsik 和 Temko,《柏拉图论美、智慧与技艺》,前揭,页 47 - 78,页 137 - 150;Elizabeth Belfiore,《柏拉图〈王制〉中的一种摹仿理论》(A Theory of Imitation in Plato's *Republic*),载于 *Transactions of the American Philological Association* 114(1984):页 121 - 146;Ferrari,《柏拉图与诗》,前揭,页 108 - 141;Elizabeth Asmis,《柏拉图论诗艺的创造性》(Plato on Poetic Creativity),载于《剑桥柏拉图指南》(*The Cambridge*

然而，一方面，关于这一难题的学术讨论已经在哲学、美学和文学批评领域产生了大量卓有成效的分析，同时，如果密切关注《王制》呈现的修辞步骤，我们就会发现，至少在某种程度上，柏拉图通过关于摹仿的论证来控诉诗歌、驱逐诗人，其实是一种佯攻或托辞。柏拉图因此把关于摹仿的所有有问题的地方都推给诗歌，同时又转移了我们的注意力，让我们不再关注关于他自己的写作的一整套不同的文体隶属关系（其中包含相应的社会政治关联）——这种文体隶属关系也许更有问题。或者，换言之：通过如此热切地将摹仿同诗歌联系起来，柏拉图让我们产生这样的错觉，即他自己的散文是非摹仿性的。

值得注意的是，至少亚里士多德本人（柏拉图最早和最机敏的读者之一）并没有被《王制》有意构造的盲点所欺骗或震慑。让我们看一下他在《论诗术》开篇对"摹仿体"散文这种无名文体的即兴提及：

> 有一种艺术，只用简纯语言来摹仿 [λόγοις ψιλοῖς]；还有一种艺术只用韵律来摹仿（没有音乐）……这些（摹仿）形式迄今未有合适的名称。因为我们还没有找到一个共同的名字来称呼索弗戎和克塞那库斯的拟剧与苏格拉底对话（Σωκρατικοὶ λόγοι），同样也没有一个共同的名字来称呼诗人们用三音步短长格、诉歌或其他同类韵律所进行的摹仿。（《论诗术》1447a28 – b13）

亚里士多德是否暗示了，柏拉图及色诺芬的苏格拉底对话

Companion to Plato》，Richard Kraut 编，Cambridge，1992，页338 – 364；Naddaff，《放逐诗人》，前揭。在所有这些讨论中，我发现 Ferrari（在 Belfiore 观点的基础上）对如何理解《王制》卷三和卷十中针对摹仿的两种处理方法之间的逻辑连贯，有着最富细节和最引人注目的论证。

(无论是文体还是社会政治)同较低的摹仿形式之间在文体类别上的重要关联?他是否暴露了柏拉图是一个隐藏的摹仿作家?学者们之所以不情愿这么想,是因为他们认为,亚里士多德仅仅考虑到了摹仿的手段,而没有考虑到摹仿的对象。至少我们必须理解,这个无名称的共同名字就是摹仿散文。①

因此,对南丁格尔来说,柏拉图宣称"诗与哲学之争"自古已有,这只是一种试探性的虚构,这种虚构编造了如下的幻象——哲学(其实是柏拉图新近创建的)就其本身而论,一直都存在。也就是说,南丁格尔把她的批评放在了"古代"这点上。我想提出的是,柏拉图这种说法中存在的另外一种倾向性的误导:通过仅仅设定两种术语(哲学同摹仿诗)之间的争论,柏拉图其实有意隐藏了哲学散文中"摹仿性"的维度,同时也隐藏了他本人作品——即"摹仿体"散文这种较低的形式——之中复杂的文体类型和社会政治的背景。

事实上,柏拉图的散文在几种意义上都是"摹仿的",可以表现在以下几个方面:它是对一个完整社会世界的虚构的摹仿或再现(上文已经表明,这种散文在柏拉图写作时代是一种相对新颖的形式);同时,柏拉图对话里充满了单个角色的直接演讲或"扮演"。但是,我考虑的是另外一种摹仿形式——在柏拉图全部对话中,苏格拉底的性格塑造是对伊索形象的有意摹仿或扮演。

---

① 因此,在此处我们可以认为亚里士多德的观点(极度被压缩了)里暗示着这样一种分析:柏拉图和色诺芬的苏格拉底对话之于索弗戎和克塞那库斯,就如同肃剧之于谐剧。亚里士多德在此处引起的所有争论,即摹仿的散文的常见形式,可参 D. W. Lucas 编《亚里士多德的〈论诗术〉》(*Aristotle Poetics*), Oxford, 1968, 页 58 – 60; Michael Haslam《柏拉图、索弗戎与戏剧对话》(Plato, Sophron, and the Dramatic Dialogue), *Bulletin of the Institute of Classical Studies* 19 (1972), 页 17 – 38; Clay,《苏格拉底对话的起源》,前揭,页 23 – 24,页 33 – 37; Hordern,《索弗戎的拟剧》(*Sophron's Mimes*),页 16,页 26 – 27。关于亚里士多德在这一典型地被压缩和省略的段落里所作出的区分,Mark Griffith 有令人受益的讨论和说明。

第三种摹仿形式是我关注的主题：因为，这可以使我们直接处理柏拉图的散文问题，并且为摹仿话语恢复其复杂的文体形式上的社会政治学——对此，柏拉图的描述同时既予以承认，又竭力否认。

为了在柏拉图对摹仿体散文的选择和对苏格拉底形象的刻画背后勾勒出一种民间伊索传统的轮廓，我将进行一种反常或悖论性的（"悖论"的原因在于明显的年代错误）文本间交互阅读。原因是，我们所了解到的品级较低的伊索传统，主要是通过一些晚期、后出、片断性和匿名的来源，其中包括重复、有分歧的伊索寓言的抄本和格言，还有一篇较为下流、滑稽的《伊索传》。具体来讲，学者们往往认为《伊索传》出自公元 1 或 2 世纪，因此，在人们把伊索和苏格拉底放在一起来读的极少数情况下，人们的假设总会是，对苏格拉底的刻画影响了伊索形象的刻画，而不是相反。① 可是，我们必须假设，这些后出的文本只是长期民众口头传统的沉淀物或结晶，这些文本中有很多都可以回溯到公元前 5 或 4 世纪。② 因此，我提出一种文本交叉阅读的方法，即打破

---

① 关于苏格拉底在伊索传统方面所受的影响，可参 Stefano Jedrkiewicz,《古代的知识与悖论：伊索与寓言》(Sapere e paradosso nell' antichita: Esopo e la favola), Rome, 1989, 页 111 - 127。我们能够偶然地、简单地了解到，伊索对于苏格拉底来说，可能是一个重要的先驱或模型，可参 Olof Gigon,《亚里士多德所记载的苏格拉底事迹》(Die Sokratesdoxographie bei Aristoteles), 载于 Museum Helveticum 16 (1959), 页 177, 页 180; John J. Winkler,《作者与表演者：对阿普列乌斯〈金驴记〉的叙述理论解读》, (Auctor & Actor: A Narratological Reading of Apuleius's Golden Ass), Berkeley, 1985, 页 289 注释 23; Jedrkiewicz, 《古代的知识与悖论：伊索与寓言》, 前揭, 页 114 - 115。但是，以我的知识来看，伊索和伊索寓言虽然常见，但对苏格拉底对话并没有特别延伸性的影响。

② 关于成文的《伊索传》背后的伊索传统的年代争论，可参 Ben Edwin Perry,《伊索生平与寓言的文本史研究》(Studies in the Text History of the Life and Fables of Aesop), Haverford, Pa., 1936,, 页 1 - 26; Nagy,《最卓越的希腊人》, 前揭, 页 280 - 290, 页 301 - 316; West,《论寓言在希腊古风及古典时代归于伊索的过程》, 前揭, 页 116 - 128; Adrados,《希腊-拉丁语寓言》, 卷一, 前揭, 页 271 - 285。

我们的书写文本中严格的时间界限，从而接近潜藏在柏拉图作品的文本确定过程背后、发生于伊索和苏格拉底传统之间的复杂、变动的对话。

请让我首先简要介绍后出并鲜为人知的《伊索传》，因为对我的论证来说，对《伊索传》的内容有所了解是不可或缺的。保存最完整的版本是佩里（Perry）校勘的 Vita G 本，该本从叙述中途开始（in medias res），没有开场白。它详细描述了主角伊索：极其丑陋，是个奴隶；最重要的是，他还是个哑巴；① 伊索在乡下干活，帮助了一位落难的女祭司伊西斯，因受到伊西斯和缪斯女神之助而能够说话，还有能力"发明、编织和制作伊索寓言"（7）；后来，他被卖给一个奴隶贩子，最后被运到萨摩斯岛，当地的一位自命不凡的哲人克珊提斯（Xanthus）买了他（22 - 27）。这个传记的主体部分就是伊索在萨摩斯岛上的生活（21 - 100），它此后详细描述了伊索滑稽的、流浪汉的、偶尔还会有点下流的冒险，主要表现了他男主人的愚蠢和无能，还有女主人的恶毒和贪欲。最后，萨摩斯岛上的生活这一部分的顶点是，伊索通

---

① 关于 editio princeps of Vita G（相较任何已知的《伊索传》版本，它更长、更完整，第一次公诸于世是在 20 世纪 30 年代早期，在 Pierpont Morgan Library 的众多手抄本文献中被发现），可参 Ben Edwin Perry 编，《伊索辑闻：关于伊索、归于伊索以及与伊索文学传统密切相关的系列文本》（Aesopica: A Series of Texts Relating to Aesop or Ascribed to Him or Closely Connected to the Literary Tradition That Bears His Name），Urbana, Ill., 1952, 卷一，页 35 - 77。Perry 的《伊索辑闻》也包括：（1）两个更长的晚期《伊索传》删节本，它们与 Vita G 相似、但不完全相同，Perry 把它们命名为 Vita W（在 A. Westermann 之后，Perry 在 1845 年首次编订了这个《伊索传》的版本）；（2）《伊索传》的一个拉丁版本（Vita Lolliana）；（3）几个较小的《伊索传》（Vitae），也许是出于拜占庭时期。最容易接触到的《伊索传》的英语版本是 Lloyd W. Daly 的 Vita G, William Hansen 编，《古希腊通俗文学文选》（Anthology of Ancient Greek Popular Literature），Bloomington, 1998, 页 111 - 162。关于对《伊索传》的古代传统的好的介绍、不同的古代寓言集、以及它们彼此之间的可能关系，可参 Niklas Holzberg，《古代的寓言导论》（The Ancient Fable: An Introduction），C. Jackson - Holzberg 译，Bloomington, 2002。

过在全体萨摩斯岛人面前准确解释了不祥的鸟兆而获得自由：根据伊索的解释，鸟兆预示，萨摩斯面临着一位国王或统治者前来征服的紧迫威胁——你看，他的解释立刻得到了确证，吕底亚国王克洛伊索斯的使节带来消息给萨摩斯岛人，命令萨摩斯人必须成为臣民，向国王纳贡。刚刚被释放的伊索自愿担任密使和人质，前往克洛伊索斯的王庭。他用合适的寓言和熟练的修辞技巧说服了国王，从而拯救了萨摩斯免受克洛伊索斯的支配。心怀感激的萨摩斯人给伊索立了一个纪念碑，然后伊索离开萨摩斯，周游世界。最终，他到达巴比伦，成为巴比伦国王莱克格斯的顾问和大臣，并帮助莱克格斯赢得了同埃及法老耐科坦奈波之间高风险的智慧较量。最终，打败耐科坦奈波后，伊索又一次希望周游世界，展示智慧。伊索的周游一直持续，直到最终死于德尔斐。在那里，他羞辱了德尔斐人的一无是处和奴隶出身。为了报复，在伊索离城时，德尔斐人在他的行囊里放了一个金碗，然后诬陷伊索偷了金碗，并逮捕了他，且判他死刑。最终，由于不能说服德尔斐人相信自己的无辜，伊索在诅咒了德尔斐人之后，纵身跃下悬崖。因为德尔斐人不虔诚地对待伊索，德尔斐人遭受瘟疫，并且受到"希腊、巴比伦、萨摩斯"军事同盟的惩罚，而同盟给出的惩罚理由正是为伊索复仇（第124-142）。*Vita G* 结束于此，尽管其他传统还告诉我们，德尔斐人还为伊索立了一座庙和碑（*Vita W*），或是"在他死去的地方建立了一座祭坛，把他当作英雄，向他献祭"（Oxyrhynchus Papyri [俄克喜林库斯莎草纸]，No. 1800）。

同苏格拉底对话的文体类型关联

因此，《王制》对诗歌的佯攻和遮蔽鼓励我们把目光转向摹仿散文的范畴，但是为什么要引入伊索呢？事实上，在《斐多》中，柏拉图本人邀请我们把伊索当成苏格拉底的先驱和模范。在这篇对话的开始，狱中的苏格拉底在刚刚解除掉脚铐后，因而受到启发，要讲一个关于快乐和痛苦间存在密切联系的"故事"（神话 [μῦθον]）：

> 苏格拉底坐在床上，盘着腿，用手搓揉，一边搓揉一边说："诸位，世人叫做快乐的这个东西看起来格外出格哦！快乐神奇地生得来是那个似乎相反的东西——痛苦，这个东西本来不愿意同时出现在同一个世人身上，可是，谁一旦获取其中一个，并且得到了，几乎也就被迫总是得到另一个，仿佛是拴在一个脑袋上的两个东西。我觉得，"他说，"要是伊索意识到这些，他恐怕会编故事，讲这位神愿意让它们是争战和解。当神不能做到时，就把它们的头捆在一起。所以，当这出现在身体上，另一个也随之而来。就像我自己［现在觉得的］这样：腿上捆绑的痛感还在，快乐显得紧接着就来啦。"（《斐多》60b1 - c7）①

在这里，苏格拉底提到伊索，这激发了刻贝斯（他的拜访者之一），他问起了苏格拉底"把伊索寓言改成诗体，并且制作颂歌给阿波罗（60c9 - d2）"的事。苏格拉底解释说，他这样做只是遵循梦对自己的督促，在他以前的生活中，这个梦总是频繁造访，并且命令他："哦，苏格拉底，作乐吧，劳作吧（μουσικὴν ποίει καὶ ἐργάζου，60e6 - 7）"；过去，他一直认为，这是鼓励他做他现在做的事

---

① 《斐多》60b1 - c7, G. M. A. Grube 译，载于《柏拉图对话全集》（*Plato: Complete Dialogues*），John M. Cooper 主编，Indianapolis，页 997，页 52。［译按］中译参刘小枫译本，《斐多》，载于《柏拉图四书》，北京：三联书店，2015 年，页 413 - 414。下引《斐多》译文均采自该译本。

情——从事哲学,把哲学当成"最大的乐(61a3-4)";但是,现在,在他的审判之后,在他的死刑由于阿波罗节而延迟之后:

> 难免让人觉得,那梦倘若一再吩咐我制作那种属民的乐,就不可不服从梦,必须制作[属民的乐]。毕竟,除非在离世前洁净自己,制作那些诗作,服从那个梦,[否则]我心里不会踏实。于是,我不仅首先制作诗献给眼下正在祭祀的[阿波罗]神,而且正是由于这位神,我才想到,一位诗人如果算得上诗人,就得制作故事而非制作论说。可是,我自己并不是说故事的,因此,我拿起手边的故事——我懂得伊索的故事,用我先前读过的故事制作出这些诗。(《斐多》61a5-b7)①

让我们从如下问题开始,为什么是寓言?为什么苏格拉底在生命的最后时光要将时间献给伊索寓言?令人惊讶的是,学者们几乎没有只言片语来谈论《斐多》中的这个时刻,因为他们明显假定,这是柏拉图准确描述他最钟爱的老师死亡前情形的一个例子。② 与这种解读柏拉图对话的方式相反,我并不相信,我们能从

---

① 《斐多》61a5-b7,Grube 英译,《柏拉图对话全集》,前揭,页53,略有修改。
② 因此(一般而言,《斐多》准确地再现了苏格拉底的临终之日),可参 Burnet,《柏拉图的〈斐多〉》,前揭,前言,页 ix-lvi;对苏格拉底"给阿波罗作颂歌,且把伊索寓言诗体化"的详细分析,可参 W. K. C. Guthrie,《希腊哲学史》(*A History of Greek Philosophy*)卷三,《公元前5世纪的启蒙运动》(*The Fifth-Century Enlightenment*),Cambridge,1969,页326 注释1;令参 Paul A. Vander Waerdt,《苏格拉底运动》的"导言",Ithaca,1994,页1;以及参阅"苏格拉底条目",收录于 M. L. West 编,《古希腊抑扬格诗与诉歌集》(*Iambi et Elegi Graeci*),第2版,Oxford,1992,卷2,页138-139。也许,有一些学者认为,苏格拉底在《斐多》61b5-7 中强调说,把手头能找到的伊索寓言进行改写,只是他随意或偶然的举动。但是,作为一种基本的方法论原则,我认为我们应该把柏拉图的构想理解为:越看似偶然,越富有深意。

柏拉图或色诺芬的文本中得出任何关于历史上的苏格拉底的结论。相反，我认同一些学者的理解：在柏拉图和色诺芬的写作中，苏格拉底对话这种文体是一种创作的文学形式，苏格拉底其人是一个虚构的人物。① 因此，"真实的"苏格拉底与"真实的"伊索一样，我们都已不可得知。相反，我们不得不处理的是两个虚构的人物和围绕在他们身边的传统。

但是，即使要坚持认为，柏拉图笔下的苏格拉底从事创作伊索寓言，仅仅是因为这是历史上真正发生过的事实，我们也必须解释，柏拉图为什么选择在《斐多》精巧的文学结构中纳入这个细节，他为什么以这种严谨的形式描写此事，而且，这个细节在文本中有什么作用。作为对这些问题初步的回答，我想提出，这是一个有计划性的段落，柏拉图努力要把他的散文对话同伊索寓言联系起来，把苏格拉底本人同伊索联系起来。因此，我们应该注意到：苏格拉底的论述首先预设了一个熟悉的、构造性的对立——普通的演讲或散文同诗歌/音乐的对立，即使他最终的目标是为了解构这个对立——他在后面宣称，哲学本身是"最大的乐"。也就是说，这个柏拉图文本清楚地知道诗/歌（poetry/song）与散文之间的区别，且明确地把伊索寓言（就它们一般的形式而言）定位在后一类范畴中。因为柏拉图文本本身就是散文，即便哲学宣称自己是"最大的乐"，哲学似乎仍然同伊索寓言站在同一

---

① 或者，也许更好的是同莫米里亚诺一样，我们可以把苏格拉底对话当作是历史和虚构的复杂混合体，但我们不可能把这一混合体完全区分；参见莫米里亚诺（Arnaldo Momigliano），《希腊传记的发展》（*The Development of Greek Biography*），Cambridge, Mass., 1971，页46。至于那些争论由柏拉图和色诺芬所表现的苏格拉底的基本虚构性的学者们，可参见（比如）维拉莫维茨，《埃利斯的斐多》（Phaidon von Elis），载 *Hermes* 14, 1879，页187‑189，页476‑477；莫米里亚诺，《希腊传记的发展》，前揭，页46‑62；Kahn，《柏拉图与苏格拉底对话：对文学形式的哲学应用》，前揭，页71‑100；Vander Waerdt，《苏格拉底运动》，"导言"，前揭；Clay，《苏格拉底对话的起源》，前揭。

阵线。

此外，考虑用于指称"寓言"的具体术语。苏格拉底始终把伊索寓言定名为 muthoi，而他的对话者刻贝斯明显自然、未及思索地——称它们为 logoi。从"语言（langue）"的层面来说，这两种定名的不同仅仅是因为历史时期不同，希腊语言使用的情况也在变化：公元前 5 世纪的阿里斯托芬和希罗多德主要称寓言为 logos，而柏拉图的学生亚里士多德则明显交替使用 muthos 和 logos。① 但是从"言语"（parole）角度来说（从柏拉图自己的语词选择来看），这两个术语暗示了柏拉图自己的写作同伊索寓言之间的从属或亲属关系。刻贝斯定名的 logoi，同亚里士多德在《诗学》开头为那个整体文体类型所贴的标签——Σωκρᾱτικοι λόγοι，亦即"苏格拉底对话"或"与苏格拉底的谈话"——相呼应（正如我们已经见到的）。苏格拉底自己更严格地偏好 muthos，这本身也许更有启发性，因为它提出了这样的可能性：柏拉图所说的神话（muthos）可以普遍、无争议地理解为柏拉图对话中的神话，同时也有可能——至少在某些情况下——意指伊索寓言。②

---

① 对于称"寓言"为 logos，参希罗多德，《原史》，1.141.1，3，6.86，8.111.2；阿里斯托芬，《和平》，行 129 - 130，《马蜂》，行 1258 - 1259；行 1393 - 1394，行 1399 - 1400。亚里士多德，《修辞术》2.20，1393a - 1394a；对于称"寓言"为神话（muthos），参阿里斯托芬，《和平》，行 131；亚里士多德，《天象论》356b11。关于寓言的其他术语，参 van Dijk，《故事、言辞和神话》，前揭，页 79 - 90（尽管我不同意 van Dijk 对这些术语所作出的所有区分）；参 Adrados，《希腊 - 拉丁寓言》，前揭，卷一，页 5 - 17。

② 事实上，意味着是"伊索（式）寓言"的神话（muthos），似乎尤其与阿里斯托芬在柏拉图的《会饮》中所讲的"神话"（myth）、以及柏拉图的《普罗塔哥拉》中普罗塔哥拉所作的演讲有关。我试图在其他地方更为细致地讨论这两个柏拉图的"神话"（myths）同伊索（式）的、传说的故事的亲缘关系。关于阿里斯托芬的言辞同寓言的一般联系，参 K. J. Dover，《柏拉图〈会饮〉中阿里斯托芬的讲辞》（Aristophanes' Speech in Plato's Symposium），载于 Journal of Hellenic Studies 96（1966），页 41 - 50；Adrados，《希腊 - 拉丁寓言》，前揭，卷一，页 380 - 383。

但是，我们仍然要细究这个复杂的、计划性的场景；毕竟，为什么要展示苏格拉底把卑微的散文体伊索寓言改成诗体？我认为，从散文到诗歌、从低文体到高文体的这种转换，是柏拉图把伊索当成苏格拉底先驱的一种举棋不定的办法。因为如果这个场景暗示了柏拉图的散文"苏格拉底对话"同伊索散文的关联，那么，它同时也将柏拉图的散文与伊索的散文拉开了距离，或者否认了与伊索散文之间的关系。实现这一点借助的是四个术语之间复杂的互动：较高的诗歌/颂歌，较低的散文寓言，"属民的乐"，以及作为"最大的乐"的哲学。甚至在"属民的乐"这把伞下，苏格拉底的活动（以及关于他活动的阐述）明确地表达了一种等级划分：高的诗/颂歌以阿波罗为参照；低的散文寓言以伊索为基准。因为曾有一种普遍流行的古代传统，亦即在伊索与阿波罗之间——后者是缪斯的领导者、神谕圣地德尔斐的主人——存在着对立。《伊索传》最能代表这个传统，但我认为这个传统更加古老。[1] 鉴于苏格拉底在《斐多》中和其他地方热切地把自己同阿波罗神联系在一起，这也使得他与伊索之间毫无争议的亲属关系变得更为复杂，或者为这种关系提出了干扰。此外，音乐本身各种形式之间的等级划分同时印证了相同点和不同点的存在：苏格拉底的 logoi（理性的争论）对应"真正的"乐，而伊索的 muthoi（虚构的故事）

---

[1] 关于《伊索传》(Vita G) 中阿波罗与伊索对抗的故事以及它的年代，参 Perry,《伊索生平与寓言的文本史研究》，前揭，页 15 – 16；Nagy,《最卓越的希腊人》，前揭，页 279 – 297；Hansen,《希腊大众文学》，前揭，页 109 – 111；Leslie Kurke,《伊索与对德尔斐权威的竞争》(Aesop and the Contestation of Delphic Authority)，载《古希腊文化中的诸文化：接触、冲突和合作》(The Cultures Within Ancient Greek Culture: Contact, Conflict, Collaboration) Carol Dougherty 和 Leslie Kurke 编，Cambridge，2003，页 77 – 100。不同的是（且令我难以置信），在 Franco Ferrari 编辑的《伊索的小说》(Romanzo di Esopo, Milan, 1997, 页 5 – 39) 中，他认为 Vita G 中阿波罗与伊索的对抗是后人根据传说编造出来的。

则对应属民的乐（"音乐"的普通意义，但也指"普通的或流行的乐"）。

除了柏拉图在《斐多》中自己颇为矛盾地承认伊索是苏格拉底的先驱外，在轶闻编纂的（doxographic）传统中，到处都能看到分散开来的、有趣的暗示：普遍意义上的苏格拉底言辞和具体意义上的柏拉图对话，都与低层阶层存在联系。正如我们已经看到的，亚里士多德在《论诗术》开篇，漫不经心地将索弗戎和克塞那库斯的拟剧同苏格拉底言辞联系起来。事实上，有一个长久的传统认为，对西西里岛上的索弗戎的拟剧（低级甚至下流）来说，柏拉图是其重要的崇拜者和摹仿者，根据第欧根尼·拉尔修的说法，在柏拉图的枕头下曾发现索弗戎的拟剧（第欧根尼·拉尔修，《名哲言行录》3.18）。① 这些故事被讲了又讲的事实也表明，人们感到，柏拉图对话同索弗戎拟剧之间的确存在一种亲属关系，这种关系超出了摹仿体散文这一媒介的共同特性之外。拉尔修也记载下了一种传统，该传统认为，柏拉图广泛地借鉴了西西里岛谐剧诗人厄琵卡尔穆斯（Epicharmus，《名哲言行录》3.9-17）。此外，人们还注意到一件有趣的事——此事也是拉尔修的记载：第一个以对话体写下苏格拉底谈话的是鞋匠西蒙（《名哲言行录》，2.123）——苏格拉底常常去西蒙的店铺，西蒙把苏格拉底的谈话做了笔记，最终以单卷本出版了三十三篇对话。拉尔修总结说："这也就是为什么他们称他的对话为'皮革的'。"

---

① 柏拉图钦佩、摹仿索弗戎的传统说法，在古代非常流行，可参 Alice Swift Riginos，《柏拉图轶闻集：关于柏拉图之生平与写作的轶闻》（*Platonica：The Anecdotes Concerning the Life and Writings of Plato*），Leiden，1976，页174-176；以及 Hordern，《索弗戎的拟剧》，前揭，页26-27，他详尽地搜集了这一方面的古代证据。Clay，《苏格拉底对话的起源》，页34-35；参 Hordern，《索弗戎的拟剧》，前揭，页26-27，他提出，这些逸闻趣事源自敌对柏拉图的传统，尽管它们也因柏拉图获得了自己的持久吸引力。

(《名哲言行录》，2.122）同样，我们不可能知道这些鞋匠的故事是真的还是后来的伪造，但无论哪种方式，它们都证明，散文体的苏格拉底言辞（真实的或想象的）有着卑微的、属于手艺人的起源，而单卷本三十三篇（即莎草卷 1000 – 1200 行）这个数字也暗示了"摹仿的"作品的规模。①

我们还发现，在公元 3 世纪，雅典纳乌斯（Athenaeus）百科全书式的《宴饮学者》(*Scholars at Dinner*) 一书中，保存了从各种敌对的文献来源中收集的关于柏拉图的恶意、嫉妒、虚荣、野心的一个长篇段落（11.504e – 509e）。看起来，这个材料的大部分更多是为对柏拉图作品中低级的、拙劣摹仿元素的评论，而不是针对柏拉图本人的品质；也就是说，这是一篇以人物传记形式呈现的文体批评。比如说，其中包含了关于柏拉图和高尔吉亚相互调侃的叙述：

> 据说，高尔吉亚本人读到柏拉图的《高尔吉亚》后，对同伴说，"柏拉图是多么精通写作抑扬格讽喻诗啊！"（ὡς καλῶς οἶδε Πλάτων ἰαμβίζειν）赫耳米普斯在他的作品《论高尔吉亚》中提到："高尔吉亚来到雅典，在德尔斐立下自己的金色塑像，柏拉图看到后说：'我们崇高和金色的高尔吉亚来了！'高尔吉亚对此回应说：'雅典打造出来的这个阿尔基洛科斯的确是崇

---

① 不同的学者针对历史中的西蒙以及他的"苏格拉底对话"，持有或多或少的乐观态度。对此，Clay（《苏格拉底对话的起源》，页 32 – 33 以及接下来的 19 页）表达得更为乐观（他甚至引用了考古学家的发现，即在雅典市场上发现了西蒙的工场）；相反，Kahn 在《柏拉图与苏格拉底对话》（前揭，页 10，他跟从维拉莫维茨，《埃利斯的斐多》，页 187 – 189）中宣称，"西蒙"是苏格拉底的斐多虚构出来的人物，并由他产生出了一整套"制鞋匠对话文学"。我倾向于接受 Kahn 的观点，尤其结合拉尔修在《斐多传》中的说明（《名哲言行录》2.105），即"补鞋匠的故事"（σκυτικοὺς λόγους）被分别归类于斐多传统和苏格拉底的学生埃斯基涅斯传统。

高和崭新的。'"(雅典纳乌斯,11.505de)①

从时间上来说,高尔吉亚读到柏拉图创作的《高尔吉亚》这幅图景大概是不可能的——这是一个轶闻编纂中的想象——但是这副图景却揭示了如下的感受:柏拉图的摹仿体散文创作中存在一种文体较低的、粗俗的元素。因为这里的"高尔吉亚"把柏拉图的文体描绘成一种讽喻诗,且把柏拉图等同于阿尔基洛科斯,后者是这种低级文体的一位主要的古代实践者。

然而,尽管有《斐多》关于苏格拉底文学活动的描述,在轶闻编纂传统中,关于苏格拉底对话同较低的文体风格之间的联系也存在诸多暗示,但几乎没有任何学术讨论关注以下问题,即伊索是苏格拉底的先驱;或伊索寓言作为一种演说文体,可能导致了苏格拉底对话的产生。② 为什么会这样呢?针对苏格拉底对话的起源及其文体种类关联的文学研究方式,往往都集中在诗歌形式,尤其是肃剧和谐剧上。因此,在克雷(Diskin Clay)一篇着力探讨苏格拉底对话的起源问题的文章中,为了强调阿提卡谐剧和肃剧的作用,克雷承认、但又贬低了索弗戎的低级摹仿诗以及传记的各种开端可能发挥的影响力。③ 同样,在南丁格尔对很多文体和话语——为了自己的种种哲学目的,柏拉图将这些文体和话语纳

---

① Athenaeus, 11.505de, C. B. Gulick 英译, 收于 Athenaeus,《宴饮学者》(*The Deipnosophists*), Cambridge, Mass., 1930, 卷五, 页 269。

② 无可否认,关于寓言以及具体的、似乎出现过寓言的柏拉图对话片段,有一些讨论,例如 Dover,《阿里斯托芬的讲辞》(Aristophanes' Speech); Marie Laurence Desclos,《"狐狸对狮子说…"(《阿尔喀比亚德前篇》123a),或苏格拉底采取了伊索的风格》('Le Renard dit au lion...' [*Alcibiade Majeur*, 123A], ou Socrate a la manière d'Esope), 载《古代的动物》(*L'Animal dans l' antiquité*), Barbara Cassin 和 Jean - Louis Labarrière 编, Paris, 1997, 页 395 - 422。另参 Adrados,《希腊-拉丁寓言》, 前揭, 卷一, 页 380 - 383。

③ Clay,《苏格拉底对话的起源》, 页 33 - 47。

入柏拉图对话之中——富于洞见的研究中,她最终仍把目光主要集中在柏拉图同谐剧和肃剧的复杂纠缠之中。① 在这一方面,这些学者就像其他许多学者一样,从柏拉图《会饮》结尾处的一个引人注目的场景中受到启发:

> 天都快亮时,阿里斯托得莫斯醒来,公鸡已经在唱歌。醒来时他看见,剩下的人要么还在睡,要么已经走了,唯有阿伽通、阿里斯托芬、苏格拉底醒着,用个大碗从左到右[轮着]在喝。苏格拉底在与他们交谈。他们谈的其他事情,阿里斯托得莫斯说他记不得了。毕竟他不是从[他们谈话]起头就在旁边,而且还迷迷糊糊[没睡醒]。不过,他说,要点是苏格拉底在迫使他们同意,同一个男人可以兼长谐剧和肃剧,凭靠技艺,他既是肃剧诗人,也是谐剧诗人。他们被迫同意[这些],其实跟不上,困得不行。阿里斯托芬先睡着,天已经亮了时,阿伽通也睡着了。(《会饮》223c2 - d8)②

学者们发现,他们无法抗拒地将苏格拉底在此处的论证解读为柏拉图对于自己技艺的一种隐微和蓄意的表达。通过这一技艺,

---

① Nightingale,《对话中的类型》,页4 - 12,页60 - 92,页172 - 192,他大量参考了早期学者对柏拉图写作同肃剧或谐剧的讨论。令参 Diskin Clay,《苏格拉底的执拗与英雄主义》(Socrates' Mulishness and Heroism),载 *Phronesis* 17 (1972),页53 - 60; Clay,《柏拉图式的问题:与沉默哲人的对话》(*Platonic Questions: Dialogues with the Silent Philosopher*), University Park, Pa., 2000;另参 Nicole Loraux,《因此,苏格拉底不朽》(Therefore, Socrates is Immortal),载于《人的身体历史之断片》(*Fragments for a History of the Human Body*),第二部分,Michel Feher, Ramona Naddaff 和 Nadia Tazi 编, New York, 1989,页12 - 45。Loraux 把柏拉图对苏格拉底的刻画同荷马笔下的英雄结合在一起。

② [译按] 中译参刘小枫译,《会饮》,载于《柏拉图四书》,前揭,页277 - 278。

柏拉图巧妙编织了较高的和较低的文体形式,从而产生了苏格拉底对话这种独特的混合风格。① 然而,我还会主张,《斐多》的开头提供给我们一种同样有启发的、有目的的场景,从而表明苏格拉底对话在文体类型上的复杂联系——但是这一场景却始终被学者们有意忽视了。②

在某种意义上,我们不能责备现代学者——他们只是简单盲从柏拉图本人。因为在不同的地方,柏拉图都能用两种方式实现这一目的。一方面,他为自己的事业赢得了卓越的地位和声望,在希腊文化中,这种地位和声望通常会归属于诗歌——但柏拉图的诗却是一种新的、经过净化的哲学之诗(或者,也许更准确地说,从属于哲学的诗)。这种将地位和声望归属于哲学的做法,能够解释《会饮》的结尾,也能够解释《法义》中无名雅典人所谓立法是"最伟大和最美的肃剧"的断言(《法义》817b2-3),同样也能够解释《斐多》中苏格拉底宣称要作乐、并把伊索寓言改成诗体的做法。但是,与此同时,柏拉图却试图造成这样的假象:他自己的写作是明晰的、非摹仿的散文(他的这种做法,我们上

---

① 对此,参见 Helen Bacon,《戴上王冠的苏格拉底》(Socrates Crowned),载 *Virginia Quarterly Review* 35,no. 3 (1959),页 415-430;Diskin Clay,《〈会饮〉中的肃剧诗人与谐剧诗人》(The Tragic and Comic Poet of the *Symposium*),*Arion* 2 (1975),页 238-261;Clay,《苏格拉底对话的起源》,前揭,页 46;Nightingale,《对话中的类型》,前揭,页 2、页 68。Nightingale,《对话中的类型》,前揭,页 1-8,论文极好地呈现了柏拉图自己作品的文体的混杂性与他在《法义》中强烈反对诗歌文体的混杂性之间的矛盾联系。

② 也许有人会说,这段话经常被提起,却从未被真正解释,例如,Nightingale(《对话中的类型》,前揭,页 2)同时引用了这段话以及《会饮》223d、《斐德若》241e 作为证据来说明,柏拉图已经意识到他的文体的混合和杂和状态;但是 Nightingale 没有进一步追问特定在《斐多》中的精确文体的含义(与《会饮》和《斐德若》相反)。参 Richard P. Martin,《作为智慧实践者的七贤》(The Seven Sages as Performers of Wisdom),载于《希腊古风时代的文化诗学:仪式,表演与政治》(*Cultural Poetics in Archaic Greece: Cult, Performance, Politics*),Carol Dougherty 和 Leslie Kurke 编,Oxford,1998,页 124。

文讨论《王制》时已经见证过)。在我读来,柏拉图在写作中能够巧妙地运用手腕,造成这些同时存在又相互矛盾的效果,伊索是一个至关重要的中介。但是,由于柏拉图否认得很成功,由于他把自己的写作向纯粹的诗歌看齐,并且制造假象,把哲学打扮为一种超然、非摹仿的形式,这恰恰导致现代读者不愿意看到柏拉图的技艺同低级形式的摹仿拟剧和伊索寓言之间的关联。我们希腊文学史的叙述者——自觉或不自觉地——仍然屈从于黑格尔为哲学赋予的特权,并把柏拉图的艺术当作是超越的;因此,柏拉图的苏格拉底几乎不可能被认为会与伊索以及其他粗俗、低级文体形式的代表人物产生联系。这种黑格尔式的"压抑"产生的直接推论或副作用就是:现代学者同古代的许多批评家一样,拼命想把柏拉图的写作转变为诗歌。因为,这些文学—历史的解释所阻隔或遮蔽的关键事实是,柏拉图选择的是摹仿体散文这种媒介。①

相反,我们也许应该跟从尼采和巴赫金(二者更加异端、更加"反黑格尔")的引导,他们在苏格拉底对话中发现了文体混合的更加复杂多样的模型。尼采对苏格拉底抱有敌意,认为苏格拉底作为理性的阿波罗精神的化身,毁灭了肃剧。尼采在某处以他特有的嘲讽语气和生动鲜明的口吻评论道:

> 如果说肃剧吸收了先前的一切艺术类别,那么,从某种

---

① 关于把柏拉图作品改写为诗歌的古代写本,参见朗吉弩斯,《论崇高》(*On the Sublime*, 13.3, W. Rhys Roberts 英译, Cambridge, 1935):"只有希罗多德是忠实的荷马摹仿者吗?不,早在他之前,斯特西克鲁斯、阿尔基洛库斯以及柏拉图,就从伟大的荷马那里汲取了许多资源。"在论述"诗歌和哲学"结盟以作为超越的形式反对低下的、日常的伊索寓言时(出自注释9引自《美学演讲录》中的段落),黑格尔同样神化了柏拉图的写作。在现代学者中,Nightingale 的《对话中的类型》(页91)是罕见的例外,她清楚地认识到,柏拉图之所以选择散文和普通语言,是为了使自己同肃剧区分开来。

未经严格考证的意义上来说，这也适合于柏拉图的对话。柏拉图的对话混合了全部已有的风格与形式，介于小说、诗歌和戏剧之间，徘徊于散文体和诗体当中，因而打破了统一的语言形式及其严格的古老法则。犬儒派的作家们在这条道路上就走得更远了，他们的风格极尽丰富多彩之能事，来回穿梭于散文与韵文形式之间，他们的创作甚至被称为"疯狂的苏格拉底"，事实上在生活中他们也竭力摹仿苏格拉底。

柏拉图的对话仿佛是一叶小舟，古老的诗歌艺术及其子孙们在遭遇了沉船的不幸之后，都在这里获得拯救：他们挤在这狭窄的空间里，战战兢兢、卑躬屈膝地听命于唯一的舵手苏格拉底；现在他们驶入了一个崭新的世界，这个世界……柏拉图确实为整个后世的艺术形式建立一个新的典范，即小说。可以认为这是伊索寓言的无限上升，其中诗之于辩证哲学的地位，犹如许多世纪以来哲学之于神学的地位，即婢女的地位。这是诗歌的新的地位，在苏格拉底的强力影响下，柏拉图将诗歌逼到了这个位置上。①

尼采这番目光清晰的评论的价值在于：他看到了柏拉图对话中诗歌与散文在本质上的结合。因此，在上引的第二段中，尽管尼采关注的是柏拉图哲学对诗歌的海盗式抢劫，但尼采在他的评论中间嵌入了这句有启发性的说法（他在文中未做任何详细的说明）——"伊索寓言的无限上升"。

相反，巴赫金恰恰赞美了这种文体的混合以及柏拉图对话对古老的文学形式的占用——这种占用却受到尼采极其强烈的斥责。巴赫金在苏格拉底对话中看到了墨尼波斯讽刺诗的"狂

---

① 尼采，《肃剧的诞生》，Walter Kaufmann 译，NewYork，1967，页 90 - 91。[译按] 中译取自凌曦未刊稿。

欢文体"以及最终的小说的重要先驱。根据巴赫金的说法,苏格拉底对话和墨尼波斯讽刺诗之间的共同文体类型乃是严肃谐剧(seriocomic, σπουδογέλοιον),其特点在于采用同时代的场景,围绕时下的关切(与"史诗性或肃剧性的距离"形成对比)以及它对神话、传说的自由创造和批判性的关系,此外,严肃谐剧还有意拒绝风格上的单一,支持"不同声音的"混合状态。① 这最后一个特征尤其能让我们巧妙地捕捉到苏格拉底对话中的混杂风格:

> 这些风格的特点是一种多音调的叙述,高的和低的、严肃的和滑稽的混合;他们对于这些嵌入的文学风格有着广泛的使用——其中包括书信、被发现的手稿、重述的对话、对更高文体的诙谐摹仿,以及用戏拟的方式重新解释的引文等;在有些材料中,我们观察到,其中引入了某种散文体和诗体演讲的混合,以及生动的方言和行话暗语的混合……他们的外观由各种权威的面具共同构成。②

---

① 巴赫金,《陀思妥耶夫斯基诗学问题》(*Problems of Dostoevsky's Poetics*),Caryl Emerson 英译,Minneapolis,1984,页 106-122([译按]中译参白春仁译本,北京:三联书店,1988);关于具体的苏格拉底对话的说法,参页 109-112。可参阅《对话式的想象》(*The Dialogic Imagination*),Caryl Emerson 和 Michael Holquist 译,Austin, Tex.,1981,页 21-26。

② 巴赫金,《陀思妥耶夫斯基的诗学问题》,前揭,页 108。尽管巴赫金显然对《伊索传》不熟悉(他在自己的写作中从来没有提到过《伊索传》),但他在苏格拉底对话中所识别出来的严肃谐剧的许多特点,都与伊索传统中特有的元素产生了强烈共鸣。(对于巴赫金从未引用过伊索的交谈和确定,我非常感激 Boris Maslov 和 Nancy Ruttenburg)。参 Nightingale,《对话中的类型》,前揭,页 191-192 以及接下来的 53 页,她对于巴赫金同阿里斯托芬谐剧的关系作出了同样的论断(这一点在苏格拉底的严肃谐剧背后同样重要)。最后,在一种长期存在的严肃谐剧哲学类型方面,对于整个伊索传统的阅读,参 Jedrkiewicz,《古代的知识与悖论:伊索与寓言》,前揭,157-164;以及 Jedrkiewicz,《椅子上的客人:普鲁塔克、伊索和七贤》(*Il convitato sullo sgabello: Plutarco, Esopo ed I Setti Savi*),Pisa,1997。

苏格拉底对话这种复杂的文体复调模型提请我们，要以寓意或提喻法（synecdochiacally）的方式、而不是字面地阅读《会饮》有意图的结尾。也就是说，肃剧和谐剧的文体虽然突出醒目，但也许它们并不仅仅代表自身，而是代表了包括所有文体的整个风格光谱，这个光谱囊括了从最高的文体形式到最低形式之间的范围。这个光谱在《斐多》中有不同的排列——文体较高的阿波罗颂诗和较低的散文体伊索寓言各自代替了肃剧和谐剧；轶闻编纂传统中的说法又有不同，按照轶闻的说法，柏拉图渴望成为一位肃剧作家，睡眠时，他的枕头下放着索弗戎的拟剧（《名哲言行录》3.5，3.18）。① 与此同时，我还认为：除非我们认识到一种在文体风格和礼仪习俗上的严格等级制度——这种等级制度同时是一种社会政治的等级制度（尼采所谓"统一的语言形式及其严格的古老法则"）——的塑造性作用，否则，我们就不可能理解柏拉图为苏格拉底对话所作的有计划的陈述，也不能理解他关于苏格拉底对话与古代传统之间存在联系的断言。因此，我的意图不是否认之前的学者已经在苏格拉底对话中察觉到的许多文体风格间的相互影响，也不是否认（他们察觉到的）柏拉图所借用的文体形式。我的意图仅仅在于，通过考虑到伊索式的元素、由此也更明确地得出文体形式的政治学，从而在文体类型光谱的最底端对学者们加以补充。

智慧进入哲学：在贤人和伊索之间的苏格拉底

为了理解出现于柏拉图全集中有关伊索的暗示的地位和利害

---

① 柏拉图涉及所有文体类型的事实，也可以解释由第欧根尼·拉尔修保存的亚里士多德的一个残篇，"亚里士多德说他（指柏拉图）的语言形式介于诗歌和散文之间"（拉尔修，《名哲言行录》3.37，Gigon 的引述中称此段为残篇862）。

关系，我们必须首先意识到，所有古代文学作品都至关重要地扎根于重要的社会和文化语境；因此，一种暗指（allusion）或文本间的交互决不简单地是一种文学现象，而是包含或纳入了文化、政治、甚至经济的领域。① 我们必须把围绕在伊索周围的传统定位于其中的更广泛的文化领域，就是关于希腊智慧（sophia）的竞争领域。对于各种希腊智慧传统的考虑提供给我们这样的可能性：一种更具弥漫性的伊索元素潜藏在对苏格拉底的刻画背后。也许更好的说法是，苏格拉底既吸收了更高的贤人传统，也继承了伊索式的对更高传统进行揭露的传统。我将论证的是，苏格拉底处于贤人和伊索之间的位置，是一个具有如下意味的现象——这意味着，哲学从一种更古老的、前哲学的智慧传统中艰难地诞生。

早在关于"哲学"的不同讲法发明出来之前——在公元前4世纪，哲学［或多或少］成为一种理性思考的独立领域，希腊人把教诲诗人如赫西俄德和忒奥格尼斯、所谓的前苏格拉底哲人如帕默尼德和恩培多克勒、萨满巫师和祭仪领袖如毕达哥拉斯和厄琵米尼得斯，以及七贤（还有其他人），都设想为形成了一个连贯的传统，他们为这个传统命名为智慧，把从事智慧之事的人称为智慧者（sophoi）或智术师（sophistai）。② 智慧这个概念涵纳了言语技巧、实践的政治智慧和宗教知识——尤其是在献祭、预言

---

① 对于这一重要的诗歌类型的植入，参 Bruno Gentili，《古希腊的诗歌及其公众》（*Poetry and its Public in Ancient Greece*），A. T. Cole 译，Baltimore，1988；Leslie Kurke，《赞美声中的流通：品达与社会经济的诗学》（*The Traffic in Praise*：*Pindar and the Poetics of Social Economy*），Ithaca，1991；对于这一原则的暗示，即这一原则适用于阅读柏拉图写作同更早的文体类型的交互作用，参 Nightingale，《对话中的类型》，页9－12，以及其他各处。

② 这一段以及接下来段落的总结，参 Leslie Kurke，《伊索对话：古代的大众传统与文化对话》（*Aesopic Conversations*：*Popular Traditions and Cultural Dialogue in Antiquity*），Princeton University Press，2011，章3－6。

术或占卜术的领域。因此，智慧——尤其是在早期诗歌表达中——通常由神赠与，且处于一种常人难以感知到的神圣领域。① 恰恰是因为其神圣的来源及其适用领域，我们可能会简单地说，智慧永远是最高级的语词。就其本身来说，智慧也总是一个竞争的领域，其中，各种宣称拥有智慧的声称彼此竞争，因为对智慧的拥有将会使它的拥有者获得莫大的文化权威。②

---

① 参 G. B. Kerferd，《前柏拉图时代中古希腊的智慧者形象》（The Image of the Wise Man in Greece in the Period Before Plato），载于《古代与中世纪思想中人的形象：友人同事致贺 Gerard Verbeke 文集》（*Images of Man in Ancient and Medieval Thought: Studia Gerard Verbeke ab Amicis et Collegis Dicata*），F. Bossier 等编，Leuven，1976，页 26："在早期希腊，诗人、先知和贤人与凡人不同。"参 Mary Helms，《工艺与王者理想：技艺、贸易与权力》（*Craft and the Kingly Ideal: Art, Trade, and Power*），Austin, Tex.，1993，她所提出的这种作为"技艺精湛的工艺"的智慧模型，对于理解希腊传统中前哲学智慧的许多特点极有助益。

② 关于这一传统的轮廓，参 J. S. Morrison，《希腊教育史的导论式的一章》（An Introductory Chapter in the History of Greek Education），载于 *Durham University Journal* 41 (1949)，页 55–63；G. B. Kerferd，《第一代希腊智术师》（The First Greek Sophists），载于 *Classical Review* 64（1950），页 8–10；Kerferd，《前柏拉图时代中古希腊的智慧者形象》，前揭，页 17–28；E. R. Dodds，《希腊人与非理性》（*The Greeks and the Irrational*），Berkeley，1951，页 64–178；Havelock，《柏拉图导论》，前揭，页 155–156，页 162–163 注释 27 及 28；G. E. R. Lloyd，《智慧的革命：古希腊科学中的断言与实践研究》（*The Revolutions of Wisdom: Studies in the Claims and Practice of Ancient Greek Science*），Berkeley，1987，页 92–99；Nightingale，《文体中的类型》，前揭，页 10；Nightingale，《古希腊哲学中的真理景观：文化语境中的静观沉思》（*Spectacles of Truth in Classical Greek Philosophy: Theoria in its Cultural Context*），Cambridge，2004，页 29–39；Martin，《作为智慧实践者的七贤》；Håkan Tell，《智术师权威的来源，一种社会学的分析》（The Sources of Sophistic Authority, A Sociological Analysis），博士论文，University of California，Berkeley，2003。关于智慧（sophia）作为一种最高的存在形式，参 Bruno Snell，《前柏拉图哲学中智慧概念的表达》（*Die Ausdrücke für den Begriff des Wissens in der vorplatonischen Philosophie*），Berlin，1924，页 7；关于 sophia 所覆盖的复杂领域以及 sophia 实践者之间的不断竞争，参 Mark Griffith 的重要讨论，《早期希腊诗歌中的竞赛与矛盾》（Contest and Contradiction in Early Greek Poetry），收录于《缪斯们的内阁》（*Cabinet of the Muses*），Mark Griffith 和 Donald J. Mastronarde 编，Chicago，1990，页 185–207。

在关于七贤的传说和传统中，我们可以尤为清晰地看到智慧的这一前哲学或非哲学形式的轮廓。按照马丁（Richard P. Martin）的主张，早在古风时代，希腊人获得智慧的方式，便是通过讲述作为整体的七贤的种种传说，七贤中的成员都展示了一套共同的特征——创作诗歌、掌握政治技能，并参与宗教活动。作为一个整体，他们都会公开从事智慧之事——依其本性，此事总是竞争性的。① 我对马丁的看法的补充是，七贤和其他智者都同智慧之神（god of sophia）阿波罗联系密切，他们看起来总是都分享了阿波罗的预言术。因此通常认为是七贤创作了德尔斐阿波罗神庙上的名言——"认识你自己"和"勿过度"——而毕达哥拉斯则宣称自己是居住在极北乐土的阿波罗。② 此外，贤哲（sage）似乎还有一种特有的生命周期，这种周期形塑了七贤、传奇性的立法者和其他古代的智慧形象。因此，传统的贤哲四处行旅，尤其是去东方，以获得秘传知识。③ 最后，根据保存下来的故事模式，我们还可以说，这些前哲学时期的智慧大师还有

---

① Martin，《作为智慧实践者的七贤》，前揭，页 108 – 128。
② 关于贤人在德尔斐的格言传统，参见柏拉图，《普罗塔戈拉》343a – b，Gigon 所引《亚里士多德所记载的苏格拉底事迹》，28，29；关于毕达哥拉斯宣称要成为极北乐土之民阿波罗，参见 Gigon 所引《亚里士多德所记载的苏格拉底事迹》，173，引自阿里安（Aelian），《历史杂俎集》（*Varia Historia*）2.26，拉尔修，《名哲言行录》8.11，扬布里柯，《论毕达哥拉斯生平》（*De vita pythagorica*），页 30，页 140；以及 Walter Burkert 在《古代毕达哥拉斯主义中的传说与科学》（*Lore and Science in Ancient Pythagoreanism*）中的讨论，Edwin L. Minar, Jr. 英译，Cambridge, Mass., 1972，页 91，页 139 – 143。
③ 关于贤人及立法者颇有特色的旅行，参 Andrew Szegedy – Maszak，《希腊立法者们的传说》（Legends of the Greek Lawgivers），载于 *Greek, Roman, and Byzantine Studies*，第 19 期（1978），页 199 – 209；James Ker，《梭伦的静观与城邦的目的》（Solon's *Theôria* and the End of the City），载于 *Classical Antiquity* 19（（2000），页 304 – 329；Nightingale，《古希腊哲学中的真理景观》，前揭，页 63 – 68；另参 Carol Dougherty，《奥德修斯的木筏：〈奥德赛〉中的民族分布想象》（*The Raft of Odysseus: The Ethnographic Imagination of Homer's Odyssey*），New York, 2001，页 3 – 78。

两种典型的超自然结局:他要么下到冥府,实现前往彼岸世界的终极旅程,再带着他所获得的秘传智慧再返回人世;要么在此世和不可见的神圣世界之间徘徊一生之后,最终经常在进行某种沉思(*theôria*)时归入神圣世界——这种沉思是一种前往观看节庆或圣所的朝圣之旅;最后,他们在死后获得了英雄式的崇拜,甚至是神圣的荣誉。第一类故事模式中的智慧者(下到冥府再返回)包括毕达哥拉斯、厄琵米尼得斯、恩培多克勒,也许还有赫西俄德(截至公元前 5 世纪)。① 而对于后一种模型,可供征引的传统包括传说中的斯巴达立法者吕库古和古代贤人基龙(Chilon)。②

我认为,也许早在公元前 5 世纪,伊索在民众传统中就已经是智慧领域中的一员或竞争者了,他同时也成为对智慧传统进行大众摹仿和批评的一个媒介。③ 因此,在聚集在他周围的许多故事

---

① 关于古代证据的类型和搜集,参 Ruth Scodel,《复活的赫西俄德》(Hesiod Redivivus),载于 *Greek, Roman, and Byzantine Studies*, 21 (1980):页 301 – 320,论文讨论了公元前 5 世纪赫西俄德也属于这个群体的证据。正如 Scodel 的解释(页 317):"比起成功的缓解期或者能够被记起的轮回转生(后者还不是一种普遍的、但却是一种特殊状态下的迹象),没有其他任何事物是更为伟大的智慧或一种更为令人印象深刻的权力的证据……诗人和'智慧的人'的混合类型,将两个世界联系在一起。"

② 例如希罗多德《原史》1.66.1,泡赛尼阿斯《希腊志》,3.16.6("吕库古"一节),以及《希腊志》3.16.4,拉尔修,《名哲言行录》1.72(《基龙传》);也可参见由拉尔修记载的毕达哥拉斯死亡记录(1.117–118),这一记录从多个方面视毕达哥拉斯为英雄,或于马格尼西亚取得荣誉、或死于德尔斐或提洛岛。我们可以把这个称为"以利亚模型"(Elijah model):关于这一在首个千禧年出现的泛地中海域的类型,参 Cristiano Grottanelli,《前古典时代东地中海的治愈者与拯救者》(Healers and Saviours of the Eastern Mediterranean in Pre – Classical Times),收于《罗马帝国中东方宗教的救赎论》(*La soteriologia dei culti orientali nell' impero Romano*),U. Bianchi 和 M. J. Vermaseren 编,Leiden,1982,,页 649 – 670。

③ 在关于伊索的故事里,学者们已经认识到精英哲人和专业修辞家对于伊索普遍的、虚荣做作的拙劣摹仿,但通常这被假定为一种后生现象:对此,可参 Thomas Hägg,《教师和他的奴隶:〈伊索传〉中的习俗与价值》(A Professor and His Slave: Conventions and Valuesin *The Life of Aesop*),载于《希腊化时期希腊人的习俗价值》

中，伊索展示了许多古代贤人的特征：熟谙言辞技能，公开展示智慧（通常有竞争性），四处行旅的一生，于沉思中死在德尔斐。事实上，各种不同的传统都认为，伊索也有我归于七贤的那类典型的、超自然的身世结局。根据《伊索传》的两个主要版本之一（Vita W）以及其他古代材料记载，伊索死后获得了英雄式的崇拜。① 在其他地方，我们也能零散地看到关于伊索复活或转生的记载。阿里斯托芬的古注和《苏达辞典》都保留了谐剧作家柏拉图（公元前5世纪后期）关于伊索灵魂复归的暗示；与此同时，公元前3世纪的漫步学派传记作家赫尔米普斯在作品中提到，腓尼基人帕塔伊科斯（Pataecus）"自称拥有伊索的灵魂"。②

然而，如果伊索传说的这些方面将伊索融入了古代贤人之列，

(*Conventional Values of the Hellenistic Greeks*)，P. Bildeetal 编，Aarhus，1997，页 177 - 203；他认为，《伊索传》大体上是希腊文化对于不同的哲学学校的拙劣摹仿，而 Winkler（《作者与表演者》，前揭，页 282 - 291）则假定这一对高的哲学的拙劣摹仿主要源于古罗马帝国时期。基于公元前5世纪的材料（包括希罗多德和旧谐剧的残篇），我认为这一伊索传统更为古老，但在此我没有足够多的空间来评论所有的证据，可参 Kurke，《伊索式对话》(*Aesopic Conversations*)，章 4 - 5。

① *Vita W*, 142，《俄克喜林库斯莎草纸文献》(*Oxyrhynchus Papyri*)，no. 1800（转引自 Perry，《伊索辑闻》，对勘文本［Testimonium］，25）。关于对伊索的英雄崇拜，参 Nagy，《最卓越的希腊人》，页 284 - 316。我不同意 Nagy 认为这一传统具有文学上的真实性的说法；相反，我认为，它纯属一种大众幻想。

② 阿里斯托芬，《鸟》471 的注释；《苏达辞典》"重生"（ἀναβιῶναι）的条目（被引述为"谐剧家柏拉图"［Plato Comicus］残篇 70 K. - A.），关于赫尔米普斯（Hermippus）的话，载于普鲁塔克，《梭伦传》第 6 节。关于相关的希腊文本，参 Perry，《伊索辑闻》，前揭，对勘文本 45，46。此外，后来的谚语作家泽诺比乌斯（Zenobius）注释了短语"伊索之血"（Αἰσώπειον αἷμα）："对于那些受耻辱与邪恶折磨的人来说，是很难洗刷的；因为德尔斐人不公正地杀害了伊索，所以神迁怒于他们。由于这个原因，他们说女先知皮提亚告知他们，必须安抚伊索的灵魂，瘟疫才能解除。按照故事所讲，因为伊索是如此受神宠爱，故他又死而复生，如同廷达瑞俄斯、赫拉克勒斯和格劳库斯那样。"（泽诺比乌斯，I. 47，Perry 在其《伊索辑闻》中引述为对勘文本，27）。

那么这个传统的其他部分（在《伊索传》和其他晚期材料中最为明显）则刻画了一个不同的形象——伊索身上具有的是低层次、身体性和即兴发挥的智慧，这一形象直接与高层次的贤人及其守护神阿波罗对立。因此，通过寓言，伊索以他特有的粗俗、身体性的幽默和间接的劝告，反对七贤简单而又直率的教诲。同时，正如我们已经看到的那样，贤人们使用诗歌和诗体创作，伊索则使用文体较低的散文体寓言。

在此，我想简要地回顾一下将苏格拉底与贤哲们以及高的智慧传统联结在一起的因素，然后再更加详细地研究苏格拉底同伊索的关系。学者们的确已经充分意识到苏格拉底和古代贤哲之间的重要连续性，同时也承认，他们之间存在一个划时代的转变时刻。因此，马丁在其关于贤哲们的阐述的结尾，最终向苏格拉底致意：

> 通过一种进化过程，世俗化和"国际化"的趋势转变了希腊的贤哲们，使他们最终变为哲人，然而，这种进化过程从未影响到古罗马和古印度的相应形象。那么，苏格拉底就提供了一种终结的时刻。与我此前勾勒的背景不同——其中，希腊贤人活跃于不同的领域——我们当然可以看到苏格拉底的生活（与古代贤哲之间）的连续性，包括他同德尔斐的关系、他在政治中扮演的角色、甚至他将伊索寓言转变为诗体。但是，正如他被刻画的那样，所有这些都属于苏格拉底事业中的边缘性活动。没有哪位古代贤人发明了"论辩"，论辩是这个人［苏格拉底］的专长：通过在对话中直接挑战听者、拒绝依靠强调性和单向的自我陈述，他不断地打破表演的框架。①

---

① Martin，《作为智慧实践者的七贤》，前揭，124；另参 Ker，《梭伦的理论静

我们可以从此前对更古老的、前哲学或非哲学的智慧传统的简要研究出发，来展开论述马丁提出的苏格拉底和七贤之间的关系问题。因此，应该通过"没有人比你更有智慧"的神谕来关注苏格拉底与德尔斐的阿波罗之间的重要关联（《苏格拉底的申辩》，20e7–21a7），① 此外，我们还可以补充《斐多》中的一系列描述，其中包括苏格拉底为阿波罗写颂诗的情节，以及他在后面的对话中令人印象深刻的自我描述——苏格拉底说，自己是"同天鹅一样的仆从，献身于同一位神"。苏格拉底宣称自己从这位神那里获得了预言力量（《斐多》84e3–85b7，尤其比较85b4–6）。②

同样值得注意的是，《克力同》中强调的是，苏格拉底从未离开过雅典（除了曾经去过伊斯特米地峡［Isthmus］一次，此外还参加过军事行动），苏格拉底则在柏拉图的《申辩》中把寻找比自己更智慧的人的探寻表述为"我的游荡"（τὴν ἐμὴν πλάνην, 22a6）。我们可以将这种说法看作是苏格拉底对古代贤哲寻求智慧的"游荡"所做的隐喻式回应。③ 事实上，《申辩》中这种同样的

观》，前揭，页327。Martin 认为，苏格拉底"把伊索寓言诗体化"这一行为把他自己同七贤联系在一起，根据 Martin 的解释，七贤是重要的诗歌创作者。也就是说，对于 Martin 来说，重点是诗体化的过程；而对我来说，重点是把伊索寓言作为被挑选的、未加工的材料。此外，我认为一种极具特色的伊索式谈话至少部分性地促使苏格拉底发明了辩驳（elenchos）。

① 神谕作为苏格拉底生平所历、在监狱中及死亡时的一种传统性要素，可参 Michael Stokes，《苏格拉底的使命》（Socrates' Mission），载于《苏格拉底诸问题：苏格拉底哲学及其意义新探》（*Socratic Questions: New Essays on the Philosophy of Socrates and its Significance*），Barry S. Gower 与 Michael Stokes 编，London，1992，页 26–81；Compton，《讽刺诗人的审判》（Trial of the Satirist），前揭。

② 参阅柏拉图《苏格拉底的申辩》23c1，30a6-7，在这些地方，苏格拉底作为"奴隶"或"受役于神"，他描述了自己对所有那些被普遍认为有智慧的人的检查活动。此外，在柏拉图和色诺芬笔下，苏格拉底多次宣称自己具有预言的能力，这一点可以把他的命神的告诫同预言神阿波罗联系在一起。

③ 关于苏格拉底隐喻性的闲逛，参见《希琵阿斯前篇》304c2。也许重要的是，

顺序代表了苏格拉底在智慧方面的竞争——尽管这种竞争像摄影底片一样以翻转式的方式呈现。因为，苏格拉底寻找代表着前哲学智慧的专家们，亦即那些"技艺精良"的人——政治家，诗人和手工艺者，目的是证明自己不如他们有智慧。但是，当然，最终表明，苏格拉底赢得了这场反向的智慧竞赛，他不情愿地证明，恰恰因为清楚自己的无知，自己反倒更有智慧。①

最后，我想提出，我们可以从柏拉图的苏格拉底对话中，寻找到古代贤哲终结于彼世的生命终点的一些回音。回想一下我之前勾勒的贤哲故事的两种可能的超自然结局：（1）下到冥府，带着秘传知识返回人世；（2）在沉思中死去，享有英雄般或神圣的荣誉。关于前者，令人惊讶的是，有太多柏拉图对话以苏格拉底所叙述的冥府神话结尾——《苏格拉底的申辩》《高尔吉亚》《王制》和《斐多》。公元6世纪的注疏家奥林匹奥多洛斯（Olympiodorus）将后三篇对话命名为"招魂诸篇"（nekuiai），这么命名就仿佛说，苏格拉底像奥德修斯一样，使得自己下降到冥府，再从冥府返回。② 同时，尽管苏格拉底总是谨慎地说明，这类描写乃是他从旁人那里听来的"神话"或故事，但是，他本人看起来却

在《克力同》中，拟人化的法律指责苏格拉底的时，有一个重要的说法是，他从未离开过雅典，"甚至没有离开的想法（theôria），除了有一次去伊斯特米地峡（Isthmus）"（《克力同》，52b2-c1）。参阅《美诺》80b4-7和《斐德若》230d1-5，在这两处地方，苏格拉底承认自己很少出城，不大了解阿提卡乡村。有趣的是，尽管《克力同》已做了相关明确的陈述，而亚里士多德仍说苏格拉底去过德尔斐（根据拉尔修的《名哲言行录》，2.23）；这一说法似乎回应了一种感觉上的需要，即让苏格拉底像古代贤人那样，自然有要去德尔斐的想法（theôria）。

① 关于传统上的对于这些具有智慧的人如何分类，参 Kerferd,《前柏拉图时代中古希腊的智慧者形象》，前揭，页20。关于对抗的问题，尤其注意《苏格拉底的申辩》22c6-8:"因此，我远离了诗人，因为我以非常相同的方式胜过了他们，如同我以非常相同的方式胜过了政治家一样。"

② 参 L. G. Westerink 编，奥林匹奥多洛斯，《柏拉图〈高尔吉亚〉注疏》（*Olympiodori in Platonis Gorgiam Commentaria*），Leipzig, 1970，页240-241。

很享受能够进入某种知识领域的特权——对于这种知识领域,他的听众则无法进入。① 关于第二点,柏拉图在多篇对话中都曾提出,真正的哲人通过对"理念"的不懈沉思,最终从肉体以及肉体性的转生循环中解放出来,从而无限接近神。② 这样的陈述总带有一定的限制和免责声明;然而,这些关于脱离肉体之赐福的种种暗示,都代表了古代贤哲最终抵达的巅峰发生了一种哲学的转向——获得这种哲学转向的关键是一种新形式的哲学沉思。③

我们可以将所有这些连续性视为是哲学宣称拥有或试图占有前哲学智慧传统的文化权威的做法。或者用隐喻的术语来说,在诞生之时,哲学是从前哲学智慧的神秘或超脱尘世的领域动身离开的,并把前哲学智慧的光彩云霞留在了身后。但是,经由苏格拉底助产而诞生的哲学,不无它自身的创伤和暴力。因为苏格拉底当然不是同古老的智慧传统发生关联的唯一一人;他的竞争者智术师同样认为自己是古老智慧传统的继承

---

① 在柏拉图那里,这些神话经常被作为毕达哥拉斯或俄耳甫斯元素阅读(例如 Burnet,《柏拉图的〈斐多〉》,前揭,前言,页 xliii – lv; Dodds,《希腊人与非理性》,前揭,页 207 – 235; Peter Kingsley,《古代的哲学、秘仪与魔法:恩培多克勒与毕达哥拉斯传统》(Ancient Philosophy, Mystery, and Magic: Empedocles and Pythagorean Tradition), Oxford, 1995, 页 79 – 194。不管这些献祭式的认同是否恰当,我都会简要地表明:毕达哥拉斯和俄耳甫斯二人都清楚无误地属于一种更广泛的贤人模型或传统,在这一模型或传统中,个体再生的要素扮演着重要的角色。关于这个更为广泛的传统,参 Scodel,《复活的赫西俄德》,前揭。

② 关于哲人从身体中的解脱,以及身体再生的循环,参《高尔吉亚》524c,《斐多》114c,《斐德若》249a,《王制》619d – e;关于他与神圣的同化,参《阿尔喀比亚德前篇》133b – c,《斐德若》248a – d, 249c – d,《会饮》212a,《泰阿泰德》176b – c。

③ 关于思考(theôria)从"朝圣"和宗教性的"神圣凝视"到哲学"沉思"的转变,参 Ker,《梭伦的理论静观》,前揭; Nightingale,《古希腊哲学中的真理景观》,前揭。与此同时,苏格拉底(即柏拉图)对于无形的灵魂的解释显然不同于传统:这种解释明显对苏格拉底的坟墓或英雄崇拜不感兴趣。正如苏格拉底在《斐多》中回应克里同的提问——即他想如何被埋葬——时戏谑地说:"按你喜欢的方式就行,如果你能抓住我,我不会逃离你。"(116c4 – 5)

者——"智术师"之名正得自于此。让我们考虑一下智术师们的庄严谱系——在柏拉图所著的同名对话中,柏拉图让普罗塔戈拉说出了这个谱系:

> 我说啊,智术的技艺 [σοφιστικὴν τέχνην] 其实古已有之,古人中搞这技艺的人由于恐惧这技艺招致敌意,就搞掩饰,遮掩自己,有些搞诗歌,比如,荷马、赫西俄德、西蒙尼德斯,另一些则搞秘仪和神谕歌谣,比如那些在俄耳甫斯和缪塞俄斯周围的人。我发现,有些甚至搞健身术,例如塔冉庭的伊克柯斯,以及还健在的头号智术师塞吕姆比雅的赫若狄科斯——原来是麦加拉人。你们的阿伽托克勒斯用音乐搞掩饰,是个了不起的智术师;还有克莱俄人庇托克莱德斯和其他许多人。(《普罗塔戈拉》316d3 – e4)①

尽管我们不能将此视为普罗塔哥拉自己的话,但它们极有可能是在摹仿(尽管是不严肃的)这位智术师的自我表现。② 在这次新的以智慧为内容和目的的竞争中(competition of and over sophia),鉴于哲学旨在使自身成为新事物的双重任务,在哲学的推动下,伊索成为一种象征性的资源。从这些方面看来,通过不时采取的伊索立场,苏格拉底既可以实现对高的智慧传统进行批判和戏仿式的揭穿,这种揭穿也可以针对当时那些宣称继承这一智慧传统的智术式的尝试。③

因此,同伊索一样,苏格拉底据说很丑陋,出身不高(就职

---

① [译按] 中译参刘小枫译,《普罗塔戈拉》,载于《柏拉图四书》,前揭,页58 – 59。

② 参阅 Lloyd,《智慧的革命》,前揭,页92 – 99;Nightingale,《古希腊哲学中的真理景观》,前揭,页29 – 39;此外,关于传统的贤人和哲人之间的连续性的延伸讨论,参见 Tell,《智术师权威的根源》,前揭。

③ 参 Jedrkiewicz,《古代的知识与悖论:伊索与寓言》,前揭,页114。

业而言是雕刻，也就是说，是个劳动者或匠人［βάναυσος］)，也很贫穷。① 同样，相同的丑陋或普通也扩展到了他的言辞（λόγοι）。因为与智术师们相比——这些智术师或以极高的创作才能、诗体化风格而写作炫示演说辞（如高尔吉亚和希庇阿斯那样），甚至通过作诗从形式和内容上摹仿传统智慧（如希庇阿斯，厄维努斯和克里提阿），而苏格拉底则通常被呈现为使用卑贱微、质朴的散文。因此，如同伊索与将阿波罗和贤哲们作为标准的高的诗歌传统相对立一样，苏格拉底则总是善于技巧化地使用手边的日常材料。我认为，正是附着在这种卑微、日常的散文中的揭露性力量，至少部分地解释了，柏拉图何以在他的苏格拉底对话中选择散文这种文体。② 伊索对于古老智慧传统的颠覆性挑战需要散文。

伊索式的巧匠和"老苏格拉底的工具箱"

但我想进一步推进这一讨论，且把伊索当作是苏格拉底对话两种特有模式的先驱——归纳（epagôgê），或者说是通过类推归纳；辩驳（elenchos），或者说是以对话者自我矛盾的立场进行反驳。卡恩（Charles Kahn）认为这两种模式作为对话的正反两面共同构建了"老苏格拉底的工具箱"；我想讨论的是，《伊索传》呈

---

① 关于苏格拉底之丑，参柏拉图《会饮》215b2–6，《泰阿泰德》143e；色诺芬《会饮》4.19, 5.7；另参斐多的对话《佐普鲁斯》（Zopyrus，保存于西塞罗的《论命运》5.7）；关于苏格拉底的职业，参见《阿尔喀比亚德前篇》121a, 拉尔修，《名哲言行录》2.19 及 21；关于苏格拉底的贫困，参柏拉图《申辩》31c2–3。值得注意的是，萨摩斯的杜里斯（Duris of Samos'）宣称（载于拉尔修，《名哲言行录》，2.19），苏格拉底是一个奴隶，也是一个石匠。所有这些关于苏格拉底的特征描述，全都与伊索有关，参 Jedrkiewicz,《古代的知识与悖论：伊索与寓言》，前揭，页 113。

② 参 Nightingale,《对话中的类型》，前揭，页 91。

现的伊索对话同样具有正反两种形式。① 从这些方面进行考虑，后期的《伊索传》既可以被视为是一位古代贤人生命周期的呈现，但它也反复展示了伊索独特的智慧形式——适应于社会底层人民的熟练的言辞技巧或拼凑能力。我之前已经提出，伊索值得肯定的地方在于，他通过寓言表达出暗示性的劝讽。《伊索传》中出现的大量寓言，突出表明了伊索使用寓言的特点——这些寓言内容低下、体现日常生活——通过对话者（《伊索传》中的对话者通常是有权力的、居于高位的人）的解释达到说服效果。因此，寓言通过保持对话者起到媒介作用和主动作用的错误观念而发生作用；与七贤简单直率的劝诫形成对比，通过短小的摹仿叙述，伊索的间接劝诫说服的同时也是一种奉承（事实上，正由于奉承才能够说服）。②

不那么明显的是，存在一个次级的、否定性的伊索智慧的形式，这种形式是贯穿整个 Vita G 版本的主题：伊索展示了一种不可思议的能力以迫使他的对手（通常是更为强大的对手）显得有罪或承认自己有罪。在《伊索传》的第一片段中，我们可以在具

---

① Kahn，《柏拉图与苏格拉底对话：对文学形式的哲学应用》，前揭，页98。借助"老苏格拉底的工具箱"这个说法，卡恩意在说明历史上的苏格拉底发展并使用过这些论证模式和方法，他认为通过柏拉图在《苏格拉底的申辩》中的人物、场景再现，我们可以复原这一点。正如前文所述（页14），我极其怀疑从柏拉图的写作中我们能得到多少关于历史上的苏格拉底的真实情况，但我还是认为，不管这些是否是真实的苏格拉底方法，都与我的讨论不相干。我所关心的只是文学表现中的苏格拉底以及他在柏拉图对话中的谈话模式。

② 关于这一劝谕风格上的矛盾，可参阅公元6世纪阿加提阿斯（Agathias）所作的讽刺短诗，从表面上看来，这些短诗是为伊索和七贤的一组古典雕像群所作的："你干得好啊，老吕西普斯（Lysippus），西库恩（Sicyonian）的雕刻家，当你把萨摩斯人伊索放置在七贤前面时；因为那些人是凭靠某种必然性，而不是凭靠语言说服民众。但是伊索，通过恰当地讲述寓言和虚构的故事，极为严肃地说服别人要明智。而且，严肃的劝说是被禁止的；作为可爱的诱饵，萨摩斯人欣喜地接受了寓言。"（《宫廷文选》[Palatine Anthology] 16.332，Perry 转引，《伊索辑闻》，文本对勘，50）

体行动中看到这种能力,甚至是在伊索恢复他的说话能力之前。在这里,伊索的两个奴隶伙伴密谋偷吃主人的无花果,并嫁祸伊索;因为伊索是哑巴,所以(他们设想)伊索不能保护自己(*Vita G + W*, 2 - 3)。① 当他将要因偷窃被打的时候,伊索扑倒在主人脚下,比划着要拖延一点时间:

> 看到手边有个大水罐,伊索拿起它,用手势表示自己要一些温水,在他旁边放置一个盆,伊索喝掉一些水,把手指放进喉咙以使自己呕吐,结果他仅仅吐出刚喝的温水:因为他没有吃任何东西。以行动作出示范之后,伊索示意他的奴隶同伴也做同样的事情,以确认究竟是谁吃了无花果。(*Vita G*, 3)。

当然,这样,真正的小偷就暴露出来,他的奴隶同伴被迫吐出偷吃的无花果。考虑到伊索的哑和奴隶身份,他足够恰当地以自己的身体行动使对手自证其罪。因此,即便那两个奴隶不把自己的手指伸入喉咙,而是仅仅放在面颊,他们的身体也会出卖他们(同上);仅仅是喝温水,就能够使得他们吐出无花果,并暴露自己的罪行。

在具有巅峰意义的萨摩斯岛公民集会上,我们能够看到伊索以同样的形态、更为复杂的形式迫使对手自证其罪(*Vita G*, 81 - 97)。当全体萨摩斯岛公民吁请伊索的主人赞塔斯在集会上解释一个不祥的鸟卜征兆时,他无能为力,只得私下里寻求伊索的帮助。伊索起初以不能识别鸟兆为由故意折磨赞塔斯,随后他又将因羞愧而绝望的主人从自杀边缘拉回;伊索表示,如果赞塔斯同意第二天让他出席公民集会,他就愿意解释凶兆:"带我一起去集会,

---

① 在 *Vita G* 中,这一序曲的开端有一个空白,可由 *Vita W* 补充。参 Perry,《伊索辑闻》,35,81。

然后基于哲学的高贵，为大众编造一个貌似可信的理由说自己不能解读，再让我作为你的学生出场。我将解释那个鸟兆……"（Vita G, 85）赞塔斯完全按照伊索说的那样做，他向参加集会的全体萨摩斯岛人宣称，他所献身的哲学禁止他识读鸟兆，但是他可以让"我在此类事上给过哲学指导的，能解释鸟兆"的伊索来识读（Vita G, 86）。然而，在这个独特的公开场合，伊索并没有像承诺的那样解释鸟兆，而是利用这个机会要求他的自由：

> 萨摩斯岛人啊，让一个奴隶为一个自由人解读预兆是不合理的；因此，赠予我演说此类事情的自由吧。那么，如果我成功了，我就能以自由人的身份获得相应的荣誉；如果我失败了，我将不是作为一个奴隶而是作为一个自由人受到严惩。因此，如果你们给予我本属于自由人的言说自由，我将毫无恐惧地言说。（Vita G, 89）

萨摩斯岛人因此吁请赞塔斯释放伊索，并表示如果他拒绝，萨摩斯岛人愿意按照原来的价格从这个哲人手上买走伊索。赞塔斯羞于承认自己当初以不合理的极低价格买了伊索，唯恐大众认为自己"贪婪"，因此他被迫立即释放了伊索（Vita G, 90）。随后，伊索最终解释了鸟兆（Vita G, 91）。

事后看来，我们知道，伊索在阻止赞塔斯继续束缚自己的问题上，并没有任何的利他主义；相反，伊索所做的任何事情都复杂且巧妙地使他自己、赞塔斯和萨摩斯岛人实现了利他主义。通过运用缜密的技巧，伊索利用主人的虚荣心和哲学自尊使自己和主人同时出现在公众场合，在这一场合，赞塔斯要么在公众面前自证其罪，要么释放伊索。

在伊索同埃及法老内克塔内布（Nectanebo）的智力对决中，同样的形式再次出现。兹举一例：内克塔内布刁难伊索的最后一个尝试是，让伊索说出某个他本人及其朝臣"从未看过或听过"的事物。伊索清楚地知道，不管他说什么，他们都会宣称看过或听过；因此，他伪造了自己的主人、巴比伦王吕库戈斯（Lycurgus）借给内克塔内布一千塔兰（talents）金子的借条，而借条中写明的还款日期早已过去。当伊索带着借条出现在内克塔内布的宫廷中时，法老的朋友立即说："我们早已见过和听过这个了。"伊索回应道："我很高兴听到你们的见证。那么，就让这笔欠款立即兑现吧，因为约定的还款日期已经过去了。"但是内克塔内布一听到这个就说："你们为何要为我没有借的钱作证呢？"因此这些朋友改口道："我们从未见过或听过这个。"（Vita G, 122）在这里，伊索巧妙地使法老的朋友在进退两难的处境中自证其罪：如果他们做假证说他们之前见过那个借条，那么法老就要为巨额借款担负责任；如果他们讲真话称从未见过或听过这笔借款，法老就要输掉这场智慧竞赛，还须向巴比伦王进贡三年。

令人震惊的是，在《伊索传》的结尾，伊索还以同样的技巧同阿波罗本人对抗。在泰然自若地于德尔斐悬崖边讲完他的最后一则寓言后：

> 伊索诅咒完德尔斐人，且吁请见证缪斯的裁判，然后，他被不公正地抛下德尔斐悬崖。就这样，伊索结束了自己的生命。但德尔斐人随即遭受瘟疫的侵袭，他们从宙斯那里得到神谕，说必须告慰遭受厄运的伊索，才能够解除瘟疫。（Vita G, 142）。

在此，伊索借助阿波罗的对手、缪斯的帮助来对抗阿波罗的仆从德尔斐人，最终使阿波罗自己看到了他的死亡的不义。随着故事叙述的展开，伊索公开吁请阿波罗后立即发生的瘟疫，表明了伊索对神的祈求是实际有效的，因为早在《伊利亚特》中，阿波罗就被视为是惩罚人类错误行为的瘟疫散播者。因此，我们可以假定（即使这一点没有明言）：瘟疫来自阿波罗，即便神谕的命令来自宙斯。事实上，伊索吁请阿波罗自证其罪，并迫使阿波罗屈从于他真正的主人宙斯。①

在所有这些事例中，伊索以某种卑微者（the abjected）采取的军事性技艺，展示了自己巧妙利用强大对手的意志和力量的独特能力，最终使得社会的权贵阶层自证其罪。同时，在这些积极形式和消极形式之间，存在一种亲属关系：伊索间接的寓言式说话风格，令他那些强大的听众自己推论出寓言的意义和要点，从而达到说服效果。在寓言积极起作用的地方，伊索利用赞同或自证其罪来施加压力的做法，就表现得比较消极，但是这种施加压力的做法仍然决定了对对话者而言的关键时刻——这也是寓言所默认的，而不是决定伊索本人的关键时刻。

那么，我认为，在苏格拉底的归纳法和辩驳法背后，存在着伊索积极的和消极的言谈方式。如果这二者的确存在某种隐含的关系，我们就可以开始理解，伊索本人和他的对话风格适用于哲学辩驳，也可以将哲学从高深的智慧及其智性进路的更老模式中离析出来。有时候，我甚至会认为，柏拉图本人也承认从"老苏格拉底的工具箱"到它们谦逊的、实际的具体文字，伊索的言语风格一直在起作用。让我依次对此做出分析：

（1）通过类比归纳。② 亚里士多德在《修辞术》中已经意识

---

① Holzberg，《古代的寓言导论》，前揭，页82–83；他注意到重复虚假指控伊索偷窃的模式，但他并没有注意到，在《伊索传》的开头和结尾，这一模式的事例都出现过，且伊索以使其对手自证其罪作出了回应。而这后一种伊索获胜的模式与Holzberg的看法不同，他认为，自相矛盾的是，哑巴伊索在开始时获胜，而贤人伊索则在结束时失败——这样的命运结尾，暗中破坏了《伊索传》文末伊索所进行的道德说教。

② 关于柏拉图所使用的归纳法的形式（以及它们如何同亚里士多德进一步发展的概念和方法区分开来），参Richard Robinson，《柏拉图的早期辩证法》（*Plato's Earlier Dialectic*）第二版，Oxford，1953，页33–48，页202–222。按照他的说法，我在此仅考虑归纳法的一个子集，即归纳是一种推理，"不需要提到普遍就可以从事实到事实进行推理"（页207）。

到，苏格拉底对于类比法的使用同伊索通过寓言表达意味深长的暗示建议联系紧密。① 确实如此，对于亚里士多德来说，二者都是通过类比来归纳——说服。② 事实上，在不同的场合，苏格拉底更倾向于使用谦逊低下的类比以提喻的方式（synecdochically）描绘他所有的对话，每次都是或多或少总是伴随着苏格拉底独特的说话风格，由他的对话者引出这种类比。因此，在色诺芬《回忆苏格拉底》的开头，代表三十僭主（伯罗奔半岛战争末期获得雅典统治权的寡头政治团体）说话的克里提阿和卡里克勒斯，禁止苏格拉底同年轻人交谈。当苏格拉底质疑该禁令时，克里提阿怒声说道："哦，苏格拉底啊，你必须停止这些谈话——什么补鞋匠啊，水泥匠啊，铁匠啊；因为我觉得他们都快被你喋喋不休的唠叨用烂了。"（《回忆苏格拉底》，1.2.37）③ 在柏拉图的《高尔吉亚》中，傲慢的贵族卡里克勒斯对苏格拉底的谈话内容也给出了相似的列举："凭诸神说话，你从未停止说过关于鞋匠啊，漂洗工啊，厨子啊，医士啊，好像我们的谈

---

① 在《修辞术》2.20（1393a23 – 94a18）按照证据（πίστεις）的普遍形式进行分类，亚里士多德第一次从理论推论中区分出例证法（παράδειγμα），并认为例证法可以使用历史事实，或演说家的杜撰。最后，根据亚里士多德的说法，使用杜撰的例证还有两个亚类，即"类比"和"寓言，比如伊索寓言或利比亚人的寓言"。在这种类型学的论述中，亚里士多德谈到"类比"（parabolê，词根是"比喻"）时所举的唯一的例子就是"苏格拉底的言辞"。因此，用正式的术语来表达，在亚里士多德的模式中，苏格拉底的类比和伊索寓言有内在的联系——我们可以这样说，它们在"杜撰的事例"这个大类中，是第一近亲。

② 参《修辞术》2.20，1393a26 – 7："因为例证法等同于归纳，而归纳是推理的原点或者本原。"关于伊索对苏格拉底言谈方法的影响，参 Gigon，《亚里士多德所记载的苏格拉底事迹》，177, 180；Jedrkiewicz，《古代的知识与悖论：伊索与寓言》，前揭，页114。

③ 关于同伊索的联系，可能重要的是，色诺芬的记载中有两个动物类比犯了禁忌：（1）克里提阿不能停止攻击欧蒂德谟，如同一头猪撞一块岩石；（2）坏牧人减少了畜群的数量（用以比附凶残的三十僭主的活动）；参色诺芬《回忆苏格拉底》1.2.30, 32。

话全都是关于这些！"（《高尔吉亚》，491a1-3）。① 关于这些列举最相似的提供者是柏拉图《会饮》中喝得醉醺醺的阿尔喀比亚德，且此处的列举本身也最为悖论（因此需要我们仔细推敲）。全文如下：为苏格拉底献颂辞的阿尔喀比亚德，坚持认为他只能"通过比喻"来称赞苏格拉底的"出格"之处（《会饮》，215a2-5）：

> 当然，这个人大概会认为，这是为了搞笑；其实，比喻是为了真实，而非为了可笑的东西。因此，我要说，他太像那些西勒诺斯啦——那些坐在雕像铺子里的西勒诺斯，也就是艺匠们做成的手持牧管或箫的某种［模样］。如果把他们［的身子］向两边打开，里面有的神像就显露出来。我还要说，他像那个萨图尔马尔苏亚。起码，你的这形相与他们一样，苏格拉底，即便你自己恐怕也不会持明显异议吧。至于你像［他们］的其他方面，且听我接下来的。你肆心，不是吗？如果你不同意，我就拿出证据。你不是个吹箫手？肯定啊，你甚至比马尔苏亚更神奇。马尔苏亚凭靠出自嘴上的能力、通过乐器让世人着迷，如今不就还有人在吹他的调调。奥林珀斯吹的那些调调，我都要说是马尔苏亚的，因为马尔苏亚教过他。所以，无论好吹箫师还是低劣的吹箫女，只要能吹奥林帕斯的调调，干的就仅仅是掌握［世人］，并透露那些求诸神求秘仪的人，因为，这些调调是神样的。可你呢，

---

① "漂洗工"在此出现很奇怪（正如 John Ferrari 向我指出的那样），因为无论是在《高尔吉亚》更早的地方、还是在柏拉图对话的其他地方，苏格拉底都没有在任何类比的争论中使用过"漂洗工"。而此处是卡里克勒斯对苏格拉底说的"织工"的轻蔑改写，在《高尔吉亚》更早的地方，"漂洗工"同补鞋匠、厨师和医生连在一起，因为，与织工相比，漂洗工不做衣服——他只洗衣服。关于漂洗工的清洗活动，以及他的技艺的"荒谬的名字"，参《智术师》227a3-5。

同马尔苏亚仅有一点不一样,你不消用乐器,只凭单纯的言辞就做这同样的事情。起码,我们听别人的言辞,即便是个极好的演说家的言辞,可以说,没谁会引起［我们］关注。但我们谁要听你的言辞,或是听别人讲你的言辞,即便这样讲的人极为低劣,无论女人、男人还是年轻人在听,我们都会被镇住,被掌握。(《会饮》215a5 – d6)①

进而,阿尔喀比亚德在讲辞末尾,将苏格拉底对话中的类比与被皮包裹着的萨图尔联系在一起:

哦,对啦,还有这个——我在开头的时候忽略了:他的言辞与打开身子的西勒诺斯像极了。毕竟,如果谁愿意听苏格拉底谈论,［他的话］首先会显得很好笑;这些话外面披着的词语和表达简直就是某个肆心的萨图尔的皮。毕竟,他谈什么驴子、驮驴啊,某些个铁匠、鞋匠、鞣皮匠,而且显得总是通过同样的东西说同样的东西,就连一个没阅历没头脑的世人,都会对这些话发笑。可是,谁要是看见打开的东西,亲自获得里面的东西,谁就会发现,这些话唯有骨子里才有理智;第二,这些话极为神样,里面有极为丰富的德性神像,而且伸展到极大的领域,毋宁说甚至抵达整个德性范围;凡想要做美好高贵的人,就得思考［这些话］。(《会饮》221d7 – 222a6,［译按］同上,页273 – 274)

这也许是最有名、最广为人知的一段关于苏格拉底及其对话的文字,因此我们很难不认可这令人难以抗拒的描述——苏格拉底正是如此。但是,我们需要对这种描述保持某种陌生感,还要

---

① ［译按］刘小枫译本,《会饮》,载于《柏拉图四书》,前揭,页257 – 259。

对不同之处给予关注——这里描述的苏格拉底，同柏拉图其他对话或《会饮》其他地方描述的苏格拉底有何不符。因此，即便是由一位不幸的说话者转述，第一段引文中苏格拉底的话，仍然不可避免地抓住并迷惑所有听他说话的人——女人、男人和年轻人。但是（正如一些学者所言），从《会饮》的开头我们知道这实际上并不是事件真相；阿波罗多洛斯持续不断地重复苏格拉底的话，并没有对他无聊乏味且心生厌倦的对话者产生有效的作用。[1] 我们也可能会注意到阿尔喀比亚德所假定的"女人、男人和年轻人"这些听众，相比于苏格拉底通常参与的小知识分子圈子而言，他们似乎是非常奇怪地具有民主和非典型的特征。[2] 同样令人感到奇怪和困惑的是（尽管通常不为人所道）马尔苏亚：根据苏格拉底的类比，这个术语同"拙劣的说话者"的言辞效用相似，当说话者使用苏格拉底言辞时，就成为"最低劣的吹箫女"。因为，在古希腊的会饮场合中，吹箫女通常是奴隶，且总是被认定为妓女（因为她们供取乐之用，且善于使用嘴巴）。[3] 因此，苏格拉底言辞的有效重复，与"最低劣的吹箫女"类比，就意味着前者也处于低贱的地位（女人和奴隶所处的地位），且代表着最不道德的身体欲望。

---

[1] 对此，可参 David M. Halperin，《柏拉图和爱欲叙述》(Plato and the Erotics of Narrativity)，载于 Methods of Interpreting Plato and His Dialogues，Oxford，1992，页115；Nightingale，《对话中的类型：柏拉图与哲学的建构》，前揭，页120。我们可能注意到，在结尾处，它们对阿尔喀比亚德自己也没有影响，尽管这也许是作者的反语所致。

[2] Halperin，《柏拉图和爱欲叙述》，前揭，页115－117，该文注意到了阿尔喀比亚德对苏格拉底言辞（logoi）描述的不一致或奇特之处，并认为它们同写作或题词的主题有关。这是一种可能性，但是在此，这种阅读不能解释阿尔喀比亚德的语言和比喻的其他奇特之处。参《高尔吉亚》502d5－8，在这一部分，苏格拉底否定了悲剧和酒神颂歌，如同否定了蛊惑人心的修辞学的另一种形式，因为它们不加选择地向"孩子、女人和男人，奴隶和自由人（之类）说一些我们不能认同的话……"

[3] 参阿里斯托芬《马蜂》，行1341－1350；而在阿提卡红彩陶器上，我们也总能感受到奥洛斯管和会饮中直立的阴茎所带来的视觉冲击。

在第二段引文中，阿尔喀比亚德列举了多种苏格拉底的谈话主题，其中同样有一些奇怪的东西，我们不妨将其与色诺芬的《回忆苏格拉底》和柏拉图的《高尔吉亚》中的列举作比较。因为，只有阿尔喀比亚德的列举包含了动物——事实上，一开始就提到了动物，卑贱的"驴子"。在柏拉图的所有对话中，苏格拉底共有七次在类比时提到过驴子，然而这些提及主要集中于俗语中或是同其他动物一起的饲养和训练中。① 阿尔喀比亚德的列举的与众不同之处在于，他说的是"驮东西"的驴子，"驮东西"这一罕见的（也许是滑稽的）术语仅出现在柏拉图这里，它源自于驴子身上所载的鞍包侧面的大篮子或驮篮。② 也就是说，"驮东西"象征着驴子作为负重的动物存在（尤其对于柏拉图而言）。

我想表明的是，所有这些异常放在一起，共同组成了语言和意象群组的一部分，而这些群组正是来自于传统的伊索和伊索寓言。因此，低下的散文体伊索寓言的特征就是：它的听众广泛，任何人都可以听到这些寓言；因为寓言达其效用不是通过复杂的言辞艺术，而是通过其日常的、随处可见的内容（这也就是为什么在后期的修辞术教育中，寓言成为男孩们的首选）。当然，以"驴子"为始，阿尔喀比亚德紧密地将最爱的苏格拉底类比同伊

---

① 关于驴子和其他动物的饲养和训练，参《苏格拉底的申辩》27e，《治邦者》265d，《高尔吉亚》516a，《王制》卷七，563c；关于谚语中的驴子，《斐德若》260c，《法义》701d。在最后的一个例子中（《泰阿泰德》146a），按照惯例，某人在一种球类游戏中犯了错误，就会被称为"驴子"（问答中犯了错误的人也是一样）。关于柏拉图《苏格拉底的申辩》中的驴子，参见 Clay，《苏格拉底的执拗与英雄主义》，前揭；关于驴子在通常意义上的较低地位，参 Mark Griffith，《马的力量和驴的言辞》(Horse Power and Donkey Work：Mules and Other Equids in the Ancient Greek Imagination)，载于 *Classical Philology* 101（2006）。

② 关于谐剧中少见的这个词语"驮篮"（χανϑήλιος），参阿里斯托芬，《吕西斯忒拉塔》，行 290，Hermippus，辑语 7K. - A.，Lysippus，辑语 8K. - A.；这一词语同样出现于色诺芬《居鲁士的教育》7.5.11，路吉阿诺斯（Lucian），《错误的批评》(*Pseudologista*) 3，《宙斯歌队》(*Juppiter Tragoedus*)，1。

索寓言联系在一起；在此，也许驴子最常见的含义就是负重动物。①

一旦我们注意到这些特征可能来自伊索，其他几个要素也就一目了然了。因为此处的苏格拉底恰好是以奇怪而与众不同——事实上他不像其他任何人，而《伊索传》中的伊索也被描述为"奇人"或"天才"。② 此外，《伊索传》中伊索及其言辞的特色恰恰在于其低下的外观与深刻的内涵之间的反差；因此，比如说，在《伊索传》中，哲人赞塔斯于萨摩斯的奴隶市场上初遇伊索，并买下了他，伊索提醒这位愚蠢的哲人，"不要只看我的形式，更应审视我的灵魂"（Vita G，26）。当赞塔斯继续追问："什么是形式？"伊索以类比作答："在卖酒人那里，我们看到那些酒坛子非常丑陋，但坛子里的酒却鲜美无比。"（同上）《伊索传》中，关于外在形式与内在品质的反差，最令人困惑的表达是，伊索面向充满怀疑的萨摩斯民众（这些民众一看到伊索就爆笑不止）介绍自己的重要演说：

> 萨摩斯岛人啊，你们为何侮辱我，目不转睛地盯着我看呢？你们不应看我的外表，而应审视我的智慧。出于外形而去非难一个人的思想是奇怪的，因为许多外表丑陋的人思想不凡。那么，就不要让任何一个只能看到对方外形卑小的人去指责他所看不到的东西——思想。因为，一个医生从来不会只看一眼病人就放弃治疗，相反，他只有在感受到病人的脉搏后，才能知道病人的真实情况。如果你们只轻蔑酒坛子而不去尝一下酒，你们怎么知道这酒怎么样呢？（Vita G，88）

---

① 参 Perry，《伊索辑闻》，以下多则寓言：164，179，180，181，182，183，185，189，263，279，357，411，458。

② 《伊索传》（Vita G），24，30，87，98；参 1（προσημαῖνον）和 10（τερατῶδες τιπρᾶγμα）。

最后，我们可能会注意到阿尔喀比亚德进一步与苏格拉底类比的图像或雕塑——"那些西勒诺斯"，然后是萨图尔，然后是马尔苏亚自身（215a7 – b4）。阿尔喀比亚德之所以选择马尔苏亚，似乎是要令这样一种比较可行：将苏格拉底"光秃秃的言辞"（或"散文"）与著名的萨图尔讨人喜欢的笛乐组曲之间的效果进行比较。然而，值得注意的是，在《伊索传》的一个版本中，伊索激怒阿波罗时，他本人被比作马尔苏亚（*Vita G*, 100）。① 的确，在阿尔喀比亚德的描述中，马尔苏亚的形象常令人感到困惑，因为他认为苏格拉底对话"简直就像一个张狂的萨图尔裹在身上的皮"。当然，因为"裹着"的意象或者萨图尔的皮使人想起神话中马尔苏亚遭受的惩罚——他因妄称自己能作诗优于阿波罗而被这位神剥皮。② 因此，即便没有暴露名字，马尔苏亚也是作为针对阿波罗音乐智慧的破坏性挑战者而出现于此；就这一点而言，他同伊索有很多共同之处。这一对马尔苏亚的隐晦提及包含着一种决定性的反常；罕为人注意的是，此处阿尔喀比亚德巧妙地将他的原始意象从西勒诺斯或萨图尔"雕像"转到了"裹"或"皮"。这可能被视为是一个不重要的不同，但在柏拉图所有作品的其他地方，"裹"只出现过一次，这一点

---

① 同马尔苏亚的比较，伴随着伊索－阿波罗对抗的线索（同马尔苏亚的比较内嵌于这一线索），被许多学者认为是伊索传统的古老特征，参 Perry，《伊索生平与寓言的文本史研究》，前揭，页 15。Jedrkiewicz，《古代的知识与悖论：伊索与寓言》，前揭，页 112 – 113，他注意到《会饮》中阿尔喀比亚德对苏格拉底的描述同《伊索传》中的要素之间的对比（酒罐与美酒之间的对比；同马尔苏亚的比较）。

② 参 R. G. Bury 编，《柏拉图的〈会饮〉》（*The Symposium of Plato*），Cambridge，1969，页 165，该书注意到了这一点。关于音乐方面的竞争，以及对马尔苏亚的剥惩罚皮，参希罗多德《原史》，7.26，Apollodorus，《书库》（*Bibliotheca*），1.4.2，Diodorus Siculus，《历史丛书》3.59，Pausanias，《希腊描述》，2.22.9，奥维德，《变形记》，6.382 – 391，《岁时记》，6.703 – 708，Hyginus，《寓言集》（*Fabulae*），165。

至关重要。因为，在《欧蒂德谟》中，苏格拉底告诉我们，马尔苏亚被剥下来的皮最终被制作成一个酒囊。① 正如我们所知，丑陋的酒器和鲜美的酒之间的对比正是伊索最喜爱的意象之一——这一意象恰好折射出伊索本人极其丑陋、可怜的外表同他非凡的思想、言辞之间的差距。② 如果我们假定这一意象在伊索传统中是古老的，那么，阿尔喀比亚德对于苏格拉底及其对话寓意式的描述，就随着他醉醺醺的颂辞发展而逐渐变得更具伊索的特征。

但是，为什么要把苏格拉底和他的对话表现得更像伊索呢？而在这里，阿尔喀比亚德为什么要坚持认为苏格拉底无可比拟——没有任何一个人可与之相比？我们可能会从个性和表现性的层面来理解阿尔喀比亚德演说中的异常之处。与南丁格尔不同，我认为，这些都是柏拉图有意为之的修饰，意图在于表现阿尔喀比亚德对苏格拉底及其哲学对话的失败的或不充分的理解。南丁格尔精辟地指出阿尔喀比亚德言辞中的奇怪或不恰当之处，但是，

---

① 参《欧蒂德谟》285c9－d1，在这一部分，发言者说他已做好准备把自己交给一对讨厌的、到访的智术师，"让我们的来访者把我也给毁了，如果他们喜欢，甚至可以剥我的皮，比现在更坏地对待我，只要我的皮最后不成为一个空皮袋，像马尔苏亚那样，而是装满了美德"。这一点或许表明，在一种心理学的现实主义层面，正是剥掉马尔苏亚皮这一隐含意象以及隐藏在酒皮袋下的行为，激发了阿尔喀比亚德增加"制革匠"这个说法，来刻画苏格拉底的特征，尽管事实上，苏格拉底几乎不曾提过"制革匠"（参《高尔吉亚》517e2；就我所知，这是柏拉图对话中另外出现这个行当的唯一之处）。马尔苏亚被剥皮、隐藏在酒皮袋下的意象，也与"皮革的对话"（《名哲言行录》，2.122）有一种不同的呼应，这种对话被认为出自制鞋匠西蒙、斐多或苏格拉底的学生埃斯基涅斯之手。

② 除了文章中引用的段落，我们还应注意到《伊索传》中那些多次侮辱伊索的人是如何把他比作某种容器：对此参见，《伊索传》（Vita G），14（"有脚的锅或轻便的火炉"；"装食物的容器"），87（"有赘生物的罐子"，"像一个小酒瓶"）。

这样并不能解释阿尔喀比亚德塑造的苏格拉底形象背后的伊索。①我要提出的是，我们必须假定存在另外一种理解维度，即柏拉图在他不经意的角色塑造背后似乎还向读者泄露了另外的东西。这并不是主张，以非理性的方式解读柏拉图为他挚爱的老师或他塑造的一个角色所作的颂辞，因为此处有一个非常特殊的背景可以联系苏格拉底同伊索及其朴实而又引人注目的言辞。我们已经注意到，当阿尔喀比亚德第一次提到马尔苏亚的意象之时，他赞许地将苏格拉底摄人心魂的言辞同"甚至是一个真正优秀的演说家的其他言辞"加以比较，而听众明显对后者不置可否。当阿尔喀比亚德在演说末尾重提西勒诺斯/萨图尔意象时，他苦心经营的"优秀的演说家"这一主题就再现了。在前引的那段文字之前，阿尔喀比亚德就坚持认为苏格拉底具有独特性：

> 苏格拉底值得颂扬的令人赞叹的事迹还有的是：在别的事情方面，人们也许会说，其他人也这样。但无论在古人还是今人中间，再找不出和他一样的人，整个儿值得赞叹。比方说，就阿基琉斯来讲，你可以拿像布拉斯达斯或别的什么人同他相比，提起伯利克勒斯，你可以拿涅斯托耳、安忒诺耳以及谁和谁同他相比；对这些人，你总可以找到别的类似

---

① 对此可参 Nightingale 的《对话中的类型：柏拉图与哲学的建构》，前揭，页 119-127。Nightingale 认为，阿尔喀比亚德深深受困于与苏格拉底之间关系的不对等、某种奴役状态以及苏格拉底的征服，这揭示了他作为一个人物和一个思想者的局限，尽管我同意她这一观察，但是关于"打开身子，里面装满了神像的西勒诺斯或萨图尔雕像"的意象，她并未给出有说服力的否定性阅读。因为她宣称的是，"阿尔喀比亚德认为他在苏格拉底的哲学谈话下面发现了财宝——与苏格拉底参与的对话（logoi）不同，甚至更好"（页123）。但这并非文本应有之意；并没有两种 logoi，只有一种，它有着谦逊的外观（苏格拉底所使用的较低层次的类比），却有着深远的内在意涵。我怀疑，Nightingale 在此受到她自己的想象以及适用于哲学对话的"看得见和看不见的性质"的影响。

的人来相比。可是，说到（苏格拉底）这人的神奇，无论就他本身还是他的言谈来说，大概远近都找不出一个人——无论今人还是古人——来和他相比。除非不拿人同他相比，像我那样，干脆拿西勒诺斯和萨图尔们来同他这人以及他的言谈相比。（《会饮》221c2-d6）

在此，首段出现的"优秀的演说家"变为具体的伯利克勒斯，他可与古代传统中贤明的政治家——涅斯托耳、安忒诺媲美。因此，阿尔喀比亚德演说的这一部分审慎地展现了在公共演说和政治意见方面高低两种模式之间的竞争。为达其目的，这一演说（我将不再提"阿尔喀比亚德"）借助伊索挑战并破坏了作为公开言辞技巧的公民会议修辞术——这种修辞术是一种具有巧妙结构的特殊技能，而涅斯托耳和安忒诺在政治层面重要的"制作技艺"，便是这一技能。①

阿尔喀比亚德在《会饮》中的讲辞奇怪地描述了苏格拉底谈话中爱用的类比主题，关于这一点，前文已对此细作分析。在他的叙述中，我也发现了几个反常的特征，而这些特征似乎是来自伊索和伊索寓言——内容低下，具有广泛或"大众（日常）"的吸引力，易于重复，同卑劣的奴隶和出卖身体的人（"最低下的吹箫女"）为伍。所有这些伊索式的特征都巧妙地整合在一个小型的智慧竞赛中，即同伯里克勒斯和他的史诗楷模涅斯托耳、安忒诺高的政治修辞术的竞赛——与此同时，当阿尔喀比亚德宣称

---

① 如果说，我在此处观察到的诸位（即伯利克勒斯、苏格拉底，以及传说中的与他们同性质的涅斯托尔/安忒诺耳和伊索）在智慧方面的竞争正确的话，那么，我们就可以把《会饮》中的这一段与《高尔吉亚》比较，在《高尔吉亚》中，苏格拉底谴责了"伟大的四位"政治人（包括伯利克勒斯），并说自己不讨好民众、是唯一一个还在实践"真正的治国术"的雅典人（《高尔吉亚》，521d7）。但是相比《高尔吉亚》，这仅仅是《会饮》中的一个次要主题。

苏格拉底独特而无人能比时，他们同伊索的特殊联系就被巧妙地隐藏了；这种对伊索的隐藏（还有许多隐藏的方式，比如《斐多》中对于寓言制作者的含混处理）向我们表明：伊索通过寓言表达含蓄的劝告，同苏格拉底使用类比，有一个重要的不同。针对后者，正如罗宾逊（Richard Robinson）所言，尽管它涉及的范围是从具体情况到具体情况，但它总在追求某一普遍性；而伊索通过寓言表达的重要政治建议则是通过另一套具体实践而追求一套具体适用的内容。① 或者，用文本中的术语表述就是：《伊索传》对抗性地颂扬了好酒出自丑酒坛这一令人不安的事实，且挑战了传统的高的智慧及其原初的、高贵的神阿波罗。相反，柏拉图对于苏格拉底的描述多次向我们强调了粗陋的容器，但是它使我们确信它只对隐藏在容器里面普遍的、神圣的内容感兴趣。一旦它要服务于自身的目的，它就要巧妙地摆脱伊索式摹仿体散文卑贱的框架，"就像一个张狂的萨图尔裹在身上的皮"。

（2）否定性的辩驳。苏格拉底实践的辩驳，尤其是在早期的柏拉图对话中，在于"使一些固定性的假设变得自相矛盾"。② 具体而言，苏格拉底通过诘问对话者所持立场的其他前提，最终引导对话者达至其原初立场的对立面，从而反复驳斥了对话者捍卫的立场。我们可以比较我在《伊索传》中已经确认过的伊索言辞技巧的

---

① Robinson,《柏拉图的早期辩证法》，前揭，页207。
② 引 Thomas C. Brickhouse 和 Nicholas D. Smith,《苏格拉底的哲学》（*The Philosophy of Socrates*），Boulder, Colo, 2000，页76。对苏格拉底辩驳的传统看法，参 Robinson,《柏拉图的早期辩证法》，前揭 7 - 32；关于最近的讨论，参 Charles H. Kahn,《〈高尔吉亚〉中的谐剧和辩证法》（*Drama and Dialectic in Plato's Gorgias*），载于 *Oxford Studies in Ancient Philosophy* 1（1983）：页75 - 121；《柏拉图与苏格拉底对话：对文学形式的哲学应用》，前揭，页133 - 142；Frede,《柏拉图的论证与对话形式》；Gregory Vlastos,《苏格拉底研究》（*Socratic Studies*），Cambridge, 1994，页1 - 37；Brickhouse 和 Smith,《苏格拉底的哲学》，前揭，页74 - 98；Clay,《柏拉图式的问题：与沉默哲人的对话》，前揭，页179 - 189。

独特风格,即伊索巧妙地操纵了一个更为强大的对话者的意愿和自我概念、迫使他以自证其罪的方式"自证其罪"。我想,苏格拉底式辩驳,一旦被合理化和被技术化,就与伊索自证其罪的艺术类似。当我们意识到辩驳并不是纯粹的逻辑形式时,这一点就更容易看到了;正如苏格拉底实践的那样,它通常诉诸具体的人(ad homniem)。也就是说,争论和驳斥是为对话者量身定做;因此,那些引向自我矛盾的附加前提必须赢得对话者的认可,但是没有任何证据表明,苏格拉底自己认可它们的真理价值。实际上,有时候苏格拉底在其他对话中似乎也使用了他拒绝过的前提,且他在驳斥中使用的某些争论也明显脆弱和谬误。①

但是,"辩驳的个体特征"甚至走得更远;因为,正如卡恩(Charles Kahn)关于《高尔吉亚》明确指出的那样,苏格拉底对于三位演说家(高尔吉亚、泡鲁斯和卡里克勒斯)的驳斥,并没有引发每一位演说家都同时拥护的两种逻辑立场之间的矛盾,但是却造成了一种理性立场和一种道德压力或社会压力(这种压力加诸具体谈话语境中的不同演说家)形式之间的矛盾。我们有必要概括一下卡恩的论证,因为《高尔吉亚》在辩驳的本质和作用方面真正体现了柏拉图的意图:②

---

① 对辩驳和具体的人(ad hominem)本质的最清晰的构思,参 Robinson,《柏拉图的早期辩证法》,前揭,页 15-17;另参 Kahn,《〈高尔吉亚〉中的谐剧和辩证法》,页 7-32;《柏拉图与苏格拉底对话:对文学形式的哲学应用》,前揭,页 97-98,页 110-113,页 133-142。另参 Mary Whitlock Blundell,《〈希庇阿斯前篇〉中的人物与意义》(Character and Meaning in Plato's *Hippias Minor*),载于 *Methods of Interpreting Plato and His Dialogues*,131-172;Frede,《柏拉图的论证与对话形式》,前揭,页 211-212。

② 短语"辩驳的个体特征"来自 Robinson,《柏拉图的早期辩证法》,前揭,页15;正如 Robinson 在同一篇文章中所言,《高尔吉亚》全书"八十页篇幅提到词根 ἐλέγχ 不下五十次",且有效地揭示了苏格拉底辩驳的个体特征。我在此总结了 Kahn 的《〈高尔吉亚〉中的谐剧和辩证法》一文;同一讨论的更简洁版本参 Kahn,《柏拉图与苏格拉底对话:对文学形式的哲学应用》,前揭,第五章,页 125-147。

（a）当高尔吉亚宣称修辞术教师不应为其学生不正义地使用修辞技巧而受责备或惩罚时，他首先断言了修辞术教育价值中立的品质。然而，他随后受到苏格拉底的诱惑并宣称，如果必要的话，他会向那些学习修辞术的学生教授美德。正如卡恩所言：

> 令人好奇且为泡鲁斯所强调的一点，即是高尔吉亚被迫（"不顾羞耻"）做了一个虚假的回应，因为有理由表明高尔吉亚实际上并无意教授美德，他还取笑那些宣称要教授美德的人。如果高尔吉亚真诚地作出回答，他会说他没有把他的学生变成好人，只是教学生成为实用的演说家，那么他早期的免责辩护就没有直接的矛盾……因此，高尔吉亚的辩驳在某种微妙的意义上是诉诸人的：他没有跟随自己真实的信念，而是出于民众眼中他的位置而被迫宣称教授美德。①

（b）泡鲁斯，高尔吉亚更为年轻的替手，因苏格拉底的强迫而承认，自己起初"受不义比行不义更坏"的说法是有问题的，因为他被迫重复了大众观点"行不义更可耻"。如高尔吉亚一样（反过来也像卡里克勒斯指出的那样），泡鲁斯因自身的羞耻感而陷入了自我矛盾的处境。但此处我们也须认识到，泡鲁斯的妥协不是随意的，而是符合他的性格、社会地位以及他通过对话想要达到的愿望。再次引用卡恩的话，作为"一个刚上路的智术师"，他是且需要成为"公众舆论的忠实镜子"（同上，页94）。

（c）在某种意义上，卡里克勒斯是最难对付的对手，因为他拥护自然正义这一强大理论，他坚持认为自己不会屈从习俗或羞耻的压力。但是最终，他仍被这一矛盾挫败，即他的"更为强大

---

① Kahn，《〈高尔吉亚〉中的谐剧和辩证法》，前揭，页80（对最后一个短语，我做出了强调），另参页83："考虑到高尔吉亚身处雅典的不利处境，除了如他所做那样作出回答，别无他选。"

的"英雄典型（最有才智、最勇敢）与他坚持快乐就是好（不带任何歧视或没有任何方法可以给快乐排列等级）之间具有矛盾。再次利用卡里克勒斯的羞耻感，苏格拉底巧妙地、含蓄地揭开了他的自然正义（"最好的"统治原则）的英雄典型与平等主义的享乐之间的裂缝。因为苏格拉底出人意料地提出两种精心挑选的人物类型来反对卡里克勒斯的贵族、英雄价值——娈童和懦夫，他强迫卡里克勒斯认识到，如果快乐是好，那么这两类人就代表了人类幸福的至高点。①

因此，像伊索一样，苏格拉底利用了每一位演说者的自我概念、虚荣心，利用了他们害怕自己在大众面前自相矛盾、出丑的忧虑之心。我们可以将苏格拉底诱捕三位演说家同伊索在萨摩斯公民集会上机智地打败赞塔斯做比较——这位哲人被迫释放伊索，以使自己不在公众面前显得心胸狭隘、贪婪（*Vita G*, 90）。

我们根据这些相似之处，关注苏格拉底在《高尔吉亚》中明确陈述自己的辩驳不同于雅典法庭上的普通辩驳，就非常有价值了。为了回应泡鲁斯不断称引公众观点的做法，苏格拉底评说道，在法庭上，一方认为当他提供了许多身份高贵的证人为自己辩护、而对方只能提供一位或提供不出证人时，他就战胜了另一方（471e2-7）。相反，苏格拉底实践了一种不同形式的辩驳：

> 但我嘛，我本人若不能提供一个人，即你本人，作为同

---

① 同上，页97-110。在雅典男性系统中，娈童（kinaidos）作为一个不幸的"可怕形象"，可参 John J. Winkler，《恪守法律》（Laying Down the Law: The Oversight of Men's Sexual Behavior in Classical Athens），收录于 *The Constraints of Desire: The Anthropology of Sex and Gender in Ancient Greece*，New York，1990，页45-70。关于与伊索的对比，值得注意的是：此处，苏格拉底如何安排了身体的侵入以对抗骄傲的贵族卡里克勒斯，首先是通过发痒和抓挠的例子，进而通过娈童的快乐的例子以作为前者的逻辑终点。因此，我们可以说，辩驳和处于较低的身体地位的类比合谋，击败了卡里克勒斯。

意我所讲的种种东西的见证人,我相信,关于对我们而言论证(言辞)所及的那些东西,我就根本无法完成任何有价值的论证(言辞);但我相信,你也(无法完成任何有价值的论证),除非唯独我个人为你作证,而你准许其他所有这些(见证人)告别。①

苏格拉底因此限定了他的辩驳的本质,即迫使一个人——他的对话者或辩论中的对手——为自己的立场和反对自己者的立场作证。这一使用了作证作为意象的构想,同《伊索传》中我们已经说明过的主题有一种不可思议的相似之处,伊索诱导他更为强大的对手认可或默许自己的罪行。

我认为,这绝不是偶然,即当苏格拉底或明或暗地同职业的"智慧实践者"——修辞家和《会饮》中阿尔喀比亚德演说中的政治顾问、《高尔吉亚》中宣称拥有传统智慧的智术师和正在训练的智术师——竞争时,他使用的类比及辩驳看上去极具伊索的特征。在这些争夺智慧支配权的竞争语境中,苏格拉底的类比变得富有攻击性,更为常见也更身体化(我们想想《高尔吉亚》中的发痒和放荡);当他调动起所有伊索浅显易懂和暴露性的小把戏时,他的辩驳就渐渐操纵了大众的差耻感。

如同我在关于《会饮》的讨论中所表明,我并不打算通过所有这些表示苏格拉底和伊索的步伐一致;他俩之间显然存在许多重要的不一致。首先,最明白无误的是,伊索的媒介是身体的、卑屈的、低级的;因此《伊索传》中他首次成功地让对手自证其罪完全是通过身体,即令他的奴隶原告被迫吐出偷吃的无花果(Vita G, 3)。当苏格拉底偶尔出现在贫民区时,他通常会从使用身体性的言辞术语转换到逻格斯和辩论的领域。其次,某种意义

---

① 《高尔吉亚》472b6 - c1。[译按] 中译采用李致远博士未刊译本。

上，伊索采取的积极和消极的方式，只有在突然"袭击"的情况下才会对其对手起作用：所谓积极，是他的对话者相信伊索已经通过寓言表达了含蓄的劝告，并基于此形成了自己的结论和决定；所谓消极，则是他的对手不能更早意识到自己已被诱入"自证其罪"的处境中。相反，柏拉图的苏格拉底像魔术师一样，当他要把戏的时候会告诉你如何耍弄这个把戏——但这并不必然意味着他没有戏耍你。

与这两点不同有关的是：就伊索的叙述方式而言，他成功地在真实世界中获得了实际效果；而对话框架中的苏格拉底却经常失败。比如，在《高尔吉亚》中，苏格拉底从未令泡鲁斯明确承认自己的观点正确，而卡里克勒斯甚至更为极端地拒斥苏格拉底。正如卡里克勒斯宣称，他仅仅是"为了讨好高尔吉亚"，才勉为其难地完成了辩驳，他到最后拒绝发言，导致苏格拉底必须独自完成最终的长篇神话。① 当然，并不仅仅是对话中的人物阻碍和拒绝辩驳的进展；读者们也经常对如此结束一个苏格拉底对话感到失望，他们感觉自己可以比那些迷迷糊糊的对话者有更好的表现，甚至怀疑苏格拉底的辩驳中有着很大的漏洞。② 实际上，即便苏格拉底在辩驳中胜出了，辩驳本身也会产生纯然否定的效果。因此，如同柏拉图《智术师》中埃利亚异乡人所明言，辩驳是利泻的和教学法式的：

> 他们追问有人自以为说及什么其实什么也没 [b5] 说的

---

① 关于普遍失败的辩驳（尤其在早期的苏格拉底对话中），参 Robinson，《柏拉图的早期辩证法》，前揭，页10–19；Paul Woodruff 译，《希琵阿斯后篇》，Indianapolis，1982，页137；Frede，《柏拉图的论证与对话形式》，前揭；参 Kahn，《柏拉图与苏格拉底对话：对文学形式的哲学应用》，前揭，页110–113。

② 这一针对苏格拉底对话的可读性回应，见证了哲学阅读的整个构成——找出谬论、提出更好的答案（对话者针对苏格拉底的辩驳提问所给出的答案），组成了这一哲学阅读。

任何事情。接着,由于[被追问的人]彷徨无着,[问的人]就得以轻易地检验他们的意见;他们用言辞把这些意见集中在同一个地方,挨个摆开;通过这样的摆开,他们表明,这些意见关于相同的事情在相同的方面针对相同的东西同时自相矛盾。那些经受检验的人见此情形,对他们自己就严厉起来,对别人则温顺以待。[230c] 正是通过这种方式,他们从禁锢他们的巨大而顽固的意见中解脱出来。在所有的解脱当中这是听来最令人喜悦的一种,经受解脱者也变得无比坚定。因为,我亲爱的少年,净[230c5]化它们[意见]的人持有的观点,恰如治疗身体的医生持有的观点,即身体若不先清除内在于它的障碍,就不能从提供的食物中获益,同样,关于灵魂他们也认为,灵魂不会从提供的学问中[230d]获益,除非先以盘诘把被检验的人置于羞惭之地,涤除阻碍学问的成见,显出他的纯净,并且使他相信他只是知他所知,此外再无所知。(《智术师》230b-d)①

对比了苏格拉底辩驳的这一公然否定性的目标与伊索有效用的、自证其罪的实践艺术,我们也许就能通过《伊索传》中(在《伊索传》中,伊索的对手被迫自证其罪)形式或结构上的要点很容易领会二者的不同。正如我们看到的那样,这种情况主要发生在:(1)《伊索传》开头,两个奴隶试图陷害伊索(*Vita G*, 3);(2) 在全体萨摩斯人面前,伊索成功地操纵了他自己和赞塔斯的关系(*Vita G*, 85-90);(3) 在埃及,伊索成功地诱捕了法老内克塔内布和他的朋友(*Vita G*, 117-118, 121-122);(4) 在德尔斐将被处死的时候,他最终召唤阿波罗本人为他作证(*Vita*

---

① 《智术师》230b-d, F. Cornford 译,收于 Cooper 主编,《柏拉图对话全集》,页 250-251。[译按] 中译采柯常咏博士未刊译文。

G, 142)。在每一个事件中,这些对手被引诱出来的自证其罪构成了一个事件或一个序列的高潮——(1)伊索恢复说话能力前作为一个哑巴奴隶的生活(*Vita G*, 1-3);(2)长长的萨摩斯故事序列最终以伊索赢得自由告终(*Vita G*, 21-100);(3)巴比伦——埃及序列(*Vita G*, 101-123);(4)德尔斐事件(*Vita G*, 124-142)。这一反复发生的叙述弧线,也使得一种不同的读者参与和读者识别结构成为必要。每一次我们都能看到伊索设置陷阱、要计谋、进行陈述,这些都同一种令人满意的突然结局有关。我们最终能够完全与伊索及其战胜对手后的狂欢产生共鸣,而他的对手只不过是叙述中的配角而已。①

苏格拉底辩驳的结构和经验,无论对其对话中的人物还是对读者而言,都更为不同。这也许是柏拉图(如果不是苏格拉底)最大的策略:通过对于失败的有效利用,他把"哲学"变为一种超验(transcendent)形式,将其构建为一个弃绝兴致的沉思领域,超越了所有实践的智慧竞争方式。所以能够获得这一结论,一个原因在于,他把对话建构为一种相互配合的伙伴之间的交流;因此,我们要注意,在此前引用的《高尔吉亚》段落里,苏格拉底描述了言辞对手确实有两方面的可能。② 但是,更为重要的是,哲学正是通过苏格拉底的失败才获其超验形式的外观。苏格拉底的失败,辩驳的否定性,被暴露的无知,以及苏格拉底所宣称的、与其对话者同样具有的困惑(aporia)——所有这些,产生出了哲

---

① 也就是说,即便伊索的对手似乎有一些特性的发展和内在本质(如同赞塔斯的例子),我们也不能在意其对手/对话者是否学到了一些东西。

② Robinson(《柏拉图的早期辩证法》,前揭,页9)认为,苏格拉底"在辩驳中偶然用到的相互作用"(包括《高尔吉亚》中的这个段落)是虚假的;但是关于对话形式的倒转的相互作用,参Martin,《作为智慧实践者的七贤》,前揭,页124;Halperin,《柏拉图和爱欲的互利作用》(Plato and Erotic Reciprocity),载于 *Classical Antiquity* 5 (1986):页60-80;Halperin,《柏拉图和爱欲叙述》。

学的永恒开放空间，鼓励一直追求一种超越竞争的、在某一特别领域的"真理"。① 我们可以说，伊索的天赋造就了他的成功——他对于实际策略的运用战胜了比他更为强大的对手，而与之相反，柏拉图的天赋在于他对失败和困惑的积极价值的认知。随着叙述的细节超越其自身，玩笑变为哲学、竞争变为对话、实践中的修修补补变为抽象的系统。

尾声：从摹仿中自展的哲学

我们将讨论转回摹仿。人们常常会说，在柏拉图看来，诗歌不能摹仿理念，因为一个人根本不可能在写作中摹仿理念。相反，摹仿理念是哲学的任务，它达此目标不是通过任何摹仿式的写作，而是通过生活的艺术。② 这一点固然正确，却忽略了一个问题，即柏拉图如何使用摹仿式的写作，激起或推动他的读者超越摹仿式的写作空间去追求"纯粹的"哲学沉思和生活，而柏拉图写作这一奇特的将自身他者化的方式，正是我描述的要点。③ 与此同时，摹仿体散文以及细节描述正是伊索的特长，在他的故事里，出现了历史上偶尔发生的属于智慧、并超越智慧的争斗。我们可以说，

---

① 对于辩驳（elenchos）的说明，以及柏拉图对困惑（aporia）的展开，我非常感激 Kahn 的《柏拉图与苏格拉底对话：对文学形式的哲学应用》，前揭，页 88 – 100；参 Nehamas，《辩论术、矛盾术、智术、辩证法：柏拉图对哲学与智术的划界》，以及 Paul Woodruff 译，《希庇阿斯后篇》，前揭，页 118："但苏格拉底主要的教训是自我引起的不满……这成为其严肃哲学的特点和主要原因。"针对"超验"哲学（这一"超验"由柏拉图对话的奇特形式所具体化）的相似构想，参 Asmis，《柏拉图论诗艺的创造性》，前揭，页 361；Frede，《柏拉图的论证与对话形式》，前揭，页 214 – 219；Nightingale，《对话中的类型：柏拉图与哲学的建构》，前揭，页 168 – 171。

② Nehamas，《柏拉图《王制》卷十论摹仿摹仿和诗》，前揭，页 58 – 64；Ferrari，《柏拉图与诗》，前揭，页 121 – 148。

③ 参 Nightingale 的说明，《对话中的类型：柏拉图与哲学的建构》，前揭，页 133 – 171，关于"陌生而真实的对话"。

在这个意义上，《伊索传》和柏拉图对话都是指导生活的口袋书或"使用说明书"——但二者的教育方式具有明显不同的观念。《伊索传》指导我们如何在实际生活中战胜更为强大的对手，而苏格拉底对话（如苏格拉底在《斐多》中所明言）则教哲人如何实践死亡——摆脱实在的、具体的身体。

最后，我们约略返回到《斐多》开篇的纲领性场景——苏格拉底承认将伊索寓言改写成诗，这样我们就能看到，上一段所言如何在柏拉图对话中发生作用。我们不妨回忆一下，在临终之日的清晨，狱卒卸掉苏格拉底双腿上的枷锁，伊索和伊索寓言首次出现。当他抬起小腿并搓揉的时候，关于快乐和痛苦那奇特却又几乎不可避免的结合，他略作评说，即"要是伊索意识到这些，他恐怕会编故事"，神把快乐和痛苦的头捆绑在一起以使它们协调一致。因此，伊索的出现，同身体性的快乐和痛苦、较低的身体部位（苏格拉底较低的腿）和丑陋的身体（孪生的、头部捆绑在一起的快乐和痛苦）密切相关。

苏格拉底看似随意提及伊索，却激发了他的对话者之一刻贝斯的追问；在这里，相比之前的引用，我提供一个略为完整的对话文本：

> 刻贝斯接过话头："你采伊索的言辞和献给阿波罗的颂诗制作出来的诗，已经有别的一些人问起我，尤其那个欧厄诺斯还问起，为何你偏偏来到这儿就起心要制作这些诗，此前却从未制作诗。所以，一旦欧厄诺斯再问起我——毕竟，我知道他肯定会问——要是你看重我能够回答他的话，告诉我，我该说什么。"
>
> "那你就对他说实情把，刻贝斯，"苏格拉底说，"我制作那些诗，可不是要和他或他的诗比技艺高低哦——我兴许还知道，这恐怕不容易。我制作那些诗不过想探探我的某些

梦说的是什么［意思］，并洁净我［自己］的罪。正因为如此，这些梦才多次命我制作这种乐。事情是这样的：在我这走过的一生中，同一个梦不断造访我，情境显得有时这样，有时那样，但说的是相同的事情——'苏格拉底啊，'梦说，'作乐吧，劳作吧。'我呢，以前一直以为，这是梦在不断鼓励我做已经在做的那件事，鞭策我，就像人们激励在跑的人，这梦不断鞭策我做我已经做的事情——这就是作乐。因为，热爱智慧就是最了不起的乐，而我一直在做这个啊。可现在呢，判决下来时，这神的节庆却推迟了我的死，难免让人觉得，那梦倘若一再吩咐我制作那种属民的乐，就不可不服从梦，必须制作［属民的乐］。毕竟，除非在离世前洁净自己，制作那些诗作，服从那个梦，［否则］我心里不会踏实。于是，我不仅首先制作诗献给眼下正在祭祀的［阿波罗］神，而且正是由于这位神，我才想到，一位诗人如果算得上诗人，就得制作故事而非制作论说。可是，我自己并不是说故事的，因此，我拿起手边的故事——我懂得伊索的故事，用我先前读过的故事制作出这些诗。所以，刻贝斯，把这些告诉欧厄诺斯吧，祝他活得好，并告诉他，要是他够智慧，就尽快跟随我。我要去了，似乎就是今天，因为，雅典的人们已下了吩咐。"

这时，那个西姆米阿斯说，"你怎么这样做告诫欧厄诺斯啊，苏格拉底！最近我常常碰到这人，按我的感觉，无论你用什么方式，他绝对不会愿意听从你的劝告。"

"怎么？"苏格拉底问，"欧厄诺斯不是个热爱智慧之人吗？"

"我觉得他是，"西姆米阿斯说。

"那么，欧厄诺斯会愿意的，每个认真置身于这种事业的人都会愿意。当然，他也许不会强制自己；毕竟，据他们说，这不符合神法。"说这些话的时候，苏格拉底边让双脚踩在地上，谈接下来的东西时，他都这样子坐着。(《斐多》60c9–61d2)①

阅读这节更完整的文本，我们注意到整个引人注目的对话被精心框定在一个叫欧厄诺斯的人的问答之中，而且借助苏格拉底的来访者西姆米阿斯和刻贝斯（二人在对话的大部分过程中将作为主要的对话者做出让步）从中斡旋。那么，谁是欧厄诺斯呢？柏拉图的《申辩》告诉我们，他是来自帕利俄斯的智术师，富有的雅典人卡里阿斯向他支付了五迈纳，让他教导自己的两个儿子"一个人和一个公民的道德"（《申辩》20b4–9）。斐德若认为，他发明了某种混合形式的修辞术，还提到他把诗歌当作一种便于记忆的手段（《斐德若》，267a2–5）。我们确实能够找到一些经由后世作家引用的欧厄诺斯的诗歌片段；正如伯内特（John Burnet）平淡的分析：

> 他的挽歌有几则辑语保存下来，但我们所感受到的，只是一些缺乏创见的摹仿忒奥格尼斯之作，更确切地说，其风格不过是一些陈腐格言。②

也就是说，欧厄诺斯是柏拉图笔下愚弄别人的典型人物：他是一个职业智术师，通过创作陈腐的、忒奥格尼斯式的劝诫（parainetic）诉歌，声称拥有传统的高远智慧。我们还要注意苏格拉底狡猾的说法：他号称无意拿自己的创作同欧厄诺斯及其诗歌

---

① 《斐多》60c9–61d2，Grube 英译，载于 Cooper 主编，《柏拉图对话全集》，页52–53。[译按]刘小枫译本，《斐多》，载于《柏拉图四书》，前揭，页413–415。
② John Burnet 编，《柏拉图的〈欧蒂德谟〉〈苏格拉底的申辩〉和〈克力同〉》(*Plato's Euthyphro, Apology of Socrates, and Crito*)，Oxford，1924，页166。关于欧厄诺斯的残篇，参West，《古希腊抑扬格诗与诉歌集》卷二，前揭，页63–67。也许，关于《斐多》中这段话，重要之处在于，我们保存的欧厄诺斯诗篇的大部分内容反映了"欢乐"和"痛苦"的本质——而且主要是符合习俗的会饮言辞。

竞争——尤其是，我们已经知道，伊索同传统的七贤智慧有竞争，而且，苏格拉底自己也反复强调，他手边使用的伊索故事实属偶然。（"因此，我拿起手边的故事——我懂得伊索的故事，用我先前读过的故事制作出这些诗。"）这暗示的是，苏格拉底几乎是偶然地做了欧厄诺斯努力并精心制作的东西。最终，引文的结尾处似乎是苏格拉底对于欧厄诺斯打趣式的进攻；表面上看，苏格拉底本人向他问好，实际上是在告诉他尽可能地走向死亡。这一平淡的伊索式进攻引出了西姆米阿斯的些许好奇（"你怎么这样做告诫欧厄诺斯啊"），反过来也使得苏格拉底引出了对话的关键术语和概念：如果欧厄诺斯是一个真正的哲人（"爱智慧的人"），那么他就能理解灵魂摆脱身体是最高的善，因此也能够理解真正的哲人的整个生命应该是"实践死亡"。

这一点几乎成为苏格拉底全部对话要展开讨论、并反复辩论的部分。同样值得注意的是，苏格拉底使用讽刺性极强的伊索素材，消解了欧厄诺斯在诗歌和传统智慧方面的自命不凡；这一消解令整个对话的轴心从特殊（欧厄诺斯）转向一般（哲人），从尖锐的竞争转向热切的交流对话。与前面引用部分不是同时发生的细节还在于，苏格拉底把脚放在地上，他的身体从对话中消失，直到对话中途，我们能够清楚地看到——苏格拉底身体上的温和——他抚摸斐多的头发（89b2-5），而在对话最后，苏格拉底洗澡并喝下毒药（116a2-b1，117c5-118a7）。贯穿整篇对话简短却又生动的摹仿性细节，奠定了我们感受到的苏格拉底的人物特征及其身体性存在，而与此同时，同关于快乐和痛苦的丑陋、双头的伊索寓言有关的苏格拉底较低的身体部分，却为柏拉图有目的地渐渐隐藏。

悖论的是，正是柏拉图笔下塑造的苏格拉底形象——其人的悲怆和魅力——有效地奠定了哲学活动的超验形成，并给出足够的解释（尽管那些被引诱入哲学实践的人，却常常对这一形象的诱惑视而不见）。我们可以说，所有这些目标的实现，都是在一个层次的摹仿之上有目的地却又看似鲁莽地叠加另一个层次的摹仿。苏格拉底首先接受伊索的面具，然后又脱去面具（摹仿作为"装扮"）；对于伊索面具的摆脱，令苏格拉底自身更为持久的摹仿隐藏更深。我们相信苏格拉底的真实居于面具之后，这一信念使我们想——不是必须成为苏格拉底，因为苏格拉底当然不可比拟——在无止境地追求真理方面追随苏格拉底。伊索式的隐藏或细节描绘（摹仿体散文的叙述特点）在局部的、短暂的争论之中达到其目的，而借助这些争论，智慧成为哲学，随即隐匿无踪，令一种纯粹化了的、非摹仿的哲学成为可能，便如同灵魂摆脱了身体的桎梏。① 当然，其中要点也在于，被解放了的哲学"灵魂"摆脱或留下了形成它自身的政治土壤——即作为媒介的低阶层的伊索寓言，柏拉图正是利用寓言痛击其对手智术师。若用黑格尔的术语：属于奴隶的散文体伊索寓言，成为哲学对话的超验主人。

---

① 对此影响，我能找到的最好的类比是 Elaine Scarry 针对她描述为"用言语艺术表达知觉摹仿的杰作"的结构分析，参 Elaine Scarry，《论活力：白日梦和作家教育下的想象的区别》（On Vivacity：The Difference Between Daydreaming and Imagining－Under－Authorial Instruction），载于 *Representations* 52（1995 秋季号），页 1－26。Scarry 的焦点集中于普鲁斯特和哈代写作的某些特定时刻，她认为书写文本之所以对读者产生影响，原因在于，通过对某种 skrim 或朦胧的意象（意象之下，是更为牢固的物质或对象）的细节化描述，针对事件发生地及事件形态的生动想象就变得鲜活起来。因此，我们的视觉想象（直接形成了一种内在的意象，围绕着牢固的表面，这一意象有着 skrim 的相互影响），能够赋予这一深藏意象之下的虚构物质以更为巨大的牢固性和生动性；反过来，这也能使得我们对空间有更为强烈的感知，阅读小说的体验也会更为真切。我认为，苏格拉底对话中有两个层次的摹仿，且这两种摹仿产生了相似的作用力（尽管各自目标非常不同）：越过对苏格拉底的潜在摹仿，伊索式的细节或面具使我们对苏格拉底的"牢固性"和真实性深信不疑，正如柏拉图对话中塑造的苏格拉底形象。模仿的真实性这种奇妙的形成方式，就有利于达到哲学的目标，即消解写作和模仿。

附　注

拙文孕育于与伯克利同事、学生和校友的常年对话之中,参与者之众,此刻我甚至无法在脑海中完全忆起。在此,我并不打算列出一份冗长的名单,仅对阅读过拙文早期版本并提出意见的朋友略表谢忱:Tamara Chin, Kate Gilhuly, Mark Griffith, Deborah Kamen, James Ker 和 Hakan Tell。同时,特别感谢 Victoria Kahn 和 Boris Maslov,他们详细阅读了前期的多版草稿,并提出丰富有效的反馈意见,对提高拙文论证的深度极有助益。

《马蜂》和伊索寓言的社会政治学

罗斯维尔（Kenneth S. Rothwell）著

董晓博 译

作为《马蜂》中最出彩的老陪审员，斐罗克勒翁（Philocleon）同时也是一位精力充沛的寓言家。比起阿里斯托芬谐剧中的其他任何一个角色，斐罗克勒翁更为频繁地提到伊索并讲述寓言，所谓更为频繁，事实上也是相对于古代希腊文学中的任一角色而言。唯一例外的人物可能是虚构的《伊索传》中的"伊索"。我认为，这一点的充分重要性被忽视了：因为古代通常由奴隶和农民讲述寓言，斐罗克勒翁对于寓言的使用，强调了他所处的角色是一个处于较低阶层或地位的雅典人。在这篇文章中，我将概述古代寓言的传统，评价斐罗克勒翁的社会地位，并分析《马蜂》中他对寓言的使用。

伊索和古代寓言

现存的古希腊—罗马寓言将近六百篇，这足以说明它们的易读程度及其永恒吸引力。① 寓言最初不仅仅是作为娱乐性的逸闻趣事出现,且作为短小精湛的故事(ainoi)以间接的方式表达明确的意涵。② 尽管这些讽喻性的、把动物比作人的故事偶尔也会出现在"高级"文学中,但我们仍更为经常地视它们为一种亚文学的、普遍流行的娱乐形式。然而,它们在字面意义上也是"大众的":作为一种表达方式,农民和奴隶频繁使用寓言。③ 重要的

---

① 关于寓言,基础的学术成果包括:Ben Edwin Perry,《伊索寓言》(Aesopica),卷一,Urbana, 1952;《寓言》(Fable),载于 Studium Generale 12 (1959),页 17 – 37;《巴布利乌斯与斐德鲁斯》(Babrius and Phaedrus), Cambridge MA – London, 1965; Morten Nøjgaard,《古代寓言》(La Fable antique),两卷本, Copenhagen, 1964 和 1967; Pack Carnes,《寓言研究》(Fable Scholarship: An Annotated Bibliography), New York, 1985; Stevan Josifovic,《伊索》(Aisopos),载于 RE Suppl. 14 (1974),页 15 – 40; Karl Meuli,《寓言的起源与本质》(Herkunft und Wesen der Fabel), Basel, 1954 [= Schweizerische Archiv für Volkskunde 50 (1954) 65 ff.]; E. Chambry 编,《伊索寓言》(Ésope. Fables), Paris, 1960。Morten Nøjgaard《古代寓言》中的一些文章极有价值。《Entretiens Hardt 第 30 届古代经典年会》, F. R. Adrados 承办, Geneva, 1984。Joseph Ewbank,《阿里斯托芬笔下的寓言和谚语》(Fable and Proverb in Aristophanes, North Carolina, 1980) 也同样很有帮助。

② Eduard Fraenkel,《论故事的形式》(Zur Form der AINOI),收于 Kleine Beiträge zur klassischen Philologie (Rome 1964),页 235 – 239; Meuli,《寓言的起源与本质》,前揭; Perry,《巴布利乌斯与斐德鲁斯》,前揭,前言,页 xix – xxxiv; T. Karadagli,《寓言和故事——希腊寓言研究》(Fabel und Ainos. Studien zur griechischen Fabel), Königstein, 1981; Gregory Nagy,《最好的阿开奥斯人:古希腊诗歌中的英雄概念》(The Best of the Achaeans: Concepts of the Hero in Archaic Greek Poetry), Baltimore, 1979,页 237 – 241。

③ 关于寓言的这一方面,可参 Otto Crusius,《关于寓言的历史》(Aus der Geschichte der Fabel),载于 E. H. Kleukens 编 Das Buch der Fabeln, Leipzig, 1920,尤参前言,页 vii – xxi; David Daube,《古代公民的不服从》(Civil Disobedience in Antiquity), Edinburgh, 1972,页 53 – 56,页 130 – 138; K. R. Bradley,《罗马帝国的奴隶和主人》(Slaves and Masters in the Roman Empire), New York, 1987,页 50 – 53; M. T. W. Arnheim,《寓言的世界》(The World of the Fable),载于 Studies in Antiquity, Univ. of Witwatersrand1 (1979 – 1980),页 1 – 11; Chambry 编,《伊索寓言》,前揭,前言页 xl – xli。马克思主义学者曾对此主题做过研究,参 Antonio La Penna,《伊索寓言中的道德作为古代下层阶级的道德》(La morale della favola esopica come morale delle classi subalterne nell´ antichità),收于 Società 17 (1961),页 459 – 537; M. L. Gasparov,《寓言的主题和意

是，伊索（Aesop，公元前6世纪）和寓言作家斐德鲁斯（Phaedrus，公元1世纪）、巴布利乌斯（Babrius，公元2世纪）①，据说都曾当过奴隶。关于伊索最可靠的证据是希罗多德的记述（《原史》，2.134）：公元前6世纪，伊索曾是萨摩斯的伊阿德蒙（Iadmon of Samos）的奴隶，最终在德尔斐被杀。②斐德鲁斯显然认为，奴隶们出于交流之需才发明出寓言：

> 奴隶，可能会因任何罪行受惩罚，因此他不敢公开表达他想说的话，所以只能把其个人观点置于寓言中，通过编造故事，以其打趣的外表躲避谴责。伊索独辟蹊径，我则倾于大道通衢。③

识形态》(Sjuzet i idiologija v ezopouskich basnjach)，收于 *Vestnik drevei is torii* 105 (1968)，页116-126，该篇论文摘要参 Carnes，《寓言研究》，前揭，页101；G. E. M. de Ste. Croix，《古希腊世界中的阶级斗争》(*The Class Struggle in the Ancient Greek World*)，London，1981，页444-445。

① 巴布利乌斯的生卒年不确定，但极有可能活动于公元2世纪，参 M. J. Luzzatto 和 A. La Penna 编，《巴布利乌斯的伊索寓言》(*Babrii Mythiambi Aesopei*)，Leipzig，1986，前言，页x-xi。

② Anton Wiechers，《德尔斐的伊索》(*Aesop in Delphi*)，Meisenheim am Glan，1961，书中表明关于伊索被杀的古代叙述相似于（或改编自）赎罪神话，在这些神话中是作为献祭的祭品。Josifovic（《伊索》，前揭，页21-22）认为伊索完全是传说中的人物。另一位观点偏激的 Johannes Sarkady 认为，伊索活跃于贵族政治失败、民主政治崛起的时期，《萨摩斯的伊索》(Aesopus der Samier. Ein Beitrag zur archaischen Geschichte Samos)，收于 *Acta Classica Univ. Scient. Debrecen.* 4 (1968)，页7-12他。另参 F. R. Adrados，《新发现古风和古典时代抑扬格诗歌残篇》(Neue jambische Fragmente aus archaischer und klassischer Zeit)，收于 *Philologus* 126 (1982)，页178-179。最新的关于《伊索传》中伊索形象的研究集可参阅 N. Holzberg 编辑的《伊索的故事》(*Der Äsoproman. Motivgeschichte und Erzählstruktur*)，Tübingen，1992。

③ 斐德鲁斯寓言第三卷序言，行33-40，Perry 译，《巴布利乌斯与斐德鲁斯》，前揭，页2542-2555。昆体良（Quintilian）认为，寓言对"粗鲁的和未受教育的头脑"有吸引力（rusticorum et imperitorum, 5.11.19）。

当然，我们并不认为古希腊的寓言创造缘起于受压迫阶层——毕竟，动物寓言可以追溯至古美索不达米亚和古埃及。① 从寓言的本性或本质而言，莫名断定寓言隶属于较低阶层，很可能是个错误。② 尽管事实上，寓言可能更多为底层人所使用，而斐德鲁斯则宣称寓言是表达奴性抗争的形式——这个观点也不应被忽略。至少，正是这些理由让我们理解伊索为何为奴隶创作寓言。更重要的是，寓言表达了受压迫阶层的观点。③ 其中一类寓言就展现了残酷的、不可改变的自然法则，由赫西俄德创作的、现存最早的希腊寓言《鹞子和夜莺》就是很好的例子：一只鹞子，用爪子抓住了一只夜莺，提醒夜莺，它不过是一个更强者的猎物，前者有权决定是拿它当晚餐还是放它走。鹞子说，只有傻瓜才会试图同更强者竞争。④ 此处的道德观似乎是指弱者必须服从强者。神和神圣的正义，总是缺席。类似这样的寓言，反映了农民或奴隶所采取的更为现实的世界观，这是他们在惨痛的生活经验中习得的，他们

---

① 巴布利乌斯寓言第二卷序言说寓言是叙利亚人的发明，这一说法在古代备受怀疑；Perry，《巴布利乌斯与斐德鲁斯》，前揭，页 138–139。

② Perry 的论文《寓言》（前揭，页 23 注释 28）准确地指出"作为一种形式，一则寓言的语调或内容不能依靠任何内在于它自身的社会学的或其他学科的特性（正如 Crusius 设想的那样），而只能依靠使用寓言的人及使用者自己试图传达的思想品质。"我希望表明恰恰是在对寓言的使用中——如果不是被偶然设定好的——寓言开始同较低阶层联系在一起。

③ 参 Howard Needler，《动物》（The Animal Fable Among Other Medieval Literary Genres），载于 New Literary History 22（1991），页 437："不像较大的文学类型能够通过诗体化的小说创造出属于它们自己的秩序，寓言预先假定了一种秩序。"

④ 《劳作与时日》，行 202–214；《伊索寓言》，4，Perry 辑本，以下寓言皆引此本，不一一注明。关于老鹰和夜莺的寓言可参：Crusius，《关于寓言的历史》，前揭，前言也 x‑xi；Lloyd W. Daly，《赫西俄德的寓言》（Hesiod's Fable），载于 TAPA 92 (1961)，页 45–51；M. L. West 编，《劳作与时日》（Hesiod: Works and Days），Oxford，1978，页 204–212。此则寓言在伊索寓言版本中属于第四则，Perry 的改编削弱了它的残忍性。

不得不接受命运的安排。① 这也是强者希望弱者明白的道理。

第二类寓言则要乐观些，它认为弱者能够战胜强者，尽管数量很少。可参考寓言《老鹰和屎壳郎》：鹰猎杀了野兔，屎壳郎把鹰蛋弄破以示报复。鹰不堪其扰，援请宙斯将蛋保护于后者膝下。屎壳郎不服输，奔向奥林波斯山，将粪球砸向宙斯，宙斯惊起，最终还是将鹰蛋打破了。② 这则寓言还具有病原学上的意趣，它解释了鹰为何只在屎壳郎不出现的时节孵化小鹰。同时这则寓言也明确讽刺了那些骄傲者、强大者如何被谦恭者、低微者打败；它也可以作为某种颠覆性意图的间接表达。③ 另外一个傲慢的老鹰被打败的寓言是抑扬格诗人阿基洛库斯创作的《老鹰和狐狸》：老鹰用狐狸的幼崽做了一顿美餐，但当他带着烤熟的内脏返回自己的鹰巢时，鹰巢起火了，狐狸正在吃摔在地上的小鹰（辑语174，West辑本；《伊索寓言》，1）。④ 就这样，狡诈的狐狸，这种寓言中最常出现的动物，踏着抑扬格节奏得意归家——这是常用于非正统的小人物的诗格。⑤

---

① 参 La Penna,《伊索寓言中的道德作为古代下层阶级的道德》，前揭，页505-522；同样参，K. J. Reckford,《阿里斯托芬旧而又新的谐剧》(Aristophanes' Old-and -New Comedy), Chapel Hill, 1987, 页76。

② 《伊索寓言》，3；参西蒙尼德斯（Semonides），辑语13，West辑本；阿里斯托芬,《蛙》，行1446-1449,《和平》，行129-134,《吕西斯忒拉塔》，行694-695。

③ 针对这则寓言的观点可参见：Crusius,《关于寓言的历史》前揭，前言页xiv-xv; Karadagli《寓言和故事——希腊寓言研究》，前揭，页17-19。

④ 关于辑语174及其后的篇章，可参见 M. L. West,《希腊早期诉歌与抑扬格诗歌研究》(Studies in Greek Elegy and Iambus), Berlin-New York, 1975, 页132-34；I. Trencsényi-Waldapfel,《一种病原学的寓言及其东方的对应者》(Eine aesopische Fabel und ihre orientalischen Parallelen), 载于 Acta Antiqua 7 (1959), 页317-327。

⑤ 抑扬格对于寓言来说是一种非常合适的媒介，因为这两种类型都同表现英雄和贵族世界的史诗相对立。根据 Adrados（《新发现古风和古典时代抑扬格诗歌残篇》，前揭）的看法，其他寓言似乎早已出现在抑扬格创作中。关于狐狸，可参 Carlos Garcia Gual,《狐狸的威信》(El Prestigio del Zorro), 载于 Emerita 38 (1970), 页417-431。

把寓言看作农民和奴隶的表达方式，确有其道理。然而，我们必须对其复杂性有所警觉。例如，当群体中有一个人是平民时，寓言能够作为沟通的桥梁；寓言亦可以作为一个故事明确而又得体地对准某个社会强者。对于赫西俄德来说，寓言《鹞子和夜莺》是讲给"老爷们"听的（《劳作与时日》，行202），而当赫西俄德（毕竟，他视自己为一个贫穷的农民）结束他的寓言时，他没有将其道德诫示"暴力对穷人来说是坏的，甚至一个好人也不能轻易地承受暴力"指向"老爷们"，而是指向了他的弟弟佩尔塞斯（Perses；参 Karadagli，《寓言和故事——希腊寓言研究》，前揭，页11-13）。因此，它的目标对象是社会强者，实际对象却是与之社会地位平等的人。[①] 此外，寓言或故事有时也会由社会上受人尊重的成员讲述，并径此进入严肃文学中。在索福克勒斯的肃剧《埃阿斯》中，透克罗斯（Teucer）和墨涅拉奥斯（Menelaus）挖苦对方的时候便各自引用故事：墨涅拉奥斯把透克罗斯比作一个在大海中胆小的人，而透克罗斯则把墨涅拉奥斯比作一个愚蠢的人（《埃阿斯》，行1142-1158）。无疑，这样的对话说明一个道理，即：这些寓言的作用之一就是降低了对话的水准，并揭示其中的争论有多低劣。[②] 埃斯库罗斯的作品中能找到两则动

有一则寓言也许潜藏在 West 辑语 185 背后，似乎是关于一只猿和一只狐狸。另参，C. M. Bowra，《狐狸和刺猬》（The Fox and the Hedgehog），该文讨论 West 辑语 201，载于 On Greek Margins, Oxford, 1970, 页 59-66；参 Ralph Rosen，《旧谐剧和抑扬格写作传统》（Old Comedy and the Iambographic Tradition），Atlanta, 1988, 页 30-35。

① M. L. West 认为，只有演说者和听者之间存在距离时，寓言才发挥其功效——尤其是听众（而不是简简单单的听话者）能够理解寓言背后的反讽时；参《Entretiens Hardt 第30届古代经典年会论文集》，前揭，页99。针对此处出现的礼节可参 T. Cole，《古希腊修辞学的起源》（The Origins of Rhetoric in Ancient Greece），Baltimore, 1991, 页 48-50。

② 关于这些故事（ainoi），可参 Fraenkel，《论故事的形式》，前揭，页 235-239，以及 K. Meuli，《寓言的起源与本质》，前揭，页13。关于语言品味的降低，可参 W. B. Stanford 编，《埃阿斯》（Sophocles: Ajax），London, 1963, 前言，页 xlix 及注释64。

物寓言，尽管里面只出现了鹰和狮子；在荷马史诗里也能见到这些动物的比喻，然而在埃斯库罗斯的作品中，这些寓言并未讲述完整，而仅是略为提及，这样做倒是减少了粗糙诗格可能产生的误导。① 在荷马那里，没有任何动物寓言出现，尽管在《奥德赛》卷十四行457-522，奥德修斯伪装成一个可怜的乞丐向地位卑微的欧迈奥斯讲了一个小故事——二人真正的社会地位也允许此事发生。尽管有人认为，寓言作为一种有用的工具可以为诗人所用，或者说高阶层的人物可以依靠寓言进行一种间接的和巧妙的交流，但在古代或经典文本中，寓言仍属罕见。在更为严肃的文学类型中，没有任何一个出身优越的希腊人讲过一个完整的动物寓言；相反，相比史诗和肃剧，寓言更多地出现在谐剧和抑扬格诗中。

同样，在其他文化中，寓言和类寓言的文学表现形式通常与低阶层及边缘阶层的人联系在一起。法国大众文化历史学家达恩顿（Robert Darnton），曾广泛搜集了17世纪和18世纪的寓言——这些寓言全都描述了一个永恒不变的农民世界，农民们无休止地劳作但仍贫穷。② 这些寓言所反映的弱势群体的视角，同样也是最

---

① 埃斯库罗斯的肃剧《密尔米冬斯》（*Myrmidons*）残篇，细致讲述了一只老鹰被用它的羽毛制成的箭射杀的寓言，参 Nauck，《希腊肃剧残篇》（*Tragicorum graecorum fragmenta*），Leipzig，1889，138。《阿伽门农》行727-728处的小幼狮似乎受到了寓言的鼓励；参 Eduard Fraenkel 辑，《阿伽门农》（*Aeschylus：Agamemnon*），两卷本，Oxford，1952，页338-339。这两则寓言都强调了企图改变自然天性的徒劳。M. Davies 在《埃斯库罗斯和寓言》（*Aeschylus and the Fable*）中指出，埃斯库罗斯由于选择的限制，列举了通常意义上不那么体面的一个寓言，载于 *Hermes* 109（1981），页248-251。参 Ewbank，《阿里斯托芬笔下的寓言和谚语》，前揭，页133。M. L. West 刊登于《Entretiens Hardt 第30届古代经典年会》的论文讨论的是，为什么埃斯库罗斯使用寓言而索福克勒斯和欧里庇得斯不用寓言，他认为埃斯库罗斯的语言通常意义上更远离大众语言，"而在某些情况下（比如韵律和韵律学），他更接近大众。他对寓言的使用可以看作是这种品质的另一种表现"（前揭，页100）。

② 参 Robert Darnton，《屠猫记——法国文化史钩沉》（*The Great Cat Massacre and Other Episodes in French Cultural History*），New York，1984，页9-103。[译按] 中译参吕健忠译本，北京：新星出版社，2006年。

近兴起的"伊索寓言在 14 至 18 世纪的英国"的研究热点。这一特殊情况再次证明:在清教徒的视野中,寓言是保皇党派的诗人表达政治抗议的工具。① 在一项关于刚果的类寓言故事研究中,豹子因与政治社会中的首领关联密切而其重要性被凸显;在这些故事中,豹子强壮无比,但总是被欺骗。② 印度《五卷书》(*Pancatantra*)中的寓言表面看来是讲给王子们听的,但这些寓言所传达的诫示多是骗子存活下来,它们最初似乎是作为"大众"文学而创立的。③ 从根本上来说,寓言关涉的是力量不平等的个人或群体之间的关系类型,因此它多与较低阶层联系在一起。甚至,即便没有绝对的标志表明阶层或地位等信息,寓言也可以成为在金钱、威望或权力方面拥有更多和更少的人之间的关系度量;因此,在任何一个语境中,寓言都可以为受害的或处于劣势的团体所讲述或表达。

在古代雅典,寓言也人尽皆知。④ 第欧根尼·拉尔修曾提到,公元前 4 世纪晚期,法勒隆的德米特里俄斯(Demetrius)编纂了一部寓言集;然而我们知道,早在公元前 5 世纪,伊索寓言就极

---

① 参 Annabel Patterson,《寓言的力量:伊索寓言的写作与政治史》(*Fables of Power: Aesopian Writing and Political History*) Durham, NC, 1991, 页 81-109。[译按] 参本辑主题论文。

② 参 Josef Franz Thiel,《刚果及其寓言形象中的统治者和被统治之间的关系》(Das Verhältnis zwischen den Herrschenden und Beherrschten bei den Yansi [Congo] im Spiegel ihrer Fabel),载于 *Anthropos* 66 (1971),页 485-534。

③ 参 G. U. Thite,《印度寓言》(Indian Fable),载于《Entretiens Hardt 第 30 届古代经典年会》,前揭,页 51-53,页 60。[译按]《五卷书》中译本参季羡林译本,北京:人民文学出版社,1981 年。

④ 关于寓言在雅典的流行,可参 Ewbank,前揭,页 121-132;Nøjgaard,《古代寓言》,前揭,页 553-555;M. L. West,《古风和古典希腊时代归之于伊索名下的寓言》(The Ascription of Fables to Aesop in Archaic and Classical Greece),载于《Entretiens Hardt 第 30 届古代经典年会》,前揭,页 105-136。

有可能已以书面形式传播了。① 在《鸟》中，佩斯特泰罗斯（Peisetaerus）就指责歌队长没有好好"研究"或"蔑视"他的伊索；《斐多》中，当刻贝斯探访苏格拉底时，他发现苏格拉底将在他手边、以及他知道的伊索寓言进行了诗体改造（60c - 61b）。② 两个出土的阿提卡红彩陶器被证实与伊索相关，也许更为重要的是，它们上面都有狐狸的图像：一个展示了伊索正同狐狸说话，另一个加有狐狸和葡萄的插图（《伊索寓言》，15）。③《马蜂》（行 566 - 567）清楚地表明可以在法庭上讲述寓言。当然，为了更为丰富地了解寓言，我们能够在阿里斯托芬那里找到最强有力的证据。阿里斯托芬共有八次直呼伊索之名，同时，相比之前或同时代的作家，他更为频繁地完整或部分性讲述寓言。本文所要阐释的即是《马蜂》中出现的伊索、伊索寓言及其大量出现的原因。

---

① 我们没有确证证明，在德米特里俄斯之前有其他的寓言书，尽管《马蜂》中所使用的寓言在功能上可以等同于《骑士》中煽动政治家克瑞翁所使用的"Bakis 神谕"（行 109 - 143，行 195 - 210，行 960 - 1096）；参 J. Fontenrose，《德尔斐神谕》（*The Delphic Oracle*），Berkeley，1978，页 152 - 165。毫无疑问，这样的神谕在此时被编辑成书，参见《鸟》（行 980，行 986，行 989）。如果能够证明寓言在当时已以书的形式流通，且斐罗克勒翁读过这些寓言书，那么我们就有证据来说明较低阶层的文学状况（参 W. V. Harris，《古代读写》[*Ancient Literacy*]，Cambridge，MA，1989，页 74，页 102，页 114），认为文学不会越出古希腊的重装步兵的阶层之下，但是伊索寓言成书的证据是不可靠的，无论如何，伊索故事很容易口头传播。

② 无论苏格拉底的学生处于怎样的贵族阶层，他本人似乎出身较低，参 Gregory Vlastos，《苏格拉底：反讽者和道德哲人》（*Socrates. Ironist and Moral Philosopher*），Ithaca，1991，页 251 - 253。

③ 关于伊索和狐狸，参见 J. Beazley，《阿提卡的红陶人像瓶画》（*Attic Red - Figure Vase - Painting*），Oxford，1963 年第二版，页 916；画有狐狸和葡萄的陶器是私人拥有的，其图被 L. W. Daly 作为《非道德的伊索》（*Aesop Without Morals*，New York，1961）一书的开卷插图。

寓言和阿里斯托芬笔下人物的社会地位

显然,是否讲述寓言,并不能单独作为准确评断社会地位的检测标准:有墨涅拉奥斯、透克罗斯、奥德修斯和17世纪的保皇党人为证,接下来我们将会看到在阿里斯托芬那里,寓言有更深远的复杂性和倒转发生作用。尽管如此,忽略寓言中所蕴有的阶级含义,即是忽略了斐罗克勒翁这个人物身上所具有的一些重要细微差别。为了更为清晰地看到这些细微差别,我们需要将斐罗克勒翁放置于阿里斯托芬所刻画的其他角色的文本语境中——高阶层的和低阶层的,讲寓言的和不讲寓言的。

一些初始告诫已准备就绪。我知道,过度强调普通人和上层分子的区分是可能的。所有雅典人共享许多社会看法,且受这些看法的影响而团结在一起,尤其是他们需要抵挡诸如公民身份这样的特权时。与罗马人相反,在法律方面,雅典人不允许奴隶获得公民身份;在公民身份方面,低层公民与高层公民等同,而不与奴隶等同。像托德(Stephen Todd)所言,"……从农民的角度看,他仅低于大地主",而从大地主的角度看,"农民仅高于奴隶……"① 不管雅典公民共享了什么样的观点,一些重要的不同点的确存在,而《马蜂》正是从这些不同点中挖掘出了谐剧效果。我同样了解到,在许多细节方面,阿里斯托芬为达到其他戏剧效果,有意牺牲了一些特性描述方面的一致。希

---

① 参 Stephen Todd,《查泰莱夫人的情人和阿提卡的演说家》(Lady Chatterley's Lover and the Attic Orators: The Social Composition of the Athenian Jury),载于 *JHS* 110 (1990),页 164;另参 Orlando Patterson,《西方文化形成中的自由》(*Freedom in the Making of Western Culture*),New York,1991,页 78;Robert Redfield,《农民社会和文化》(*Peasant Society and Culture*),Chicago,1956,页 64–68。关于雅典奴隶的虚荣做作,可参伪色诺芬《雅典政制》1.10–12。

尔克（Michael Silk）认为，阿里斯托芬笔下的人物属于"意象派"而不是"现实派"传统，这种"意象派"传统通过描述的不连贯发生作用。尤其是斐罗克勒翁，他有能力在戏剧的中间部分发生彻底转变，他最开始是"极度夸张的雅典守法者"，结尾却成为"自我表现生活暴力的化身"。① 但是这并不包括人物刻画的其他连续性，比如说阶级或地位，尤其当它们是一个未经打破的、基础的对立系统的一部分时（年老和年少，富裕和贫穷）。事实上，正如我们将要看到的那样，寓言的讲述补足了谐剧的反转。

在《马蜂》的众多人物中，布得吕克勒翁（Bdelycleon）确定无疑代表了雅典的富裕阶层。② 毕竟，这也是谐剧情节的要求。《马蜂》讲的是布得吕克勒翁试图改变他痴迷于法庭审判的父亲斐罗克勒翁，而他策略的一部分就是用有教养的阶层的生活方式教育他的父亲（行1003 - 1008，行1122 - 1263）。当然，最终证明斐罗克勒翁是不可教的。但是，戏剧中的这一议题并不仅限于父子冲突；布得吕克勒翁和斐罗克勒翁之间的不同，与公元前5世纪后期雅典城邦真实的社会现状和政治过失一致。布得吕克勒

---

① 参 Michael Silk，《阿里斯托芬的人物》（The People of Aristophanes），载于 *Characterization and Individuality in Greek Literature*，C. Pelling 编，Oxford，1990，页150 - 73；另参 K. J. Dover，《阿里斯托芬的语言和人物》（Linguaggio e caratteria ristofanei），载于 *RCCM* 18（1976），页357 - 371，又以《阿里斯托芬的语言和人物》（Language and Character in Aristophanes）为题发表于 *Greek and the Greeks*，Oxford，1987，页237 - 248。

② 参 D. M. MacDowell 编，《阿里斯托芬的〈马蜂〉》（*Aristophanes: Wasps*），Oxford，1971，页8 - 9；参 Lutz Lenz，《阿里斯托芬〈马蜂〉中的谐剧和批评》（Komik und Kritik im Aristophanes' *Wespen*），载于 *Hermes* 108（1980），页30 - 31；David Konstan，《阿里斯托芬〈马蜂〉中的政治》（The Politics of Aristophanes' *Wasps*），载于 *TAPA* 115（1985），页40；Ernst - Richard Schwinge，《批评和谐剧：思考阿里斯托芬的〈马蜂〉》（Kritik und Komik. Gedanken zu Aristophanes' *Wespen*），收于 *Dialogos. Festschrift Harald Patzer*，J. Cobet 等编，Wiesbaden，1975，页35 - 47。

翁教导其父亲在一些社会性的大会饮场合要表现恰当得体，这些都可以成为更为细节性的文学证据来说明何为美好且高贵（kaloi te kagathoi）。① 布得吕克勒翁家产丰厚，且奴隶众多。② 他所设定的、试图胜过他父亲的例子似乎仿效了贵族领导阶层的类型，即依靠道德说服。③ 布得吕克勒翁这个极为独特的名字巧妙地暗示他是克勒翁（Cleon）的伪装，而他欺骗斐罗克勒翁所宣判无罪的狗则代替了克勒翁的对手拉克斯（Laches）。歌队质疑布得吕克勒翁阴谋反民主，且控告他同情斯巴达（行466-475）。正如他们看到的那样，他"憎恨民主，爱独裁，私通布拉西达，衣服上挂着羊毛流苏，满脸大胡子"（行474-476）。他焦虑于躲避麻烦（pragmata）和诉讼；在雅典，远离政治活动是较高阶层对于民主规则的一种回应。④

另一方面，斐罗克勒翁扮演了一个极为贫穷的雅典人。能够确定的是，一个人宣称自己贫穷、属于下层社会，与他有一个富裕的、见多识广的儿子（尤其是他儿子的社会地位和社会技巧明显是天生获得），极为不相称。据说斐罗克勒翁的宣称只是一个姿态而已：他习惯于对房子里的奴隶发号施令；且在戏剧结尾，他承认自己拥有财产，尽管他并未掌控这些财产（行1354）。但是，这两条关于他之前的社会地位的线索比起他戏剧中的社会地位，产生了更多直接的谐剧作用；在表面价

---

① 参Walter Donlan，《古希腊的贵族观念》（*The Aristocratic Ideal in Ancient Greece*），Lawrence, KS, 1980, 页159-160。

② 我们不知道他有多少奴隶，但他至少需要二十四个击退马蜂歌队，U. von Wilamowitz-Moellendorff在《论阿里斯托芬的〈蛙〉》（*Über die Wespen des Aristophanes*）中这样认为，刊于《短章集（卷一）》（*Kleine Schriften I*），Berlin, 1935, 页303。

③ 对于这一点，我非常感激James Coulter，《〈马蜂〉中的民主政治》（Democratic Politics and the *Wasps*）的部分草稿。

④ 参L. Carter，《安静的雅典人》（*The Quiet Athenian*），Oxford, 1986, 页99-130。

值上，我们可能更容易接受斐罗克勒翁宣称自己是一个贫穷的陪审员。即便他之前是一个富有的绅士，但阿里斯托芬已有效地抹除了几乎所有能够表明这一点的证据；且为了实现《马蜂》的意图，斐罗克勒翁变成了一个相当贫穷的雅典公民，他以毋庸置疑的热情拥抱民主的价值、机构和领导者。① 他和他的儿子，形成了鲜明的反差。斐罗克勒翁的名字表明他忠诚于克勒翁。他以陪审员的眼光审视生活：他沉浸于法庭系统的修辞技巧，并从那儿获取报酬（这本身可能是社会地位的标示，后文将阐述这一点）。他自豪于权贵阶层在法庭上怕他。斐罗克勒翁公开敌视斯巴达，甚至拒绝穿拉科尼亚鞋（行1159-1160）。相反，他穿的是极为卑贱的斗篷和鞋子（行116，行1122，行1131-1155，行275，行1157）。珊提阿斯相当确定斐罗克勒翁不爱招待客人（行80）。② 另外一个能表明他社会地位的线索是，当他随代表团去帕洛斯（Paros）时，他仅仅得到了两个俄玻罗斯（行1188-1189）；按这个钱数来说，他肯定处于最卑贱的行列中，极有可能是一个桨手。③ 最后，斐罗克勒翁极为亲密地同歌队结为同盟（至少是戏剧的前半部分），而歌队的身份地位丝毫没有疑问。他们是穷苦的雅典人（行300-312），拥护克勒翁（行242），他们的名

---

① 关于此处发生作用的熟练技巧，可参 Konstan,《阿里斯托芬〈马蜂〉中的政治》，前揭，页37；他认为斐罗克勒翁是"一个相当富有的家庭原先的主人"。然而，我认为阿里斯托芬让我们把他看作一个贫穷的公民。也可参 MacDowell,《阿里斯托芬的〈马蜂〉》，前揭，页8，页10。

② 关于衣服，可参 Laura M. Stone,《阿里斯托芬谐剧中的服装》(Costume in Aristophanic Comedy)，New York，1981，页162-163，页223-227；另参 John Vaio,《阿里斯托芬〈马蜂〉：最后的相关场景》(Aristophanes' Wasps: The Relevance of the Final Scenes)，载于 GRBS 12 (1971)，页335-339。

③ 参 MacDowell,《阿里斯托芬的〈马蜂〉》，前揭，页285。因此，斐罗克勒翁更有可能是来自最低阶层的佣工，而不是第三等级的农民，可以作为重装步兵服役。

字没有任何社会性的虚饰。① 某种程度上，斐罗克勒翁被他们同化了，且看上去更像民众的一员。②

在阿里斯托芬笔下，有几个主要的人物属于低阶层、且使用寓言。特律盖奥斯是一个身无分文的农民（《和平》，行190），仅能勉强维持生活。作为一个追求和平的弱者，他恰当地把自己飞往奥林匹斯山的行动同寓言《屎壳郎和老鹰》联系在一起（《和平》，行129 – 134）。③ 他后来保证要养活那些普通的农民（行920 – 921）。《骑士》中的腊肠贩当然既不美好也不高贵（他毫不文雅，比如行182 – 88）。尽管他不讲寓言，但他在第1067 – 1077行向德莫斯诵读的神示似乎利用了寓言《狐狸和葡萄》（出现在公元前5世纪的一个陶器上，参前注）。④

---

① 比如说，也许暗示性的（但不是确定性的），即歌队成员或他们的朋友的名字没有一个出现过，参 J. K. Davies,《雅典的有产家族》(Athenian Propertied Families, Oxford, 1971)：Κωμίας（行230），Χαρινάδης（行232），Στρυμόδωρος（行233），Εὐεργίδης，Χάβης（行234），Σμικυθίων，Τεισιάδης，Χρέμων 和 Φερέδειπνος（行401）。对于其他可能的、关于这些名字的谐剧和法律内涵，可参 Alan Sommerstein 编,《阿里斯托芬的〈马蜂〉》(Aristophanes: Wasps), Warminster, 1983, 以及 MacDowell,《阿里斯托芬的〈马蜂〉》，前揭，尤参《马蜂》行401。

② 他们是农民或无一技之长的城市劳动者吗？在行264 – 265，歌队长说庄稼需要雨水，但是 MacDowell 对此却提出，这一点"并不能表明他自己有任何庄稼"。因此，很有可能他与歌队成员都是城市居民，但是许多工作都是季节性的，而且，农村和城市劳动者（尤其是无技术的劳动者）之间的严格区分，在古代雅典并不适用。农民每年都会有农闲时节，因此他们极为喜欢获取一些作为陪审员的额外收入。此外，在公元前403年，仍有四分之三的市民拥有自己的土地（色诺芬,《回忆苏格拉底》，2.8.1 – 3），这一点表明农业在雅典人的生活中所占的比重仍然很大，参 Todd,《查泰莱夫人的情人和阿提卡的演说家》，前揭，页160注释119，以及页163注释152；V. Rosivach,《如何操作希腊舰船：公元前433—前426年》(Manning the Athenian Fleet, 433 – 426 B.C.)，载于 AJAH 10 (1985) [1992]，页41 – 66，尤参页53 – 54。

③ 此处的语境可以使我们想到寓言的抑扬格和伊奥尼亚（Ionian）起源，参 Rosen,《旧谐剧和抑扬格写作传统》，前揭，页30 – 35。

④ 《骑士》行1068处提到狐狸的"名字"——以及《伊索寓言》333则——是 κερδώ [狡猾多端的]；参 J. van Leeuwen 编,《公正》(Equites), Leiden, 1900；对此 Ewbank（《阿里斯托芬笔下的寓言和谚语》，前揭，页174）注意到，腊肠贩所讲的神谕

有几个谐剧英雄被认为代表了"典型的农民",① 但他们生活的环境及其价值观暴露出他们更接近于富裕阶层。因此,他们不讲寓言也不奇怪。狄开俄波利斯(Dikaiopolis)不被任何人认为是出身贵族,但在当时最重要的检测民主与否的议题上,他对于克勒翁政策的抨击与彻底的民主主义者也有不同。早在戏剧结束前,狄开俄波利斯就创造了他个人的和平———一种朝向那些不关心政治的富裕的雅典人的活动。② 戏剧结尾处,狄开俄波利斯享受了一场私人会饮(行1085-1143),这场盛宴看上去像是人为造作出来的贵族盛宴,就如同《马蜂》中布得吕克勒翁想象出来的会饮(对于 $\sigma\upsilon\mu\pi\sigma\tau\iota\kappa\acute{o}\varsigma$ [会饮] 的注释,见《阿卡奈人》,行1143;《马蜂》,行1209):为摩律科斯欲求一顿像样的饭菜(《阿卡奈人》,行887;《马蜂》,行506,行1142),唱宾主对唱短歌(《阿卡奈人》,行979-985;《马蜂》,行1251),带来一顿准备好的晚餐(《阿卡奈人》,行1096;《马蜂》,行1251)。③

包括了卑顺屈从的狗和狡猾多端的狐狸,然而 Paphlagon(克里昂的化名)更偏爱有权力象征意义的动物(狮子、鹰、以及作为守卫者的狗)。

① Victor Ehrenberg 如此描述狄开俄波利斯,参《阿里斯托芬的人物》(*The People of Aristophanes*),New York,1962,页92;Thomas Gelzer,《谐剧作家阿里斯托芬》(*Aristophanes der Komiker*),Stuttgart,1971,页1421,称其为"武装的农民";M. Croiset,《阿里斯托芬和雅典的政治派系》(*Aristophanes and the Political Parties at Athens*),J. Loeb 译,London,1909,页55,认为狄开俄波利斯和歌队是"真正的农民";D. F. Sutton,《阿里斯托芬的自我和社会》(*Self and Society in Aristophanes*),Lanham,MD,1980,页18,"普通的农民";E. M. Wood,《农民城邦民和奴隶》(*Peasant-Citizen and Slave*),London-New York,1988,页173,他认为阿里斯托芬笔下的绝大部分主要人物都是"朴素的农民"。

② Croiset(《阿里托芬和雅典的政治派系》,前揭,页5)和 Carter(《安静的雅典》,前揭,页76-98)描述了一类安静的农民,但许多证据(Carter,页80-87)都来自阿里斯托芬塑造的人物,如狄开俄波利斯——这是一位出身较高的诗人创造的形象,作为其反战演讲的代言者。也许《阿卡奈人》开场时阿卡奈人采取的立场,更能反映这些人是一群来自乡下的小农。

③ 在大酒盅节(Choes)时,他被邀请参加为狄奥尼索斯举办的会饮;R. Hamilton 在《大酒盅节与安特斯节》(*Choes and Anthesteria*)(Ann Arbor 1992)10-15 处讨论了整个场景。

在对狄开俄波利斯的人物刻画中，无论是个人因素还是诗歌因素在起作用，我们都不能确切地把他当成是低层人物。同样，《云》中的英雄斯特瑞普西阿得斯，起初可能被视为是一个无知的乡下人，然而他却拥有一个相当规模的农场、几个奴隶，还能够毫无困难地借到一笔数目可观的金钱，且娶了"麦伽克勒斯（Megakles）的侄女"——这个女人的门第属于雅典最高的阶层。①

在阿里斯托芬那里和肃剧里一样，较高阶层的人物也讲寓言，但他们使用寓言是为了加强这样一种信念，即寓言属于较低阶层。《吕西斯忒拉塔》中由一群老女人组成的歌队宣称，她们都来自受人敬重的家庭，且服务于上层阶级；她们极为愤怒、也有可能是下流地间接提到了屎壳郎和老鹰的寓言，来恐吓男歌队（行694-695）。②寓言使得她们的演讲变得粗鲁无礼，就好像在墨涅拉奥斯和透克罗斯那里发生的一样。但是，男歌队和女歌队之间的力量区分也是紧密相关的；尽管那些男人来自贫穷的阶层，但他们对立于女歌队，且理所当然地被视为弱者，因此屎壳郎的寓言在此出现是合适的。《鸟》中，佩斯特泰罗斯讲了两个寓言（行471-475，行651-653）。尽管他没有明确表明他实际的社会地位，但他讨厌法庭（行41），且像斯瑞西阿得斯一样身陷债务（行115）。他要寻找一个清净的去处（行44），这看起来就像较高阶层人的淡泊无为；后来他扮演了一个积极的智术师，就像阿尔喀比亚德一样，他成了轻信的鸟类大众的上

---

① 参见 K. J. Dover 编，《阿里斯托芬的〈云〉》（*Aristophanes: Clouds*），Oxford，1968，前言，页 xxvii – xxviii。

② 关于他们的地位，可参《吕西斯忒拉塔》，行 638-647，参 J. Henderson，《阿提卡旧谐剧里的老女人》（Older Women in Attic Old Comedy），载于 *TAPA* 117（1987），页 105-129，尤参页 116。寓言中的"蛋"似乎指的是睾丸，参 J. Henderson，《被玷污的缪斯》（*The Maculate Muse*），New Haven，1975；1991 年第二版，页 126。

层领导者。① 然而，重要的是，这两则寓言都是关于鸟的（行471－475：云雀把它的父亲埋在自己的头里，参《伊索寓言》，447；行651－653：老鹰和狐狸，参《伊索寓言》，1)、对鸟讲的、出现在一个关于鸟的戏剧中。从任何一个角色口中讲出的寓言都将服务于情节的要求，但是佩斯特泰罗斯讲述寓言的这一事实可能是非常重要的。对于平民来说，如果寓言是一种自然的交流形式，那么，通过云雀向众鸟（"云中鹧鸪国"中的平民）讲述寓言，佩斯特泰罗斯对于以它们的语言向它们进行演说（几乎是字面意思上的）表示出优越感。他指责众鸟孤陋寡闻，对伊索寓言不太有好奇之心（$\pi o \lambda v \pi \rho a \gamma \mu o \sigma v \nu \eta$，行471，这是民主政制的德行之一)。② 然而，当佩斯特泰罗斯提出老鹰和狐狸的故事时（行651－653），事情就变得略微有点不同了；因为佩斯特泰罗斯突然意识到他没有翅膀，且提醒戴胜鸟老鹰和狐狸同住的命运。

因此，在阶级和寓言讲述之间存在着一种相关性。然而，这种相关性并不是绝对僵化的；毕竟，在阿里斯托芬的谐剧中，一个人物的阶级或地位并不是最重要的。狄开俄波利斯和斯特瑞普西阿得斯当然不仅仅是任一社会阶层的代表。而寓言依然以我们能够预料的方式颇为粗糙地用于谐剧之中。

斐罗克勒翁和《马蜂》中的寓言

斐罗克勒翁有六次提起寓言或伊索，远远多于阿里斯托芬笔

---

① 我极其受惠于 J. Henderson 的《佩斯特泰罗斯和雅典精英》（Peisetaerus and the Athenian Elite)，提交于1990年美国语言学年会，San Francisco，1990年12月29日。

② 参 Alan Sommerstein 编，《阿里斯托芬的〈鸟〉》（Aristophanes: Birds)，Warminster，1987，页471；另参 V. Ehrenberg，《好奇之心》（Polypragmosyne)，载于 JHS 67，(1947)，行46－67。

下的其他谐剧人物。这些寓言并没有把《马蜂》中的歌队处理为某种特定的昆虫，因此，是斐罗克勒翁的人物要求、而非戏剧情节决定了这些寓言的作用。斐罗克勒翁以他自己的方式展现出他是阿里斯托芬笔下最民主的人物之一，因为寓言可以被当成是较低阶层首要选择的一种表达方式，而斐罗克勒翁同寓言的联系就很自然地体现出这一点。

寓言的世界可以被公正地认为以多种方式影响了斐罗克勒翁。动物意象遍及《马蜂》，斐罗克勒翁也多次同动物联系在一起：怪物（行4），藤壶贝（行105），蜜蜂（行107，行366），寒鸦（行129），老鼠（行140），啮齿动物（行164），麻雀（行207），雪貂（行363），栖息鸟类（行794），驴子（行1306，行1320）。① 怀特曼（Whitman）认为，斐罗克勒翁更倾向于喜好那些"小的、精明谨慎的、忙忙碌碌的"动物，② 我们从受压迫者那里能够很准确地看到这些特性。他同歌队兴趣一致，这意味着他必然和歌队一样暴躁（行1071-1090）。作为一名陪审员，对狗进行审判也更加深了动物与人之间界限的模糊不清。但斐罗克勒翁对着布得吕克勒翁唱歌的时候，他提到了狐狸："你不能学狐狸，或两边讨好"（行1241-1242）。我想在具体的语境中讨论一下斐罗克勒翁明白无误地提到伊索或寓言的七个段落。（有一些寓言是"关于享乐的"[sybaritic]，缺少动物，然而却共享了伊索寓言的结

---

① 关于这些尤其可参 Ewbank，《阿里斯托芬笔下的寓言和谚语》，前揭，页198-208；以及 A. M. Bowie，《礼仪陈规和谐剧反转：阿里斯托芬的〈马蜂〉》（Ritual Stereotype and Comic Reversal: Aristophanes' *Wasps*），载于 *BICS* 34（1987），页112-125，成书于《阿里斯托芬：神话、礼仪和谐剧》（*Aristophanes. Myth, Ritual and Comedy*），Cambridge，1993，页78-101，尤参页83。

② 参 Cedric Whitman，《阿里斯托芬的谐剧英雄》（*Aristophanes and the Comic Hero*），Cambridge，MA，1964，页163。

构和内涵。①)

第一个例子,即斐罗克勒翁描述了被告以怎样的技巧试图说服陪审员宣判他们无罪(行560－575)。他提到这些被告悲叹自己贫穷、把小孩子带到法庭上面换取同情,还讲故事:②

> 有些人给我们讲故事,有些人则讲伊索的滑稽寓言。还有人讲笑话,逗我们笑,好消了我们的义愤。(行566－567)

这一点所反映出来的实际经验某种程度上也为后来的理论所确认。亚里士多德曾建议公共演说家应善用寓言,并举了两个例子:一个是关于一匹受欺骗的马成为奴隶的寓言,这是斯特西科罗斯(Stesichorus)劝告希美拉人(Himera)不要给僭主法拉里斯(Phalaris)配备卫队时讲的;另一个是狐狸和刺猬的寓言,这是伊索在演讲中反击蛊惑人心的政客时讲的(《修辞术》,2.20 1393b12－1394a4)。不管哪一个例子,我们都可以当作历史事实来断定斯特西科罗斯或伊索都曾作过这些演讲;③且很有可能亚里士多德(或他的作品来源)非常了解这些演说家,并使他们的演说实践同其修辞术理论相一致。④ 亚里士多德也认为寓言适合于大众演说(1394a4)。因此,当《吕西斯忒拉塔》中的老女人间接提到寓言《老鹰和屎壳郎》以威胁那些男人时,她们在那些男人

---

① 关于享乐的寓言似乎是一种亚类型的关于人、而不是动物的寓言,但是在现存的寓言集中,这种享乐寓言和伊索寓言之间的区别没那么重要,参 Chambry,《伊索寓言》,前揭,前言页 xxiv－xxv。
② 此处希腊文本来自 MacDowell 的《阿里斯托芬的〈蛙〉》,前揭,英文则是我自己翻译。
③ 关于斯特西科罗斯,参 Mary R. Lefkowitz,《希腊诗人传》(*The Lives of the Greek Poets*),Baltimore,1981,页 34。
④ 参 Meuli,《寓言的起源与本质》,前揭,页 27－28,他提到了这个以及更多的关于古代修辞理论的信息。昆体良认为演说者应该学习和使用寓言(1.9.1;5.11.19)。

当选为陪审员后这么做也是合适的了。①

斐罗克勒翁在陪审团中的服务以及他对于修辞学技巧的熟悉，更为突出了他的阶级及其政治观点。不管学术争论如何定义公元前4世纪雅典陪审员的地位和阶级，② 普遍观点认为公元前5世纪的陪审员都是出身低下的男人。《马蜂》中的斐罗克勒翁和歌队能够很好地证明这一点，但这仅仅是一个独立证据。③ 托德认为陪审团的主体大部分是农民——他们在农闲时期有足够的时间参与审判。④

为何现存的演说词没有伊索寓言呢？斐罗克勒翁利用寓言极为便利地描述了被告的策略。当然，几乎所有现存的演说词都来自公元前4世纪，而理论上的可能性是公元前5世纪以前讲寓言的实践都没有保存下来。"已经出版的"寓言版本也有可能删除了法庭上使用过的寓言。⑤ 此外，这些演说词是为那些能够支付得起其价格的人而写，因此，穷困阶层就被排除在外了。⑥ 一个上层

---

① J. Henderson 编，《阿里斯托芬的〈吕西斯忒拉塔〉》（*Aristophanes: Lysistrata*），Oxford，1987，行693，这些男人被告知他们再也不能吃豆子了；《骑士》行41暗示了，嚼豆子对于法庭上的老男人来说是典型的行为。

② 参 A. H. M. Jones，《雅典民主》（*Athenian Democracy*），Oxford，1957，页35-37，他指出，公元前4世纪时的陪审团成员大多都是富有的市民；而 M. M. Markle 对此提出质疑，参《雅典的陪审团费用和公民大会支出》（Jury Pay and Assembly Pay at Athens），载于 *Crux. Essays in Greek History Presented to G. E. M. de Ste. Croix on his 75th Birthday*，London，1985，页265-297；参 Todd《查泰莱夫人的情人和阿提卡的演说家》，前揭；M. H. Hansen，《德莫斯忒尼斯时代的雅典民主政制》（*The Athenian Democracy in the Age of Demosthenes*），Oxford，1991，页184-186。

③ 关于伯里克勒斯的陪审团制度，亚里士多德的《雅典政制》（27.4-5）作出说明，并指出了这一事实："受人尊敬的"市民相比普通的市民，更不可能做陪审员；另参伪色诺芬，《雅典政制》1.16-18。

④ 参 Todd，《查泰莱夫人的情人和阿提卡的演说家》，前揭。

⑤ K. J. Dover，《吕西亚斯及其演说辞》（*Lysias and the Corpus Lysiacum*），Berkeley，1968，页150-154，页168-174。

⑥ Josiah Ober，《民主雅典的大众和精英》（*Mass and Elite in Democratic Athens*），Princeton，1989，页112-118。

的演说家,尽管他竭力避免因其财富招致怨恨,且愿意把自己描述成民众的朋友,但他仍不可能假装自己是一个平民,[①]也不可能感到有讲寓言的必要。这也许可以解释两则趣闻(包含在我们所收集的寓言内):演说家德谟德斯(Demades)正在雅典做一场演讲,他注意到他的听众不是十分专注,于是就请求听众允许他讲一则伊索寓言。听众同意了,于是德谟德斯开始讲了一则关于德墨特尔(Demeter)的故事。但是德谟德斯突然中断了演说,他说道,德墨特尔"对你们感到非常生气,因为你们忽略了政治事务,却有时间听伊索寓言"(《伊索寓言》,63)。德莫斯忒尼斯(Demosthenes)也讲了一则指责人的寓言,是关于一头驴子和两个人(《伊索寓言》,460)。梅乌里(Meuli)(《寓言的起源与本质》,前揭,页28)举了这两个例子,来说明德谟德斯和德莫斯忒尼斯都禁止在他们的演说中讲寓言。然而,更重要的一点是,也许有其他演说家在演说中讲寓言以讨好民众,但是对于处于较高地位的演说家来说,这样做就是有意识地同他们日常的演说水平分离了。正是在这个层面上,我们可以理解佩斯特泰罗斯:他看起来像一个较高阶层的演说家,指责民众、讲寓言,尽管他也意识到这样做低于他日常的演说水平。我们无从得知这些逸事趣闻是否有任何历史的真实性,但其他地方德莫斯忒尼斯的一段话也许能够确认它们的真实:

> 你们雅典人啊,无罪释放了那些行了最大不义以及被清楚证明有罪的人,如果这些人从其族群中挑选出来的代讼人恳请你们无罪赦免,或如果他们给你们讲一句或两句

[①] 参 Meuli,《寓言的起源与本质》,前揭,页 27-28;Ober,《民主雅典的大众和精英》,前揭,页 306-311。

俏皮话。(23.206)

德莫斯忒尼斯自己从不讲"俏皮话",也反感其他演说家自降身份讲俏皮话。因此,可以明确无误地这样概括:斐罗克勒翁所描述的事实反映了雅典人在向陪审员进行演说的现实状态。

随后在《马蜂》中,布得吕克勒翁开始指导斐罗克勒翁,如何在一个社会性聚会场合表现得体,随后,他鼓励父亲讲一些体面的故事(行1174-1175):

喂,你知道和聪明博学的人们在一起时,
怎么讲个得体的故事吗?

作为回应,斐罗克勒翁开始讲一些关于拉弥亚和卡尔多庇昂的粗鲁故事,这两人显然是表现得不那么庄重的神话人物。布得吕克勒翁表示反对,要求父亲讲一些日常生活的故事。于是,斐罗克勒翁开始讲了一则寓言(行1182):"有一次一只老鼠和一只雪貂……"但是布得吕克勒翁打断了他(行1183-1185):

没教养的蠢人啊,这是忒奥格尼斯
训斥一个淘粪工的话。你能对文人雅士
讲老鼠和雪貂的故事吗?

我们不太可能知道斐罗克勒翁将要讲什么寓言,但它们自身显示出两种可能。在斐德鲁斯的一则寓言中,一只狡诈的、因衰老而虚弱的雪貂,在面粉里打滚以伪装自己,引诱灵活敏捷的老鼠靠近它;所有的老鼠都被抓了,它们向一只同样年老狡诈且看穿了雪貂计谋的老鼠求救(4.2.9-19,参《伊索寓言》,511)。但是还有一则关于老鼠和众雪貂的战争的寓言

(《伊索寓言》，165），在这则寓言中，老鼠的领导者们，在危急关头为它们自己吹起了号角。但是布得吕克勒翁问道："你能对文人雅士讲老鼠和雪貂的故事吗？"（行1185）——这里提到的雪貂是复数形式——也许，这第二个寓言才是他期待听到的。当然，这个寓言传递出的道德训诫是，一个人应该接受自己的天然命运。这个寓言对被压迫的人来说是有意义的，并加强了强者的支配权。另一方面，在斐罗克勒翁实际开始讲的寓言中，他提到的动物是单数形式（行1182）。他是否恰好想到老雪貂和老老鼠的寓言？在多个层面上，这则寓言很好地描绘出了弱者对于强者的胜利。老雪貂的力量远远超过灵活敏捷的老鼠，但它反过来却不能抓到比它更弱小的动物——一只老老鼠。年老的和年轻的、弱小的和强大的，这样的反转和歧义极为适合《马蜂》中斐罗克勒翁的位置。也许，他头脑中的每一个寓言都非常符合他自己的期望。

尽管斐罗克勒翁仅从娱乐角度对待动物故事，但在布得吕克勒翁看来，这些故事在文明社会不合适"文人的圈子"，行1185、行1175表明这个圈子里的人都是"聪明而有教养的人"。这一点与前面我们已提到过的证据一致：即当高阶层的绅士对另一个人讲寓言时（比如《埃阿斯》中的墨涅拉奥斯和透克洛斯），其结果就是使得他们的演说显得粗俗。在其他地方，寓言的讲述者要么屈尊俯就向比他们地位低的人做演说（比如佩斯特泰罗斯和其他演说家），要么有意识地把自己视为被压迫的人（例如《吕西斯忒拉塔》中的女人）。但是如布得吕克勒翁所说，当说话的对象被限定为绅士时，就不能讲寓言，必须讲一些文雅的故事。他建议父亲讲一些能够体现他英勇形象的事情，比如他参加过一些外交事务或者奥林匹亚运动（行1187–1192），这些事情更为符合"高尚"文学的要求！

布得吕克勒翁，在对斐罗克勒翁进行过礼仪教导后，准备带他出门参加宴饮。而斐罗克勒翁知道如果自己喝了酒，就有可能会破门、打架、扔石头——酒醒之后，缴纳罚金。然而，布得吕克勒翁却说，他可以通过讲一些有趣的故事来避免缴纳罚金（行1256-1261）：

> 同高贵的人一起喝酒，不至于如此。
> 他们会替你向受害者说情；
> 你可以讲一个诙谐的故事
> ——伊索的或关于希巴里人的，
> 你在这次会饮中就能学到。这样，事情
> 就会看上去像个玩笑，怨气化解。

起初一看，这一点似乎与布得吕克勒翁早先讲要在宴饮娱乐的场合讲"体面的故事"（行1174）矛盾；在一群绅士中间讲寓言明显不当。然而，更为仔细地查看客人的名单，就会发现这些人并不完全符合布得吕克勒翁定义的绅士。在行1219处，布得吕克勒翁让斐罗克勒翁想象一下正在进行中的酒宴，"酒友是特奥罗斯、埃斯克涅斯、法诺斯、克勒翁和另一位外来人，阿克斯托尔的儿子，在你的头边"。① 这些人中没有一个出身贵族。尽管克勒翁相当有钱（他的父亲和儿子都给城邦捐过款），但是在阿里斯托芬的谐剧世界里这根本不算什么。毕竟，他的财富来源是一个皮革厂（Davies，前揭，页318-320）。对此以及他吸引民众的平民政治，克勒翁屡受攻击；进而，我们可以推测克勒翁并不是天生的贵族。特奥罗斯和法诺斯是与克勒翁关系紧密的民主主义者，

---

① 或者是，"又一位外来人，在阿克斯托尔的头边"（Sommerstein，《阿里斯托芬的〈马蜂〉》，前揭）。

埃斯克涅斯显然又是一个身无分文的人。① 想象这样一些人出现在一个高阶层的宴会场合是极为滑稽、不协调的，但是在他们之间能够听到或讲寓言却是适当的。从斐罗克勒翁的视角来看，克勒翁和他的朋友都是有声望的人。② 当然，他们中没有一个人会出现在斐罗克勒翁实际要去的宴饮场合：主人是菲洛克特蒙，客人包括希皮洛斯、安提丰、吕孔、吕西斯特拉托斯、特奥佛拉托斯和佛律尼克斯（行1250，行1301－1302）——所有这些人都出身高贵、自命不凡。③ 此外，成问题的受害者不太可能是宴饮场合的绅士；在接近戏剧末尾的插曲中，我们发现斐罗克勒翁在回家的路上攻击了相当普通的人——并对他们讲寓言：卖面包的妇人密尔提亚（行1389－1412）和一个明显是普通市民的控告人（行1417－1441）。布得吕克勒翁建议巧妙使用寓言，看起来这更像是德莫斯忒尼斯和德谟德斯的做法，即通过讲故事屈尊俯就地对待

---

① 在Davies（《雅典的有产家族》，前揭）那里，这三位同伴没有一个居于高位：特奥罗斯（莎草文献，7223则）多次因支持克里昂而受攻击——参见《马蜂》，行42，行418－419，行599，行1236－1242；法诺斯（莎草文献，14078则）似乎因克里昂被起诉（参《骑士》，行1256）。埃斯克涅斯（莎草文献，337则）为子虚乌有的财富而自夸（《鸟》，行823）；尽管他被称为是一个"智慧和有教养的人"，《马蜂》，行1243－1244——这一类绰号是意图成为贵族的人的渴望——Sommerstein（《阿里斯托芬的〈马蜂〉》，前揭，页229）认为，这样的称谓肯定是反讽。M. Vetta认为，这些人所唱的歌对于他们来说同样有民主意味，参《会饮诗歌史中的一章——阿里斯托芬〈马蜂〉行1222－1248解释》（Un capitolo di storia di poesia simposiale ［per l'esegesi di Aristofane, 'Vespe' 1222－1248］），载于 *Poesia e simposio nella Grecia antica*, Rome-Bari, 1983, 页119－131。

② 唯一的残篇保存在古希腊谐剧诗人Alexis提到伊索的地方（9 K-A），它可能是间接的证据，能够说明会饮场合贵族实际上不会讲寓言。在这个残篇中，梭伦仔细地向惊讶的伊索解释，希腊人喝的是混合的酒。像斐罗克勒翁一样，伊索显然对通常的阿提卡会饮实践不熟悉，他在这方面需要受到引导。这一点是否可以说明，伊索寓言就像伊索一样，对会饮场合来说是陌生的？

③ 参Ian C. Storey,《〈马蜂〉行1299以下的会饮》（The Symposium at *Wasps* 1299 ff.），载于 *Phoenix* 39 (1985)，页317－333，他评论了一些早期观点，认为阿里斯托芬提到这些人是因为他们的社会地位，而不是因为任何政治关系。

民众。我们能够回想起此处出现的"诙谐的故事"（ἀστεῖα，行1259）并不必然是"练达的"或"有教养的"；ἀστεῖα也是大众喜欢而德莫斯忒尼斯抨击的故事（23.206）。

因此，寓言并不像大多数人误以为的那样，真为有教养的、欢快友好的娱乐活动而讲。[①] 布得吕克勒翁认为，讲寓言可以抚慰因醉酒暴力而产生的受伤感。因此，高阶层的人讲寓言也是可以被接受的——但这只能在一个绅士违反了社会礼仪时发生。对此我们可以回想下透克洛斯和墨涅拉奥斯。讲寓言不能被视为社会文雅行为的标志；毕竟，讲述者自身做了破门、打架这样的举动。我认为，为实现贵族的目的而讲寓言，是一种有意识的不高贵的表现——然而，矛盾的是，在这些特殊的语境中讲寓言又是文雅的事情。

紧接着有四个寓言出现。在宴会上醉酒蒙羞后，斐罗克勒翁殴打了卖面包的妇人密尔提亚。他想起了布得吕克勒翁所给出的如何对待自己冒犯过的人的建议，提出要给老妇人讲几个好听的故事（行1393；行1399-1400）。但他讲的故事几乎不能引人发笑（行1401-1405）：

> 有天晚上，伊索赴宴回来的路上，
> 一条喝醉了的狗冲着他汪汪叫。
> 伊索对它说："母狗，母狗，你若是用
> 你那下流的舌头，去换面粉，我就算你聪明。"

第二个人控告斐罗克勒翁侵犯人身罪。斐罗克勒翁讲了另一个故事（行1427-1432）：

[①] 参 Nøjgaard，《古代寓言》，前揭，页553；另参 Chambry，《伊索寓言》，前揭，前言，页xxviii。

> 有一个希巴里斯人从战车上滚下来,
> 碰破了头,伤势沉重;他不善于驾车。
> 他旁边的朋友说:
> "每个人应当搞自己精通的一行。"
> 你还是到庇塔洛斯那儿去吧。

然后,斐罗克勒翁又给他讲了一个故事(行 1435 - 1440):

> 喂,听这个。从前有个希巴里斯妇人
> 打破了一个陶罐。……
> 那陶罐就叫它的同伴作传票证人。
> 这时那希巴里斯妇人说道:"我以地女的名义告诉你,
> 你若是让传票证人滚蛋,赶快去买块绷带
> 我看这样做你更聪明。"

最后,当布得吕克勒翁要把他拖进屋的时候,斐罗克勒翁讲了屎壳郎和老鹰的寓言(行 1446 - 1448):

> 有一次德尔斐人控告伊索——
> 偷了神的酒杯;
> 伊索对他们说:"有一次一只屎壳郎……"

我们可以依次检查这些例子。第一则寓言关于伊索和吠叫的狗的趣事是直指密尔提亚的关键性一课;它作为一个名副其实的故事发挥作用。由于重复伊索的话,斐罗克勒翁粗暴地试图让密尔提亚保持沉默:狗的吠叫绝不会影响到他。这一指责极为典型极具粗俗的原始幽默趣味。它不像《老鹰和夜莺》,但是忽略了正义的吁请。寓言二和寓言三则有些相似;一个男人打破了他的头的寓言,以及来自希巴里斯的妇人打破了瓶子的故事,都强调

了一种无可奈何；并强化了这种观点：这个世界的秩序静止不变。那个男人得不到更多的同情，毕竟，他试图做他天赋许可之外的事情。同样，那只瓶子明显把自己当成了人，且试图控告把它弄破的妇人。然而，它却被告知，关注自己的分内之事，不要试图越出自己的能力做事。

这三则寓言共同分享了一个农民的世界观，即改变徒劳无效（拙文的开头已讨论过这两种类型的第一种）。从这个理由出发，这些寓言直接与《马蜂》的一个中心主题相关：人类的天性不可改变。① 斐罗克勒翁对于这些无辜的受害者的攻击，强化了阿里斯托芬早已为他设定好的粗俗形象。斐罗克勒翁似乎很自豪过去的偷窃行为（行 354 - 358，行 635，行 1200）②，并因有机会伤害别人而享受他的陪审员职责（行 322，行 340，行 990）。他在宴会上的行为相当粗鲁，且显而易见，布得吕克勒翁试图改造他父亲的行为失败了。斐罗克勒翁是不可教的；他的天性不可改变（行 1458）。③ 布得吕克勒翁在回家的路上对其父亲的教育也没有成功，即一个人不应使用寓言侮辱人，而应用寓言安慰受害者的心灵。如果斐罗克勒翁对这些寓言的运用是贵族式的，那么与之相似，墨涅拉奥斯和透克洛斯对于彼此的侮辱也应该是；然而，斐罗克勒翁同《埃阿斯》中这两个人物可谓迥然相异。斐罗克勒翁

---

① 参 Kenneth J. Reckford，《阿里斯托芬〈马蜂〉中的净化与解梦》（Catharsis and Dream Interpretation in Aristophanes' Wasps），载于 TAPA 107（1977），页 301，以及 Ewbank，《阿里斯托芬笔下的寓言和谚语》，前揭，页 137，页 208。Whitman（《阿里斯托芬的谐剧英雄》，前揭，页 160）评论道，"教育的无用和自然天性的不可更改是首要的主题……"关于寓言可以显示出教育无用的观点，同样可参，La Penna，《伊索寓言中的道德作为古代下层阶级的道德》，前揭，页 508。

② Konstan（《阿里斯托芬〈马蜂〉中的政治》，前揭，页 33）提到，戏剧中共有 20 处提及偷窃。

③ 参 Whitman，《阿里斯托芬的谐剧英雄》，前揭，页 160；参 Lenz，《阿里斯托芬〈马蜂〉中的谐剧和批评》，前揭，页 33，页 36 - 42。

引用寓言的粗俗及其频繁程度表明，那是他自然的、随心所欲的表达方式。同样，粗俗的斐罗克勒翁利用寓言来处理同密尔提亚（同样的低阶层人物）的纠纷，也是自然的。但是，正如我们所见，斐罗克勒翁选择讲述的寓言阐明了这样一个观点：强者教育弱者——不要抵抗。

在谐剧的倒数第二个场景，当局势反转，斐罗克勒翁成为受欺压者时，我们也看到了戏剧功能的一个反转。控告人一离开，布得吕克勒翁就拉住斐罗克勒翁，要带他回家（行 1442-1449）。斐罗克勒翁抗议，并把自己比作是身处德尔斐的伊索（上文第四则寓言）。伊索反过来又把自己比作是地位卑贱、却又战胜了老鹰和宙斯的屎壳郎。这个应是最后出现的、清楚地展示了弱者战胜强者的寓言，在戏剧效果上非常合适和有预见性，因为很快斐罗克勒翁就会逃走，同卡尔基努斯（Karkinos）的儿子们竞争比赛跳舞。①

总　结

在希腊文学中，寓言是较低阶层或弱势群体普遍使用的一种表达方式；若是来自社会上层的人也讲寓言故事，这通常被认为不体面或是某种故作姿态。我们也能看到，寓言可以凸显权力关系。因为虽然大多数寓言体现了弱势群体的世界观，但一个有权力的人可以通过寓言强化其地位。在《马蜂》结尾，斐罗克勒翁突然开始频繁地引述寓言即是这些及其他要素发展的顶点。寓言毫无疑问突出了他的社会地位和阶层，而其社会地位和阶层的不

---

① ［译注］卡尔基努斯是与阿里斯托芬同时代的雅典公民，据说他也写作戏剧。其小儿子克赛诺克勒斯的作品在曾前 415 年击败了欧里庇得斯的《特洛亚妇女》。此人亦有参政经历。见《地母节妇女》，行 440-442。

可改变则是斐罗克勒翁这一谐剧人的核心所在。恰好在戏剧的关键之处，即当我们意识到斐罗克勒翁是多么不可教时——也就是说，当他重新使用他旧有的、粗俗的行为方式，侮辱宴会上的贵族，然后在回家的路上攻击无辜的人群时——斐罗克勒翁恢复了使用寓言以陈己见。这一集中讲述寓言的大爆发形式，应该可以被视为是一个民主审判系统的虔信者进行自我肯定（self-affirmation）的标志，同时也是一个普通的雅典民众的明显特征。

多佛（K. J. Dover）意图通过收集的材料证明，一个人的语言能够体现他短暂的社会关系，却不能体现他的禀性、兴趣以及文化水平。如果以上寓言确实反映了斐罗克勒翁的社会地位和阶层，我们就找到了一个明显不同于多佛看法的例证。多佛更为关注措辞的细微差别，而斐罗克勒翁的禀性和阶层却使他更倾向于讲述寓言。此外，《马蜂》中斐罗克勒翁依靠寓言捍卫自己的举动，可以引导我们间接地一瞥雅典民主政治的法庭文化。在一种更为普遍的传统观念中，埃斯基涅斯（Aeschines, 1.141）为更胜一筹、高人一等而攻击了他的对手；通过引用诗歌出卖了他们。[1]但是，讲寓言本就是一种自然的陈述观点的方式，而且不会使讲述者本人听起来像个自命不凡之徒。斐罗克勒翁对于寓言的重复使用可以被视为对法庭实践的拙劣摹仿，亦可被视为大众修辞术（而非贵族）的胜利。[2]

---

[1] 参 Ober，《民主雅典的大众和精英》，前揭，页 177-181；埃斯基涅斯及时地引用了《伊利亚特》。

[2] 拙文更早的版本可参 1991 年新英格兰古典学会年会论文集；我非常感谢 Jeffrey Henderson, Charles F. Ahern Jr. 和众多读者的帮助。

寓言的力量

帕特森（Annabel Patterson）著
董晓博　刘经博　译　马勇　校

伊索仍坐在这儿（ESOPE RESTE ICI ET SE REPOSE），这句少见的回文诗令人信服而甚为凄美，它也许可以作为我以一个错误起点探究政治寓言的理由：迄今为止，政治寓言有一个悠久的传统，它以公元前6世纪的一个希腊奴隶开始；而我的研究的起点却打破了这个传统的年代界限，直接将我们带到18世纪。然而，这种做法直到克罗克索尔（Samuel Croxall）于1722年出版了《伊索及其他人的寓言》（Fables of Aesop and Others）一书之后才获得了真正的认可。政治寓言的历史在那时的英格兰已得到了充分理解且以论战的形式得到了阐明，它可以让我们理解寓言故事早期阶段中隐晦的或仅仅潜在的意思。

众所周知，克罗克索尔后来成为了寓言家，部分原因是为了反击三十年前莱斯特朗热爵士（Sir Roger L'Estrange）对寓言这种体裁的看法。同样众所周知，莱斯特朗热在1692年于伦敦出版了《伊索与其他优秀神话作家的寓言：附训诫与反思》（Fables of

Aesop and Other Eminent Mythologists：With Morals and Reflexions），该书公开表达的政治哲学，正是克罗克索尔极力反对的。莱斯特朗热的哲学被称作纯粹的菲尔默主义（Filmerism），① 他与斯图亚特王朝早期的政治宣传的理论之间颇有关联，但由于自己在斯图亚特王朝晚期的经历，他又对此进行了修正。莱斯特朗热政治哲学的预设是，社会依赖于神圣的等级秩序的保存，而且，他在其寓言集之后所附的长篇"反思"重复表达了詹姆斯党（Jacobitism）的立场。克罗克索尔所批判的正是这些原则：寓言"创造且适于促进进步，并有助于罗马天主教与专制权力的终结"。② 但是，这一定是基于莱斯特朗热对17世纪70和80年代政制危机的观察，即从出版许可制度这一特殊视角所见的各种事件，促使他发展并清晰阐述寓言集作为政治评论的一种隐微媒介所具有的力量。

和他的"反思"一样，莱斯特朗热《寓言》的序言同样具有强烈的意识形态气息，尽管不那么明显。其中最具启发的一个动力就是将寓言从伊索的古代"传记"这一传记性起源解放出来的需要，即将寓言从伊索是一个机智的驼背、奴隶以及市井无赖这一可疑的形象中解放出来，这其中最早的版本源于公元前1世纪的埃及，随后由拜占庭的普拉努德斯（Byzantine Maximus Planudes）在中世纪进行传播。莱斯特朗热的学识告诉他自己，"基于一个极为不确定性的传统进行无益的猜测是徒劳的……因为，流传到我们这里的这一传说是如此灰暗，令人怀疑"。在从《伊索传》（A History of the Life of Aesop）一书里列出一系列时间上的

---

① George Kitchin，《莱特斯朗热爵士：论17世纪出版业历史》（Sir Roger L'Estrange：A Contribution to the History of the Press in the Seventeenth Century），London，1913，页397。

② Samuel Croxall，《英文新译版伊索及其他人的寓言》（Fables of Aesop and Others，Newly done into English，With an Application to each Fable），London，1722，b4r。

矛盾和不可能之后，他总结道：

> 凭良心讲，这足以免除任何人过分重视一种传说的历史真实，这一传说是以极为盲目、极为多变的方式流传到我们手上的……这根本不是我们的任务……无论他正直或是邪恶；也不管他的名字是伊索，还是（如一些人将其称为）洛克曼（Lochman）：无论哪一种情况，读者都有权相信他的感觉。(《伊索与其他优秀神话作家的寓言：附训诫与反思》，A1r)

有两种相反的路径来理解这一判断。其一是将莱斯特朗热看做一个去神话化的理性主义者，他根除了寓言传统中所有"灰暗和令人怀疑"的成分，取而代之以科学的明晰，正如他曾攻讦过寓言混乱的文本历史，从"斐德鲁斯（Phaedrus）、卡梅拉里乌斯（Camerarius）、阿维努斯（Avienus）、内韦勒图斯（Neveletus）、阿普索尼乌斯（Apthonius）、加布里亚斯（Gabrias）或巴布里亚斯（Babrias）、博杜安（Baudoin）、拉封丹（La Fontaine）等人的寓言集以及《好性情的伊索》（*Aesopo en Belle Humeur*）"中攘除重复，编选了一个折衷的文本（《伊索与其他优秀神话作家的寓言》，B1v）。另一种路径则认为他故意压制一种最有影响的寓言解释：即关于寓言产生的真实情形的复杂记述。莱斯特朗热拒绝承认伊索作为寓言之父在历史上实有其人，实际上，他是在用一种我们所熟知的原则取代了历史批判："读者有权相信他的感觉。"

由于伊索没有可信度，莱斯特朗热序言的目标就是确立寓言本身的可信度。他指出，寓言有三点值得我们严肃注意。第一，寓言作为教育孩童的一种令人愉快的方法，在教育上拥有令人敬重的成功纪录，孩童们会吸收动物故事中所伴随的一切道德观念;其二,寓言具有象征性符号的古老和高贵,正如古埃及的象形文字和圣经故事;其三,寓言有着不容置疑的政治作用。事实上,莱斯特朗热从《撒母耳记下》第12章中拿单(Nathan)斥责大卫(David)的故事出发,转而直接以颇为激昂的言辞,论述了寓言作为一种隐晦而审慎的形式在指责君主制方面能够发挥的作用:

> 有些人太骄傲、太乖戾、太无理、太无可救药,从而要么不能忍受,要么不能太光明磊落。另外一些人太自大、太仇恨、太危险,从而不能用直白的言辞去责问或者教导。他们憎恨一切意识到他们邪恶本质的人,他们的不幸又像是膀胱中的结石。有很多对他们有益的事物,却没有一件真正到来。讲坛、舞台或者书局也不敢谈及君主制。……寓言的发明,要么暗示,要么旁敲侧击,乃天底下唯一能够触及君主制的方法。[谁应该对一位国王说话,是你吗?]唯有寓言能承担这一主题所具有的重任。(《伊索与其他优秀神话作家的寓言:附训诫与反思》,A2v – B1r)

还有一种可能是,除了其他的激情,这一文字炸药能够引爆,原因还在于,莱斯特朗热服务于两位晚期斯图亚特国王所引起的特定的矛盾心理。莱斯特朗热所指,也可能不仅仅是奥兰治的威廉(Willem III van Oranje),莱斯特朗热也不能在面对读者时,直接将威廉三世的形象放置于那些太重要又太危险的人物之中,或者说他们具有"无法解释的特权(Unaccountable Priviledge)",这令他们能够凌驾于他们的"内阁议会"的控制之上;然而,威廉三世关于不允许"谈论雅各布家族[指詹姆士一世和詹姆士二世?]的罪过"的言论,又以其自身的方式,成为构成这位寓言家的专有政治词汇中所谓"暗示与提及"的内容之一。①

这篇序言一个无可估量的价值就是定义伊索式传统的一个主要前提,即"伊索式笔法"是一种政治抵抗的手段——这个术语一直延续至今,迄今仍流行于东欧地区。然而,克罗克索尔立即洞察到了这一前提所抑制的内容和其中含有的矛盾。尤其令克罗克索尔义愤的是,莱斯特朗热的寓言糅合了他的辉格党后辈认为互不相容的功能,即儿童教育和政治说服;虽然说,如果莱斯特朗热的观点要是跟他更接近一点,克罗克索尔也就不大会在意这种互不相容。克罗克索尔指出,从外在物质形态来说,没有任何一个儿童能够处理这么一大本书,况且没有任何一个有自尊的儿童会如此行事:

> 因此,什么样的儿童会是一张白纸,而此等道德观念应该书写其上?我希望不是大不列颠儿童,因为他们的血管中流淌着自由的血液,而他们饮啜的牛奶中浸润着自由的味道。(《伊索与其他人的寓言》,b4v – b5r)

这一看法——《伊索传》将寓言之父描述为一个奴隶,因为这是寓言这一体裁的先决条件——是克罗克索尔论证的核心。尽管奴隶身份是伊索自己"偶然的不幸"——克罗克索尔写道——然而他"在希腊的自由城邦度过了被奴役的日子;伊索看到那些城邦极其尊重自由,因此,他学会了珍视自由"(同上,b6r)。因此,伊索抓住"一切机会来宣扬对自由的热爱,和对僭主以及所有专制行为的憎恨"。因此,在克罗克索尔看来,《伊索传》致使

---

① 相似的推论可能是莱特斯朗热暗示了《传道书》8:4,那里的语境是说一个国王可以随心所欲,就如詹姆士一世将自己比作所罗门。查理一世在为准备自己的审判所做的演说中,为了为这种特权辩护,同样引用了《传道书》8.4。参 Charles Petrie 编,《查理一世的信件、演讲与宣告》(*The Letters, Speeches and Proclamations of King Charles I*),London,1968,页259。

莱斯特朗热对寓言的解读完全不合理。例如，《狗与狼》(The Dog and the Wolf) 一篇，斐德鲁斯的版本起笔于"多么甜蜜的自由(Quam dulcis sit Libertas)"，但是，莱斯特朗热将其解读为"这要被理解成心智的自由"。"我敢说，"克罗克索尔激愤地写道，"没有任何人会如此理解这里的自由，还知道另一种形式的自由。至于莱斯特朗热提到的自由，即便最强大的僭主也没有能力剥夺我们的这种自由。"（同上，b6v）与此同时，克罗克索尔认为，斐德鲁斯的功绩是将伊索寓言传播到罗马世界，更具体地说，是将伊索寓言引入公元1世纪提比略的帝国文化：

> 斐德鲁斯，不幸的命运让他成了一个家庭奴隶，然而他却对我正在谈论的自由崇敬无比，以至于即便在僭主的统治之下，他仍然毫不迟疑地写下对自由的赞美之词；当时，曾经无限荣光的罗马自由民仅仅拥有形式上的自由和他们的古代政制所洒下的阴影。尤其在《渴望一位君王的青蛙》(The Frogs desiring a King) 这篇寓言中……所以，我们看到莱斯特朗热在理解斐德鲁斯的意思之前，必已歪曲了斐德鲁斯的意思，正如他本来应该写给作为白纸的无知幼儿。①

尽管有些个人偏见，克罗克索尔还是准确地看到了寓言文化史中的二分法，即将显著适用于儿童教育的道德应用的传统，与不适用于儿童教育的政治功能主义的传统分割开来。在中世纪晚期以及文艺复兴早期，这一体系中道德的、垂直的、普遍的焦点

---

① Samuel Croxall,《伊索与其他人的寓言》，前揭，b7r。关于斐德鲁斯生平的大部分说法依然是推测性的。他的寓言的原始手稿之一显示，他因奥古斯都的恩赐而成自由民，并且其寓言中的许多自传性暗示表明他活在提比略（和塞扬努斯）时代。参Ben Edwin Perry 编,《巴布里亚斯与斐德鲁斯》(Babrius and Phardrus), London, 1964, 页73-82。

居于统治的地位,且提升了寓言家的解读;但是在16世纪最后的25年中,在英格兰出现了促进伊索式写作的条件——政治压迫,连同存在一个有教养的精英集团,这个集团与权力结构有关联,却无法直接获取权力。结果就是,一种逐渐增强的压力将寓言解释的焦点拉得水平化、时事化,这种压力同时被17世纪的一系列重大事件和伊索的翻译者或改编者在这幅具有重大意义的曲线图上留下的一点一线所强化。例如,德莱顿(John Dryden)于1687年出版《雌鹿与猎豹》(*The Hind and the Panther*)时,斯宾塞(Edmund Spenser)在英语寓言家中已经是与伊索同一级别的典范。在莱斯特朗热和克罗克索尔看来,没有人比奥格尔比(John Ogilby)创造出更多的术语,他的几部寓言集毫无疑问是英国内战和王政复辟的标志性作品。然而,要抓住最关键的要点是莱斯特朗热和克罗克索尔为之激烈辩论的原则——政治自由的本质,及其如何理解和支持政治自由,它们从一开始就潜藏于寓言的传统之中,而且(and)在英格兰17世纪激荡的历史中表现异常明显。

如果我们回溯寓言传统的开端,有两种方法可以前行。一种是重复那些根植于近两个世纪的学术中关于伊索传统的去神话叙述,就像莱斯特朗热一样,关于伊索自身的信息相当大程度上已被祛除。我们现在所知的是,伊索在历史上的存在仅仅是希罗多德《原史》中的一处简略提及,而且只有一篇寓言确定是他的作品,即《狐狸、刺猬和犬蜱》(*The Fox, Hedgehog, and Dog-ticks*),亚里士多德在《修辞术》中认为这篇作者是伊索。"伊索"寓言(即古希腊民间故事)能够流传下来,是凭借两部很晚的寓言集——斐德鲁斯的拉丁文版本和巴布里亚斯的希腊文版本——从公元3世纪中期开始流传。①

这种转译和传播在何种程度上是一种体裁而非一套特殊的文

---

① 参见 Joseph Jacobs,《伊索寓言》(*The Fables of Aesop*, New York, 1889)全三卷,卷一,页1-43;及 Ben Edwin Perry,《巴布利乌斯与斐德鲁斯》,前揭,导读部分。

本，是斐德鲁斯自己提出的一个问题，为此他在前四卷各卷的序言中对他受惠于"作者伊索（Aesopus auctor）"之处给出了几种不同的说法。第一卷的序言简要提及他师承伊索；在第二卷的序言他指出，他的楷模伊索给了自由让他愉快对寓言进行增补（"某人推荐/述诸衷肠，去让差异性逗人笑"）；他在第三卷的序言中说，他在伊索踩出羊肠小道的地方开辟出了通衢大道（"我修了那条通向大道的路，/ 并谋求更多被禁之物"）；他在第四卷的序言说，他的寓言应被称为伊索式的（Aesopian）而非被称为伊索的（Aesop's），因为他在遵从一个古老体裁的同时也是一个创新者：

> 我称之为伊索式的（Aesopias），而非伊索的（Aesopi），
> 因他展示奇少，而我贡献诸多，
> 我遵循了这一古老的体裁，但也有新鲜之物。①

这两部古代晚期的寓言集借助两个更深远的媒介传播到中世纪，一个是对菲德鲁斯寓言集的"罗慕路斯"散文体改写，另一个是阿维努斯对巴布里亚斯寓言集的拉丁文诗体译本。15世纪时，意大利人文主义者重新发现了斐德鲁斯和巴布里亚乌斯，以及东方的比德帕伊（Bidpai）寓言。但在那时，伊索式的传统已经结合了各方面的材料。1484年，卡克斯顿（William Caxton）出版了"伊索寓言"的第一个英语译本，全书有167个故事，其中包括了很多经由诸多渠道搜集的从4世纪到15世纪中期被认为是伊索的作品，甚至还包括了两个明显是卡克斯顿自己创作的作品。② 于是，根据文本考证的标准，"作者伊索"仅仅是一个方便的虚构角色，一类命名法的形式罢了。

---

① Ben Edwin Perry，《巴布利亚斯与斐德鲁斯》，前揭，页190，页232，页254，页298。
② R. T. Lenaghan 编，《卡克斯顿的伊索寓言》（Caxton's Aesop），London, 1967，页4-9。

然而，第二步就是假定，认为伊索是众多虚构作品的作者，不单是为了方便的缘故。关于这一点，雅各布斯（Joseph Jacobs）作为19世纪卡克斯顿出版的伊索寓言的编辑者以及"作者伊索"最强大的解构者，极为大胆。雅各布斯自问道，尽管典型的无名氏创作的民间故事到处都有，为什么古希腊的动物寓言很早就与一个特定的人和名字联系了起来。雅各布斯给出的答案如下：

> 他（即伊索）生活在一个僭主的时代，我推测，他同动物寓言的联系源于在专制统治之下将寓言引用在政治论战上，而且他的命运（如希罗多德所记）受一位权威不甚明确的僭主影响。在没有言论自由的专制政权之下，寓言是最有效的文字和演说武器。一个僭主除非认真审视，否则不会注意到一篇寓言故事。我们的大部分古代证据都支持这一点。如约坦（Jotham）的寓言（在《士师记》9:8–15）反对希伯来人僭主亚比米勒（Abimelech）。在目前我们所明确确定的古希腊寓言中，其中有一篇跟一个叫忒奥格尼斯（Theognis）的名字联系起来，他被一个叫梭伦（Solon）的僭主出于政治目的而利用、残害，而阿尔基洛库斯（Archilochus）也以拟人化的形式讽刺了他。目前仅存的唯一一篇确定无疑为伊索的作品（即《狐狸、刺猬和犬蜱》）也为他本人出自政治目的而使用。我们的证据当然比较勉强，但完全指向一个方向：即伊索不可能是传入希腊的动物寓言的创作者或引入者，因为我们发现这类作品在伊索之前就已经存在。因此，我们唯一能够用于解释这种把他的名字认定为寓言作者的现象的方法，即是假定某种所有希腊儿童都熟知的动物寓言（fabellae aniles）有着特殊和引人入胜的用途。考虑到伊索出生和死亡的年代，他的名字之所以同寓言联系起来，是因为他把寓言作为一种政治武器。伊索不是寓言之父，而仅仅是一种寓言

新用途的发明者（或者说是最显著的应用者）罢了。在人人直言口快的民主社会里这种需求不再存在时，伊索同寓言的这种联系依然维持，但这只不过是一种方便和传统罢了，即托名来收集某些特别的古希腊笑话。[1]

换言之，寓言的这种特殊形式——既要保证其存在又要求成人的敬重是一种破坏性（subversive）的形式——由于与一种奴隶文化有古老的联系，从而可以应用于任何后来的政治情境中，例如，斐德鲁斯的寓言会论及对政治压迫的反抗和分析。这些古代"著作者"作品的作用，首先是当政治情境需要它们时，就会唤醒寓言传统中的那些政治阐释。某些寓言，比如《狗与狼》或者《渴望一位君王的青蛙》，不可避免地带有其古代政治历史的背景，从而使得这些寓言既成了如何创作时事性寓言的典范，也成了现代欧洲早期公共论说或宪制论说的固定修辞。其他寓言，尤其是那些以狮子为主角的，很快就成为君主政制的力量和局限的隐喻。在某些特殊情境下，整个寓言体裁都可以被政治化——要么十分明显，就如莱斯特朗热于1692年对寓言的翻译和对寓言的"反思"；要么如奥格尔比于该世纪中叶将寓言演绎性地应用于内战及其后果。有人可能会争辩，在英格兰17世纪的某个时间点之后——这个时间点即1651年，奥格尔比的《寓言》（*Fables*）于是年初版，此书并非最具文采的伊索译本，且缺乏任何注释，故而不能为那些完全无知的读者提供时事性意涵。

由于普理查德（Mary Pritchard）已经系统描述了伊索寓言在17世纪的英格兰的译介情况，[2] 我应该遵循少数核心寓言的轨迹，

---

[1] Joseph Jacobs，《伊索寓言》全三卷，前揭，卷一，页38-40。
[2] Mary H. Pritchard，《道德与政治的寓言：1651至1772年英国社会生活及政治生活下伊索寓言集的改编》（*Fables Moral and Polotical: The Adaption of Aesopian Fable Colletion to English Social and Political Life* 1651-1772），Ontario，1976，本书亦包含大量参考文献书目。

来探究某些可以被称作是寓言的文学（literary）史的显著时期；即在这些时期，寓言传统并非仅仅是重点述要（通常是针对学童），而是刺激并传递自省。这一探究的两个分支应该表明的（它们同时会得到执行）是，"伊索"是典范和鲜活的政治史的创新者之间异常有力的合作，这一合作中的术语也许比大多数属系统所允许的更精确、可见。

如我已经表明的，寓言的文学动力和政治动力的汇聚始于伊丽莎白（Elizabeth）女王统治的最后十年。这在斯宾塞的《牧羊人日历》（*Shepheardes Calendar*）一书中表现尤为明显，在这本书中，三首田园牧歌诗（eclogues）包含了充分成熟的政治寓言，并且一系列对寓言家传统的提及也支持这一点。拙文不是探究斯宾塞出于自己的意图如何以及为何改编古代寓言《枞木与荆棘》（*Fir and the Bramble*）和《狼和小孩》（*Wolf and the Kid*）的地方；但是平心而论，他在总体上对寓言家传统的开创性改变以及对寓言的时事性潜能利用开了先例——后者指的是伊丽莎白宫廷里新教活动家的处境。对于后来的寓言家如德莱顿而言，更重要的是斯宾塞在《拟人法，抑或胡伯特修女的故事》（*Prosopopoia, or Mother Hubberd's Tale*）一篇中对这则寓言的大量叙述化扩展。这个故事讲述了猿猴和狐狸如何密谋夺取动物王国的权力，而与此同时，动物界的真正统治者，即狮子，却"躺在秘密的阴暗处睡觉，他的王冠和权杖静静地躺在他的身边，用气味来温暖他那可怕的躯壳"——该故事显然象征了王权的式微，从而默许那些无赖掌控政府。与大部分伊索式寓言不同，这篇寓言的结尾很好：狮子被墨丘利唤醒了自己的职责，而狐狸和猿猴（他们曾经穿戴起狮子的皮囊）则被捕并受到惩罚。

但在一个早期的叙述版本中，并不存在这样的乐观主义。狐狸和猿猴为了不惜一切代价地逃避劳动，一直在恳求；猿猴站起来就像是一个在战争中负伤的老兵。他们遇到了一个"天真的农夫",这个农夫身上的农夫气质正好与狐狸和猿猴的相反,他为猿猴提供了一个在他农场工作的机会。当猿猴提到他的伤口不能做体力劳动的时候,这个"老实人"转而给了他牧羊人这样一个要求不那么高的工作,同时让狐狸充当他的牧羊犬。不出所料,这两个无赖蹂躏羊群,小羊羔一生出来,他们就吃掉了;当到了"向主人展示放牧的成果"时,他们立即逃跑了。斯宾塞在结尾写道,"于是,农夫独自面对他的损失"。这两篇寓言相同的地方是都被错误的代理人统治:第一篇是一个悲剧,文中的语气同《牧羊人日历》中的语气一样,第二篇则是一个讽刺性的喜剧。同样被揭示的还有两个截然不同的合法君主的典型:善良却天真的农夫和至高却慵懒的食肉猛兽。就所有人都会立即拒绝这两个故事的结局来看,上述两个角色既不能振奋人心,也不是对伊丽莎白的统治一种恭敬的呈现;但是这鼓舞了将近一个世纪以后的德莱顿,重新思考狮子与农夫之间的关系,从而重塑一个更加具有建设性的结局。

如果说伊丽莎白的统治由于其全部的战略胜利和整体的稳定,从而偶尔易受寓言批判性分析的伤害的话,我们可以预料,这一情形对于17世纪前半叶来说更真实,当时两位斯图亚特国王在确保君主制理论的正当性方面更为无力。如果我们将议会历史作为宪政理论与实践的一个指标,那么有关记录恰好表明国王与议会中的民意代表之间一直存在分裂性对抗,甚至这些记录的中断更具说服力。最重要的记录显然是1628年至1629年间关于请愿权(Petition of Right)的斗争,这一斗争导致查理一世宣布无限期抛开议会,独自统治。下议院1628年5月22日的记录中出现了一段寓言家的演说——其过于美好而不够真实——这段演说明显运用了一个古老的隐喻,作者依照当时的政治危机挪用了这一隐喻并重新解释。

这份演说的语境是，讨论请愿权权利书是否应该增加一个由上议院提出的附带条款，同时排除查理一世的"最高权力"。在反对上议院的补充条款时时，马顿爵士（Sir Henry Marten）（即弑君者 Henry Marten 之父）以非同寻常的力量和情感色彩提及：

> 贺拉斯是不喜欢给人的头颅（humano capiti）加上一个马颈的画家。若是这个画家单独画一个马颈的话，那是不错的。查理国王兴许并不需要金钱，而是要控制下议院。下议院是人的头颅，但是加上这个条款"除非得到最高权力批准"，那么，这一最高权力就是一个狮子的脖颈，并且毁坏了一切……这一权力表明，查理国王同时拥有一种破坏的权力和保护人民安危的权力。这一条款也承认他可能会使用"最高权力"，如果他使用了，我们就不能拒绝，因为这是为了保护我们。这一权力几乎让我闭嘴，甚至于我只能说它对于人民是有益的。"最高权力"是超越性的，也是一个高级词汇。《伊索寓言》有一个故事，其道德训诫是，当行动由法律监管的时候，你就会猜测法律所起的比重；而当行动由王权监管时，就会没有尽头。驴子、狮子和狐狸同意出去打猎，当他们发现了好猎物时，驴子就想平分，于是驴子就这么做了。他把猎物分成三堆，对狮子说"你有优先挑选的特权"。狮子感到不悦，一边说着"我有优先挑选的特权"，一边撕碎了驴子，将他吃了。然后，狮子对狐狸说"你来分一下"。狐狸只拿了一点兽皮，把其余的全部留下。狮子问他这是什么意思，狐狸说"一切都是您的"。狮子回答说"这是我的特权"，并且问狐狸这是谁教他的。狐狸说"是驴子的悲惨遭遇"。①

---

① Robert Johnson 等编，《1628 年下议院辩论集》（*Commons Debates* 1628），全五卷，New Haven and London, 1977, 卷三，页 532。

很难有比这个更有效的证据证明寓言在何处同文化相关。首先，这一寓言在上述政治语境的运用表明，寓言的政治史被认为是理所当然的，而且没有任何界限能够区分寓言的政治意涵与书面意涵。其次，显然，马顿既仰赖一个预先存在的寓言情节又自由使用这一情节，他详细描述了一些，将另一些留给听众去捕捉。他寓言中的道德观念虽然没有被预先设定，但是"应该会"被导出。依照惯例，狮子被认作国王，通过以时下流行的术语重述一个关于"强权等于真理"古老故事，尤其重要的是讽刺性地重复"特权"，就确保了将这一故事应用于当时的事件。而且，上述发言之所以极复杂，也许是由于审查制度（"这一权力几乎让我闭嘴，甚至于我只能说它对于人民是有益的"）和下述的可能性：正是这一寓言自身的逻辑性意涵让他理应开口说话。狐狸从驴子的悲惨下场学会了放弃特权。事实上，除了狮子，驴子和狐狸（即僭主、庸人和犬儒主义者），还有其他角色在早期斯图亚特王朝的英格兰存在吗？在詹姆斯一世（Jacobean）和查理一世（Caroline）时代的文本中，我没有发现任何形式的反对这篇非凡演说的痕迹，尽管马辛杰（Philip Massinger）的戏剧《东方的帝王》(*The Emperor of the East*) 既有当代意义又有预言的力量。虽然这篇戏剧以虚构的形式探究了统治的本质，却以一种高贵抱怨的形式重新引入古代寓言《渴望一位君王的青蛙》：

> 多么可悲呵
> 一位君王的处境！他不得不逢迎作势
> 改变理智与行为胜似变色龙，
> 他不可能从多头怪物——庸众们那里，
> 得到普遍的认可。
> 就像伊索的愚蠢青蛙，他们践踏他，
> 就像践踏无知觉的肉块，假如他的统治平易近人的话。

若他显得是一个疯子，他们就会搞阴谋，
将他作为僭主去反抗。①

考虑到这部戏剧诞生于1631年至1632年期间，正是查理一世长达11年不依赖议会的王权统治的开端，这则寓言则不可能不被认为是对1628年至1629年间事件后果的评论。尽管其戏剧性表述的道德观念得到了清晰表达，但是同马顿关于王权力量的寓言对比，它的效果还是蒙上了一层面纱，令我们无法进一步获知作者的立场和意图。

然而，在英国内战的前几年出现了某种迹象，即不同风格与流派的作家都重新把寓言视为发泄时代紧张情绪的工具。弥尔顿在1641年出版的《政教分离的理由》（*Reason of Church Government*）中，大胆改编阿维阿努斯的寓言《批着狮皮的驴》（*The Ass in the Lion's Skin*），作为对英格兰主教正在侵蚀英国国家权力行为的隐喻。② 在政论《论英格兰教会纪律的改革》（*Of Reformation of Church-Discipline in England*）中，弥尔顿同样运用阿格里帕（Menenius Agrippa）的寓言《肚子与肢体》（*The Belly and the Members*）：在"肢体"（members）一词上用语双关，娴熟地运用于长期国会的议事进程：

当我觉得我发现了[如何]拆散这些谄媚的智术师团伙时，小题大做先生让我动心而告诉你们一个经我深度改编的故事；[而这是因为]阿格里帕让我们开窍。以前，人的身体为了公共的福祉而召集各个部分（members）（就如伊索的

---

① Philip Massinger,《东方帝王》（The Emperor of the East），载于 The Plays and Poems of Philip Massinger, London, 1976, 卷三, 页532。
② John Millton, Don M. Wolfe 等编，《散文全集》（*Complete Prose Works*），八卷本，New Haven, 1953-1980, 卷一, 页583-584, 页834。

故事提供的各类怪谈)。(《论英格兰教会纪律的改革》1.583)

从这里可以看到不少的讽刺意味:在这个阶段,弥尔顿依然认为政治体的合法统治者应该是国王,而国王的卓越地位一直不受普通大众的挑战,而是受丑陋的粉瘤或是主教之赘瘤挑战。此外,他显然没有意识到,尽管这一寓言最初的功能是安抚反叛的军队,但他实际上转而为一场国家革命服务。

少数作家也会召唤寓言的政治职责。1640年出现了一篇名叫《乌鸦卡伍德的愉快历史》(*Pleasant History of Cawood the Rooke*)的佚名寓言,该寓言模仿了中世纪的寓言《列那狐的故事》(*Reynard the Fox*),只不过将狐狸换成了乌鸦,将狮子换成了高贵的鹰。然而,这一情节——鹰在出发去另外一个国家召集鸟类开会——有着强烈地时事意味,恰好同1629年以来英国议会的叫法相吻合;尽管这篇寓言关注骗子乌鸦的程度还没有老鹰拉帕克斯(Rapax the Hawk)的程度深,但是鹰王任命拉帕克斯为他不在国内期间的摄政,后者类似于1640年头几个月里温特沃思(Thomas Wentworth)的角色。赫普伊思(John Hepwith)于1641年出版了寓言《苏格兰森林》(*Calidonian Forest*),寓言中出现了一头狮子,明显是指查理一世,还有一条篡夺王位的龙和一只作为动物议会领袖并呼吁改革森林的大象。豪厄尔(James Howell)1640年出版了《多多那的树丛:或会说话的森林》(*Dodona's Grove: or the Vocall Forrest*)的第一部分,这是一部庞大的丛林寓言,处理从伊丽莎白女王到内战的英国历史,它宣称的终极道德之一是"统治者应该是柳树而不应该是橡树"。① 费恩(Mildmay Fane)本

---

① James Howell,《多多那的树丛:或会说话的森林》(*Dodona's Grove: Or the Vocall Forrest*), London, 1640, 页215。本书第二部分于1650年出版。

人是一个谦卑的保皇党,即"柳树",他将这种理念包含在一篇从未出版但据推测为他本人创作的拉丁文寓言的手稿中。这篇寓言的内容是,一个猎人掏了一株空心橡树黄蜂窝,他用一条细长树枝驱赶黄蜂只是为了激怒它们。① 这篇手稿的日期(即 1642 年 1 月 22 日)表明,这是对查理一世在对苏格兰的战争或处理自己的议会事务上无能的批评。在这一时期的市井歌谣中有一首《正义小调》(A Madrigall on Justice),引用了诸多寓言来证明古老的价值如何被革命颠覆:

> 世界已被改变,而我们的选择,
> 并非最符合理性,而是声音最响,
> 狮子为鼠众践踏,
> 上议院越发卑微:
> ……
> 最卑贱的脚,
> 想要踩上去,让头掉下来。
> 这就是他们所言,这就是真相,
> 他们热爱查理,又恨国王;
> 他们想要整饬丛林,想试着
> 把荆棘抬高到橡树之上。②

所有这些影射都不如查理一世本人提及的一个故事更明显,他借《士师记》里约坦反对僭主亚比米勒的故事,来提醒他的臣

---

① Mildmay Fane,来自《亡命之诗》(Fugitive Poetry),见于 Harvard MS Eng., 645, Eleanor Withington 引用并记录于 Harvard Library Bull, 1957, 11:47。
② 《残余;抑或上个时代的诗歌精选集》(Rump; or, an Exact Collection of the Choycest Poems and Songs Relating to the Late Times),London, 1874,全二卷,卷一,页36。

民。这个故事包含在他写给兄长的一封信中,连同《皇家肖像》(*Eikon Basilike*)于1649年出版,即在他被处决之后不久出版:

> 葡萄树和无花果树的芬芳没有被轻视,然而荆棘[因此]就装作长出了无花果和葡萄,借此以统治树木。①

在这封信里,查理一世不仅把他父亲的所罗门形象与圣经寓言混合,②而且奇怪地预料到了接下来发生的一切。比如在1654年,为了纪念克伦威尔任护国主一周年仪式,马弗尔(Andrew Marvel)将约坦寓言变成了对克伦威尔拒绝王冠的恭维,对平等主义者的批判:

> 你拥有同样的力量和一颗纯洁的心,
> 你(如同你的橄榄树)仍拒绝去统治;
> 为什么在其他人尽力破坏之时,
> 你却用你的橄榄油涂抹了荆棘,
> 你的荣光愈发显耀,时刻不停,
> 已然拔高了每株雪松的高度。
> 你头一次为他们带来了法律,
> 及时抑制了荆棘们的野心。③

---

① Charles Petrie 编,《查理一世的信件、演讲与宣告》,前揭,页270。
② 所罗门式的章节源自《列王记上》4:24("所罗门管理大河西边的诸王,以及从提弗萨直到迦萨的全地,四境尽都平安。所罗门在世的日子,从但到别是巴的犹大人和以色列人,都在自己的葡萄树下和无花果树下安然居住")。詹姆士一世在上议院的辩护演讲引用了此段,见《1621年3月26日周一陛下在上议院的演讲》(*His Majesties Speech in the Upper House of Parliament, on Monday, the 26 of March, 1621, London, 1621*),B3v。1629年3月10日,查理一世在他的辩护演说中再引述了上文,以解释他解散下议院的理由。参 Charles Petrie 编,《查理一世的信件、演讲与宣告》,前揭,页78。
③ Andrew Marvell, H. M. Margoliouth 编, Pierre Legouis 修订,《诗歌与书信》(*The Poems and Letters*), London, 1971, 二卷本, 卷一, 页115。

这些例子看起来有趣，主要是因为它们的讽刺意味和它们从一种意识形态跳跃到另一种意识形态的方式。它们也可能是国家的政治语汇发展与变化的标志（尽管这不能在统计学上得到证明）。但是，它们所指向的与其说是思维习惯和某种教育类型的结果，不如说是对寓言及其政治功能深刻的反思。为此，我们需要转向奥格尔比以及他的《伊索寓言译释》（Fables of Aesop Paraphras'd in Verse），该书首次出版于1651年并由克莱因（Francis Cleyn）画了插图。奥格尔比对伊索寓言的解释站在了世纪和革命的中间点，这些解释极大地改变了寓言在本世纪后半叶英国政治思维中的地位。我们需要细致地阅读从而搞清楚为何会如此。

在普理查德对政治寓言的研究中，对奥格尔比在解读寓言方面的开创性的方法——他大规模地将寓言转化为呈现他的时代历史的媒介——给予了极大的赞誉。普理查德指出，该系统运用富有"政治意味"的语言向17世纪的读者发出信息，无疑指涉特定的人和事件：

> 例如，好几个寓言涉及盟约和订约者（奥格尔比《伊索寓言译释》的第三、八和四十二篇寓言），其中一个是关于"神圣盟约"的（同上，第三十二篇）。同样，有四篇寓言提及内战，并且大量涉及各类叛乱（同上，第六、二十一、四十、七十二篇）。第八、第二十七篇提到了克伦威尔的铁甲骑兵军团，malignants这一被国会议员用来描述保王党人的常见诨名亦出现于第十三、十七、二十二、三十九、四十和七十一篇寓言中。第二十九和第七十二篇寓言提到了扣押行径，而第三十二、四十七、七十五和七十七篇寓言提及共同利益和共同体。克伦威尔在国民议会期间的两项作为得到了突出关注：排干沼泽里的水（第十五篇）和根除法案（第四十、

四十二和六十七篇)。①

这一细致的分析有益于确证,奥格尔比的《伊索寓言译释》的确具有时事性的特征。没有谁会反对普理查德下面这个更有力的结论:这卷书的主题整体上是一种秩序和等级原则,而战争和叛乱推翻了这一原则。但是,为了证明奥格尔比确实极大地改变了寓言的地位,我们需要进一步的思考。并且,一个现代读者很难比一个17世纪的读者更好地开始阅读,因为当时的人有早于1651年版本的由戴夫南特(William Davenant)所做的诗体注释。戴夫南特以"来自伦敦塔:1651年9月30日"向读者介绍自己——某种程度上是故意追求的效果,他强调了那个月伍斯特(Worcester)战役之后许多保王党人的境况。他关于奥格尔比的译释所写的诗,很好地诠释了监禁这一概念,也更新了寓言作为奴隶们的政治语言的传统地位,并联系了古代和近代的奴役类型与自由,而奥格尔比正是以此来处理自己的材料的。戴夫南特首先赞美了伊索从埃及祭司手中拯救出古代的象形比喻体系,即以动物的形象传达神圣的知识,并将其还原为laitie,即将改革的形象极富挑战的应用到那些明确反对当下改革者的人身上。然后,他赞扬了奥格尔比,因为后者对拯救伊索寓言做出了应有的贡献:

> 愿保佑我们的诗人!他的火焰温暖了
> 伊索在死神可憎阴影下的坟墓。
> 尽管你的诗句被那些人视作脚镣,
> 这些人根本无力在诗韵的世界里漫游,
> 但读了你的诗句,犹如亲见伊索本人,
> 自由自在,胜过了他的主人还他以自由:

---

① Mary H. Pritchard,《道德与政治的寓言》,前揭,页36–37。

> 你是如此与他心神相通,
> 尽管伊索为奴,身躯受禁,
> 但如你所知,你说他无拘无束、永葆年轻。(A5v)

最后,他为诗歌的道德劝诫功能进行了卓越的辩护,这项辩护早已与反清教徒意识联系起来,但他在这里表达了强硬的政治含义:

> 当我们意欲入侵时,法律面对暴力是徒劳的;
> 因为当你们有能力征服时,不会进行说服。(A6r)

戴夫南特的诗表明,关于奥格尔比的事业我们所知道的一切得到了确认:从他早先服务于爱尔兰的温特沃思家族,到他逸失的关于保王党人的叙事诗《赞美诗》(Carolies),再到他后来在王政复辟中非凡的威望与特权。① 这是一个关于保王派的寓言集,对社会与文化精英们的急切诉求言说,为了这个目的,古典寓言的"译释"实为创新。这种古老而又熟悉的形式在当时得到了重新认可(而它以一种不同的方式为人熟悉)。因此,读者渴望经验到的惊奇的阅读体验,就不允许平常的回应,而要求对寓言作出审慎的解释。然而奥格尔比寓言的语气,由于混合了喜剧形式和悲剧的洞察,经常被认为非常深刻。随着时间的流逝,奥格尔比对自己的认知已经超出了他

---

① 关于奥格尔比的传记,参 Katherine Van Eerde,《奥格尔比及同时代的品味》(John Ogilby and the Taste of his Times),Kent,1976;Marion Eames,《奥格尔比和他的伊索》(John Ogilby and His Aesop),载于 Bull. Of the New York Public Library,65,1961,页73–78;及 Earl Miner 于1668年复印版《寓言》(Fables),Los Angeles,1965,页1–16;Margert Schuchard,《1660至1676年间的奥格尔比:绅士与其他职业的生活图景》(John Ogilby,1660–1676;Lebenbild eines Gentelman mit vielen Karieren),Hamburg,1973。

的自身成就。1665年，他重新出版了漂亮的对开本《寓言》，由更具有声望的出版商罗依克罗夫特（Thomas Roycroft）出版，并由霍拉（Wenceslauscing Hollar）设计了更大的插图替代了克莱因的八十一页的蚀刻版插图。1670年，他为《亚非利加》（Africa）一书作序提及伊索时，认为他是"古希腊圣贤中最古老最智慧者""神话作家之王"，在他的释义中宣称，他已经将伊索"的声望提升到了前所未有的高度，甚至再属于次要诗人的群体"（C1v）。

《伊索寓言译释》中的好几篇也与早期文学故事的政治因素相关。例如，在奥格尔比关于身体的寓言中，又被弥尔顿运用于以高昂的精神改革国会制度，攻击主教制度，这一寓言也应用于长期国会的行为，相似用途，即一个相似的关于"成员"的双关语，还有一个相似的应用，认为身躯的头就是（或曾经就是）国王。然而，在奥格尔比的《手和足的叛乱》（Rebellion of the Hands and Feet）中（即书中第四十七篇寓言），有一幅醒目的图画，被斩首的头颅位于好战分子的脚下而不是在注定难逃一劫的身体上。不过，这篇寓言开篇的语言却无疑属于保王党人。

> 一旦身为凡人的合法国王被废了、死了，
> 紫色岛屿就没有了头：
> 胃部，一个管吞食的部门却吞噬一切，
> 手被灼伤，脚被折磨；
> 血液如泉涌而出，市民纷乱如麻，
> 这些成员现在成了平等派（levellers）。

当手和脚（革命分子）抱怨身体的懒惰，拒绝给它提供食物，这一寓言的古典版本中所允诺的妥协并没有出现；所有部分一定饿死：

> 苍白的死神携着寒冷而来,
> 垂死的脚和虚弱的手说道:
> 弟兄们深陷不幸,皆因我们拒绝为
> 肚子提供食物,我们必定一起死。
> 共同体中的所有成员哟,
> 不要专注私利,要关注公共利益,
> 富人和穷人要互相帮助,
> 自己保护不了自己。
> ……
> 但是,导致我们毁灭的主要原因,
> 是我们反叛了我们那正当且真正的王。

这看起来似乎恰好是对弥尔顿的回应,但在奥格尔比第三十六篇寓言,即《农夫和木头》(*Of the Husband-man and the Wood*),没人会怀疑它会令人想起斯宾塞的寓言,这篇寓言是受斯宾塞的橡树和石楠寓言影响的两篇中的一篇。另一篇是第六十二篇寓言《葫芦和松树》(*Of the Gourd and the Pine*),这篇寓言从斯宾塞的寓言中挑选关于青年或年龄的主题,并分别进行处理;但是在一个受到误导的农夫破坏他赖以生存的树林的故事中,奥格尔比显然意识到了斯宾塞寓言里"二月"的政治特征,从而传达了一种依然复杂的讯息。不再是两棵树之间的争斗,而是其中一棵岁月久远而一棵刚刚生发,奥格尔比发展了关于整个古代森林体系的假设,"存在大量的树种",而橡树仅仅只是其中的一种。

> 这片富饶的森林里,皇家雪松在其中,
> 他正头抬着仰望星空,
> 那比自然元素角斗之地与流星还要高远,
> 他的根向坚固的中心快速生长;

> 这让他赢得了
> 乳香的王冠；他们凝视着他，那榆树、
> 白蜡木、冷杉和松树，他们繁盛已多年，
> 因他保全贵体，不惧寒暑。
> 那不朽的植群，至少有十年岁月，
> 全体一心
> 力量合一，
> 嘲笑寒风；
> 最令人敬重的是神圣的橡木，
> 他唤醒了情人，
> 宣讲神谕。

同样，树与树之间的斗争仅仅是导致森林破坏的一个原因，其他原因还有："底层灌木（经常/抱怨他们的统治者/是一位僭主）"的存在，以及"从内心腐烂的榆树与同样的树木"，正是这些支持农夫为了给他们更多空间而砍伐他们一些同伴的计划。这个悲剧的中心是皇家雪松的短视，它被说服，为农夫的斧子所需的手柄提供木材，也因此导致了自己以及整个王国的毁灭。然而，农夫既是反面人物又是受害者，流着泪看着"自己亲手造成的浩劫"。换言之，奥格尔比提供的是关于内战原因的多层次解释，其中并非简单的分摊罪责，在将那种终极的道德教训——国王们绝不应该将武器交到臣民手中——与寓言自身的叙事比较时，这一道德训诫似乎也弱化了。

这种悲剧性的气息延续到另外一篇颇具斯宾塞风格的寓言里，即奥格尔比对《狼和小孩》(The Wolf and the Kid) 的改编版，斯宾塞原本出于反天主教的宣传目的，为伊丽莎白时代的听众改编这篇寓言。奥格尔比在第七十二篇寓言《母羊与孩子》(Of the Site-Goat and Kid) 中回到了狼这一角色的经典用法，但是这篇

寓言叙事中的心理细节，大部分是关于母羊的寡居以及对她唯一孩子的付出，"她的关怀和她的抚慰"确切地得自于斯宾塞的田园诗"五月"。它们都被直白地运用到1651年新的历史环境中：

> 一只因内战而孀居的母羊，
> （就如许多悲伤妇人的遭遇一样）
> 尽管迫使她被扣押的一小笔罚款
> 已被取消，
> 她却难以开怀，
> 因为当同类增多，她知道将无处觅食。

同斯宾塞一样，奥格尔比的寓言立足于孩子之父死于狼口，以及孩子之母为自己的孩子流下的泪水，因为她必须让她的孩子独自觅食。但是，将这匹狼带到1651年门口的并不是宗教的超自然力量而是一种政治忠诚的诱惑，这种诱惑注定要毁灭它的追随者。狼把自己伪装成"牧人的国王兼教父"，他以那些因伍斯特战役的失败而试图纠集军队以支持查理二世的人的口吻，对羊羔说道：

> 我活着，火焰预告着死亡，我带来了
> 好消息，王乃至善。
> 里昂城已有四万强人，
> 人山人海，
> 老少都拿起了武器，
> 他的怒雷朝向众人之门击去，长鸣不息呵，
> 让他们的凯旋变成失望的悲歌。
> 现在这位野猪正在征服，
> 以前亦属被征服者，

他乞求迅速的援助,
但是,那些同命运的弟兄们却不愿意,
为时已晚,
只能为他们划林为邦的行径而后悔。

对于这只羊羔来说,结果就是他的文化中最神圣的价值诱惑他走向死亡:"潘、他的父母和他的王所遵守的/责任、信念和虔诚都被背叛了。"同样,在伍斯特战役后保王党人面临的处境,先前看起来似乎是对他们事业(战争行动去斗争)的彻底背叛,而实际上却是更合理的忠诚。甚至查理二世和他的高级顾问们也同意,17 世纪 50 年代期间的任务是确保对国王事业的支持,而不是刺激革命派进一步威胁到保皇派的利益。[1]

在这样一个时刻,奥格尔比的第六十七篇寓言《橡树和芦苇》(*The Oke and the Reed*),为他获得了与豪厄尔在《多多那的树丛》的结尾发现的完全不同的意义。实际上,它重新呈现了更传统的意义,这一点由那些从革命中幸存下来以复辟为终极目标的人的经验所强化。正如奥格尔比的道德教训所示:

尽管强大,却抵抗不了过于有力的敌人;
而疯子划舟前行,逆着水流汹汹而奔。
今后你应为国家服务,
直到更好的时光消失再屈服。

但是,当奥格尔比随后的事业充分证明了他的观点的智慧,这却并不仅仅是为随波逐流辩护。那则关于在鸟类与野兽的战争

---

[1] 此处的政治参与,参 David Underdown,《1641 至 1660 年间保王党人的阴谋》(*Royalist Conspiracy in England*, 1649 – 1660), New Haven, 1960,页 55 – 51,页 73 – 96。

中蝙蝠行为的古代寓言（第二十九篇），现在变成了一种区分忠诚的顺应时势和真实倒向敌人的方法：

> 这只诡诈的蝙蝠在战役中被捕：
> 所有鸟类憎恶这叛徒的嘴脸脏污，
> 在白天，他从不会张开，
> 他的翅膀
> 他厌恶活在腌臜的角落，
> 而他的祖国却因他陷入灾厄的漩涡。

真正的寓意明确指向了那些为了保有自己的财产而同新政府妥协的人："他们的毁灭并不能拯救他们的国王或国家/兴许，他们这样可以在隔离政策（Sequestration）下存活。"

为了能欣赏《渴望一位君王的青蛙》（即第十二篇寓言）的语气与旨趣，需要审视奥格尔比对英国传达的预言，因为这篇寓言乍一看与保王党人的观点完全相反。这篇寓言的古典原型在奥格尔比1665年新版《伊索寓言译释》一书中有解释，其中一处页边旁注提到，"斐德鲁斯讲述了这篇由伊索创作的寓言，庇西特拉图当时占据着雅典港口，如同一个僭主攫取了最高权力"。然而，他的改编以青蛙的口吻开始，他们站在那些一度生活于君主统治之下现在却正无奈地生活于共和国的人们的立场上说话：

> 朱庇特啊，你为这位好青蛙解释一下，
> 我们如何转变为一个共和国？
> 我们各自为阵，各有其利益；
> 我们还留着团聚于和平之地的渺茫希望，
> 除非再次，
> 你聆听我们的祈祷，

伟大的王中之王啊，我们静候您的旨意。

这篇寓言接着以细腻的笔触描绘了两位君王，二者都没有表示在1651年存在一种精确的政治关联。首先是下面这段记录，带来了巨大的轰动：

最后万籁俱静，在一个伟大国度，
在银色巨浪上，已登王位的他心满意足，
受到所有青蛙的羡慕与敬仰：
他的眉毛不皱不舒，如同命运
一度令他们胆战心惊；
……
但当他们看见他大权飘摇不稳，
难以稳保自己的新王冠；
他们中最伟大的那些并未恐惧，
却旁附他更紧；现在老少－－致
蜂拥紧逼到他身旁，
践踏有膏的王冠，
最后，他们在他头上，蛙步跳得欢。
他们径直申明会修复一切，
即用冗长的祈祷再次叨扰诸天之王，
换掉这个块头，这只木偶；
得送给他们一个有活力的王者，一位勇敢的君主，
去领导他们离开旧土，
要一个热衷此道的君主，
攻占新土地，改良旧领土。

结果当然就是鹳的出现，"一个残忍的王子，他的意志就是法

律",审判青蛙们曾经反叛"一位仁慈的君主",从而让他们为这一愚行永远后悔。

奥格尔比1665年的新版寓言集增加了一篇伊索对雅典人的最后演说,奥格尔比如此翻译:"他说,城邦民们哦,你们要忍受这些,以免更大的不幸临到你们头上。"因此,奥格尔比鼓励他的读者注意雅典公元前6世纪中叶的状况与英格兰在17世纪中叶状况的差异;插入到青蛙的恳求中的"再"(again)表明,这一情节会永无止境的重复。此外,奥格尔比在1665年重述这篇寓言的预言性本会变得十分明显,即不仅指涉王政复辟,还指人们重复要求克伦威尔在当护国主期间戴上王冠的结果。奥格尔比在这篇寓言篇末的道德训诫,显然不是翻译伊索关于雅典人忍受当前的暴政而不能反抗或者抱怨的建议,而是对这些变化无常的国民的普遍观察:

> 没有政府能讨多变的庸众欢喜,
> 这些人喜欢改变,厌恶一成不变。
> 现在他们主张不要君王与军队,
> 再次对国王和上议院感到厌烦。

这个训诫假定了保王党与共和派的观点之间有相当的距离,但是它却依赖于对这则寓言的传统阅读角度的解构,而且,它精细的解说方式绝对是从别处借鉴而来。

我怀疑,这是奥格尔比对他所处的那个世纪余下时光的影响的一个标志,这篇在奥格尔比笔下复活的寓言,成为复辟时期的政治词汇。1656年,随着复辟不可避免的临近,弥尔顿愤怒地回应了保王派牧师格里菲思(Matthew Griffith)三月份的布道,后者在引用《渴望一位君王的青蛙》时采取了和奥格尔比相似的论调。弥尔顿的回应——在《简评名为"神与国王的恐惧"的某则近期布道》(*Brief Notes upon a late, Tilt'd, the Fear of God and the King*) 中——批评格里菲思扭曲了这则寓言的寓意：

> 青蛙们（寓言里本来说一度身为自由的国民）请求朱庇特派一位国王：结果他们像戏弄木头一般戏弄国王。他们觉得这［国王］太死板了，他们又请求得派一位有活力的国王：［结果］朱庇特派给他们一只鹤（寓言里本来说是鹳），而这鹤自天而降把他们啄起来吃了。这个故事适用于你们去谴责那些希望变化的人：这就是展现给愚民看的真实寓意，他们在自由状态中寻找王；大多数情况下要么是得到一个在他的国民面前呆若木鸡的存在，他并未作出与自身尊严相符和保全自身权位的行为；要么是像鹳一样把他们啄起来并吃掉。①

斯图亚特王朝复辟以后，这种共和式的解释依然有效。马弗尔（Marvill）的两篇讽刺诗认为这种解释充满智慧。《诺查丹玛斯预言》(*Nostradamus's Prophecy*) 谈及查理二世时提到"青蛙逐渐厌恶属于他们的鹤/向朱庇特祈祷将他带走"；《两匹马的对话》(*The Dialogue between the Two Horses*) 本身就提到了动物寓言，其中的一匹马问另一匹马："你对约克公爵詹姆士怎么看？"那匹马答给出一个非常肯定的答案："与青蛙们对鹳的看法一样。"② 1674年，弗里克（John Freke）的民歌《平凡人的历史》(*The History of Inspids*) 更为直言不讳，完全摒弃了寓言的经典表述：

> 别了，神圣的君王，
> 让我们推翻一切粗野的僭主！

---

① John Milton,《散文全集》，前揭，卷七，页478。
② Andrew Marvell,《诗歌和书信》，前揭，卷一，页179，页212。

> 人们应生而自由地生活，
> 但是每个人都顶着一只王冠。
> 人类，就像悲惨的青蛙们，
> 非常不幸，被鹳或木头统治着。①

然而，将近二十年以后，莱斯特朗热依然能够重新使用奥格尔比提出的保王党人的解释，同时赋予了一种奥格尔比曾谨慎避免的倾向。

关于青蛙的暗喻反复出现……在民众彼此类似的说法中，有四项：诙谐打趣、私下抱怨、强拿硬要、请愿上书。平反冤情是个问题，然而坏就坏在请愿者从不知满足……他们乞求、争吵、上诉，而这问题的答案是，他们若要再次变更主意，则会变得更难缠；通过此行，青蛙们才好去理解事情的真理，就像我们能在世界上发现这一真理，即在自然界、万物的原因、政治行为与宗教信仰里发现这一真理；即君王来自上帝，反叛上帝的任命乃是有罪的、愚蠢的与疯狂的行为。(《伊索与其他优秀神话作家的寓言：训诫与反思》，页20-21)

这是奥格尔比向纯粹的菲尔默主义的延伸，克罗克索尔在1722年依然认为需要谴责奥格尔比对寓言的真实含义的扭曲。

或许是因为寓言《渴望一位君王的青蛙》已经变成了公开的檄文，对于德莱顿而言，它不再是争论1687年的政治与宗教问题的有效媒介。然而，由于《雌鹿与猎豹》预料到、并试图防止1688年革命，正如弥尔顿参与并试图防止王政复辟一样，德莱顿事实上仅用一行诗影射了《渴望一位君王的青蛙》，这与西德尼(Algernon Sidney)校勘《撒母耳记上》第八章时的那句插话一样。

---

① John Freke，《平凡人的历史》(The History of Inspids)，载于 Anthology of Poems on Affairs of State，1975，页143。

鸽子们在与鸡群的斗争中，召唤秃鹰为他们的君主——德莱顿的寓言警告，鸽子们最终可能成为秃鹰的盘中餐，这一经典寓言对鹳（或鹤）的暗指绝非貌似真实，甚至是引导这种暗示；因为秃鹰在众多其他的警告以及应受谴责的特征之外，还被描述为"一个强有力的愤怒的国王"。这一警告显然针对那些试图废除詹姆士二世，将奥兰治的威廉带到英国以恢复新教王朝，从而再次破坏现有的政治制度的人，这是德莱顿雄心勃勃的论战计划的最后一招。

考虑到迈纳（Earl Miner）深刻而细致地论述了德莱顿对寓言的运用，兹维克（Steven Zwicker）也有更进一步的论述，在这里再次讨论这个问题多少显得多余。迈纳证明了德莱顿如何将伊索式寓言与圣经预表论和神圣的动物学（sacred zoology）结合在一起；同时也证明了构成长诗《雌鹿与猎豹》第三部分绝大部分内容的两则长篇寓言，均来自奥格尔比的寓言集。其中，猎豹所讲的关于紫崖燕向燕子们预言未来，但是燕子们没有留意这一点，最后它们致命地拒绝在冬天来临之前飞往南方的故事，重述了奥格尔比寓言集的第四十篇《群鸟的议会》（*The Parliament of Birds*）。雌鹿所讲的关于鸽群与"家禽"对立的故事，来自奥格尔比寓言集的第二十篇《鸽群与鹰群》（*Of the Doves and Hawks*）。在这篇寓言中，鸽群陷入一场违背本意的同鸢群的防御性战争，它们求助于鹰群，最后却成了这支雇佣军的受害者。迈纳向我们展示了，奥格尔比寓言的政治前提是如何被德莱顿结合鸽子、燕子和公鸡的圣经预表论，运用于他更为复杂的主题。之所以说德莱顿的主题更为复杂，是因为他的主题牵涉了宗教政治与国家政治。① 兹维克（Steven Zwicker）为德莱顿的这首长诗错综复杂的

---

① 迈纳的评注见于 Earl Miner，《德莱顿诗集》（*Dryden's Poetry*），Bloomington and London，1967，页 144-205；及 Earl Miner 与 Vinton A. Dearing 编，《德莱顿作品集》（*The Works of John Dryden*），三卷本，Berkeley and Los Angeles，1969，页 326-459。

叙事补充了一位后现代主义者的理解视角。德莱顿洞察了寓言这种体裁，他将之命名为"神秘的言说"，即一种形式的关联，既与作者新近支持神学观点——真正的宗教由神秘的"模糊的言说"组成，后者要求一位最重要且不会出错的解释者——相关，又与一切语言都具有明显的不确定性相关。为了与他的论点保持一致——含混性本身就是德莱顿的一个主题——兹维克认为，《雌鹿与猎豹》第三部分插入的鸟类寓言之所以极为含混，尤其是明显混淆威廉和伯内特（Gilbert Burnet）作为秃鹰的原型，完全是德莱顿故意所为，部分是他选择的伪装，部分是作为他不必完全诉诸叙述就可以展示他的思想的方式。①

然而，研究寓言中的政治—文学的演变，例如我在此处的尝试，关于《雌鹿与猎豹》依然有不少东西要讲。首先，我们也许可以公正地认为，如果斯宾塞没有将寓言作为讨论民族宗教和教会制度的工具（尽管他站在对立面来阐述教会制度），如果奥格尔比没有赋予寓言这一体裁一种重要的尊严，德莱顿本来绝不会用寓言来谈论这样一个至关重要的主题——他作为改宗的天主教徒，这一主题与他的心灵魂关系太过密切。德莱顿作为维吉尔的译者，对他的竞争对手奥格尔比很不客观，在他所列的"伟大的榜样"名单中忽视自己在寓言领域的竞争者，这可以典型体现德莱顿的特征；但是，值得重视的是斯宾塞在那份名单中的位置，因为德莱顿在《雌鹿与猎豹》第三部分开篇再次引用了那段著名的话：

> 混杂了小聪明的恶行，
> 兴许会谴责这种神秘的言说，
> 由于缪斯让苏格兰人，

---

① Steven Zwicker，《德莱顿诗歌中的政治与语言：伪装的艺术》（*Politics and Language in Dryden's Poetry: The Arts of Disguise*），Princeton，1984，页123-158。

> 与猎豹、熊罴、恶狼与不为人知的野兽为伍，
> 如果我们不会对这些怪物感到震惊，
> 就让伊索回答吧，他知晓，
> 希腊人与弗里吉亚人从不晓得的各种怪物；
> 胡伯特修女身着家常裙子
> 深深责备了一只不列颠母狮，
> 因为那位女王的宴会上充斥着好捣乱的暴民，
> 他们羞体横陈，熟睡不醒。
> 愿那些伟大的榜样引导我，我何不
> 运用他们美妙的言辞?①

其次，我们理应更细致地分析这几行诗，② 尤其是这些诗行对《胡伯特修女的故事》给予了特别的关注，迈纳的评注几乎没有处理这篇寓言。显然，德莱顿在这里感兴趣的并不仅仅是寓言中的民族化问题，而且包括呈现君主（作为狮子）和批评君主行为的特殊形式。德莱顿将《胡伯特修女的故事》视作对伊丽莎白的批评（并且相应地改变了狮子的性别），这一事实表明他对一种斯宾塞式批评感兴趣；但是，就我们的目的而言，此处只要想到斯宾塞的寓言中有两种交替的对伊丽莎白女王的呈现和德莱顿的寓言重复且颠倒了这一策略就够了。《胡伯特修女的故事》中那位沉睡的狮子可以与潜藏于《雌鹿与猎豹》背景中的那位尊贵的狮子对应。德莱顿笔下的那只狮子不光清醒、警觉，而且仁慈平静，是一只勇敢正直的动物，并且为猎豹所"伤害"（《雌鹿与猎豹》1.335）。然而，由于这只"狮子"这些特征，使得无法将其

---

① John Dryden，《德莱顿作品集》，前揭，卷三，页161。
② 举例来说，这种自我防卫直到长诗第三部分开端才出现的事实，暗示了一种轻微的风格转变，转向了一种伊索式风格，从这里开始，长诗更少神学意味，更多政治意味。上文的苏格兰让人想起赫普伊思的《苏格兰森林》(*Caledonian Forest*)。

与这一王朝的前代狮子们（尤其是亨利八世）区分开来，"一头狮子被欲望折腾得老气横秋、可憎而暴躁"（《雌鹿与猎豹》1.351），在这里通过"可憎"这个词而与斯宾塞对伊丽莎白的批评有了关联，她在英格兰的教会改革所发挥的作用，是后来导致这个国家陷入两难境地的一连串事件的起因。事实上，正是在德莱顿明确将詹姆士二世的狮子身份时，他写道：

> 因此，当宽宏大量的狮子看到，
> 能匹敌的对手，便跃跃欲战；
> 但当他的敌人沮丧地降伏在平地一角，
> 他只好给利爪上护套，一展那愤怒的鬃毛；
> ……
> 那么呵，詹姆士，若我们要一决雌雄，
> 让你自己欲降的翻滚怒雷先停在空中……
> （《雌鹿与猎豹》3.267-274）

德莱顿也会承认，他的君主—狮子形象因与权力不可分割而带来一些问题。雌鹿说她的儿子"在狮子的宫廷中不领津贴／……津贴是贿赂，是交易"（《雌鹿与猎豹》3.239-240），由此表明她有多么天真。斯宾塞头一次将君主呈现为一个农民式人物，一个自己的牧羊场被狐狸和猿所蹂躏的老实巴交的农夫形象，相反，德莱顿在自己的寓言中将詹姆士二世描写成一个"平凡的好人"，一个拥有三处"祖传"家产的农场主，其社会地位比斯宾塞笔下的农夫要高很多，但德莱顿还细致描述了他与农业和朴素生活的联系：

> 在私宅后方还有另一个农场，
> 不积压货物，仅自给自足；

> 瘦弱的家禽在这儿被他喂饱,
> 从他虔诚的手中得到面包。
>
> (《雌鹿与猎豹》3.993–996)

由于不受这一传统推论——君主是最凶猛的野兽——所限,德莱顿能够通过让他的寓言暗含对宽容的诉求来塑造詹姆士二世的形象,同时让他的寓言暗含对信教自由令(Declaration of Indulgence)的温和解释:

> 因此他赐予所有鸟儿自由,
> 赐予他的农庄自由,并允诺敬重
> 他们不同的喜好,且同等地保护它们。
>
> (《雌鹿与猎豹》3.1244–1246)

虽然这两种呈现形式清除了《胡伯特修女的故事》中得到的那些消极推论(农夫悲惨的无知、狮子应受谴责的懒惰),却提供了一种观察国王的行为的视角,准确地说,正是由于国王行为本身的二元结构,才显得含混不清。国王究竟是一头狮子还是一位勤勉的农夫?信教自由令究竟是有益还是最高权力不合法的应用?《雌鹿与猎豹》对这些核心的政治问题仍然非常谨慎,那些作为潜台词和反例的"伟大的楷模"的在场,理论上可以给读者们另外一种教诲——创新依赖于传统。德莱顿无疑已经注意到——正如他的主题之一是线性的关系——文学中的线性关系和政治中一样,不是两点之间直线最短,而是一种令人惊异的重复模式。

最后,还有一则附记可以说明,德莱顿挑选《鸽群与鹰群》的故事作为《雌鹿与猎豹》的结尾的意图。1666年,出现了一个我之前没有提到的伊索寓言版本,即巴洛(Francis Barlow)绘有精美插图的多语种版本。有一篇《鸽群与他们的鹰王》(Des Colombes et du Faucon leur Roy),题目更接近德莱顿关于鸽群与鹰群的故事,而非奥格尔比的故事版本。这则寓言里呈现了一种非常有趣又令人振奋的法国式道德说教:

> 但是,这则模仿鸽群的寓言里,鸽子们选举了他们的敌人为国王,在我看来,这就是一种无法容忍的错误,无论如何指责都不为过。这就是选择君主制的情形;关于那些依照年龄继承的权利,绝对有必要放弃,因为巨大的缺陷显而易见,还有不少家族掀起宗教的狂热;就像从前罗马人中那些奥古斯丁的后人……而在我们这个时代的英国,这便是斯图亚特王朝。①

我无法想象,德莱顿没有发现这一对王政复辟满含讽刺的伊索式回应;他本来会看到这种讽刺在王位排除法案危机(Exclusion Crisis)期间影响进一步扩大。现在,随着"光荣革命"的阴影出现在他的视线中,他决定亲自讲述这篇寓言,以此来面对这一阴影。

总而言之,17世纪英格兰的寓言故事能够教给我们的,并不仅仅是常见的道德说教。它有助于解释意识形态如何找到表达自我的方式和为了回应历史情境,文化的构成因素如何出现和消失。17世纪的作家们以他们自身变换的视角,重新学习寓于古代寓言中关于自由和政治稳定之间的严厉教诲,他们将这些教诲留在了文本中,总而言之,它们构成了一种新的历史现象。事实上,在17世纪的最后十年和18世纪的前几年,政治寓言变得随处可见,

---

① 《伊索寓言及作者生平:拉法英三语版本》(Aesop's Fables With His Life: in English, French & Latin. The English by Tho. Philipott Esq; The French and Latin by Rob. Codrington M. A.), London, 1666,页32-33。

伊索本身也以一个全新的时髦身份出现在宫廷、澡堂和坦布里奇维尔斯（Tunbridge Wells）。但是伊索的出身并没有被忘记，如我们可以从一位匿名作者于1698年出版的《伊索在坦布里奇》（*Aesop at Tunbridge*）的序言中所知。尽管英国政府在1695年没有成功更新出版自由法案（Licensing Act），但《伊索在坦布里奇》的作者继续认为，寓言同言论自由的概念有着天然的联系：

  但一两篇有些陈旧与惹人生气的寓言的存在，难道就是理所当然的吗？由于这种类型的怨言与投诉有一些基础，我们的统治者就能去心平气和地从这类小故事去认识事实的真相吗？也许，他们并不会像对待狐狸和猿那样，如此轻易地对待智慧与善良之人；也许，这些智慧和善良之人也不敢说出野兽们传递的所谓真相，而这些真相却是我们的政府理应知晓的。

狐狸、公鸡和教士:逃离寓言的乔叟

纳尔科斯(Doron Narkiss)著
饶晗 译 林凡 校

引 言

在《修女的教士的故事》中,① 乔叟(Geoffrey Chaucer)对《伊索寓言》的改编是某种扩展的一部分,这种扩展导致一种文学类型的转变:从古人熟知的简短形式转向一种更长更复杂的诗歌形式。我曾经讨论过,② 最终,这种显然无足轻重的转化,为后来被称为"小说"这种文学形式有关的结构、内容和主题做出了贡献,限于篇幅,对这一演进的证明不在本文讨论范围之内。拙文只想指出这一文学演进早期但必要的阶段,窃以为,在这个阶

---

① [译按]中译参方重译本,《坎特伯雷故事集》,北京:人民文学出版社,2004年,页325以下。译文略有修改,不一一标明。我们需要注意的是,汉译散文体虽然阅读流畅,文辞优雅,但乔叟原书毕竟是诗体,因此后文引用标明的是行码。

② 参 Doron Narkiss,《寓言的运用》(*The Uses of Fable*:*A Study of the Presistence of a Mode in English Narrative*),Hebrew University of Jerusalem,博士论文,1994。

段里,寓言——这一卓越的权威模式在长度上得到了扩展,而且必然还是反讽的;也就是说,这种新文体有可能明确构设一种新的解读,而且,这种解读与篇幅短小的寓言经典文本中存在的权威意图相反,这在英语文学中可能是首次出现。

《旧约》中的"审判寓言"、[1] 亚里士多德《修辞术》、[2] 《新约》中的格言、[3] 教会传统的中世纪传教士的理论与实践、[4] 后来

---

[1] 参 Uriel Simon,《可怜男人的母羊:一个"审判寓言"的例子》(The Poor Man's Ewe‐Lamb: An Example of a Juridical Parable),载于 Bar‐Ilan: Annual of the Bar‐Ilan University, 7‐8,1970,页 207‐242。关于 Simon 列举的例子,可参阅《旧约·撒母耳记(下),12:1‐14,14:1‐20》;以及《旧约·列王纪(上),20:35‐43》;《旧约·以赛亚书,5:1‐7》;《旧约·耶利米书,3:1‐5》。

[2] 正如其所著的《修辞术》中所说,亚里士多德支持使用寓言,这一点上他与老师柏拉图存在分歧。参《修辞术》(The "Art" of Rhetoric),其中,翻译及引用如下:John Henry Freese 译,《修辞术》,Cambridge, Mass.,1947,前言,页 xviii,注释 273;G. M. A. Grube,《柏拉图思想》(Plato's Thought)London,1958;J. W. H. Atkins,《古代的文学批评发展简史》(Literary Criticism in Antiquity: A Sketch of its Development),卷一,London,1952,以及本文参引的部分。也可参看 Ben Edwin Perry,《古代传奇:关于其起源的文学‐历史解释》(The Ancient Romances: A Literary‐Historical Account of Their Origins),Berkeley,1967。关于古代寓言,参阅 B. E. Perry,《巴布里乌斯和斐德鲁斯》(Babrius and Phaedrus),Cambridge, Mass.,1984[1965]),前言,页 xiii;以及《古典论集:寓言(卷三十)》(Entretiens sur l'antiquité classique, Vol. 30: La fable),Geneva,1984,尤参 Morten Nojgaard,《寓言中的道德:从伊索到罗慕路斯》(La moralisation de la fable: D'Esope à Romulus),页 225‐251。

[3] Frank Kermode,《秘密的起源:解释叙事》(The Genesis of Secrecy: On the Interpretation of Narrative),Cambridge, Mass.,1979,第一、二章。

[4] 大约同一时期,出现了一些值得注意的寓言选本的例子,其中有卡普亚的约翰(John of Capua),他在1270年将所谓的《比达佩寓言》(Fables of Bidpai)译成拉丁语;切里顿的奥多(Odo of Cheriton)、Nicole Bozon 以及 John Bromyard, G. R. Owst 的《中世纪英格兰的文学与教士》(Literature and Pulpit in Medieval England, Cambridge, Engl.,1933)称他们为"中世纪教士中的拉·封丹";还有在英格兰用法语写作的 Marie de France。同时,可参阅 Mary Lou Martin 译介的《玛丽寓言集》(The Fables of Marie de France, Birmingham, Alabama,1984)。当然,《修女的修士的故事》一直以来最好的读者是亨瑞森(Robert Henryson);可参看《亨瑞森诗歌集》(The Poems of Robert Henryson),Denton Fox 编,Oxford,1981,前言,页 i‐cxxiii。在此书前言中,Denton Fox 研究了 Henryson 所提寓言的可能来源。Marianne Powell 在《寓言故事:对亨瑞森道德寓

17 与 18 世纪遍布欧洲的对寓言的理论创建,① 以对这些研究

言的背景与解释研究》(Fabula Docet: Studies in the Background and Interpretation of Henryson's Morall Fabillis, Odense, 1983, 载于 *Odense Studies in English*, vol. 6) 中为这些来源提供了更多的信息。所有这些，都基于当时被认作古老时代的寓言作品。关于这一传统，可参看 Perry 为《巴布里乌斯和斐德鲁斯》(*Babrius and Phaedrus*) 所作的的序言；Perry,《寓言》(Fable), 见 *Studium Generale* 12 (1959), 页 17 - 37；以及他具有里程碑意义的《伊索：一系列与他关联、归因于他或因为与文学传统紧密联系而冠以其名的文本》(*Aesopica: A Series of Texts Relating to Aesop or Ascribed to Him or Closely Connected with the Literary Tradition that Bears His Name*), 卷一；《希腊和拉丁文版》(*Greek and Latin Texts*, Urbana, 1952) (两书并非连续卷)。同样可参 David G. Hale,《内部的煽动：关于肚子的寓言》(Intestine Sedition: The Fable of the Belly), 见 *CL Studies* 5 (1968), 页 377 - 388；及其《文艺复兴时代英格兰的伊索》(Aesop in Renaissance England), 见 *Library* 27 (1972), 页 116 - 125。以及 Arnold Clayton Henderson《作为社会批评家的中世纪寓言作家》("Of Heigh or Lough Estat": Medieval Fabulists as Social Critics), 见 *Viator* 9 (1978), 页 265 - 290；Henderson,《作为社会抗争和讽刺工具的动物寓言：亨瑞森的 12 世纪》(*Animal Fables as Vehicles of Social Protest and Satire: Twelfth Century to Henry*), 收入 *Proceedings of the Third International Beast Epic, Fable and Fabliau Colloquium*, Jan Goosens 和 Timothy Sodman 编辑, Cologne, 1981 年, 页 160 - 173；Henderson,《中世纪野兽与现代囚笼：寓言与动物寓言集中意义的阐述》(Medieval Beasts and Modern Cages: The Making of Meaning in Fables and Bestiaries), 见 *PMLA* 97 (1982), 页 40 - 49。

① 1481 年, Caxton 率先印制、出版了英语版的《伊索寓言》。参《卡克斯顿的伊索》(*Caxton's Aesop*), R. T. Lenaghan 编, Cambridge, Mass., 1967。在英国, 当然存在许多来自国外的寓言影响, 从动物寓言诗到寓言集、从徽章到楷模、从受难到石经。对于在接下来诸世纪中的一些关于寓言的观点, 可参 Thomas Noel,《18 世纪的寓言理论》(*Theories of the Fable in the Eighteenth Century*, New York, 1975); Earl R. Wasserman,《被教化的自然：18 世纪的神圣比拟》(Nature Moralised: The Divine Analogy in the Eighteenth Century), 见 *ELH* 20 (1953), 页 39 - 76。18 世纪, 教导与权威同时出现, 这明显体现在德国的莱辛和塞缪尔·理查森、斯威夫特以及其他英国作家那里。例如, 莱辛 (Gotthold Ephraim Lessing),《寓言与短诗和关于寓言与短诗的论文》(*Fables and Epigrams; with Essays on Fable and Epigram*, London, 1825); Samuel Richardson 的基本编著：《伊索寓言》(*Aesop's Fables: With Instructive Morals and Reflections, Abstracted from all Party Considerations, Adapted to all capacities; and designed to promote Religion, Morality, and Universal Benevolence*), London, n. d., 1756；《道德与教化集》(*Collection of the Moral and Instructive Sentiments, Maxims, Cautions, and Reflections, contained in the Histories of "Pamela", "Clarissa", and "Sir Charles Grandison"*), London, 1775。一个由 James E. Evans 作序的复印本 (New York, 1980);《道德之路种种》

的分析为基础,关于何谓寓言的经典形式,我们也许可以如此定义:寓言是一种权威的讽喻形式,再现并制定一种具有等级的权力系统,直接与隐含或特定的言说对象有关。寓言创造或者促使读者去创造一个具体的叙述实例,一种历史情境,这是由于寓言具有一种规则而重复的结构,而且,这种结构指向一种熟悉而且容易发现的诗歌背景,简单来说,这是一种由特定结构、角色类型、意象与主题为特征的叙述文体。

在《坎特伯雷故事集》中,乔叟将一则寓言(fable)变为"寓言式的故事"(fabular tale),而这一看上去无害的行为导致了诸多理论问题。其一是长度的基本问题。根据传统的看法,关于寓言这种形式,主要还是由其简洁明了的程度来界定,那么,我们也许能够假设,即便在乔叟时代寓言形式也必须要更为简洁,可是,如果寓言扩展到数百行会是怎样的情形呢?我们似乎可以肯定,这样产生的修辞影响和意图,与功能性极强且具有明确指示性的伊索寓言不同。一个更长的叙述拥有一种针对复杂结构的更广阔的视野、更深刻的刻画,也会丰富关于美的问题、情节发展以及[故事中的]叙述性评论等更多的可能性,那么,这个更长的形式拥有怎样的修辞品质?对乔叟的"狐狸寓言"的分析将显示某些问题,并显示某种转换的可能性,即从在一种功能相对有限的模式中使用的寓言,转向更诗歌化的模式中使用的寓言。不过,首先我们必须在文学史的进程中勘定乔叟再创作的位置。

(*The Paths of Virtue delineated*; *or The History in Miniature of the celebrated* "*Pamela*", "*Clarissa Harlowe*", *and* "*Sir Charles Grandisson*"),节略本为《青少年道德读本》(*Familiarized and Adapted to the Capacities of Youth*),出版时编者名为 Oliver Goldsmith, London, 1756。

英语文学中很早就出现从简短寓言向其扩展形式转变的现象。在乔叟之前很久的欧洲与英国，寓言是一种宗教与基督教教诲惯用的形式。自诺曼征服以来，英语文学愈发受到大陆的影响，这也反映到了语言、诗歌实践以及创作题材当中。传统的狐狸题材与诺曼征服前数世纪习惯的文学表达形式混合在一起。诺曼征服者的出现，一方面加速了狐狸传统的整合并成为文学习惯，另一方面，又破坏了"严肃"的形式并使之大众化，这导致的一个后果是寓言素材的增加。12世纪的法国形成——更确切地说是发现——了两种版本的动物寓言诗（叙事诗），因为这些材料至少自10世纪就已经在欧洲出现。如果印度与阿拉伯传统也对此有某种影响的话，可能时代还要更早。这就是《伊森格里穆斯狼的故事》（*Isengrimus*，1148）[①] 与《列那狐的故事》（*Roman de Reynard*，1175-1190），这些戏仿类史诗（mock-epics）不仅戏仿了史诗的形式要素，还戏仿了作为主要观众的宫廷观众。动物史诗并非寓言，但取用了与寓言相关的要素，比如狐狸和狼的角色，并将它们置于强调寓言倾向性的叙述框架。在动物史诗和其他文学作品当中，角色与叙述策略均与寓言类似，比方说使用某种权威（对教士的戏仿）、讽喻（一个在叙述文本之外的道德格言）、一个社会历史的背景（乡村的农业生活，就英国而言，这与农民的实际生活而非浪漫的乡村生活有关）以及多种叙述要素：借鉴自寓言的角色类型、得到发展与改良的角色、一个自然主义的故事场景以及自然主义图景（同样与社会、经济、甚至地理背景相

[①] ［校按］*Isengrimus*，通行写法为 *Ysengrimus*，参 Jill Mann，《伊森格里穆斯狼的故事》（*Ysengrimus: Text with Translation, Commentary, and Introduction*），Univ. Leiden，1987；另参 Jan M. Zilkowski，《会说话的动物》（*Talking Animals: Medieval Latin Beast Poetry, 750-1150*），Philadelphia：University of Pennsylvania Press，1993。至于《列那狐的故事》则众所周知，无需介绍了。

关）和对权力主题的侧重——比如骗子，依旧处境糟糕的传统上的失败者但却获得某种胜利。① 一首作者不详的 295 行诗《狐狸与狼》就是这种混合形式的例证，似乎是一个说教意味很浓的教条寓言，同时也是反程式化的、戏谑的短篇史诗（尽管对一则寓言来说篇幅太长）。另一个例证则是《胡伯特修女的故事》(*Mother Hubberd's Tale*)。② 不过，这些同时代的狐狸寓言当中，最复杂的"诗化"作品当属《坎特伯雷故事集》中的《修女的教士的故事》。

修女的教士的故事

乔叟在《坎特伯雷故事集》中运用了多种写作形式，比如训诫词、韵文讽刺故事（fabliau）、圣徒传记和道德故事等等，《修女的

---

① 参 Charles Dahlberg，《乔叟笔下的"公鸡与狐狸"》(Chaucer's Cock and Fox)，见 *JEGP* 53 (1954)，页 277 - 290。Henderson 的《作为社会批评家的中世纪寓言作家》（前揭）声称，Marie de France、Odo of Cheriton 以及 Berechiah ha-Nakdan"在他们的寓言收集中开辟了一些新的世界：引入社会词汇以替代传统的道德术语"。

② 关于"狐狸与狼"的故事，可参见《早期中古英语诗歌散文》(*Early Middle English Verse and Prose*，J. A. W. Bennett 和 G. V. Smithers 编）一书，以及 Norman Davis 所列的"术语表"，第二版，Oxford，1968 [1966]，前言页 xi - xix，页 65 - 67，页 297 - 303。亦参 Sacvan Bercovitch，《"狐狸与狼"对神职人员的讽刺》(Clerical Satire in The Vox and The Wolf)，见 *JEGP* 65 (1966)，页 287 - 294；同样参见《说教式的动物对话：评注版》(*Dialoges of Creatures Moralysed: A Critical Edition*)，G. Kratzmann 和 E. Gee 编，Leiden，1988。关于斯宾塞本人，可参看 Edwin Greenlaw，《斯宾塞的历史寓言研究》(*Studies in Spenser's Historical Allegory*，Baltimore，1932)；William Nelson，《斯宾塞诗集》(*Poetry of Edmund Spenser*，New York，1963)；另参 Kent T. van den Berg 的《拟人化的虚假：论斯宾塞的拟人手法以及胡伯特修女的故事》("The Counterfeit in Personation": Spenser's Prosopopoia, or Mother Hubberds Tale) 一文，收录于 *The Author in His Work*，Louis L. Martz 和 Aubrey Williams 编，New Haven，1978，页 85 - 102。

教士的故事》中的寓言也是其中一种。这则寓言曾被解读为戏仿史诗,① 寓言中的几个角色则被界定为"圣者……异教徒与魔鬼",② 甚至还被解读为"金汉堡"(Golden Spangled Hamberg)。③ 这则《修女的教士的故事》启发了讲述者,④ 可以作为朝圣救赎之路的一个戏剧样本。⑤ 学者们曾对这个故事进行各种分析,比如,是"空虚、自傲、自我放纵的展示"、⑥ "宣讲了道德责任的危机",⑦ 或者"与婚姻与教会准则有关";⑧ 或者,故事阐述了中世纪的世情看法与价值观,⑨ 或是对教会、权威、寓言的批判性戏仿。⑩

---

① 参 Kenneth Sisam,"前言",《修女的教士的故事》(*The Nun's Priest's Tale*,Oxford,1970 [1927]);Marianne Powell,《寓言故事》,前揭,页 180。

② 参 Mortimer J. Donovan,《修女的教士布道中的道德训诫》(The Moralite of the Nun's Priest's Sermon),见 *JEGP* 52 (1953),页 498 – 508。

③ 参 Lalia Phipps Boone,《辨识腔得克立与帕特莱特》(Chauntecleer and Partlet Identified),见 *MLN 64* (1949),页 78 – 81。

④ 参 George Lyman Kittredge,《乔叟与他的诗歌》(*Chaucer and His Poetry*),Cambridge,Mass.,1915,页 155;Arthur T. Broes,《乔叟笔下不高兴的牧师:修女的教士的故事》(Chaucer's Disgruntled Cleric: The Nun's Priest's Tale),见 *PMLA* 78 (1963),页 156 – 162;Beryl Rowland,《盲目的野兽:乔叟笔下的动物世界》(*Blind Beasts: Chaucer's Animal World*,Kent,Ohio,1971)。

⑤ 参 Robert P. Miller,《〈坎特伯雷故事集〉中的寓言》(*Allegory in The Canterbury Tales*),出自《乔叟研究指南》(*A Companion to Chaucer Studies*),Beryl Rowland 编,New York,1968,页 268 – 290。

⑥ 参 Charles A. Owen, Jr,《〈坎特伯雷故事集〉中的五处重要段落》(Crucial Passages in Five of the Canterbury Tales),见 *JEGP* 52 (1953),页 294 – 311。

⑦ 参 Donovan,《修女的教士布道中的道德训诫》,前揭;Dahlberg,《乔叟笔下的"公鸡与狐狸"》,前揭。

⑧ 参 Patrizia Grimaldi Pizzorno,《腔得克立糟糕的拉丁语》(Chauntecleer's Bad Latin),见 *Exemplaria* 4.2 (Fall 1992),页 338。

⑨ Miller,《〈坎特伯雷故事集〉中的寓言》,前揭。

⑩ Stephen Manning,《修女的教士的道德与中世纪时期人们对于寓言的态度》(The Nun's Priest's Morality and the Medieval Attitude Toward Fables),见 *JEGP* 59 (1960),页 403 – 416;R. T. Lenaghan,《修女的教士的寓言》(The Nun's Priest's Fable),见 *PMLA* 78 (1968),页 300 – 307;Maurice Hussey,"前言",《修女的教士的序言与故事》

如果这些令人眼花缭乱的解释（我不会深入探讨这些研究或者其中的精妙之处）有什么可取之处的话，那就是，研究者们发现，《修女的教士的故事》中具有一种来自最具寓意性的传统中的意蕴——虽然并不明显，但他们通过自己的解释学研究，令这种意蕴在某种程度上得以清晰呈现。不过，此中尚需进一步澄清。尽管《修女的教士的故事》以传统的寓言为基础——而且传统的寓言长期的故事改编传统，① 但是，这则故事并不仅仅是在重新讲述这则寓言。我们必须找到《修女的教士的故事》与传统寓言之间的关系，这是问题的核心。

正如《修女的教士的故事》重构的情节，这则寓言内容如下：一只狐狸奉承一只农场的公鸡，称自己不会伤害他，仅仅"想听你歌唱"，"你的嗓子真是美若天仙"（B2，行 4480 - 4482）。

唯有"我的主人，令尊"唱得更加有力：

> "他所唱的曲调无不从心头涌出，他因为要引吭高歌，曾竭尽全身的力气，双眼紧闭，踮立趾尖，伸长细颈，唱入云霄。……且看你能赶上令尊的本领不能？"……于是这位腔得克立（Chauntecleer）翘起脚跟，伸长颈子，闭拢双眼，放心大唱起来。这位狐狸先生马上跳上前去，一口衔住他的颈下，驮上背向林中奔去，那时还没人看见他。（行 4495 - 4498，4511，4521 - 4526）

(*The Nun's Priest's Prologue and Tale*, Cambridge, 现代英语版, 1965); Morton W. Bloomfield,《修女的教士故事中的智慧》(*The Wisdom of the Nun's Priest's Tale*)，出自 *ChaucerianProblems and Perspectives*: *Essays Presented to Paul E. Beichner C. S. C.* , E. Vasta 和 Z. Thundy 编, Notre Dame, 1979。至于乔叟文本的引用，皆出自河畔版《乔叟集》(*The Riverside Chaucer*)，第三版, Larry D. Benson 编, Boston, 1987。

① Ben Edwin Perry,《伊索寓言》(*Aesopica*)，Urbana, 1952, nos. 562 和 562a。

让我们在故事中间暂停。目前为止,这个故事可谓一个完整的寓言,它依循了《乌鸦、奶酪与狐狸》的脉络(同上,no. 214),故事的道理是听从奉承可能带来损失的风险。传统的寓言另一个要素同样在此展示出来,即权力的呈现,在这场权力戏剧里,更为狡猾且身体更为强壮的狐狸欺骗了注定像其父母一样饲喂狐狸的公鸡:"我的主人,令尊——愿上帝祝福他的灵魂——和令堂,承他们不弃,都驾临过敝舍,曾使我满心感奋。"(行4485-4487)

寓言中常见的自然主义要素同样在这里得到展现——狐狸对家禽的钟爱、对鸡鸣的描述以及狐狸抓住的"引吭高歌"和"闭拢双眼"的时机。这里都没有指向道德过失。《修女的教士的故事》经常由一个侧面转向另一个侧面,这就不容易确定中心与边缘,在面向观众的一侧,修女的教士——或者乔叟——总结了公鸡所隐喻的盲目,也同样暗示了我们的盲目:

> 于是,腔得克立扑起两翅,他被狐狸谄媚得浑身发热,哪里还觉察得他的奸诈。啊,大人先生们,你们的衙署里有多少献媚附和的人,他们比那些向你献忠言的人更能说得娓娓动听。请读读《传道书》中关于谄媚的一段,务必留心他们的诡计,先生们啊。(行4512-4520)

即便从引述的短短数行中,我们也能看到,乔叟引入了不少令叙述更加丰富的因素,比如对主要角色的刻画和塑造,戏仿史诗的要素、甚至农场和树林的对立以及农村与宫廷的习惯。如果这是一个传统的说教寓言,它本可以在这里终结。这样就不会令寓言的定义和目的产生疑问。在处理这些问题之前,我们必须始终跟随其叙述。

母鸡一发出叫声,整个农场都在追踪狐狸。

这个可怜的寡妇和两个女儿,听到母鸡们的扰攘哀号,马上赶出门来……她们喊道:"出来啊,快啊,狐狸来了!"她们跟着追,还有许多人也拿着棍子赶了上去。看家的狗儿,可儿、格朗和泰尔波,还有手里拿着纺织杆的麦尔金,都跟着跑;还有母牛,小牛,猪豚,都奔跑起来……他们一起拼命追赶;没有一个不再叫嚷,就像在地狱里的群鬼一般。鸭子也嘎嘎叫着,似乎要被人屠宰;鹅儿吓得飞上了树来,窝里的蜂群也拥出来了。(行 4565 – 4567,4570 – 4575,4578 – 4582)

以上这些没有一个成功抓住小偷,不过,他们至少间接地提供了拯救公鸡的方法。公鸡躺在狐狸背上,建议狐狸如果要摆脱这些追逐者,就应该这么说:

"我已经到了林边,凭你们怎样,这公鸡将在此居留了。我将立刻把他吃掉!"狐狸回答道,"是的,就这样办。"他正开口说那句话,忽然公鸡很轻巧地由他嘴边脱了身,顷刻间飞上了树。(行 4602 – 4607)

寓言的第一部分以公鸡的失算与被抓结束,但在这里他试图逃跑。运作的原则是双面原则和替代(substitution)原则。整个故事有一系列不同层次的替代:腔得克立替代了他的父亲;奉承替代了真正的隐秘动机;公鸡作为救援行动的实施者替代了追逐者;公鸡的建言替代了狐狸的奉承;当然也有公鸡替代狐狸成为最狡猾者;狐狸替代公鸡成为受害者。当我们继续阅读《修女的教士的故事》,其他替代将逐渐浮现。

替代原则是寓言的中心。寓言就是以一个虚构的故事提供一个关普遍真相的例证,很早以前,这一观念就是寓言这种文学形式的定义内容之一,而这其实就是一种例证式的替代;后文将指出这种例证可能出现的问题。替代与其他重复出现的特征相关。替代也与某种内在的缺失有关,即我们在寓言中发现的某种不平衡,这有时会在表面文本中表现出来,比如《狐狸与狼》中升降的水桶;在其他大部分寓言里,这种不平衡以转喻的方式呈现:富人比邻居更富裕、狐狸比牛更聪明、狼比羔羊更强壮。狐狸想要翻转水桶、富人缺少为客人准备的一顿饭、狐狸想要奶酪、狼想吃羔羊。为了填补这些缺失,主人公从一个物资有限的封闭经济体中拿走一些东西。这种行为尽管满足了他们自己,却必然剥夺他人的所有,于是导致更大的不平衡。这种取走总是会令他人遭受损失。因此,在寓言的视野之中,资源总是得到保护的,绝不愿意舍弃自己的资源,而且时刻警惕欺骗,并意识到自己固有的(即自然的)界限。

乔叟讲述的寓言则往前深入了几步。由原本的受害者施展的第二个或者针锋相对的计谋,将平衡恢复到了原先的不平衡,那么,原先的状态就被认为是一种正确的、至少更好的平衡。寓言通过双重的镜像重复形成了一种恢复,这样,寓言就清晰地展现出一种双重叙述。

因此,替代与重复有关,在《修女的教士的故事》之中,替代同样运用于道德训诫:寓言和外部参照之间的类比构成了替代关系与含蓄的重复。由于一个对象代替另一个对象、一个角色代替另一个角色,一个词代替另一个词,寓言的世界替代了寓言外的世界,这些表面它们之间是平等的关系,即便没有"原先"失去的对象要被取代:"其他"对象是一种丧失,一种缺席——因此公鸡美妙的嗓音并不存在;美妙的嗓音可以称为虚拟的存在,它可以被公鸡自己所替代;受骗者的地位先属于一个角色,之后又属于另一个角色；关于公鸡的虚荣故事是一个构造，但它能被诸如世人之间的关系之类所替代。

替代要素之间隐含的等式关系尽管是错误的，却依然让我们略微感受到乔叟的寓言具有多样性、丰富的内涵以及许多潜在的结局。最终，寓言所缺失的根基，既不能填满也不能根除，只能归诸其他。重复的讲述并没有丰富内容，反而使内容贫乏，令读者困惑。是狐狸自己同意说话、张嘴并失去了他的猎物——正如在寓言的前一部分公鸡所犯的错误，在这里成为极佳的反讽式的替代 - 重复（substitution - repetition）。不过，这一局面的转化，绝非纠正原初的不平衡，而仅仅是敞开了更多潜在的、无止境的纠正的可能。

或许，重述至少有益于道德训诫，因为这毕竟是一种强调。不适宜的信任会导致危险——或者说张嘴导致的危险有两个例子，而不是一个。但正如狐狸的反应所示，《修女的教士的故事》自身不作如是观，故而道德训诫事实上是削弱了。对于公鸡的逃跑，狐狸的反应不像一个好的寓言动物那样承认自己的愚蠢，而是认识到自己之前在寓言中所获得的功绩，并试图重获功勋：

> 狐狸见公鸡去了，说道："哎呀，腔得克立啊，我把你抢出场子，惊动了你，很对不起。可是，先生，我并非存心害你。请下来，让你明白我的真情。上帝助我，我绝不对你再撒谎。"（行 4608 – 4615）

然而，公鸡还是回忆起了自己在寓言中得到的教训，即便他更有可能再次被骗：

> "可是，我诅咒你我两个，"他道，"我先诅咒我自己，连血带肉地诅咒，如果我还第二次受骗。你再也不能用你的

花言巧语令我闭眼唱歌了；因为一个人应该睁开眼看清楚的时候却闭上了眼，上帝绝不会赐福给他！"（行4616-4622）

狐狸则用他那套道理插话："的确，"狐狸道，"但是，上帝也降厄运于他，如果他在应该缄默的时候胡乱开口说话。"（行4623-4625）

双重道德（maralitas）适应双重的寓言。我们能够选择我们的道德。然而公鸡和狐狸所说的道德并不是寓言或者《修女的教士的故事》的最终内容。在这个故事中，读者始终能够感受到教士的存在（后文会对此进行充分讨论），正是这个角色完成了寓言与叙述的框架，将他的道德替换成了他们的道德，并重申了他在寓言中段讲述的道德（参行4512-4520）：

啊，疏忽怠慢，误信阿谀的人啊，就得如此结果。但你若把这篇故事看作无稽之谈，当作一只狐狸或一只公鸡和两只母鸡的趣闻，愿你务必摘取其中的教训。因为圣保罗说过，一切写作都是为教义而作；应取其精华（fruyt），去其糟粕（chaf）。亲爱的上帝啊，愿你以你的意志，如我的主教所指示，使我们都作好教徒，引我们浸入上帝的福泽！阿门。（行4626-4636）

教士合并了动物们的道德训诫，但他还强调了要区分出"关于狐狸或关于公鸡和母鸡"的寓言。他否认这则寓言是一部讽刺剧，最后的替代在于：这是一则关于"人"的故事。这个"道德"既不确属于公鸡也不确属于狐狸。毋宁说，其中的道德训诫是"道德"的"获得"，即要求通过积极的阅读进入智慧之河。这听起来不错，但我们要看到，这种参与进入的观念需要辨别何为精华（fruyt）与糟粕（chaf）的能力。但把决定权交到读者手中等于放弃权利。如果叙述者不试图在修辞上或者以其他方式影响读者的决定，就意味着完全放弃了传统的寓言模式。

在《修女的教士的故事》的结尾，教士有机地整合了两个或更多的道德训诫，但是，这不应该让我们忽视寓言中明显的问题。寓言的前半部分，包括腔得克立的绑架在内，就是一个完整的故事。后半段同样自成一体。这两个部分结合起来构成另一种完整的寓言。如狐狸第二次欺骗公鸡的意图所示，寓言完全有理由不断叠加，越来越长。但寓言没有一方对另一方的完胜，却结束得如此对称，显得很反常。"双单元"的寓言也许仅仅是一种寓言的叠加，但事实上却否定了寓言的传统劝告功能。① 寓言通过对权力的特殊重视和相应的反转进行劝告，而在这个故事里，权力是共有的，每一个角色都有嘲弄竞争者并质疑道德确定性的机会。如果乌鸦为拿回奶酪而欺骗狐狸，那么，扩展了的寓言的道德训诫会是什么呢？相似地，在这里，寓言的每一部分、每一单元都为给予我们一个道德训诫，但是整个寓言呢？乔叟正是利用了寓言内在的本质特征，打破这个故事的平衡，并令它显得模糊。不过，同样是这些特征，令乔叟能够在《修女的教士的故事》的更大背景中获得他所需要的自由。

---

① 在古典寓言中，双单元的寓言通常具有讽刺性，并在结尾传达常见的寓意。菲德鲁斯曾讲述以下这则名为"小公牛、狮子与强盗"的寓言：一头狮子站在一头他刚刚撂倒的小公牛身上。一名强盗走上前来，想要分一杯羹。"你喜欢擅自夺走别人的东西，"狮子说，"所以我不会分给你。"于是狮子断然拒绝了强盗。这时，一名路人也走了过来，发现狮子后连忙后退。"你无需害怕我，"狮子语气温和地说，"你很诚实，所以尽管过来拿走属于你的那份吧。"然后，等他们分完公牛肉后，狮子跑进了森林里，以便让路人离开。总的来说，这是则令人注目的寓言故事，值得称颂。但真相却是：贪婪的人总是富有的，而诚实的人却总是贫穷的。(II, 1; Perry,《巴布里乌斯与菲德鲁斯》，前揭，页235)

为了理解这一点，我们必须回到那些寓言的附增部分，这部分具有一种真正的解构风格。《修女的教士的故事》中具有而传统寓言中缺乏的特征有：令角色更具特征的刻画、强化主要情节的张力；次要情节外在于主要情节——或是以离题的方式，或为了强调而重复；结束时没有像开始那样重置权力的框架，而是紧随在道德训诫之后。这些要素尽管在理论上可以区分，但是，它们并不必然能够在《修女的教士的故事》中找到对应的形式。角色很快就成为行动中的角色，事件由行事风格一致的角色创造，这是一个与通常寓言不同的逻辑程式，因为在通常的寓言里，存在着自然的必然性（所谓自然，即狐狸是食肉的动物这样的自然本性），而在《修女的教士的故事》中，起作用的是"现实的"因果关系，至少在这个意义上如此——作者笔下的连贯性和一致性符合了我们的观念。一旦我们不再对这个传统的著名寓言抱有某种阅读期待，那么，像《修女的教士的故事》中不太严格的"现实的"张力，就通过重复与替代而呈现。与寓言相关的大量材料，比如戏仿的博学辩论，对梦、医学知识、修辞、预言和自由意志的评论，主要用于塑造角色的特征，同时也勾勒了一种次要的情节。进一步说，寓言中的情节与增加的材料相互指涉。这些因素共同起作用所产生的效果就形成一个开放的结局，《修女的教士的故事》的序章和跋语中更广阔的背景不能决定这个结局，与《坎特伯雷故事集》中其他故事的关系也不能决定，甚至，事实上文字的层面上终究不能决定这个结局。

乔叟在《修女的教士的故事》中讲述寓言时面临一个简单的问题，即角色的接受问题。看到一只不知名的公鸡因为奉承而受罚固然不错，但是，看到我们的朋友腔得克立被劫持就是另外一回事了。对公鸡和狐狸的命名——腔得克立与堂·狐狸（Daun

Russell)① ——已经是背离了寓言的规则。寓言对他们进行描绘，加以性格塑造；描绘以直接的方式进行（行 4039 - 4055 描绘腔得克立，行 4088 - 4095 描绘狐狸），至于性格刻画，既通过寓言的陈词滥调（尤其是狐狸），也借助情节。② 这两个主要角色都没有进一步丰满起来。在故事开始，我们知道了腔得克立的房东——寡妇，除了强调腔得克立的特殊地位，她对故事叙述本身没有起到任何重要作用。对她与她的生活环境的描写是为了与腔得克立对比：她"房舍简陋"（行 4012），腔得克立则有"棚舍"（行 4074）；她"生活清贫"（行 4016），所以总是捉襟见肘，而腔得克立的生活中却有教堂、科学、音乐与色彩（行 4041 - 4071）。③ 腔得克立还有一个配偶坡德洛特（Pertelote），这是另一个增加的角色，她并不总是在狐狸和鸡这一寓言的其他版本中出现，当然也不是一个完整丰富的角色。④ 她学识丰富，与之相应的是其不凡的美貌，尽管腔得克立发现她的魅力令自己烦扰。《修女的教士的故事》开始，腔得克立梦到了一个关于狐狸的预言之梦，坡德洛特将之归因于消化不良。她赶忙对他说道：

> 上帝在上，请你吃一服泻药就好了……一两天之内，你只应吃一两只虫子的清淡饮食，然后进一剂清凉剂，比如甘遂

---

① "Russell 意为'红头发的家伙'，《列那狐的故事》中列那狐的儿子即为此名。"Hussey，《修女的教士的故事》，前揭，页 85。
② 对《修女的教士的故事》的来源感兴趣的研究者，喜欢对比进行分析鉴别——故事来源也许是列那狐故事，或几乎肯定是来自于 Marie de France 的寓言。参见 Sisam "前言"中的例子；也可参见《乔叟集注》（卷二）《坎特伯雷故事集》第九部分《修女的教士的故事》（*A Variorum Edition of Geoffrey Chaucer*, vol. 2: *Canterbury Tales*, pt. 9: *The Nun's Priest's Tale*），Paul G. Ruggiers 和 Donald C. Baker 编，Norman，Oklahoma，1984，页 7，页 14 - 26。
③ 参 Maurice Hussey，《修女的教士的序言与故事》，前揭，页 71。
④ Henryson 第三则寓言中的腔得克立有三个妻子，分别是 Sprutok、Pertok 以及 Coppok。Pertok 抱怨说，像腔得克立这样的人"绝不满足于破坏我们的食欲"（页 525）。参《亨利森的诗歌》，前揭。

桂、龙胆草、延胡索或是一种毛茛草，我们场上就有，或者随续子、鼠李果或药藤，吃起来味儿很好，地上长着新鲜的就啄来吃。为你的老父一家人起见，丈夫，请你放心。（行4133，行4151-4158）

对于这些内容，200多行以后，腔得克立回答道："我可不会吃什么泻药，我很知道，那是毒药，我最恨泻药，和它全无缘分！"（行4344-4346）

最早的寓言版本为乔叟提供了两个角色，乔叟则通过插叙（in medias res）为故事设置了一个具体场景。如我们所知，乔叟的故事从寡妇开始，而后借助对腔得克立的描述，转向坡德洛特。尽管坡德洛特不是中心角色，但是，腔得克立与她关于梦的意义的交谈，占了这个故事一半的篇幅。他们的争论进一步刻画了各自的性格，也推动了情节，寓言由此而开始。寓言中有一些老调重弹的角色特征：被骗者愚不可及、胜利者富有智慧或至少是聪明的。这些标记在乔叟笔下依然存在某些痕迹，并且有所发展，甚至，从原初寓言的微渺痕迹中提炼出的角色的某些特征，本身就成为情节的一部分。因此，坡德洛特建议腔得克立服用泻药，这既是误解了他关于狐狸的梦，还是推动剧情的要素，同时也刻画了角色的特征——坡德洛特专横好辩，不相信她丈夫对梦的解读。在这场辩论中，腔得克立表现浮夸，引经据典，不但要证明梦的真相，① 还要证明女性天生劣等（这是中世纪一种流行的消遣，《坎特伯雷故事集》中亦有明证）。他们都无法辨识腔得克立的梦中景象，这充分显现出二者皆为愚钝之徒：可笑的是，引起

---

① 这让梦境叙述成为《修女的教士的故事》的有机部分，并将梦境作为警告或讽喻。朗格伦（Langland）是乔叟同时代的一个例子。乔叟推动腔得克立一步步向前，朗格伦和他一样，在其《农夫皮尔斯》第七卷（Book Seven of Piers Ploughman）中亦引用了同样的《圣经》例子。

这场滔滔不绝的辩论的缘起，竟然是一只可轻易辨认但腔得克立和坡德洛特却无法辨识的狐狸。更进一步，他们的辩论看上去同样使他们离梦的真意愈行愈远。这是故事叙述的一个必要条件——尽管腔得克立赢得了争论，知道梦是一个警示，但是，如果他接受了这个警示，就不会有进一步的叙述——这个寓言也将不复存在，《修女的教士的故事》当然也没有必要了。腔得克立的性格特征具有某种不一致——例如，他学识渊博，但会上当受骗。狐狸亦然。

一旦故事展现了这个梦，那么，在读者的角度上，"事实很快揭晓"就是一个合理的叙述假设。不过整整340行之后，我们才看到"一只狐狸，狡诈成性"（行4405）。① 这中间的部分插入了彰显博学的引用与相反的引用，这些充分暴露了角色的空洞和愚蠢。这段插入之辞以日常而又具有启发的景象结束。腔得克立说：

> "现在，我们谈些快乐的事吧，这事暂且不表。有一点，坡德洛特夫人，我是愿意得救的，上帝已赐厚恩予我，见到你眼边的珠红，你的美貌，我的一切恐惧都消失了。古话讲（In principio），Mulier est hominis confusio ［译按：本意为女人是男人的堕落］；夫人，这句话的拉丁原意就是，女人是男子的福乐所寄。"……他好生高傲，怕惧已经冰释。在辰刻以前，他已经扑了坡德洛特不下二十次。那神气好像一只猛狮，脚尖提起，来回踱步。（行4347-4756，行4366-4368）

---

① 参 Maurice Hussey,《修女的教士的序言与故事》，前揭，页81中提到的一个可能的历史说法。Grimaldi Pizzorno,《腔得克立的糟糕拉丁语》，前揭，页391-93，其中称"教士的故事"模仿了"狐狸与修道士的故事"，而根据可信的形象（iconographic）传统来看，后者的出现要早于前者。

腔得克立以另一种权威《圣经》结束了他的争执。不过，他对这一权威的误译打开了一个模棱两可的领域，这一领域很快被一种寓言式的解读所占据。腔得克立承认从妻子身上得到了安慰，但主要不是从二者的争论之中，而是由于她的魅力；他也承认，正是他生命本能的觉醒在一定程度上减轻了之前的恐惧。然而，由于错误的引用，他才会获得这种快乐——这也正是他的性格特征。关于第4353-4354行，即 In principio, Mulier est hominis confusio，一种读法是"'女人是男人的堕落'，这是'起初'就很正确的道理"。In principio 与《创世记》有关，因而也与人类的堕落有关，传统解经学关于男人堕落的解释也支持这一种说法。然而腔得克立把这一句解释为"女人是男了的福乐所寄"，这一小部分两次提及 blis［福乐］，而且都与坡德洛特有关，他将因为她而心中充满快慰。换句话说，腔得克立再次犯下错误，依旧没有留心他本人给出的警示，于是他要走向自己的毁灭，此处的反讽和戏仿几乎就是第二次堕落。事实上，他此时走进农场并享受夫妻之乐，就已经无视同一情节中的两次警示。① 这个误译既表明坡德洛特拉丁语水平粗浅不堪，也是一个刻意的误陈——他侮辱了她却假装赞美，② 或者这也可能贬低了腔得克立本人，他其实也并不懂得这句拉丁语的含义。两种解释都与腔得克立相关，但与他的荣誉无关。腔得克立给我们留下了口是心非的印象，可以预料，文本将指向无法避免的败落结局——而就目前而言，腔得克立这样的结局是理所当然。

---

① 正如 Lesley Kordecki 所称："一直以来，都有人野心勃勃试图解释却没有成功，这里明显的错误阐述展示出这种做法根本上的不足之处。"《让我"告诉你我的意思"》(Let Me "telle yow what I mente": The Glossa Ordinaria and the Nun's Priest's Tale)，见 *Exemplaria*4.2 (Fall 1992)，页 381-382。

② 此处是 Owen《〈坎特伯雷故事集〉中的五处重要段落》中的个人观点，前揭。

这个悬念就好像修女的教士发出的可怕警告。此时我们也不知道结果，因为我们正在阅读的寓言目前进程并不清晰。"腔得克立啊，这天早晨你飞下栖木，来到场中，那是一个可诅咒的时刻啊！这天的灾厄你已得梦兆。"（行 4420－4423）

除了他自己模棱两可的误译，腔得克立的大男子主义论调并未得到检审。此外，教士同样明确同意腔得克立歧视女性的论调，他也没有将腔得克立即将到来的命运看作惩罚。① "我是讲一只公鸡的故事，请你们细听，他不幸受了母鸡的劝告，虽已得了梦的启示，却清早就在场上走动。"（行 4442－4445）叙述者将错误看待梦的罪责归咎于坡德洛特。教士的评论回应了腔得克立的论调："妇人的话是害人的，妇人的话最初就闯下了祸，使亚当离开了舒适快意的乐园。"（行 4446－4449）

教士不像腔得克立那样用方言说话，他也不会故作优雅，搞错翻译。腔得克立至少能够假装在祈祷，而教士却使他的意图毫无遮拦。或许，他环视了一下周围的同伴，想起自己在女修道院中的处境，于是，他努力弱化自己的论辞，尽管他当然无法撤回这些言论：

> 但我埋怨女子不知会得罪何人，我不必多说了，我原是讲笑话的，请阅读讨论女性的作家好了。这些都是这只公鸡所讲的话，不是我说的。我绝不会凭空污蔑女性的。（行 4450－4456）

我不知道我是否已令某些人感到不悦；我只是在说笑话；这是作者所说的；这些是公鸡所说的；我知道不当伤害任何圣女

---

① 在 Henryson 版本的该寓言故事中，淫荡的是妻子。也就是说，她们接受并表现出乔叟笔下的公鸡对女性的指摘。

（或者说教会的女圣人）。其实，迫使他做出这番道歉，恰恰是在谴责女性。这一辩解看上去增加了羞辱，但同时展示了教士作为腔得克立所展示的东西。即便做出某种撤销，但是这种歧视女性的思想似乎和此前一样继续存在，而我们则意识到，这个低调的说法是《修女的教士的故事》及其叙述的真相。由于好几个故事层面上都存在厌恶女性的语言，这就将《修女的教士的故事》中歧视女性的思想传递到教士身上。[①] 之前腔得克立说出的或者由于他的故事而传达出的成见，现在就不再仅仅内在于叙述的内容之中，更会传达出这种偏见。叙述者与故事中的角色类似，互为镜像。这一内在重复强化了《修女的教士的故事》中寓言部分的替代与重复，还表明，故事中起作用的叙事准则贯穿全篇。故事选择公鸡代表男性叙述者的性欲望，这是颇为恰当的。更进一步，在叙述中折射叙述者的情形也出现在故事的其他两个部分：第一次是前面讨论过的"道德训诫"，先是故事中的角色的双重道德训诫，其后教士又再次给出双重的道德训诫；第二次则出现在模仿修辞辩论的场景当中。如果腔得克立与坡德洛特互相炫耀，那么，他们显然是在戏仿。不过，当教士和他们一样浮夸卖弄的时候，二者都影响了教士；教士因另一个"更大的"叙述权威而显得不太重要。我们不知道这个权威是谁，只有可能是《修女的教士的故事》框架以外的角色。因为这一系列的替代被店老板在序

---

① 关于中世纪歧视女性的传统，参《乔叟：来源与背景》(*Chaucer: Sources and Background*)，Robert P. Miller 编，New York，1977，页 397-469；R. Howard Bloch，《中世纪的女性歧视与西方浪漫主义爱情的产生》(*Medieval Misogyny and the Invention of Western Romantic Love*，Chicago，1991)。一百年后，在由英国第一名印刷、出版商 William Caxton 印刷出版的《伊索寓言》版本中，歧视女性的传统仍方兴未艾；参见他的《哲人萃言跋语》(Epilogue to Dictes and Sayings of the Philosophers，1477)，出自哈佛经典丛书《前言与序言》(*Prefaces and Prologues*)，Charles W. Eliot 编，New York，1910，vol. 39。

章与跋语中对教士的评价有了更进一步的反讽。

在序章，哈利反对教士的马，这匹马大概是为女修道院院长而准备，看上去隐隐约约指代骑它的人：

> 来，走过来一点，你这教士，你这约翰先生，这里来，讲个故事开一开心，放活泼些，哪怕你骑的是一匹小马，你的马虽然丑陋瘦小，但也不碍事，只要能骑。（行4000 - 4004）

店老板此处隐喻的侮辱如下：这匹马现在确实是教士在骑，这马也正好和骑着它的人相对应，这所以是一个双重侮辱，原因在于，这匹马并非教士自己的选择，而是为他的上级——一个女人所准备。如果这不够说明，那么这个教士尽管像腔得克立一样被女性包围，却应该是独身的，对于拜利（Bailly）来说，这是一个彻底的悲剧。我们再对比一下哈利在跋语对教士的印象：

> "修女的教士先生，"我们的客店老板道，"祝福你的后腿，每一个蛋蛋。讲得这样一个好玩的腔得克立的故事！老实说，如果你是一个教外之人，你定会是个很棒的交欢鸟儿"。我看这位教士，一身好肌肉，好一个脖子，好一个胸膛。"（行4637 - 4644）

店老板提到了"后腿"［即臀部］、"蛋蛋"（即睾丸）、"交欢鸟儿"，这些是对男子性别特征的颂扬，这种颂扬一定是为教士的温柔辩护，尽管我们没有看到教士的回应。哈利认可的道德关注教士的性别认知，考虑到故事中歧视女性的章节，那么，这就可能是教士的意图。店老板全心全意地认可男性特权，这是他对故事的理解的一部分，他还使用这个故事的意象和公开涉及性的内容，以称赞教士作为故事讲述者的高超技艺，他还认为，这种讲故事的高超技艺与男性的性别力量直接相关。修女的教士"表现"得令人钦佩，而某种行为表现——也就是卓越的叙事能力——的道德寓意或隐藏的含义，由于教士的论题以及对女人的半否认与贬低评价，能够很简单直接转移到性的领域。哈利的道德是一长串道德替代中的一个。公鸡、狐狸与修女的教士的道德与寓言有关，房老板的评价则与叙述者相关。哈利发掘出《修女的教士的故事》框架背后的意象，这样，他就暗示了这是整部作品的基本倾向。考虑到哈利颇为全面的刻画，我们没有必要认为，这是乔叟的叙述者更具嘲弄的看法，这可能只是更安全的理解方向。但是，我们至少应该考虑到，这也可能是乔叟个人看法的体现。①

这则寓言以最简陋的方式重获其似乎已经失去的力量结构。首先是这则寓言，其次是《修女的教士的故事》本身，最后是《坎特伯雷故事集》的框架——不能再进一步了，这几点是给出道德训诫的基本根据，如果放在学术背景下考虑，这一道德训诫其实放弃了对故事范围之内或之外的读者进行解释的责任，上述几点也只是提供了一种方式，能够将文本从它自身似乎无可改变的偏见中保护起来。因为，如果朝圣路上的香客与其他读者能够

---

① 乔叟本人很可能对于香帕尼（Cecily Chaumpaigne）指控他的强奸性侵罪名怀有内疚。参 Sheila Delany，《主题变奏曲：巴斯太太独奏中的体验、权威与欲望》（Variations on a Theme: Experience, Authority and Desire in the Wife of Bath's Recital），见 *Hebrew University Studies in Literature and Art* 15 （Autumn 1987），页 27 – 35："由于那名女士（因他）意外怀孕，因此他可以逃脱法律制裁。""根据中世纪的医学观点，女性性高潮（女性'射精'）将导致怀孕，这可以反证他们之间的性行为是你情我愿的，因此也就不可论之为强奸。"页 35，及注释 12。参 P. R. Watts，《乔叟与塞西莉·香帕尼之间的奇案》（The Strange Case of Geoffrey Chaucer and Cecily Chaumpaigne），见 *The Law Quarterly Review* 63 （1947），页 491 – 515。另参 Marta Powell Harley，《乔叟、香帕尼与佩鲁斯细究》（Geoffrey Chaucer, Cecilia Champaigne, and Alice Perrers: A Closer Look），见 *ChauR* 28 （1993 – 1994），页 78 – 82。

辨认谷壳和果实之间的区别,那么,我们通过展示出公鸡、教士与乔叟的偏见,并将我们的道德与他们的作出区分,这样就能够逐渐消解三者的道德。每一次双重化的过程,似乎都会消解原本的、"无害的"道德训诫,这些双重化过程就可能形成上面的反讽。

拙文试图展示乔叟如何处理这则寓言,也就是将寓言从聆听、智慧、明晰的领域里转移到一个新的位置。寓言中混杂了大量虚假的博学,它们展示并戏仿了一种系统、一种解读的方式以及类推法的运用。这种虚假的博学把类推的世界向经验领域敞开,这样做并不总是令人愉快,但充满了活力。在《修女的教士的故事》中,寓言与性格刻画和故事情节融为一体,寓言也由此而更为充实,但是,这种融合所揭示的寓言的内在特质似乎反倒控制了局面。乔叟笔下的寓言突出了可交换的特征(interchangability),一种对双重化、重复和替代的偏爱。正是这种模糊敞开了寓言的解释空间,并作为最后的真相而令人对寓言的结局产生怀疑。反过来,这也令读者的观念变得重要,因为真理的揭示会读者受益,也正是由于与读者的关系,寓言才有解释的必要。这样,寓言就从一种权威的修辞模式转变为一种介于文本与读者之间的对话形式。这种对话在各种对话层面上存在,从坡德洛特解读腔得克立之梦,再到读者对乔叟的解读。《修女的教士的故事》作为一个整体,强调它与经验之间的关系,强调它与各种文本解读的语境之间的关系。对于朝圣的香客面言,对于乔叟同代以及后世的读者而言,这是一次令人耳目一新的体验,将深深影响后世的寓言与寓言体叙述的读与写。

古典作品研究

教育与命相

——柏拉图《会饮》（172a1–174a2）研读[1]

肖有志

柏拉图的作品是对话，对话中有人物，理解对话就一定要理解人物，可理解人物则要在对话中理解，两者相辅相成。柏拉图的作品不是现代意义上的哲学著作，它的最基本的面貌就是模仿人的生活——对话、聊天。

柏拉图的对话总有一个主题，这个作品标题是"会饮"，副标题则是"或关于爱欲（或论向善）"。然则，柏拉图对话主要写的是哲人苏格拉底，即苏格拉底是谁，苏格拉底跟谁聊天，怎样消磨时光。而"哲人是谁"这个问题按古希腊人的一种说法是"热爱智慧的人怎样过生活"，按我们的说法就是"好学之人怎么

---

[1] 本稿柏拉图《会饮》的译文依据 Sir Kenneth Dover 注疏本，Plato, *Symposium*, Cambridge, 1980；参考 Seth Benardete 英译文，*Plato's Symposium*, Chicago, 2001；刘小枫编/译，《柏拉图四书》，北京：三联书店，2015；研读得益于施特劳斯讲课稿，《论柏拉图的〈会饮〉》，邱立波译，华夏出版社，2012；伯纳德特，《柏拉图的〈会饮〉义疏》，何子健译，收于刘小枫等译《柏拉图的〈会饮〉》，华夏出版社，2003；罗森，《柏拉图的〈会饮〉》，杨俊杰译，华东师范大学出版社，2011。

过生活"。这里"过生活"有两层基本含义：一者是怎么读书、学习，一者是怎么与人相处。

再者，这个对话中有苏格拉底的一些弟子，准确地讲是他的朋友们。在这个作品中阿波罗多洛斯是他的弟子、朋友，阿里斯托得莫斯也是，阿尔喀比亚德某种意义上也是，还有柏拉图本人，但他们命相各异。有趣的是他们可能都是在跟苏格拉底交往之后命相产生了大的转变，这或许就是古典意义上的教育改变命相，知识改变命相（参第欧根尼·拉尔修《明哲言行录》第二卷第六章"色诺芬"）。

一

其中，阿波罗多洛斯①正式出场于柏拉图的三个对话中，《申辩》中，他出现在法庭中，他的名字被苏格拉底提到了两次；《斐多》中，他出现在监狱中，斐多多次叙说其性情与行动，我们还听到了他的哭声；《会饮》中，他看似是个对话者，实则是个苏格拉底故事的叙说者。看来，在《会饮》中他的地位最高。

    阿波罗多洛斯：在我看来（δοκῶ μοι），关于你们在问（πυνθάνεσθε）的我并非没有准备（ἀμελέτητος，或不在意、不留心，甚至不操心）。因为较早前当我正从在法勒雍的（Φαληρόθεν）家里（οἴκοθεν）进城去，却说认得的人中的一位（τῶν οὖν γνωρίμων τις）从后头（ὄπισθεν）瞧见我从老远（πόρρωθεν）喊我，且（καὶ）在喊叫时闹弄，"法勒雍人啊（ὦ Φαληρεύς），"他说，"你这厮阿波罗多洛斯（οὗτος Ἀπολλόδωρος），你不等

---

① 参刘小枫编修，《凯若斯——古希腊文读本》（上册）第19课，华东师范大学出版社，2013。

等?"而我哩(κἀγώ,语感上连接的是καί)停下来等。

《会饮》是个对话,其开场中又包含一个对话,作为阿波罗多洛斯较长的开场白。一开始就是个至关重要的语词——"在我看来"。① 有人说这个对话的开场有很强的阿波罗多洛斯的主观色彩,这可能意指阿波罗多洛斯因为自己熟谙苏格拉底故事而自得甚至自满。阿波罗多洛斯说自己早有准备,因为之前格劳孔问过他这群生意人现在问的问题。

"因为较早前当我正从在法勒雍的家里进城去",也有人翻译为"上城去"(up to town)。阿波罗多洛斯家在海边,海边一般地势比较低,他从海边上去到雅典。我们知道他上城应该是去找苏格拉底,去学习。他进城路上遇到了认得的人,这人从后头看到他,就远远地开玩笑地喊他。这个人首先喊的是地名,以地名代指人——"法勒雍人啊"——以地名称呼人带有轻蔑的口吻。"你这厮阿波罗多洛斯","你这厮"用第三人称代替第二人称,也带有轻蔑口吻。这人用两种称呼喊叫阿波罗多洛斯,均有看不起他的意味。阿波罗多洛斯被人看不起,不仅因为他不是雅典人,更有可能是因为他的性情太柔弱。反过来呢,这个他认得的人——格劳孔则是个性情非常勇烈的人,勇猛而热烈。在苏格拉底的弟子中,这两个人的性情差异极大。性情勇烈、血气旺盛的人常常会鄙视这种性情很柔弱的。这个时候格劳孔就欺负阿波罗多洛斯。可后头我们马上看到阿波罗多洛斯也有血气,他也看不起格劳孔。两个人身上的血气显然差异很大。

这个时候格劳孔想必还没有跟苏格拉底学习,而阿波罗多洛斯早已跟苏格拉底学习了。格劳孔对苏格拉底也有兴趣,可是他

---

① 参戴维斯,《古希腊悲剧与现代科学的起源》"导言",郭振华、曹聪译,华东师范大学出版社,2008,页17–27。

仍然会欺负阿波罗多洛斯并且鄙视他。

色诺芬《回忆苏格拉底》第三卷第六章，苏格拉底问格劳孔"为什么想当城邦的领袖"。格劳孔还不到二十岁，他和阿尔喀比亚德非常像，出身贵族，很想在政治上有所建树，成就一番政治事功。可他年纪轻轻，性情过于激烈，很多人来安抚他。有趣的是唯有苏格拉底安抚得了他。

苏格拉底有很多弟子，格劳孔是在柏拉图的《王制》中地位突显出来的。而《王制》的开场与《会饮》的开场有诸多相似之处。《王制》的开场，苏格拉底和格劳孔一块去佩莱坞港，当他们看完祭神仪式要回雅典的时候，被人留下来了。他们在回雅典的路上——阿波罗多洛斯是要进城，他们是要回城——用了一样的词汇；再者，在苏格拉底的叙说中也用了"背后""老远"这些词，有人从背后老远地喊苏格拉底的名字，让苏格拉底等，"等"这个词也一样。一番叫喊过后，他们才停下来等着。他们本来是要回雅典去，被迫留在佩莱坞港，聊了一晚上。《王制》中，格劳孔和苏格拉底被留下来，《会饮》中，格劳孔让阿波罗多洛斯停下来等，接着他俩一路上聊着苏格拉底的故事一块儿进城，两者有些差别。据说《王制》的主旨之一是苏格拉底贬低爱欲，而《会饮》中格劳孔则听苏格拉底关于爱欲的言辞，两相对照。这个时候格劳孔可能还没有跟苏格拉底来往。我们可以这么设想，格劳孔通过听苏格拉底关于爱欲的言辞而接近苏格拉底。

> 苏阿波罗多洛斯啊，"接着他说，"哎哟，刚刚正找你哩，我想询问（διαπυθέσθαι，参 172a1，πυνθάνεσθε）阿伽通的那次聚会（τὴν Ἀγάθωνος συνουσίαν，至关重要的词汇），也就是苏格拉底和阿尔喀比亚德还有其他几个人那会儿在（παραγενομένων，或在场、参加，参 172b7，172c2，173b2-3）一起吃饭的［那次聚会］，［问］关于爱欲的言辞（περὶ τῶν ἐρωτικῶν λόγων，περὶ

参 172a1，περὶ ὧν πυνθάνεσθε）都是些什么？

"因为较早前当我正从在法勒雍的家里进城去"，这句话中含有碰巧的意味，阿波罗多洛斯碰上格劳孔。与格劳孔的相遇在阿波罗多洛斯看来是无意的，而在格劳孔看来可能是有意的。他说"正找你哩"。他可能特意出雅典城去法勒雍找阿波罗多洛斯，但没找着。格劳孔返回雅典，在路上碰到了阿波罗多洛斯，如此看来两人的相遇既有意又无意。格劳孔热切地想知道这次聚会和关于爱欲的言辞。《会饮》中格劳孔主动出城去找阿波罗多洛斯；《王制》中格劳孔主动邀请苏格拉底一块儿去佩莱坞港。格劳孔像是在雅典城坐不住，老想去城外溜溜，这回去法勒雍，下回呢，去佩莱坞港，一个更大的港口——两回均与苏格拉底相关。这一回他去法勒雍找阿波罗多洛斯打听苏格拉底；下一回他邀请苏格拉底和他一块儿去佩莱坞港，其间变化很大。

"询问"（διαπυθέσθαι）与"你们问"（πυνθάνεσθε）两个词词干一样，但前者的词义似乎更深切一些。生意人在问阿波罗多洛斯，格劳孔也在询问他，从中我们似乎可以看出格劳孔和这群生意人看待苏格拉底的些微差别。

"聚会"（τὴνσυνουσίαν），这个词非常重要，可以直译为"在一起是其所是"。人要成人、是其所是，不能脱离人群。这个词除了包含具有哲学性质的含义之外，还有其日常的含义，比如一块儿吃饭、一块儿喝酒，另有性活动的含义，还有求学、聊天、讨论的含义等等。一块儿吃饭，人成为人；一块儿喝酒，人成为人；男人和女人之间的性活动，人成为人；聊天，人成为人；再来，上学受教育，人成为人；一块儿讨论，人成为人。而这个词的表面含义是人群聚在一起。"也就是苏格拉底和阿尔喀比亚德还有其他几个人那会儿在一起吃饭的［那次聚会］。"格劳孔首先单独提到阿伽通，接着提到"苏格拉底和阿尔喀比亚德还有其他几个人"——从而格劳孔两次提到聚会,其中他强调了"吃饭"。格劳孔询问了两个问题——那次苏格拉底等人的聚会,以及他们关于爱欲的言辞——格劳孔引出了主题。准确地讲,他实质上意欲询问的是苏格拉底等人关于爱欲的言辞。由此我们知道这次聚会是在阿伽通家,有苏格拉底、阿尔喀比亚德和其他人参加,还吃了饭,更重要的是他们有关于爱欲的言辞——聚会与关于爱欲的言辞被格劳孔分开来询问。

《王制》中的那次聚会,一群人不吃饭且贬低爱欲,《会饮》中一群人吃饭且谈论爱欲;格劳孔参与前一次,他询问后一次。据说爱欲与吃饭这两样非政治的事物可能是政治事物的基础,所以《会饮》很可能是《王制》的基础。或者说,相应于《王制》的主题是正义、哲人的正义,《会饮》的主题是爱欲,哲人的爱欲——何谓哲人。

可有趣的是,《会饮》的场景并不是在苏格拉底家(参《普罗塔戈拉》的开场)——这个时候苏格拉底可能已婚(参色诺芬《会饮》9.7)。苏格拉底在吕凯宫待了一天,洗了澡,晚上应该回家的,却受邀去了阿伽通家宴饮并谈论爱欲。

格劳孔是很喜欢热闹的人,性情非常热烈的一个人。《王制》中格劳孔带苏格拉底去看祭神仪式。很明显他喜欢聚会,也想了解聚会。可以设想一个想当城邦领袖的人会是一个安安静静的人吗?不大可能,他天性上肯定就喜欢人多的地方。色诺芬《回忆苏格拉底》第三卷第五章开头提及格劳孔很想到城邦的公共场所去发表演说。城邦总有各种各样的聚会,人和人聚在一起。《会饮》中的这次聚会包含两种常见的人世事物——吃饭与谈论爱欲,都是非政治事物。但是聚会本身呢,则是非常政治的,是人群生活的基本方式,亦是城邦的政治事物。这是格劳孔性情中的特质——喜欢了解政治事物。格劳孔——这个潜在的政治人想了解城邦中人群的基本生活方式，这些生活方式中有些特殊的事物。这些事物由阿伽通、苏格拉底、阿尔喀比亚德引发并构成。

可此后阿尔喀比亚德发动西西里远征，他想建立一个雅典帝国。阿伽通则跑到马其顿去。精英们的生活有很大的活动范围；民众就只能待在雅典，去不了哪儿，离不开这块土地（参阿里斯托芬的《鸟》）。苏格拉底呢，后来跟格劳孔和阿德曼托斯在佩莱坞港谈论理想城邦。

我们刚才讲到聚会是城邦中人群的基本生活方式，但是要明白的是，这次聚会非同凡响。它是雅典精英们的聚会。后来，这些精英们呢，比如阿尔喀比亚德、阿伽通，不是叛离就是远离雅典；斐德若和厄里克希马库斯也牵涉于此后的政治动乱中；再后来苏格拉底被城邦判死刑。格劳孔只提到这次聚会中的三个人阿伽通、苏格拉底与阿尔喀比亚德——诗人、哲人、政治人，这恰恰是精英的基本类型，可这三种人都可能极端地危及城邦。他们的聚会是城邦政治生活的基本形式，聚会本身却也可能危及城邦。而在《会饮》与《王制》两场聚会中起连接作用的人是谁呢？可能就是格劳孔——热衷政治事物的人——《王制》中的对话者之一。

可以设想的是，格劳孔是在阿波罗多洛斯学习的基础上更进了一步。我们没有看到柏拉图写过苏格拉底与阿波罗多洛斯的对话。柏拉图和色诺芬都写了格劳孔与苏格拉底的对话。柏拉图《王制》并非格劳孔与苏格拉底的单独对话，可他毕竟参与了柏拉图这部最重要作品中的对话。

人群生活的自然事物中最重要的是教育，教育使得人成为人，真正地成为人。格劳孔听过阿波罗多洛斯叙说苏格拉底与人聚在一块儿谈论爱欲后，与苏格拉底一块儿谈论正义。看来，热爱政治事物的格劳孔多次受教于哲人苏格拉底。

因另有从斐利波斯的儿子弗依尼科斯听来（ἀκηκοὼς，"听"在开场乃至整个对话都是个重要词汇）的人对我叙说了（διηγεῖτο，接下来是个重要的词汇，不同于ἔφη、εἶπον，表示叙述、转述），他还说你也知晓。但他讲得不清晰。你给我叙说罢，因为宣告（ἀπαγγέλλειν）你的同伴（τοῦ ἑταίρου，不同于172a3，τῶν γνωρίμων）的言辞你最合宜（δικαιότατος）。可首先，"他说，"告诉我，你本人参加这次聚会了没（σὺ αὐτὸς παρεγένου τῇ συνουσίᾳ ταύτῃ ἢ οὔ，参加或译为在场）？"

格劳孔已经听过这一场聚会和关于爱欲的言辞。但跟他叙说的那个人也是听来的。而这个人是谁呢，不甚清楚，格劳孔说的是"另有从斐利波斯的儿子弗依尼科斯听来的人"。弗依尼科斯也是苏格拉底的弟子，格劳孔还提到其父斐利波斯，但那个人（τίς）连名字都没有。格劳孔听来的消息不清晰，不知道问题出在哪儿；是不是因为那个没有名字的人没有听清楚，还是因为弗依尼科斯得来的消息不清晰？格劳孔渴望听到清晰的关于爱欲的言辞。他可能并没找过弗依尼科斯，转而找阿波罗多洛斯询问，进而听他叙说。因此，格劳孔可能认为阿波罗多洛斯更可信，他优于那个没有名字的人和弗依尼科斯——阿波罗多洛斯会是个更好的叙说者，尽管格劳孔也先开他玩笑。格劳孔不仅是一个心底非常热切的人，而且具有追求精确的心性——精确据说是《王制》至关重要的词汇。

如此，开场有两条线索：格劳孔→有人→弗依尼科斯→阿里斯托得莫斯；格劳孔→阿波罗多洛斯→阿里斯托得莫斯。当然第二条线索可能隐含着第一条，那个不知道名字的人还说阿波罗多洛斯也知道，很明显这个人认识阿波罗多洛斯，并告诉了格劳孔阿波罗多洛斯也知道。

开场，阿波罗多洛斯提到自己的家乡，但没提及父亲；他提到阿里斯托得莫斯的家乡，没提及其父；阿波罗多洛斯没提到格劳孔的家乡，也没提及其父——《王制》苏格拉底一开始叙述就提及格劳孔的父亲；格劳孔提到阿波罗多洛斯是法勒雍人，没提及其父。唯一被提及的是弗依尼科斯的父亲斐利波斯。斐利波斯出现在色诺芬的《会饮》中，他是个搞笑的人，他批评苏格拉底。可有趣的是，在柏拉图的《会饮》中他儿子跟着苏格拉底学习。弗依尼科斯的名字只出现在这里，柏拉图的其他作品再没有提到过，这说明他在苏格拉底的弟子中地位比较一般，显然远不如阿波罗多洛斯。

因而，从苏格拉底的众弟子来看，我们猜测这个对话中蕴含了教育品级的区分。

另外，格劳孔和这群生意人一样主动请求阿波罗多洛斯叙说。但生意人们没提及"有人"和弗依尼科斯，他们可能是直接找上阿波罗多洛斯的。如此看来，阿波罗多洛斯有一定的声名，他的声名应该是源于他公开叙说苏格拉底故事。

再来，格劳孔说"因为宣告你的同伴的言辞你最合宜"。最合宜（δικαιότατος）这个词用的是形容词的最高级形式——义者，宜也，它的原义是最正义的。格劳孔没再提到阿伽通、阿尔喀比亚德还有其他人，也没提到关于爱欲的言辞，直接提及阿波罗多洛斯的同伴——显然指的是苏格拉底——的言辞，把苏格拉底等同于爱欲。格劳孔的意思是你宣告你的同伴苏格拉底的言辞最合宜、最正义。这里格劳孔似乎把宣告等同于叙说，并且似乎只有同伴才能宣告——他没说苏格拉底是"有人"或弗依尼科斯的同伴，而说是阿波罗多洛斯的同伴。格劳孔去法勒雍找阿波罗多洛斯最主要的原因大概就是这个。进而，最合宜、最正义与清晰一词似乎关联在一起。

格劳孔跟阿波罗多洛斯说了不短的一段话。格劳孔最后说阿波罗多洛斯叙说、宣告苏格拉底的言辞"最合宜",他突然转而问"可首先",此时阿波罗多洛斯直接叙述"他(格劳孔)说",格劳孔问阿波罗多洛斯"告诉我,你本人参加这次聚会了没"。其中阿波罗多洛斯直接叙述"他说"这个词把这两个问题分开了。这两个问题似乎本应结合在一起——最合宜、最正义与在场。格劳孔首先直接询问的不是那次聚会,也不是关于爱欲的言辞,而是阿波罗多洛斯在场吗?格劳孔也可能意指在场是阿波罗多洛斯作为最合宜、最正义的宣告者或叙说者的首要因素。并且,在场也应该与同伴有关联——作为苏格拉底的同伴阿里斯托得莫斯就在场。这使得看起来阿里斯托得莫斯若是作为叙说者应该是最合宜的。

格劳孔首要的问题是阿波罗多洛斯在场吗,实际上阿波罗多洛斯并不在场,所以认为其是"最合宜的",显然有折扣。阿波罗多洛斯当时还小,还没跟随苏格拉底。再者,阿波罗多洛斯可能也并非苏格拉底最亲密的同伴,而阿里斯托得莫斯是。"可首先,"格劳孔说,"告诉我,你本人参加这次聚会了没?"由此引出了阿波罗多洛斯与格劳孔的一番争执,中间插入关于悲惨或幸福的生活方式的争执;并引出了在场的阿里斯托得莫斯,他既是苏格拉底最热烈的有情人,还叙说了这些言辞;进而引出了苏格拉底本人——阿波罗多洛斯就是从阿里斯托得莫斯那儿听来的并问过苏格拉底,苏格拉底同意,但苏格拉底自己不叙说——这让我们联想到《王制》中苏格拉底自己叙说关于正义的言辞。

如此看来,最合宜、最正义的宣告或叙说与清晰相关,还与同伴、在场相关。

补充一下,《申辩》和《斐多》中阿波罗多洛斯都在场,与苏格拉底在一块儿,但《会饮》中阿波罗多洛斯不在场。《申辩》中阿波罗多洛斯在听审;《斐多》中他一直在哭。

而我说道（κἀγὼ εἶπον ὅτι，参 173a5）:"那个给你叙说的人（ὁ διηγούμενος）似乎叙述（διηγεῖσθαι）得一点儿也不清晰（参 172b4–5），如果你以为你在问的（ἣν ἐρωτᾷς，正好对应于 172b2，περὶ τῶν ἐρωτικῶν λόγων，ἐρωτᾷς 与 ἐρωτικῶν 紧密相关；而不是 172a7，διαπυθέσθαι；参 172a1，πυνθάνεσθε;）这次聚会发生（τὴν συνουσίαν γεγονέναι ταύτην）在不久前，［认为］我好像也在场（ἐμὲ παραγενέσθαι）。"

阿波罗多洛斯说"那个给你叙说的人似乎叙述得一点儿也不清晰"。"有人"是谁，阿波罗多洛斯也不清楚。阿波罗多洛斯认为格劳孔听来的信息不清晰，有两方面的理由：聚会不是最近发生的，阿波罗多洛斯自己不在场——阿波罗多洛斯多假设了一个问题，"如果你以为你在问的这次聚会发生在不久前"——当然这两个问题是相关的。因为聚会发生在很久以前，阿波罗多洛斯跟随苏格拉底才三年。格劳孔问阿波罗多洛斯在场吗，阿波罗多洛斯随即引向自己。格劳孔问的是最合宜、最正义的叙说者在不在场。阿波罗多洛斯转而引向自己，引向自己跟随苏格拉底学习，引向苏格拉底爱智慧的生活方式。

"我的确这样［以为］的，"他说。

但其实格劳孔没有说出来。

"怎么可能呢，"我说，"格劳孔噢，难道你不知道阿伽通不住在这里已经好多年了，而从我跟随苏格拉底一块儿消磨时光（συνδιατρίβω），每天留心于知晓他所言或所行（καὶ ἐπιμελὲς πεποίημαι ἑκάστης ἡμέρας εἰδέναι ὅτι ἂν λέγῃ ἢ πράττῃ），才不到三年？而在那之前，我漫无目的地东游西荡，虽然想自己在干一些重要的事，［其实］比谁都惨，就跟你现在差不多，因为我想干任何事肯定也比爱智慧强（οἰόμενος δεῖν πάντα μᾶλλον πράττειν ἢ φιλοσοφεῖν）！"

这里才第一次出现格劳孔的名字，而阿波罗多洛斯的名字在一开场就出现。

首先，格劳孔好像知道的东西很少，阿伽通不住在雅典已经很多年了，他不知道；他也不知道阿波罗多洛斯已跟随苏格拉底学习多久了。由此，我们似乎可以判定一个基本情况——此时格劳孔离苏格拉底还很远。当然，这也说明了这场会饮已发生挺久，之后阿波罗多洛斯才跟苏格拉底学习。我们猜阿波罗多洛斯在三年之前刚开始跟苏格拉底学习的时候，可能也还不知道这场会饮。因而，我们不知道阿波罗多洛斯由于什么原因跟苏格拉底学习，而格劳孔很有可能听了关于爱欲的言辞才靠近苏格拉底。如此，《会饮》与《王制》的关系可以略窥一二。

阿伽通离开雅典很久了，苏格拉底一直在雅典。在这场会饮之后，雅典政治状况发生了很大的变化，诗人和政治人都逃走了。阿伽通去了马其顿，阿尔喀比亚德去了斯巴达，苏格拉底呢，还在雅典。柏拉图《克力同》中苏格拉底被关在监狱，他的一个朋友克力同去劝苏格拉底逃走，但是苏格拉底没有接受。苏格拉底被判死刑都没有逃离雅典。苏格拉底是因为热爱自己的城邦而受死吗？并且，到底谁才是真正的政治人呢？我们读过《高尔吉亚》，其中苏格拉底说他是唯一的真正的政治人（521d）。智术师、政治人和诗人看似在干政治，真正干政治的好像是哲人，但城邦恰恰把哲人处死。雅典给阿伽通荣誉，给阿尔喀比亚德荣誉，可他们并不热爱雅典。因此，从《会饮》的场景与人物来看，哲人最接地气。

格劳孔问的是聚会、爱欲的言辞进而苏格拉底的言辞，阿波罗多洛斯说的却是自己和苏格拉底的来往，其中隐含的情节论证线索一直在推进。"一块儿消磨时光"（συνδιατρίβω）这个词很重要。在《斐德若》的开场就有个问题,你到底跟谁一块儿消磨时光。这里阿波罗多洛斯说的是自己跟苏格拉底学习,一块儿消磨时光,"每天留心于知晓他所言或所行"。

ἐπιμελὲς,留心、关心、操心,阿波罗多洛斯留心于了解苏格拉底说了什么做了什么。"所言或所行",阿波罗多洛斯用动词虚拟式,即苏格拉底可能说了什么做了什么。今天我从法勒雍去雅典,明天我还从法勒雍去雅典。什么原因呢,阿波罗多洛斯用心于知晓苏格拉底今天说了些什么做了什么,明天还会说些什么做些什么。什么意思呢,他已经知晓苏格拉底的言和行了,可是还想知晓苏格拉底可能说什么做什么。这在某种程度上说明他对自己老师的爱慕,留心于了解自己老师的言行。而这会儿格劳孔只提到想听苏格拉底的言辞。

阿波罗多洛斯说自己在跟苏格拉底学习之前没有目的,东游西逛;跟苏格拉底学习之后呢,他就有目标了。我们常常讲人是有自然目的的,即要变得更好。跟了苏格拉底之后,就有了目的,他的生活方式发生了重大的转变,即跟苏格拉底生活在一起,每天关心苏格拉底的言或行。很明显他的生活目的就是像苏格拉底那样生活、那样说话、做事。之前他以为在干正事,之后他认为自己其实比谁都惨。

阿波罗多洛斯以为自己很惨,其惨跟苏格拉底的幸福相对。阿波罗多洛斯说自己惨的同时顺带提及格劳孔。阿波罗多洛斯本来以为"干任何事情肯定也比爱智慧强",而他现在以为爱智慧是最好的生活方式。属人的生活中有各种各样的行动、事情,"干任何事情也肯定比爱智慧强";而此时阿波罗多洛斯首次说出苏格拉底怎么过日子、怎么行动——爱智慧,在阿波罗多洛斯看来,这是最幸福的、最高的生活方式。人群中有各种各样的爱欲,只有爱智慧是最高的爱欲,爱智慧的人是最幸福的;反之,不爱智慧的是不幸的。这场会饮中雅典精英们的六位发表了六篇关于爱欲的颂辞,从而这六个人展现了各自的生活目的,而其中的要害其实是在比智慧的高低,谁的智慧高谁的生活目的就更圆满更幸福。因而,每个人的生活目的及其圆满幸福与否,可以从每个人的爱欲中得到理解。——子曰:"视其所以,观其所由,察其所安。人焉廋哉?人焉廋哉?"(《论语·为政》)这个问题的情节论证线索在这篇对话中就是由阿波罗多洛斯引申出来的。而这场会饮中的斐德若、泡赛尼阿斯、厄里克希马库斯、阿里斯托芬、阿伽通以至苏格拉底,各自展示各自的爱欲实则是六种生活方式的比较。惟有苏格拉底爱智慧的生活方式是真正充满爱欲的,是最幸福的,所谓乐在其中耶。——子曰:"知之者不如好之者,好之者不如乐之者(《论语·雍也》)。"

阿波罗多洛斯顺带提及格劳孔,意欲何为呢?你也应该跟苏格拉底一块儿学习,以改变你的生活方式,他要说的是这个。阿波罗多洛斯劝别人爱智慧,苏格拉底也劝人爱智慧,但是他的方式与阿波罗多洛斯多少有些不同,他不会直接劝你爱智慧,他在跟你聊天的过程中让你发现自己。阿波罗多洛斯则直接劝,所以有人说阿波罗多洛斯有传道的热情。阿波罗多洛斯跟苏格拉底不一样,他挖苦别人,你生活过得不好,你要爱智慧才会好。他接着挖苦这些生意人。这里有两个要点:一者是格劳孔还没有改变生活方式,他有可能在听过这场会饮之后改变了;更关键的是阿波罗多洛斯本人的性情。——古之学者为己,今之学者为人,阿波罗多洛斯的热情似乎是劝人而非为己。有人没跟苏格拉底学习,阿波罗多洛斯"人不知"而愠怒。接下来,我们发现这些生意人就奚落阿波罗多洛斯常常发怒。——人不知而不愠,不亦君子乎?阿波罗多洛斯显然不是君子,他好为人师而有患。准确地讲阿波罗多洛斯并不自知,但他仍然很想搞大众启蒙。

后来格劳孔跟随苏格拉底学习进步、上升。阿波罗多洛斯可能就没有。虽然他听过这场会饮,并在柏拉图的几个作品中出现,可结果是他仍然远远不如格劳孔。

"别挖苦我啰,"他说,"告诉我那次聚会啥时候发生。"

格劳孔打断了阿波罗多洛斯对自己的挖苦,他想知道聚会什么时候发生,而非如先前想首先知道阿波罗多洛斯在场吗。格劳孔把话头引离了阿波罗多洛斯自己还有他自己。这会儿格劳孔似乎只喜欢当听众而已,而非被纠缠于比较自己与阿波罗多洛斯甚至苏格拉底的生活方式。

前头格劳孔一上来就从背后突袭阿波罗多洛斯,跟他闹弄、开玩笑。格劳孔开他玩笑只因他对阿波罗多洛斯的性情有所了解,知道他是柔弱之人。在这个地方,阿波罗多洛斯反过来挖苦格劳孔的生活方式,多多少少带有报复的意味。柔弱之人以爱智慧的理由挖苦甚且报复性情热烈之人。格劳孔是有政治野心的人,阿波罗多洛斯像是在挖苦政治人的生活感觉、生活方式。

"那时咱们都还是小孩子咧,"接着我说道,"当时,阿伽通的第一部悲剧得了奖,他自己和歌队庆祝胜利祭仪的第二天。"

阿伽通是《会饮》中的一个非常重要的人物。《会饮》这出戏就是以他在悲剧竞赛中获胜作为起点然后上升。此处"胜利祭仪"就是得奖了要祭神。比赛当天苏格拉底看了阿伽通的戏,但没去参加他的胜利祭仪,第二天才来。苏格拉底隐然地并不承认阿伽通的悲剧是最好的。阿伽通获得城邦给予的最高荣誉,是城邦中最优秀的诗人。之后苏格拉底就是要来和他再次比赛,巅峰对决。苏格拉底与阿伽通比赛的"剧场"就在阿伽通家,他俩比智慧，即哲人与诗人较量。《会饮》的六篇颂辞中，阿伽通和苏格拉底排在一起，阿伽通把爱神当作诗人自己，苏格拉底把爱神当作哲人自己。这场会饮的尾声阿里斯托芬、阿伽通、苏格拉底仨人饮酒并且对话、较量，后来阿里斯托芬与阿伽通跟不上，困得不行，先后睡着，苏格拉底则清醒地离开阿伽通家。这据说暗指哲人高过诗人们，获得终极胜利。

"哦，的确像是很早前的事了，"他说，"但谁对你叙说，苏格拉底本人吗（αὐτὸς Σωκράτης）？"

此前，格劳孔问阿波罗多洛斯本人在场吗，这时候他问是苏格拉底告诉他的吗。刚开始格劳孔说有人告诉他，他又跑过来向阿波罗多洛斯问清楚，阿波罗多洛斯则说自己是从阿里斯托得莫斯那儿听来的，还跟苏格拉底求证过，如此看来格劳孔越来越靠近苏格拉底本人。

"当然不是，向宙斯发誓，"我说，"正如同一人告诉弗依尼科斯的，一个叫阿里斯托得莫斯的，奎达特耐人，小个子，总是光着脚丫。"·

阿波罗多洛斯向宙斯发誓。这是开场的唯一一次发誓。这可能喻示了开场甚至整个对话之题旨的性质——因阿波罗多洛斯之传道热忱而带有些微的宗教色彩。阿波罗多洛斯之发誓，其背后的含义据说是因为苏格拉底自己肯定不会主动叙说这场会饮。阿波罗多洛斯知道苏格拉底不会主动讲爱智慧之爱欲是什么，知道应该保守这种爱欲的秘密。可奇怪的是他自己喜欢讲，这是他的矛盾，这也是他和他老师的差别。这矛盾和差别就存在于阿波罗多洛斯身上——阿波罗多洛斯柔弱的性情与其受诱惑于爱智慧之言辞的爱欲互相抵牾。

关于这场会饮的故事，之前格劳孔引出一条线索——弗依尼科斯，这里阿波罗多洛斯又引出另一条线索——阿里斯托得莫斯，这个人亲自在场，见证一切。这场会饮故事的开头，阿里斯托得莫斯路上碰见苏格拉底，他受苏格拉底之邀一块儿去阿伽通家，最后又陪着苏格拉底从阿伽通家离开。阿里斯托得莫斯几乎见证了一切，他很像悲剧中的歌队。

"奎达特耐"是雅典的一个乡区，阿里斯托芬也是这个乡区的。阿里斯托得莫斯是苏格拉底的学生和崇拜者，柏拉图在其他作品并没有提到他。在这个作品中他很重要，他对阿波罗多洛斯、弗依尼科斯等叙说了这场会饮，阿波罗多洛斯转述他的叙说。色诺芬的《回忆苏格拉底》第一卷第四章中提到了阿里斯托得莫斯，"我首先提一提我有一次亲自听到苏格拉底对那绰号小人物的阿里斯托得莫斯讲关于神明的事。苏格拉底曾听说阿里斯托得莫斯无论做什么事，既不向神明献祭，也不从事占卜，反而讥笑那些做这类事的人。"阿里斯托得莫斯不敬神，还反对别人敬神。表面上看来他跟苏格拉底很像，苏格拉底被判死刑的罪名之一就是不敬城邦的神。然而色诺芬笔下的苏格拉底教导阿里斯托得莫斯敬神。

苏格拉底的学生阿里斯托得莫斯不仅模仿他不敬神，还模仿他光着脚丫，他在身心上均模仿老师苏格拉底。苏格拉底有很多弟子，有人学到苏格拉底的这个方面，有人学到另一个方面。我们可以设想，柏拉图会光着脚丫吗？

"那次聚会他在场（παρεγεγόνει δ' ἐν τῇ συνουσίᾳ，），依我看，他是那时热恋苏格拉底的有情人（ἐραστής，至关重要的词汇）中最热烈的一个。而我就从他那里听来的（ἤκουσα，再次出现听一词，参201d，苏格拉底说自己从第俄提玛处听来关于爱欲的说法）一些还问过苏格拉底，他同意那个人所叙说的

(διηγεῖτο)。"

前头格劳孔提到阿波罗多洛斯是苏格拉底的同伴,这里阿波罗多洛斯提到许多人追慕苏格拉底,阿里斯托得莫斯据说是最热烈的一个有情人。此前格劳孔追问阿波罗多洛斯在场吗,他似乎认为在场很重要。这个时候,在场的人、直接叙说者阿里斯托得莫斯,更关键的是他是苏格拉底最热烈的有情人,三个因素密合无间。

阿波罗多洛斯证实了那个人说的——弗依尼科斯知道,进而他和弗依尼科斯都是从阿里斯托得莫斯那儿听来的,然后阿波罗多洛斯向苏格拉底问过,苏格拉底同意阿里斯托得莫斯所说的。如此可见,他们一步步靠近苏格拉底,这个时候格劳孔大概就满意了。

据说爱智慧要还原到在场,还原到生活中去。爱智慧和生活息息相关,爱智慧就是过活、度日。爱智慧的本义就是一种生活方式,看看苏格拉底怎么生活、过日子。此处格劳孔听苏格拉底的言辞,《王制》中格劳孔就亲自与苏格拉底聊起政治与哲学。

"听"这个词在开场很重要。格劳孔想听阿波罗多洛斯叙说苏格拉底故事。一帮生意人也想听。而阿波罗多洛斯自己所叙说的也是听来的。据说《旧约》最重要的一个词就是"听",听先知说了什么,摩西听上帝说了什么。柏拉图的作品中很重要的一个词是"看",另一个词是"听"。"听"据说与教诲相关——教你怎么做;而"看"则是亲自在场,亲自证实。这个对话的开场包含对在场的追问,但其整体面貌主要具有教诲性质。

"怎么样呢?"格劳孔说,"不给我叙说(διηγήσω)吗?反正进城(参172a2)这一路我们赶路时[或译为对于赶路的我们来说]正好边说边听(πορευομένοιςκαιλέγεινκαιἀκούειν)。"

至此我们可以瞎猜，格劳孔听了这场会饮之后，进城直接去找苏格拉底了。

"正好"，*ἐπιτηδεία*这个词的含义是合适，即"边说边听"是合适的，适合于某种目的的。阿波罗多洛斯说，格劳孔听。*ἐπιτηδεία*原义为专心致志做什么事情，一心从事这个事，进而引申为一个人的生活方式。"边说边听"，即专心致志于说和听，这发生在两人进城的路上。如此可见，爱智慧之爱欲是在行动中，在人的身上，与人的身心都相关。走与身体相关，说与听跟心灵相关；再者，走与心灵也相关，说与听跟身体也相关。

阿里斯托得莫斯模仿苏格拉底光着脚丫。而阿波罗多洛斯呢，则在此模仿苏格拉底的言说方式与教育方式。阿波罗多洛斯对一群生意人讲述他之前跟格劳孔的对话，很像是苏格拉底忆述第俄提玛与他的对话，所以阿波罗多洛斯两次强调他早有准备（172a1，173c1）。

二

于是我们就边走边说这些事儿。而正如我一开始说的，我并非没有准备（*οὐκ ἀμελετήτως ἔχω*）。倘若非要也给你们叙说（*διηγήσασθαι*），这必得做。无论如何我自个儿真得，每当自个儿（*αὐτός*，参 172b7，173a8）聊起哲学［爱智慧］的话头或听别人聊（*τινας περὶ φιλοσοφίας λόγους ἢ αὐτὸς ποιῶμαι ἢ ἄλλων ἀκούω*，开场阿波罗多洛斯两次爱智慧一词，173a3 第一次是动词，第二次是名词，别人都没有提及；这里再次提到听一词），除了认为受益外，实在超级享受！而每当［说起］其他的话头——富豪和大款，我自个儿不仅厌恶你们，而且可怜你们同伙啊（*αὐτός τε ἄχθομαι ὑμᾶς τε τοὺς ἑταίρους ἐλεῶ*，*ἑταίρους* 第二次出现，看来阿波罗多洛斯与苏格拉底是一伙，生意人是一伙，人以群分。但是阿波罗多洛斯是否想破除其间的界限呢?)，你们以为干些啥事，其实什么都不干（ὅτι οἴεσθε τὶ ποιεῖν οὐδὲν ποιοῦντες，这里不仅出现ἑταίρους的两层含义，还出现ποιεῖν的双重含义，参196e以下，205b以下）。也许，你们会反过来以为（ἡγεῖσθε，参172c1）我是个可怜虫（κακοδαίμονα，参202d3以下），而我想你们真这么想。我呢，确实不是想你们，而是明白得很（καὶ οἴομαι ὑμᾶς ἀληθῆ οἴεσθαι· ἐγὼ μέντοι ὑμᾶς οὐκ οἴομαι ἀλλ' εὖ οἶδα. 很显然，阿波罗多洛斯在此在玩语词的音韵οἴομαι和οἶδα，他自个儿在制作言辞λόγους αὐτὸς ποιῶμαι，173c3-4；参173a1-3，οἰόμενος；εὖ οἶδα，参172b4，172c6，εἰδέναι）。

《会饮》开场中阿波罗多洛斯所忆述的自己与格劳孔的戏中戏至此结束。对话接续至他开场的第一句话，其中的一个至关重要的词汇ἀμελέτητος［没准备，或不在意、不留心，甚至不操心］再次出现，仅改变了词形而已，变为副词ἀμελετήτως。阿波罗多洛斯重复了这个词，而这其间恰好出现这个词的反义词ἐπιμελὲς（172c5-6）。我们知道《阿尔喀比亚德前篇》中"关心你自己"（ἐπιμεληθῆναι σαυτοῦ，127e，129a）是苏格拉底著名的说法。而在此阿波罗多洛斯似乎对自己关心不够，他关心苏格拉底的言行，关心生意人们的不幸——古之学者为己，今之学者为人。他还区分生意人的想（οἴεσθαι）与自己的明白（οἶδα），其中的要义是他以爱智慧的理由厌恶甚至否定但也可怜生意人的生活方式。很明显阿波罗多洛斯看似爱智慧，其实其爱欲混杂着奇异的血气——"哀其不幸，怒其不争"。而这当中比较含混的是阿波罗多洛斯说生意人们会以为他是可怜虫，而且他想生意人真这么想。进而，阿波罗多洛斯说不是想而是很明白生意人。阿波罗多洛斯没说很明白自己。看来，他并不怎么关心自己，也不认识自己。苏格拉底对阿尔喀比亚德说，认识了我们自己才可能知道关心我们自己，不认识就永远不可能知道（《阿尔喀比亚德前篇》129a，γνόντες μὲν αὐτὸ τάχ' ἂν γνοῖμεν τὴν ἐπιμέλειαν ἡμῶν αὐτῶν, ἀγνοοῦντες δὲ οὐκ ἂν ποτε）——君子求诸己，小人求诸人。

难怪他是可怜虫（κακοδαίμονα）即坏命神。反之，苏格拉底说自己身上有命神，并且在《会饮》中第俄提玛说爱神是大命神（δαίμων μέγας）。苏格拉底最后说自己敬奉爱神，并且修习爱欲度日（καὶ αὐτὸς τιμῶ τὰ ἐρωτικὰ καὶ διαφερόντως ἀσκῶ，212b6，参《高尔吉亚》526d，527d-e）如此，是否可谓为苏格拉底的知命——我们知道苏格拉底这个时候大概52到53岁，他回忆自己年轻时候受教于第俄提玛，显然是而立、不惑乃至知命的生命历程——天命之谓性，率性之谓道，修道之谓教。反之呢，阿波罗多洛斯不知命，无以为君子也。

之前阿波罗多洛斯说格劳孔的生活方式不好，这时候他也看不起生意人。两相比较，阿波罗多洛斯更厌恶生意人的生活方式，生意人的生活品质比格劳孔的更低。生意人的生活方式，其特点是东游西荡，到处跑生意。格劳孔想在政治上有所作为，生意人搞经济赚钱。阿波罗多洛斯既贬低关乎政治的生活方式，也贬低关乎经济的生活方式，人群的两种重要的生活方式都被阿波罗多洛斯嘲讽。干什么好呢？聊哲学和听哲学是最好的，阿波罗多洛斯于此超级享受而且受益。

阿波罗多洛斯可怜生意人"同伙"。前面格劳孔提到阿波罗多洛斯与苏格拉底是同伙。"物以类聚，人以群分"——阿波罗所洛斯的意思是，生意人也得通过聊哲学和听哲学跟他变成同伙吗？凡人有厌恶心与可怜心，极可能深深地败坏自身——修之身，其德乃真。身与德分离，人就会生病。难怪阿波罗多洛斯随后说自己疯疯癫癫。

朋友：你总是老样子（ἀεὶ ἰόμοιος εἶ），阿波罗多洛斯哦，总是责骂自己，责骂别人（ἀεὶ γὰρ σαυτόν τε κακηγορεῖς καὶ τοὺς ἄλλους）。我看啊，你完全认为（ἡγεῖσθαι，参 172c1，173d1）所有人都是悲惨的（ἀθλίους，参 173a2），除了苏格拉底，从你自己开始。而你怎么何时会被叫了个"黏乎乎"（τὸ μαλακὸς καλεῖσθαι，参 172a4）的绰号，我真是不明白（οὐκ οἶδα ἔγωγε，参 173d3，εὖ οἶδα）。因为在你的话里总是这般（ἀεὶ τοιοῦτος εἶ），你对自己和别人粗得很，除了苏格拉底（σαυτῷ τε καὶ τοῖς ἄλλοις ἀγριαίνεις πλὴν Σωκράτους）。

责骂（κακηγορεῖς）与可怜虫（或坏命神，κακοδαίμονα）前缀一样，这会让我们猜想二者的语义也可能相关。阿波罗多洛斯总是责骂自己而不是认识自己、关心自己。"总是"一词朋友说了三次。正如我们先前所判定的——阿波罗多洛斯没有上升。阿波罗多洛斯被认为是犬儒派，也源自"责骂"一词。他总是不满，骂骂咧咧，说话粗得很（ἀγριαίνεις，另有激怒、使生气、使恼怒的意思）。阿波罗多洛斯对自己和别人生气，也使自己和别人生气。

阿波罗多洛斯骂自己、骂别人，对自己、别人粗得很，都源于他对自己、别人的生活方式不满，他认为所有人都过得很惨，苏格拉底除外。苏格拉底的生活方式是最幸福的。此处出现了三次"总是"（ἀεί），看来生意人与阿波罗多洛斯的关系比格劳孔与阿波罗多洛斯的关系更近。并且他们看似更了解阿波罗多洛斯，甚至可能比阿波罗多洛斯更了解他自己；而此前阿波罗多洛斯说自己对这群生意人的生活处境明白得很——两相较量。而其中生意人一说，阿波罗多洛斯的性情就显露出来了——他常常骂人。骂人，说人坏话，而其目的则是劝人学哲学，即跟随苏格拉底。

"认为"（ἡγεῖσθαι）在开场中出现三次（172c1，173d1，173d6），分别是格劳孔、生意人和阿波罗多洛斯用到这个词，这指向三类对话者、三类人之间认知水平的较量。这些较量的中心人物是阿波罗多洛斯，可胜出的暂时好像是生意人——生意人在苏格拉底悔罪诗的灵魂九品中排在第三品（《斐德若》248d）。而《会饮》中各位雅典精英赞颂爱若斯，多方较量，最终胜出的好像是苏格拉底。

生意人不明白的是阿波罗多洛斯怎么会被叫了个"黏乎乎"（τὸμαλακὸς）的绰号——因为他说话粗得很、骂人。当然在生意人看来有个显而易见的也可能是最重要的原因，即阿波罗多洛斯只赞美苏格拉底。τὸμαλακὸς［柔软、敏感］跟粗得很（ἀγριαίνεις）的词义正好相反。如此看来，阿波罗多洛斯的性情内里反差极大。

一开始在阿波罗多洛斯自己的叙述中，格劳孔叫（καλεῖσθαι，柏拉图用了同一个词及其变形）他"法勒雍人"和"你这厮阿波罗多洛斯"，没叫他这个绰号。显然，格劳孔事先不知道阿波罗多洛斯会骂他，再者他可能也不知道阿波罗多洛斯只赞美苏格拉底，但生意人知道。

阿波罗多洛斯：最亲爱的朋友（ὦφίλτατε），所以很明显嘛，因为如此地心想到（διανοούμενος）关于自己和你们的（καὶπερὶἐμαυτοῦκαὶπερὶὑμῶν），我疯疯癫癫、神经错乱（μαίνομαικαὶπαραπαίω）。

生意人一眼看穿阿波罗多洛斯的性情。阿波罗多洛斯马上有反应，像是被说到心窝里去了，所以随即称其为"最亲爱的朋友"。开场至此出现了认得的人、同伴/同伙和最亲爱的朋友三种人际关系。其中格劳孔与生意人关系最远，而格劳孔与阿波罗多洛斯只是认得的。通过一路听阿波罗多洛斯叙说这场会饮后，不知道两人之间的关系会不会发生变化。格劳孔说阿波罗多洛斯是苏格拉底的同伴，阿波罗多洛斯说生意人们是一伙的，用的是同一个词（τοῦἑταίρου），但其语义显然有所不同。阿波罗多洛斯被生意人看穿后，称生意人是最亲爱的朋友，似乎胜过他与苏格拉底的关系。尽管生意人知道他只赞美苏格拉底，但生意人没说阿波罗多洛斯与苏格拉底是同伴；也不大可能如此，因为在生意人看来阿波罗多洛斯眼中的苏格拉底是特异的，而阿波罗多洛斯自己与生意人自己以及其他人一样——过得很惨。阿波罗多洛斯在跟格劳孔聊天时给人的印象是，他确实是苏格拉底的同伴，可在生意人看来不是。

经生意人一提醒，阿波罗多洛斯清醒地意识到自己疯疯癫癫、神经错乱的原因在于他心想的是自己和生意人的悲惨生活。当然，我们知道其中的参照是苏格拉底的生活。阿波罗多洛斯变得疯疯癫癫和神经错乱，因为他看到苏格拉底这么好，自己、别人又那么差，他似乎总在两个极端之间。这里阿波罗多洛斯的疯疯癫癫让我们联想到苏格拉底悔罪诗中的四种神圣的疯癫——预言的灵启（阿波罗的疯癫）、秘仪的灵启（狄俄尼索斯的疯癫）、作诗的灵启（缪斯们的疯癫）和第四种阿芙洛狄忒和爱若斯的疯癫，其中最后一种爱欲的疯癫（即爱智慧）最好（《斐德若》265b）。阿波罗多洛斯的疯癫与此都不相类。另外，"疯疯癫癫"（μαίνομαι）一词也有发怒的含义。神经错乱（παραπαίω）则有弹出走调的音乐的意思，亦即心智失序。

阿波罗多洛斯的疯癫可能跟苏格拉底有关，但更重要的是和他自己相关。难怪柏拉图只以他作为《会饮》的叙述者，并没有让他与苏格拉底直接对话。

前面阿波罗多洛斯跟格劳孔讲爱智慧，跟生意人讲自己喜欢听哲学的话头、言辞，接下来在他的转述中苏格拉底出场，这些都指向苏格拉底。据说苏格拉底死后，阿波罗多洛斯自杀。表面看来，阿波罗多洛斯爱智慧就是爱苏格拉底。而理解苏格拉底与智慧的关系想必就得看苏格拉底怎么讲述第俄提玛教育自己的故事。

朋友：这会儿不值得为这些争吵，阿波罗多洛斯噢，还是（ἀλλ᾽）[做]应我们请求你的，别做其余了（μὴ ἄλλως ποιήσῃς），还是[应我们请求]叙说那些言辞是什么（ἀλλὰ διήγησαι τίνες ἦσαν οἱ λόγοι）。

就如格劳孔打断阿波罗多洛斯的挖苦，朋友赶紧止住阿波罗多洛斯的疯劲儿。他用了两个"还是"（ἀλλ᾽），既有转折亦有递进的意味，中间加个词形相近的ἄλλως表示劝诫。朋友不让阿波罗多洛斯制作言辞而要他叙说言辞。因为他们早已知道阿波罗多洛斯一制作言辞，就又要开始责骂人了（λόγουςαὐτὸςποιῶμαι, 173c3 - 4）。朋友意欲迅速转移阿波罗多洛斯的注意力——转向一开始格劳孔提到的那场会饮、那些言辞（172b2 - 3）。但朋友没有提到关于"爱欲"的言辞，也没有提到"聚会"。

阿波罗多洛斯：那些言辞[或话说]大概是这样的……，不如从头，正如那个人[阿里斯托得莫斯]所叙说，而我试着给你们叙说（ὡς ἐκεῖνος διηγεῖτο καὶ ἐγὼ πειράσομαι διηγήσασθαι）。

这些生意人朋友成功地把阿波罗多洛斯的注意力转向苏格拉底，因为这是阿波罗多洛斯所喜欢的。

阿波罗多洛斯的混杂血气和矛盾性情在他跟这伙生意人对话时得以重复展露，因为他向他们叙说了他之前跟格劳孔的对话，还劝他们学哲学。这些都被生意人看透了，因为他们知道阿波罗多洛斯一心只想着苏格拉底。看来，苏格拉底和苏格拉底的故事与言辞对阿波罗多洛斯确实有益，某种程度上暂时缓解并净化了其血气。

阿波罗多洛斯本来又想自己制作言辞，一转念还是觉得按阿里斯托得莫斯所叙说的试着从头叙说好。所以，阿波罗多洛斯只是个叙说者。看来阿波罗多洛斯既不能像斐德若、阿伽通、阿里斯托芬等那样制作言辞以赞颂爱若斯，也不能像苏格拉底那样是个对话者。阿波罗多洛斯有些像《高尔吉亚》中的珀洛斯甚至卡利克勒斯，他们与苏格拉底对话过程中因为自身的怒气和不满，使得对话不时面临中断甚而难以为继的境地。而《斐德若》中苏格拉底跟斐德若说："我自己嘛，当然对这些有爱欲，斐德若，亦即对区分和结合有爱欲，由此我才会有能力说话和思考。"(266b) 此次会饮中雅典精英们依次赞颂爱若斯，最后是苏格拉底的赞颂。苏格拉底改变了先前颂辞的所有修辞方式，先是与阿伽通对话作为前设，然后忆述第俄提玛对自己的关于爱欲的教诲也是对话。

——改命吉也。

(作者单位：上海大学文学院)

《罗密欧与朱丽叶》中的政治哲学

——虔敬的亲王与炽热的恋人

温伯格（Jerry Weinberger）著

包帅 译

很明显，莎士比亚的《罗密欧与朱丽叶》是一部关于冲动的年轻恋人的悲剧。但这也是一部关于政治，尤其是那种受基督教道德和宗教规约的政治悲剧。此剧的行动由以下事物决定：世俗权威与宗教权威的冲突，以及维罗纳亲王爱思卡勒斯（Escalus）与方济各会修士（Franciscan）劳伦斯神父（Friar Laurence）所施的怜悯、爱和处罚之间的复杂互动。在情节发展的过程中，维罗纳政制变化和共同利益的决定，与其说符合亲王的利益，不如说更符合神父的利益。《罗密欧与朱丽叶》是莎士比亚对决定现代政治生活的独特问题的描绘之一，这种生活与古代政治生活相反。

当今的评论意见一致认为，莎士比亚传达了一种关于古今政治的精妙教诲。虽然长期以来，我们认为莎士比亚对古代政治所知甚少，但如今我们改观了，譬如在罗马剧上：《科利奥兰纳斯》（*Coriolanus*）描述了罗马共和国微妙的政制平衡；《裘力斯·恺撒》（*Julius Caesar*）描述了共和国自由的结束；《安东尼与克莉奥佩特拉》（*Antony and Cleopatra*）则描述了罗马帝国的政治、道德和灵魂状况。① 至于现代政治，评论家们早就承认，莎士比亚敏锐剖析了典型的现代人马基雅维利。在1944年，蒂利亚德（E. M. W. Tillyard）曾说过，"毋庸置疑"，莎士比亚谙熟马基雅维利的学说。② 近来有更多评论——来自意识形态范围两极——赞同这个观点。一种保守观点认为，《一报还一报》（*Measure for Measure*）是"一项给坏城邦带来好统治的马基雅维利式计划"，③ 而一位著名的文化唯物主义者则告诉我们："莎士比亚的亨利剧……可看作证实了马基雅维利关于王权起源于武力和欺诈的假说，即便这些剧作无可抗拒地把观众引向对这种权力的赞美。"④ 不过，休谟指责莎士比亚漠视英国人的公民自由（在英国历史剧中），⑤ 我们现在得知，莎士比亚与现代政制秩序的大众性若合符节。尤其在那些威尼斯剧中，莎士比亚描绘了罗马共和国的现代方案：商业共和国，伴随着它的大众基础，公共生活与战争从属于私人生活与

---

① Paul A. Cantor，《莎士比亚笔下的罗马：政治与帝国》（*Shakespearc's Rome: Politics and Empire*），Ithaca：Cornell University Press，1976。

② E. M. W. Tillyard，《莎士比亚的历史剧》（*Shakespeare's History Plays*），New York：Penguin Books，1991，页28-30。[译按] 中译参牟芳芳译，《莎士比亚的历史剧》，北京：华夏出版社，2016。

③ Harry V. Jaffa，《寡欲作为一种政治原则：莎士比亚〈一报还一报〉绎读》（*Chastity as a Political Principle: An Interpretation of Shakespeare's Measure for Measure*），收于 *Shakespeare as a Political Thinker*，John Alvis 和 Thomas G. West 编，Durham：Carolina Academic Press，1981，页189。

④ Stephen Greenblatt，《"隐身的子弹"：文艺复兴的权威及其颠覆》（*Invisible Bullets: Renaissance Authority and Its Subversion*，*Henry IV* and *Henry V*），收于 *Political Shakespeare: New Essays in Cultural Materialism*，Dollimore Jonathan 和 Sinfieldt Allan 编，Ithaca：Cornell University Press，1985，页20。

⑤ 休谟，《英国史》（*The History of England*），卷四，Philadelphia：Claxton, Remsen & Haffelfinger，1873，页357-358。

和平,投身于物质的获取。①

正如这种评论观点所揭示的,莎士比亚明白现代共和主义与古代共和主义的差别。质言之,这种差别关涉德性在政治生活中的地位。在古典共和主义中,政治秩序端赖于公民的德性和公共精神。公民参政并献身共同利益,均以自身为目的。可以说,共和制的政治秩序就是为公民的德性而存在,私人生活则通过公共责任实现。在这种秩序下,战争不是罪恶,而是荣誉、荣耀,是(至关重要的)公民德性的舞台。在现代共和主义中——基于马基雅维利严峻的、反乌托邦的现实主义——政治秩序由不再信靠政治德性和公共血气的政制安排维系。② 公民献身共同利益也许不可或缺,但这种奉献永远为了他人的好,献身的公民则像个傻瓜,尽管他必不可少。根源于马基雅维利的现代流行政制,充其量可

---

① 参见 Pamela K. Jensen,《这就是威尼斯:莎士比亚〈奥赛罗〉中的政治》(This Is Venice: Politics in Shakespeare's *Othello*),收于 *Shakespeare's Political Pageant: Essays in Politics and Literature*, Alulis Joseph 和 Sullivan Vickie 编, Lanham, MD: Rowman and Littlefield, 1996。亦参 Allan Bloom 和 Harry V. Jaffa,《莎士比亚的政治》(*Shakespeare's Politics*), Chicago: University of Chicago Press, 1964([译按]中译参潘望译,《莎士比亚的政治》,南京:江苏人民出版社,2009);David Hume,《英国史》,前揭,页357–358;Samuel Johnson,《约翰逊博士论莎士比亚》(*Dr. Johnson on Shakespeare*), W. K. Wimsatt 编, Baltimore: Penguin Books, 1969, 页61;Alexander Leggatt,《莎士比亚的政治剧》(*Shakespeare's Political Drama*), New York: Routledge, 1988, 页30–31, 90–91;H. M. Richmond,《莎士比亚的政治剧》(*Shakespeare's Political Plays*), New York: Random House, 1967, 页76, 96, 106, 140, 160, 224;Robin Headlam Wells,《莎士比亚、政治与国家》(*Shakespeare, Politics and the State*), London: Macmillan, 1986, 页726–728, 81–85, 152–154, 157, 165。莎士比亚在三个地方明确提及马基雅维利:《亨利六世》(上部)(*Henry VI, Part One*), V. iv. 74,《亨利六世(下部)》(*Henry VI Part Three*), III. ii. 193, 以及《温莎的风流娘儿们》(*The Merry Wives of Windsor*), III. i. 101。

② 比如,参见 Dennis Bathory,《与自己交战:莎士比亚笔下的罗马英雄与共和传统》(With Himself at War: Shakespeare's Roman Hero and the Republican Tradition), 收于 *Shakespeare's Political Pageant: Essays in Politics and Literature*, Alulis Joseph 和 Sullivan Vickie 编, Lanham: Rowman & Littlefield, 1996, 页238。

称为初级自由主义,与共和主义相反,这是个最大限度满足私人利益的操纵系统。①

我的意图不是要解决莎士比亚个人的政治观问题,尤其是他是否偏爱古代政治,而非马基雅维利式的政治的问题。尽管这个问题不难解答,莎士比亚从多个视角描绘了诸政制的盛典,而我们无法甄别其中的任何描述就是他本人的观点。但我的确要声明,莎士比亚格外清晰描述的问题,其解就是现代政治。这个问题源自某种宗教——基督教——这种宗教不是古代政治和道德图景的一部分。此外,至关重要的一点是,我认为,一幅关于这种独特现代问题的卓有成效的图景,迄今往往被忽视,这或许是因为,这幅图景框在一个如此出人意想的框架中:一部关于命运多舛的恋人的悲剧,设置在君王制的意大利城邦维罗纳。

一场意外的暴乱

显然,《罗密欧与朱丽叶》是一部关于冲动的年轻恋人的悲

---

① 我当然清楚学界关于马基雅维利政治教诲的论争,一学派认为,马基雅维利推崇古典共和主义,或者既是传统意义上的冷酷现实主义者,又推动了后来盛行的古典共和主义范式。波考克(Pocock)对马基雅维利"公民共和主义"阐释具奠基性(参氏著,《马基雅维利的时刻》[*The Machiavellian Moment*],Princeton:Princeton University Press,1975)。实际上,波考克所持观点与格林布拉特(Stephen Greenblatt)一致,参《"隐身的子弹":文艺复兴的权威及其颠覆》,前揭,页25、页44。格林布拉特表示,尽管莎士比亚清楚并反映了马基雅维利的教诲,莎士比亚(或伊丽莎白)的权力观与后来的政治有着巨大的鸿沟,后者说到底源自"马基雅维利的时刻……将臣民变为公民"。比较 William Hazlitt,《赫兹利特全集》(*Complete Works*),卷一,Waller 和 Glover 编,London:J. M. Dent,1902,页214以下;Alvin Thaler,《莎士比亚与民主》(*Shakespeare and Democracy*),Knoxville:University of Tennessee Press,1941,页3-44。因此,格林布拉特接受了传统观点,认为马基雅维利是现实主义者,也接受了波考克的观点,认为马基雅维利传达了古典共和主义。拙文只探讨现实主义者马基雅维利,而不探讨任何臆想的"公民共和主义的马基雅维利"或"马基雅维利的公民共和主义遗产"问题。

剧。没有人在首次看此戏时就会说,这部戏主要关乎政治,戏里的悲剧元素从属于政治。这样的结论,会暴露对青春萌动的爱恋、激情与献身这些非凡主题的愚钝不堪——因为政治只充当了背景,也会暴露对剧中痛苦与悲伤的无动于衷。

> 再也没有什么故事,
> 比朱丽叶和她的罗密欧的故事更悲情了。
> (V. iii. 309-310)①

但深入思考后揭示了这部悲剧的一些奇怪特性。一方面,命运悲惨的主角们在亚里士多德和黑格尔意义上都是悲剧性的:他们美丽、高贵,优于普通人,但也有性格缺陷;他们陷于竞争性原则与合法性原则,以及爱的诉求和家族责任的两难境地。② 另一方面,他们的悲惨命运,似乎并非不可避免地源于令人钦佩的性格缺陷或冲突原则。撇开他们的缺点,这对恋人稚气刚脱,因此还不是发展充分的人类性格的典范。即便他们的父母——绝非令人钦佩的成人——的性格里也没有什么必然导致他们承受这些可怕的损失。相反,年轻恋人们的悲惨命运源于一系列不可思议的,确实令人难以置信的相关意外。每件事都出于偶然:挥出的剑刺死了茂丘西奥(Mercutio);[罗密欧一遭放逐]朱丽叶被安排即刻与帕里斯成婚;劳伦斯神父疏忽大意,忘了告诉约翰神父,给罗密欧的信事关重大;约翰神父滞留在检疫站;在得知没人告诉过罗密欧他们的计划后,劳伦斯神父慢吞吞抵达墓地;罗密欧未

---

① [译按] V. iii. 309-310 指第五幕第三场第309-310行,下文表示出处皆仿此例,不再说明。
② 参见 Paul A. Cantor,《〈李尔王〉:智慧与权力的悲剧性脱节》(*King Lear*: The Tragic Disjunction of Wisdom and Power),收于 *Shakepeare's Political Pageant*: *Essays in Politics and Literature*,Alulis Joseph 和 Sullivan Vickie 编,Lanham:Rowman & Littlefield,1996,页189-190。

在墓中认出帕里斯;罗密欧的自杀就在朱丽叶醒来的片刻之前;劳伦斯神父再次疏忽地把朱丽叶落在墓中。此剧狂乱的节奏,加剧了这种充满奇妙偶然性的氛围。① 正如一位评论家所指出的:

> 《罗密欧与朱丽叶》,无论读过或看过多少次,总会引发这样的反应:只要这样或那样的小情节发生改变,他们将会从此过上幸福的生活。②

没有这无数的意外,就没什么理由认为,由于浪漫的爱情与家族忠诚的某种冲突,抑或性格的某些缺陷,这对年轻恋人仍必然注定悲惨地死去。

因此,这部剧之所以如此悲伤,是由于很难解释它的悲惨结局,甚至很难确定该由谁来负责或该指责谁:弥漫着的良好意愿,只因这些事故而成泡影。但莎士比亚明确表明,这部剧中的不幸事件并非单纯的意外。开场时,歌队在评论将要发生之事时声称,这对命途多舛的恋人会"埋葬他们父母之间的纷争",但"他们孩子生命的终结,无可移转"。这对恋人"命运多舛""注定死亡""悲惨凄凉地陨灭"(Pro. 1 - 14)。而这对充满激情的主角不时预感到这种厄运(I. iv. 106 - 113;III. v. 55 - 56, 211 - 213)。在该剧结尾,劳伦斯神父把帕里斯和罗密欧的死亡称为"上天的运作",以请求朱丽叶耐心承受住这一切(V. iii. 153 - 154, 260 - 261)。这位

---

① 莎士比亚此剧来源于《罗密欧与朱丽叶的悲剧史》(*The Tragicall Historye of Romeus and Iuliet , Written First in Italian by Bandell , and Now in English by Ar. Br.* [Arthur Brooke])(1562)。在原诗中,戏剧行动持续了九个月。在莎士比亚剧中,同样的行动缩减到不到一周。参见 Geoffrey Bullough,《莎士比亚的故事及戏剧来源》(*Narrative and Dramatic Sources of Shakespeare*),卷一,New York:Columbia University Press, 1961,页 285 - 363。

② 参见 Allan Bloom,《爱与友谊》(*Love and Friendship*),New York:Simon and Schuster, 1993,页 276。

修士虽承认，他可能对这些死亡负有一定责任，同样承认自己疏忽之责的亲王，命令凯普莱特（Capulet）和蒙太古（Montague）：

> 看看你们之间的仇恨造成了怎样的灾难啊！
> 上天用"爱"毁灭了你们的幸福。（V. iii. 292 – 293）

剧中事件令人难以置信的偶然性揭示了，运作的是某个外在的起决定作用的必然性，而非单纯的意外、角色的内在缺陷，或者原则的冲突，甚或恶意。根据剧中人物，表面的意外，其实是神意（Divine Providence）的作用，而神意必然为了某种好的结果。在评说最后的残局时，亲王说道，爱毁了幸福，"所有人都受到了惩罚"（V. iii. 295），也获得了某种善：两个反目的家族获得了安宁与和解。爱，而非恨，毁了幸福——两个家族的美丽孩子。伤害了这对贵族恋人及其家族，以及"失去一对亲眷"的维罗纳之事，充满爱意地确保了社会安宁这一共同利益。上帝用以实现此善的方式——尤其是这对近乎无辜的恋人，但甚至他们的父母及其他人都卷入其中——不能说为付出的代价负有多大（即便有）责任。该担责任的，似乎是天意（Providence）本身。①

因此，《罗密欧与朱丽叶》并非只是关于冲动的年轻恋人，也不只是一部理解人类生活和人性，抑或褒贬的悲剧。从最高的角度来看，这也是一部关于政治的剧：它描绘了神以一定代价赋予和平的过程。当然，付出了惨痛的代价。不过，对我们而言，这个故事之所以是悲剧，并不意味着在神意看来，这也是悲剧。

---

① 参见 Bertrand Evans，《劳伦斯神父的简练》（The Brevity of Friar Laurence），载 *Publications of the Modern Language Association of America* 65，1950 年 9 月），页850 – 852。正如一位论者所察，"与哈姆雷特与海盗的冒险一样，此处的一系列不幸，也被有意显得如此难以置信，以致单用机运无法解释。只有命运，或者上天的意志，才能充分解释"，参见莎士比亚，《罗密欧与朱丽叶》（*The Tragedy of Romeo and Juliet*），John E. Hankins 编，Baltimore：Penguin Books，1960，页 24。

因为神意何曾是悲剧呢？诚如在剧末，神父被带到维罗纳亲王跟前时明智地说道："我站在这里，既要控诉也要净化。我既被谴责，也被宽恕。"（V. iii. 226–227）

因此，此剧的戏剧结构绝非直截了当：这是一部伤感的准悲剧，它讲述的，不只是那些直接、强有力地唤起我们的同情和渴望的事物：青春的激情，叛逆的爱情，以及爱欲的想象。当我们擦干眼睛，再次思考这部剧时，我们被迫从一个全然不同的角度——政治和上帝的意愿，重新审视这部剧。

不过，这个结论对我们充分了解此剧造成了极大的阻碍，因为从虔敬的视野来看，神意的方式高深莫测。诚然，上帝的意愿必然是好的，但他的方式和手段，我们无法理解。从这个视角来看，此剧得出的最有价值的教训就是，我们断不可擅自判断，甚至参透上帝的意愿，尤其是那些意在好结果的无辜受苦。了解这点并非无足轻重，尤其因为，舞台上呈现的痛苦和悲伤，很可能会激发我们质疑神的安排。

不过，我们不能教条化地把这种虔敬归于莎士比亚，至少要先看看，他是否提供了足够的线索和信息，揭示戏剧行动中运作的原理。某些外部力量支配着戏剧行动。歌队称之为众星；演员们把它称作上天，意指唯一真神。众星与唯一真神当然判然有别，反映了有如古老的异教与基督教之间的鸿沟。在这两种相互冲突的观点上，莎士比亚不偏不倚，只是将之并置在我们面前。任何一种立场在对方面前都遭到非难，因此目前而言，我们可以自由思考各种神圣的观点，而不受其"真理"宣称之约束。神力以某种方式支配着戏剧行动。但对莎士比亚而言，这可能压根就不高深莫测，并且，与其说它涉及的是神究竟是什么，兴许不如说涉及的是莎士比亚笔下角色对上帝的看法，以及我们能从他们的看法中得出什么。

维罗纳有哪些要人？

莎士比亚让神父的政治密谋成为此剧的中心，并非偶然。还有谁比效命于和平亲王（Prince of Peace）之人的行动，更堪当基督教天意的工具呢？构成这部悲剧框架的最重要事件，是劳伦斯神父为罗密欧和朱丽叶举办的秘密婚礼，以及紧随这个秘密祭司仪式之后的复杂状况和发展格局。一切皆源自神父决定让这对恋人结婚，以及这一需要，即朱丽叶后来被许配给帕里斯公爵后，先得隐瞒这桩婚事，然后在更艰难的环境之下，为势不两立的两个家族接受这桩婚事场准备理由。此外，显而易见，神父的行动旨在一个明确的政治目的。神父表明，政治是他同意罗密欧请求的唯一原因。

神父对罗密欧了如指掌，因此也清楚这个年轻人多容易移情别恋。罗密欧承认，他现在爱上了"富有的凯普莱特家的漂亮女儿"时，神父提及罗密欧对罗莎琳（Rosaline）过往的相思病，他说道："这么快，你就抛弃了她？年轻人的爱都是谎言。他们没有用心来爱，只是用双眼来爱。"（II. iii. 67–88）他还要罗密欧"念念这句话吧：男人一旦不强，女人也会堕落"（II. iii. 79–80）。

罗密欧反驳称，朱丽叶和罗莎琳不一样，回报了他的爱，继续批评这个害相思病的孩子的神父回答说，罗莎琳"深知，你写下的爱可以让人读，却无法叫人读懂"（II. iii. 88–89）。

神父劳伦斯可能只是尽情跟自己的年轻弟子慈爱地开玩笑而已。不过，在指责罗密欧时，神父其实和班伏里奥（Benvolio）及歌队一道认为，这位后生朝三暮四，被美貌冲昏了头脑（I. ii. 84–101；I. v. 52–53；II. Cho. 6）。因此，当神父同意这两个"摇摆不定的青年"结婚时，他这么做只是为了一个原因：

> 一方面，我会帮助你；
> 因为这场联姻或许可以带来快乐
> 把你们的家族积怨，变成纯真的爱。（II. iii. 90-92）

不同于罗莎琳，朱丽叶毫无疑心，而神父乐于利用她的天真。神父就此明白，他让这对恋人，尤其是朱丽叶，陷入某种风险。他们爱的联姻或许最终足以美满地联合两个势不两立的家庭。但也有充分理由——其一是罗密欧明显的朝三暮四——认为，两家和好不大可能。完全有可能的是，当另一个肌肤如雪、裙摆花哨的女子转移了罗密欧摇摆不定的目光时，朱丽叶很快就变得凄惨了。这对恋人的悲剧性死亡，骤然终止了他们的美丽与绵绵情意，他们的美貌和激情会隐藏这些事实：这两位都处于幼稚的早恋的阵痛中，按照茂丘西奥的观点，热烈地沉迷于更低的部分。①再者，对于结合两个敌对家族子女的危险，神父完全心知肚明，他还为此呼吁上天"对这个神圣行为微笑"，以使"痛苦的余生不责骂我们"（II. vi. 1-2）。神父情愿把这两个孩子押给命运，通过他们的爱，或许能实现城邦的联合统一。剧中天命注定的结果——以一对恋人的生命为代价换取城邦安宁——只是夸大了神父政治谋划中起作用的原则。

考虑到天意通过神父拙劣的计划付出了可怕的代价，那么，该剧的一个核心问题就是：对以这些代价带来的共同利益而言，这些代价是否值当。如果我们站在天意的立场来看，答案无疑是

---

① 在布鲁克笔下，朱丽叶芳龄16，莎士比亚将改为13。由此，朱丽叶就成了莎士比亚笔下年轻恋人中年龄最小的一位。在布鲁克笔下，凯普莱特觉得，就算是16岁，对于当新娘来说年龄也太小了，但他还是决定让朱丽叶出阁，以消除提伯尔特之死给她带来的危险不幸。不过，这一切并不是说，莎士比亚对罗密欧和朱丽叶爱情的精神层面无动于衷；即使青涩的爱也有其特别的深度。参见 S. T. Coleridge,《柯尔律治莎评》(*Coleridge's Criticism of Shakespeare*), R. A. Foakes 编, London: Athlone Press, 1989, 页142-153。

肯定的。但如果我们不站在天意的立场上,而是寻求理解这个计划及其带来的世俗真理的后果,那么,我们就必须先了解剧中呈现的共同利益的要素。在该剧结束时,我们要问:为的是谁的利益?由此产生了什么样的政制?谁真正统治着维罗纳?要回答这些问题,我们必须先审视剧中描述的政治人物和政治处境。从政治的角度看,维罗纳有哪些要人?

首先也最明显的,是两个交恶的派系贵族,(至少初看上去)都热衷荣誉和战争,还定要为自己所受的伤害讨回公道。贵族类型中最明显,也最极端的莫过于提伯尔特(Tybalt)。此剧一开始,当班伏里奥成功劝开斗殴的仆人们时,这位冲动的凯普莱特人上场了,提伯尔特喊道:

> 什么!你拔出了剑,还说什么安宁?
> 我痛恨这两个字,就跟我痛恨地狱、
> 痛恨所有蒙太古家的人和你一样。照剑,懦夫!
> (I. i. 67–69)

后来,班伏里奥在凯普莱特家的舞会上瞧见罗密欧时,提伯尔特宣称:

> ……哼!这不知死活的奴才,
> 竟敢套着一个鬼脸,到这儿来嘲笑我们的盛会吗?
> 为了保持凯普莱特家族的光荣,
> 我把他杀死了也不算罪过。(I. v. 55–59)

提伯尔特激昂地诉说着罗密欧对他造成的"伤害",但在戏剧进程中,我们都没发现这些伤害是什么,因此,我们也不清楚,这两大家族冲突的原因究竟是什么。其实,冲突是"祖辈的宿怨",个中缘由似乎淹没于时间长河之中了。对于派系斗士而言,这个事实无关紧要;足以让他们相信,他们的荣誉受到了挑战。

不过,我们不能匆忙定论说,维罗纳实行的是健全的贵族制。相反,贵族制已今非昔比。贵族们在一位亲王统治下,这位亲王取缔了决斗这种解决贵族荣誉事务的主要方式。此外,"声望相当的两大家族"(Pro. 1)的主脑都年老体衰,厌倦了也不想惹是生非,他们还都是十足的妻管严:凯普莱特夫人显然怂恿丈夫(他起初只考虑朱丽叶的意愿和幸福)和帕里斯联姻;在开场斗殴一幕中,凯普莱特夫人和蒙太古夫人都嘲弄地管束自己的丈夫;而且,就在朱丽叶"死"前,在一幕生动的场景中,凯普莱特扮演了家庭主妇的角色(I. i. 74 – 78; IV. ii. 39 – 47; IV. iv. 7)。最后,即使年轻的贵族们,也并非完全是其荣誉的有德捍卫者。提伯尔特思考的是杀死罗密欧是否罪恶。班伏里奥("仁慈"的同名)大体充当了和事佬,畏惧或尊敬民众,以及(显然)亲王的法律。在那场关键的打斗中,当茂丘西奥刺向提伯尔特时,班伏里奥警告说:

> 这儿来往的人太多,讲话不大方便,
> 最好还是找个清静一点的地方去谈谈;
> 要不然大家别闹意气,有什么过不去的事平心静气理论理论;
> 否则各走各的路,也就完了,别让这么许多人的眼睛瞧着我们。(III. i. 49 – 52)

一上场,罗密欧至少暂时还是个柔弱的尊敬敌人的人,是个和事佬,敬重"明确禁止在维罗纳街上吵架斗殴"的亲王。茂丘西奥嫌恶罗密欧"冷静、无耻、卑鄙的屈服",促使他用打斗来"赶走它"。然而,罗密欧出于好意但很快悔恨的劝和,实际上导致茂丘西奥被杀(III. i. 55 – 113)。劳伦斯神父称被放逐的、哭哭啼啼的罗密欧为"空有男子汉皮囊的娘儿们"（III. iii. 112）。即便急躁的提伯尔特也遭茂丘西奥鄙视，因为他口齿不清、追新逐异、多愁善感，缺乏真正的男子气概（II. iv. 19 – 35）。只有茂丘西奥真正令人印象深刻，但他过于愤世嫉俗和厌世，不是健全、大度的贵族的典范。① 在维罗纳，明显基督教化的贵族们带来了麻烦，但他们的德性和政权绝对式微。

第二个角色是爱斯卡勒斯亲王。相对而言，他只有只言片语，我们也不太了解他的性格。但我们从对亲王性格和行为的了解中，已足以看出他在这个政治计划中所起的作用。当然，亲王也是一类贵族，是帕里斯公爵和茂丘西奥的亲戚。不过，他跟两大贵族家族均无瓜葛，虽然他的确看上去可能要争取两个家族的平衡。凯普莱特家族急于通过帕里斯和朱丽叶的联姻，跟亲王攀上关系。帕里斯提出求婚，因此，亲王很可能已经知道并首肯此事。不过，剧中没有明确的证据。另一方面，在罗密欧杀死提伯尔特之后，某种程度上，亲王显然站在罗密欧一边，因此他下令放逐罗密欧，而非按照法律和亲王声明的旨意处以极刑。要害是，亲王关心的是安宁，而非贵族荣誉或派系利益。正是亲王取缔了决斗，并结束了贵族的不和。

到头来，亲王与民众（剧中所谓的"公民"）结盟，服务于民众的利益，民众也是无党派人士，似乎也只向往社会安宁。当亲王判处放逐杀死提伯尔特的罗密欧时，他说："为了这个过失，

---

① 茂丘西奥决非宽宏大量之辈。他是一位彻头彻尾往往庸俗的唯物主义者，骨子里不含一点浪漫。茂丘西奥显得既是基督教灵修的反面，又坚信身体可朽。对于罗密欧在凯普莱特家舞会上危险担起爱情的负担，茂丘西奥称，"要是你已经没头没脑深陷在恋爱的泥沼里——恕我这么说——那么我们一定要找你出来"。大意是说："我们要把你从这淹到你耳朵的恋爱臭泥巴中拽出来。"（I. iv. 41 – 43）也许，茂丘西奥真是这样一位简化论者，因为他丑到无可救药："好难看的鬼脸！再给我拿一个面具来把它罩住吧。也罢，就让人家笑我丑，也有这张鬼脸替我遮羞。"（I. iv. 30 – 31）

我们现在宣布把他立刻放逐出境。"（Ⅲ. i. 184–185）

尽管亲王说的是"我们"，因为他代表民众，但他心中并非永远为民众的利益着想。我们清楚这点，是因为亲王随即明确提及此事给他自身造成的损失："你们双方的憎恨已经牵涉到我的身上，在你们残暴的斗殴中，已经流下了我的亲人的血。"（Ⅲ. i. 186–187）

在代表民众宣判罗密欧时，亲王同时也明确了对造成他自身损失的惩罚，而非怒喊着为她伸张正义的凯普莱特夫人的损失，也未（我们会看到）着眼于公共利益或共同利益。亲王表示：

> 可是我要给你们一个重罚，
> 使你们都为对我造成的损失忏悔。（Ⅲ. i. 188–189）

亲王虽不了解斗殴的情况，我们却一清二楚。因此，我们明白，这个惩罚，也就是罗密欧的放逐，其实不公正。亲王的判断基于班伏里奥的错误宣称——提伯尔特挑起了和茂丘西奥的打斗，罗密欧为替无辜朋友之死复仇，杀死了提伯尔特（（Ⅲ. i. 150–173）。这使亲王对罗密欧的惩罚看似合理，因为罗密欧目无法律——"臆断法律的目的应是什么"——而不是因为他杀死提伯尔特的更重罪行（Ⅲ. i. 180–185）。事实上，茂丘西奥显然是挑事者，而罗密欧的行动是为挑事者之死复仇，更糟的是，他是为了恢复自己"被提伯尔特玷污的名誉"（Ⅲ. i. 72–74，107–113）。兴许有人会得出这样的结论——既然信息是错误的，那么，亲王的审判妥当，无论事实上有多不公正。人们可以更容易得出结论说，由于失去亲人茂丘西奥，亲王被愤怒冲昏了头脑，才会受班伏里奥对事件失实描述的误导——亲王自己的私人利益，导致他一心追求真相，由此也导致他对正义视而不见。不过，除了罗密欧的行为该受怎样的正义惩罚这个问题，亲王的做法还有另一维度:一个明智的统治者所洞悉的公共利益。冤冤相报的正义(罗密欧应受惩罚其实符合罪行)与公共利益不一定同出一辙,亲王亲自告诉我们和维罗纳这一事实。

罗密欧杀死提伯尔特时,班伏里奥喊道:

> 罗密欧,快走!
> 邦民们都已经被这场争吵惊动了,提伯尔特又死在这儿。
> 别站着发怔;要是你给他们捉住了,亲王就要判你死刑。
> 快去吧!快去吧!(III. i. 130 – 135)

班伏里奥立即意识到,罗密欧犯下的定是死罪,他帮罗密欧辩解的谎言均徒劳无益。而且理由充分:在两个反目的家族首次公开殴斗之后,亲王就宣布,再有人扰乱和平,所有涉案人员,格杀勿论。在这个声明之前,凯普莱特家的仆人山普森(Sampson)建议,他和格雷戈里(Gregory)研究一下那项关于谁引发争端的法律(I. i. 33 – 75)。根据亲王的新法令,谁先挑起纷争,谁又没有,谁主动挑事,谁正当防卫,并不重要。亲王对两派说:

> 要是你们以后再在市街上闹事,
> 就要把你们的生命作为扰乱治安的代价。
> 现在别人都给我退下去;
> 凯普莱特,你跟我来;
> 蒙太古,你今天下午到自由村的审判厅里来,
> 听候我对于今天这一案的宣判。(l. i. 94 – 99)

根据亲王的新法令,在下一场骚乱中,一派或另一派是否可能真的拥有正义,都无足轻重。城邦安宁和亲王服务于此的意志,要求这种将新法令所需的与正义可能允许的两相分离——这才有

班伏里奥对罗密欧的警告。①

不过，亲王新法令充满实用性的严酷，以及他可能怒而匆忙决断的明显脾性，无法掩盖以下事实：亲王绝非真正严厉或易怒之人。正相反，直到——

> 凯普莱特，蒙太古，
> 你们已经三次为了一句口头上的空言，引起了邦民的械斗，
> 扰乱了我们街道上的安宁（I. i. 87 – 99）

亲王才终于将惹是生非的暴徒们绳之以法。换言之，公民已多番受滋扰，直到下一次，即第四次暴力事件，扰乱城邦安宁才会付出严重代价。对亲王而言，前两次骚乱不可能微不足道，因为第三次骚乱发生时，他突然宣布新敕令：卷入第四次骚乱的人，格杀勿论。人们可能得出结论说，亲王的怒火烧得很慢，还很容易宽恕他人，并且，正是这种性格纵容城内动乱一直存在。亲王"以死论处"驱散了所有人，并让年老的凯普莱特和蒙太古去他那儿，"了解我们对此案的进一步裁决"（I. i. 96 – 101）。然而，我们并未获悉任何进一步裁决，只晓得亲王让两位老人为"相当的惩罚"负责，而且，在凯普莱特看来，"让像我们这么年长的人去维护和平"并非难事。老凯普莱特几乎不担心自己的脑袋，紧接着就谈起了亲王的侄子帕里斯的求婚了（I. ii. 1 – 3）。

的确，就如劳伦斯神父稍后对罗密欧的解释，亲王的放逐判决，是一项"温和的裁断"（III. iii. 10），在神父看来，此举慈悲：

---

① 在莎士比亚的描述中，维罗纳的法律与亲王宣布的意志似乎本质上是一回事。劳伦斯神父显然这么认为。参见下一注释。

> 你所犯的过失，按照法律本来应该处死，
> 幸亏亲王仁慈，特别对你开恩，
> 才把可怕的死罪改成了放逐；
> 这明明是莫大的恩典，你却不知道。
> （III. iii. 25－28，亦参 III. iii. 138－139）

神父说得当然没错，亲王对罗密欧法外开恩了——因为据亲王公开颁布的那项新法令规定，这种情况不考虑正义。当亲王随即问起谁挑起了事端，并放逐罗密欧而非处死他时，显然违反了自己新颁布的法律。他之所以这么做，要么出于对他的亲戚茂丘西奥的关心，要么出于善心，要么出于怜悯，抑或可能三者皆有。我们从亲王本人那儿得知了原因所在，他在剧末承认，"柔和"而非对自身利益的愤怒，使他做出了对罗密欧的判决：

> 这两家仇人在哪里？
> ——凯普莱特！蒙太古！
> 瞧你们的仇恨已经受到了多大的惩罚，
> 上天借手于爱情，夺去了你们心爱的人；
> 我为了忽视你们的争执，也已经丧失了一双亲眷，
> 大家都受到惩罚了。（V. iii. 291－295）

根据亲王自己的说法，他法外开恩，罔顾自己的新法令，使他失去了茂丘里奥和帕里斯公爵。神父把放逐理解为温和的仁慈表明，亲王为虔敬所动：爱斯卡勒斯最后认为，一切都是上天的旨意。没什么能阻止我们同意神父的说法，亲王的开恩就是虔敬的怜悯。人们可以从虔敬的亲王那里求得宽恕和怜悯（III. iii. 152）。因此，尽管亲王悔认自己宽恕的弱点，他却随即开释了承认自己是"这场恐怖谋杀""最大嫌犯"的劳伦斯神父，也就不

足为奇了（V. iii. 224 - 225）。对劳伦斯的解释深信不疑，轻信的亲王只是对神父说："我们向知你是个圣人。"（V. iii. 270）有人可能会说，神父的确无辜，因为他意图单纯：幸福随爱而毁。但好意并非要害所在。公共利益，亦即公共和平，才是要害。神父干涉公共事务和政治事务，恰恰由于他的好意，才毫无疑问地导致了灾难。倘若罗密欧能以自己的方式执法、寻求正义而遭放逐，那么，为何灾难性地干涉派系政治事务的神父却未遭放逐呢？问题无疑在于，亲王显然对神父的政治动机一无所知，神父将之隐藏在其对事件的自辩式叙述中（V. iii. 223 - 269）。就神父而言，看起来可谓更大的弱点，其实也是亲王忽视了一个其政治权威上的重要对手。亲王在该剧尾声说道：

> 清晨带来了凄凉的和解，
> 太阳也惨得在云中躲闪。
> 大家先回去发几声感慨，
> 该恕诉、该罚的再听宣判。
> 古往今来多少离合悲欢，
> 谁曾见这样的哀怨辛酸！（V. iii. 305 - 310）

我们不大相信亲王真的会惩罚任何人；我们深信，即便亲王真惩罚了，方式也未必对，惩罚太轻，来得太迟。亲王只是说，因为丧亲，"所有人都受到了惩罚"，可想而知，接下来谈及伤心事时，亲王会断言说：在上天手中，所有人都受到了足够的惩罚。

第三个关键角色是劳伦斯神父。他结交贵族。神父认识这对恋人，因为他们来忏悔，他也算是罗密欧的良师。我们可以推测，这个托钵僧清楚何处有最好的施舍。像亲王一样，神父也关心安宁。为了安宁，他插手维罗纳的派系事务和政务。但我们拿不准，神父欲求安宁的原因是否与亲王一致，虽然亲王在宽恕上表现得跟神父如出一辙。而且，神父是"和平之王"（Prince of Peace）的化身，他布道称，我们应宽恕并爱我们的敌人。因此，不妨认为，神父跟亲王在一个关键点上不同：劳伦斯神父不是爱国者。他的国度是全世界，而非维罗纳，从神父的宗教教义看，他的民众是全人类。当神父告知罗密欧被放逐时，罗密欧说，这种命运比死还糟糕：

> 嘿！放逐！慈悲一点，还是说"死"吧！
> 不要说"放逐"，
> 因为放逐比死还要可怕。（III. iii. 12 – 14）

在建议罗密欧逃往曼图亚（此地至少还在意大利境内）之前，劳伦斯就巧言："因此，你只是从维罗纳被放逐。你要有耐心，因为世界无比宽广。"（III. iii. 15 – 16）

鉴于这种世界主义，对这对已婚爱人而言，最明显的解决之道，就是带着劳伦斯神父的祝福，朱丽叶跟着罗密欧逃往外邦，然后定居下来。但神父没建议这个方案，更别提为此祝福了。首先，他必须警惕来自两大反目家族的危险。更重要的是，我们已知道，他最关心的不是这对年轻爱人的幸福，而是维罗纳的党争状况。劳伦斯神父用政治手段追求他普世的超政治目的。因此，神父的目的是将政治关系基督教化。所以，由于尚未面临朱丽叶和帕里斯订婚的复杂局势，劳伦斯神父认为，可以帮罗密欧逃往曼图亚，以争取时间：

> 宣布你的婚礼，叫回你的朋友，
> 请求亲王的原谅，将你唤醒，
> 将带来比你现在的忧愁的，
> 二十倍的快乐。（III. iii. 151 – 154）

神父的政治野心与这对年轻爱人对政治事务的冷漠对比鲜明。罗密欧说放逐比死亡更糟糕，这并非出于爱国心或某种党派责任感，而是因为他觉得放逐意味着离开朱丽叶。罗密欧说：

> 在维洛那城以外没有别的世界，
> 只有地狱的苦难⋯
> 这是酷刑，不是恩典。
> 朱丽叶所在的地方就是天堂。(III. iii. 17–30)

朱丽叶，从她爱上罗密欧的第一抹红晕开始，她就说会把自己的命运放在他脚下，"天涯海角"也随他。最终，朱丽叶自食其言，她认为罗密欧放逐的命运比死亡还要糟（III. ii. 124–127），而当她因不愿嫁给帕里斯而被父母威胁脱离关系时（III. v. 190–205），她自己能想到的出路也只是自杀，而非放逐（IV. i. 50–67）。不过，在拒绝放逐的可能时，朱丽叶也从未想过爱国或她的党派责任。毕竟，她几乎还是个孩子。在整部剧里，小小年纪的朱丽叶不时闪现出见识和良好的判断力，或许朱丽叶晓得，她和罗密欧不可能真的只靠爱而活，他们还需要父母的遗产。关键是，这对年轻爱人的爱与神父的天国之爱截然不同。前者超越了政治和党派利益。神父之爱虽普世，却自始至终都与特定的政治目标捆绑在一起。正是神父的爱，而非年轻恋人的爱，导致了几乎所有相关问题。

第四个也是最后的角色是邦民。布鲁姆（Allan Bloom）认为，"罗马剧是唯一将民众视为演员的剧"（Bloom 和 Jaffa，《莎士比亚的政治》，前揭，页106）。但此话未必确然。在《罗密欧和朱丽叶》中，"民众"的确是一个演员。最初，他们抗议那些扰乱安宁的贵族，谴责凯普莱特和蒙太古双方（I. i. 72）。在罗密欧、提伯尔特、班伏里奥和茂丘西奥那场致命斗殴后，班伏里奥警告罗密欧快点逃走，因为"邦民们就要来了"，随后，邦民们"以亲王的名义"逮捕了班伏里奥（III. i. 130 – 138）。在剧尾，凯普莱特夫妇被"街上的民众"赶到墓地，他们对这起惨案"发出了尖叫"，而且

> ……有的喊"罗密欧"，
> 有的喊"朱丽叶"或"帕里斯"。
> 他们尖叫着向着墓地跑去。（V. iii. 191 – 193）

因此，民众的确出场过，虽然为时不长。

但不管他们的出场有多短，归根结底，邦民对城邦安宁的关注，设定了此剧的行动。民众关心的是城邦安宁，而非荣誉、尊严、德性甚或正义——他们在两大家族的争斗中不偏不倚。毋庸置疑，他们震惊于无辜者的死，他们喊的却是被害者的教名，而非指涉党派利益的姓氏。此外，邦民们并不迟钝，他们在自己的利益上并非简单依从亲王：正相反，亲王更依赖邦民，而非反之。邦民们不止一次用自己的武器捍卫他们的与亲王的利益。事实上，唯一能用来影响交恶贵族的武装力量，就掌控在公民民兵手里。确实，我们可以说，较之亲王捍卫自己的以及大众利益，民众在捍卫其自身利益上更有力。

维罗纳的问题究竟何在？

乍看之下，剧中描述的政治问题似乎显而易见：维罗纳饱受两派贵族内讧之苦；民众、亲王和劳伦斯神父都希望结束这些麻烦。但我们不能草率、毫无根据地下结论。反思之后我们会发现，事实上，维罗纳并未因严重的内讧分裂，虽然那些政治参与者自己都没有意识到这个事实。首先，也是最重要的，民众并未因效

忠两个反目的贵族派系而分化，而没有这种民众分化，贵族的内讧就掀不起大浪。况且，贵族与平民之所以没有严重的分歧，正因贵族势弱，民众并不畏惧他们。方才，我们已经看到贵族变得多羸弱了。事实上，两家的族长对古老的纠纷并不感兴趣，开场时他们全副武装的虚张声势滑稽可笑。在开场一幕中，贵族的仆人们惧怕法律。最初制止这场争吵的，是众位武装的邦民，而非亲王。在中间那场打斗场景里，班伏里奥既惧怕亲王，也惧怕"发动起来的"民众；还有一位邦民"以亲王的名义"命令班伏里奥服从并跟随他。只有提伯尔特是个真正的嗜血者。维罗纳不仅在戏剧开头享有相对的安宁，事实上，她已经保持了相当一段时间的安宁。的确，年老的凯普莱特和蒙太古——或者至少是他们的追随者——如歌队所提，因追究"宿怨"，"一再扰乱"城里的安宁。但纠纷直到最近才死灰复燃。我们从亲王的随口评论中得知这一重要事实——亲王抱怨完这两个贵族三番扰乱安宁后，还说道：民众的武装"随安宁一道腐烂"（I. 1. 93）。民众的利刃因久未使用而生锈。

开场白中的唱队夸大了政治形势的严重性。贵族内讧的确是个问题。但维罗纳已经保持了很长一段时间的太平，对共同利益造成威胁是最近才有的事，算不上真正的政制危机或内部危机。但接着问题就来了：天意创造的共同利益是否值得付出这种代价，这是真正令人困惑的问题。因为，神意为何让无辜者付出如此可怕的损失，去平息这种称不上危险的不和呢？为什么要为近乎完好的公共利益付出如此巨大的代价？我们晓得，神意的方式和手段超出我们的理解力。但算我们走运，莎士比亚为我们提供了足够的信息，辨别并思索那些行动仿若神力之人的政治影响和代价。简而言之，我们可以看清剧中包含的那种显白的政治教诲。维罗纳的问题并不涉及重大的政制分歧。毋宁说，问题在于，在处理这些确实存在的难题时，所有相关者多少都会透过基督教神意的视角。

怜悯、爱与惩罚

前文曾推测，亲王和劳伦斯神父的分歧，是在爱国主义及对维罗纳的忠诚上。然而，在看到亲王对和平的追求及其一贯的软弱后，我们无法肯定这一判断。在这件事上，亲王没有显示出爱国主义甚或一般政治所需的基本能力：损敌扶友的意愿，为了共同利益不惜亮剑。事实上，亲王知道，仁慈会坏事——"这仁慈是刽子手，因为它宽恕那些凶手"——他还承认自己有发善心的毛病，及其带来的可怕结果。显而易见，亲王的弱点源自他的血气，而非他的头脑或臂力。[①] 在这点上，亲王似乎受了神父的决定性影响。[②] 劳伦斯对他这个人了如指掌，他说亲王因怜悯才放逐罗密欧。至少，正如亲王坦白承认的，正因他对这些不和睁一只眼闭一只眼，才使他失去自己的一对亲眷，茂丘西奥和帕里斯。亲王承认他该对自己的损失负责，却把余下部分归咎于不幸的父母，并最终归咎于上天（V. iii. 292－293）。

然而事实上，全部麻烦都可归咎于亲王——他失败的政治监管及神父随后的干涉。倘若亲王强硬应对首次骚乱，一举粉碎派系分裂，神父就无需干政。亲王仁慈的弱点与不断恶化的冲突，为神父政治联姻的行动创造了条件，这场婚礼毁灭了这对恋人。倘若亲王一开始就严格主事，茂丘西奥和提伯尔特会被杀吗？不

---

① 参见 Allan Bloom，《爱与友谊》，前揭，页 277。
② 关于基督教对古典德性，尤其是宽宏大量的影响，参见 Paul A. Cantor, 《〈麦克白〉与苏格兰的福音教化》（"Macbeth" und die Evangelisierung von Schottland）, München: Carl Friedrich von Siemens Stiftung, 1993。

见得。但当他俩死去时，如果亲王根据他新颁布的法令处死罗密欧，帕里斯还会死吗？不会。朱丽叶呢？未必会。① 倘若亲王一开始就是个强硬的领袖，罗密欧很可能会离开朱丽叶，但他们八成会活下去。在提伯尔特和茂丘西奥的死上，最该且唯一要谴责的就是亲王。除开他们，所有其他受害者的责任首先应当由亲王承担，然后通过亲王归咎于神父。因为亲王的行动以神父为榜样，这位神父——方济各会修士——着手他的政治工作。亲王仁慈而怠惰。神父仁慈地积极行动，以剪灭即将燃尽的党派斗争的余烬。② 从天意上看，神父是一个狂热的和平追求者；他渴望将和平绝对化。神父没有自司其职，并满足于一个相对安宁的城邦，而是谋划着让两个家族产生"纯爱"（II. iii. 90 - 92）。亲王的仁慈和修士的爱，其实牺牲了一对年轻的恋人和三位贵族，去修补一个并不严重的政制危机的政治裂痕。显然，维罗纳的现行政治原则，不是不惜一切代价获取和平，而是不惜一切（无论多大的）代价，增加（无论多小的）和平；一切的一切都由仁慈与爱导致。不管有多出人意料，这就是那些据基督教神意的道德行动之人带来的后果。

然而，亲王清楚地知道，那枚政治仁慈与爱的硬币有其反面：惩罚。亲王知道，仁慈也可以是惩罚的工具，也可以杀人。在剧末，亲王还声称，由于上天的爱，以及他对这些不和睁一只眼闭一只眼，"所有人都受到惩罚"。这一事实再清楚不过地表明，惩罚以及仁慈和爱，在剧中起作用；确实，仁慈、爱与惩罚密切相关。跟爱一道，惩罚是解开神父阴谋的关键——这关乎随其计划

---

① 亲王若处死罗密欧，朱丽叶很可能会自杀。但她并不比帕里斯无辜，所以，两人死好过一人死。

② 根据马基雅维利，圣方济各和方济各会的典范使基督教生生不息。参见 Niccolo Machiavelli，《论李维》（*Discourses*）3：1，Harvey C. Mansfield 和 Nathan Tarcov 译，Chicago：University of Chicago Press，1996。

揭示的意图，甚至还关系到这部戏的最终结果。神父密谋的核心，以及为悲惨结局提供架构的事件，就是伪造朱丽叶的死。当神父意识到自己所处的困境时，他想出了这个几近疯狂的计划。他已让这对恋人秘密成婚。但自此以后，提伯尔特杀死茂丘西奥，罗密欧又杀死提伯尔特并遭放逐，朱丽叶又向罗密欧透露：她违心地与帕里斯伯爵订婚，婚期就在两日之后——神父几乎没有足够时间来摆平一切了。所以朱丽叶要"死去"，她伤心欲绝的家人误以为她已死去，把她安放在蒙太古墓地，四十二小时后，朱丽叶会醒来，跟着（知道情况后，本应回来看着她醒来的）罗密欧一起逃往曼图亚（Mantua）。

显而易见，在这个计划中，神父打算策划一起复活"奇迹"：朱丽叶在她的坟墓里待的时间，跟耶稣在他的坟墓里待的时间一样长。① 我们不得不惊叹莎士比亚呈现这一计划的大胆，因为我们难免会想，如果我们晓得神父伪造复活假象，是通过四十二小时药水，那么，我们也就清楚耶稣可能做了同样的手脚。② 不过，我们这种渎神的怀疑无关紧要。要害是，神父不想让他的同胞们知道，在所有人中，唯有他有这种技艺、手段和意愿，去模仿其宗教的核心秘密。对那些不信教的亵慢人，神父还能提供什么重磅炸弹呢？在策划这起虚假复活时，神父肯定希望罗密欧和朱丽叶

---

① IV. i. 105。莎士比亚增加了药性发作的精确时间，布鲁克笔下阙如。在波特（Luigi da Porto）关于这个故事更早版本中，药性持续 48 小时。参见 Bullough，《莎士比亚的故事及戏剧来源》，前揭，页 271，349。莎士比亚奇特的精确有两个目的。首先，它强调了此剧特有的分秒必争的快节奏，并为所有事件提供了背景。其次，它强调了朱丽叶的埋葬与耶稣埋葬时间上的相似。虽然耶稣被埋三天，但并非整整三天都寸步未移。相反，耶稣被埋其实不足两个整日，约近 42 小时：从预备日下午三点后始，到安息日后一天太阳初升的清晨。参见《马太福音》（27：45 - 28：7）；《马可福音》（15：16 - 16：8）；《路加福音》（23：1 - 24：12）；《约翰福音》（19：17 - 20：10）。参见 Bloom，《爱与友谊》，前揭，页 295。

② 参见《马太福音》（27：62 - 66；28：13）。

保守秘密。他没理由怀疑这对恋人会对他忘恩负义；但即便如此，隐藏在这起计划中的巨大危险——极有可能会泄露——让我们不得不再次怀疑，神父为何一开始要演这么一出？① 朱丽叶本可以装病，或者神父本可给她服下某种确能引发疾病（但不致死）的药水，再或许，神父本可以安排朱丽叶偷偷逃往曼图亚。毕竟，约翰神父会到曼图亚给罗密欧送信，完全可以不费力气地让他带上乔装的朱丽叶。乔装的女人在莎剧中司空见惯。那么，为何要轻率地伪造"复活"呢？

答案就是，如果我们审视这种局势的政治，"复活"的策略很有道理。神父有四种选择。首先，他可以毒死朱丽叶，朱丽叶本人也认为这种方案可行（也可怕）（IV. iii. 24 – 29）。其次，他可以马上把朱丽叶送往曼图亚与罗密欧（无论永远还是暂且）会合，以赢得更多时间游说，摆平一切。第三，他可以让朱丽叶谎称（或巧妙使其）染上传染病，也是为了争取他游说所需的时间。第四，他可以在诈死和复活之后，悄无声息地把朱丽叶送往曼图亚。

神父显然拒绝了第一种选择。为了和平，他要和朱丽叶一起冒险，不过，尽管神父喜欢搞这种"神圣的诡计"，他却是个真正虔敬的人，因此，他没走到杀人的一步（不信神的人则还会说，他还有遭罗密欧谴责的危险）。天意可以为了和平夺走朱丽叶的生命，但这种极端方案不是让神父自己亲手实施。第二种选择的确不可取。神父几乎不可能保守他结合两位恋人的保密，如果他要悄悄把朱丽叶送到曼图亚的话。曼图亚和维罗纳相去并不远：凯普莱特一家在那待过一段，甚至可能置有房产。凯普莱特夫人在

---

① 朱丽叶是个懂事的女孩，身处危险时能保守秘密。不过，要想一切成功照计行事，劳伦斯神父不会蠢到相信，年方十三的朱丽叶会向父母长期保守这一秘密。劳伦斯深知罗密欧有多莽撞，所以，要让这个毛小伙子守口如瓶，谈何容易。更可能的是，此时此刻，劳伦斯并不认为暴露（一旦败露）会有多大危险。其实，剧末就证实了这一点。

曼图亚有个办差的，知道罗密欧在那里；劳伦斯神父可以通过他的同事约翰神父随时进城（I. iii. 28；III. v. 88 - 93, 169 - 171；IV. i. 114；V. ii. 3 - 4）。一旦两位恋人在曼图亚会合，要想长久隐瞒他们的婚姻，就极为困难了（就算并非完全不可能）。所以，由于曼图亚近在咫尺，神父在此事中扮演的角色，肯定很快就会暴露。当然，在诈死和复活后逃往曼图亚也有同样的问题：婚事很快就会败露。

劳伦斯之所以否认第三种方案，即装病，并采用第四种方案，原因如下：通过朱丽叶和帕里斯近期的婚事，凯普莱特家族很快就要跟亲王结盟，调解两大家族的任务变得极为复杂，神父的危险也增加了。毫无疑问，蒙太古家的人反感罗密欧与朱丽叶的婚姻，但他们肯定会将此视为阻止自己的对手与亲王结盟，也就两害取其轻了。此外，如果他们说服得了亲王，罗密欧还有可能从放逐中回来。说服亲王的可能性很大，因为亲王希望两家和平相处，他还似乎是个宽恕、仁慈的庸人。或许，蒙太古家族会认为，一场神迹旨在让他们的儿子迎娶一位凯普莱特人。但神父没必要用复活的情节来说服或帮他们看清自己的利益。对他们而言，方案三，或者至少方案二就（或者至少可能）足够了。

凯普莱特家的情况就截然不同了。让他们的女儿嫁给罗密欧，他们将蒙受巨大损失：他们跟亲王的联合。凯普莱特家非常渴望与亲王联姻，因此，他们冒着大不韪的风险，在被杀的提伯尔特尸骨未寒时就举行婚礼（III. iv. 1 - 36）。当凯普莱特认为神父应负责说服朱丽叶嫁给帕里斯时，他称赞神父为"令人尊敬的神父"，并说"全城人"（当然指他们一派）都"肯定会希望他这么做"（IV. ii. 31 - 32）。若人们发现，神父令这一派失望的话，"全城人"同样会被激怒。或许，只有对"复活奇迹"这一奇迹的震惊，才能平息这种意料中的愤怒。但复活奇迹的关键是，凯普莱特家族必须先受惩罚,以为感激铺垫,这种感激之情将压倒他们的政治损失感,使他们与蒙太古家和解、联姻,并接受神父对联姻的促成,包括(在此事败露的情况下)诈死与复活的残酷骗局(Bloom,《爱与友谊》,前揭,页294)。事实上,当朱丽叶拒绝嫁给帕里斯时,凯普莱特夫人确曾希望朱丽叶去死——"我觉得这个蠢货还不如嫁给她的坟墓呢"(III. v. 141)——但当然,她这番话只是发怒时的夸张之语。朱丽叶第一次死亡时,凯普莱特夫人就崩溃了:

> 嗳哟,嗳哟!我的孩儿,我命根子哟!
> 醒来!睁开你的眼睛来!你死了,叫我怎么活得下去哟?……
> 倒霉的、不幸的、杀千刀的日子!
> 永无休止的时间的远行中的一个顶悲惨的时辰!
> 我就生了这个独苗儿,这一个可怜的疼爱的孩儿哦,
> 她是我唯一的宝贝和安慰,
> 现在却被残酷的死神从我眼前夺去啦!(IV. v. 19-48)

老凯普莱特一样难以承受:

> 悲痛的命运,为什么你要来打破、打破我们的盛礼?
> 儿啊!儿啊!我的灵魂,你死了!
> 已经不是我的孩子了!死了!唉!
> 我的孩儿死了,我的快乐也随我孩儿埋葬了!(IV. v. 59-64)

凯普莱特家必须先受"失去挚爱"的惩罚。在凯普莱特家的人为朱丽叶的第一次"死亡"悲痛时,神父痛斥他们利用朱丽叶的人生来实现自己的野心,认为这是一种惩罚(IV. v. 7-14)。这

样，当朱丽叶"复活"时，凯普莱特家将万分感激，他们至少会原谅神父，最好还能在原谅他的同时接受朱丽叶和罗密欧的婚姻，他们随后跟冤家的结合，就用更普遍的利益取代了派系利益。鉴于他们掌握的政治好处，朱丽叶只是从疾病中康复，就不足以令他们平复对损失的介怀，也很难原谅神父在这一损失中的作为。神父很快就明了新局势，他的机敏令人印象深刻。神父知道，当前的局势要求一种"欲擒故纵"的策略，特别的惩罚后紧接特别的宽恕。①

神父孤注一掷，因为他别无选择，还因为这种策略符合当下的政治局势和他的神父野心——他想好好赢一把，获得绝对和平。不过，神父的智慧并不太出色。因为他依赖一种明显的模式：他的宗教的核心秘密，亦即特别的死刑后紧随特别的宽恕。② 神父的政治模仿了他的宗教，他用以实现"爱的和平"这个目标的杀手锏，就是惩罚和宽恕双管齐下，到最后只剩惩罚。

维罗纳惨淡的和平

我们知道，单纯的意外在剧中不起作用，一切尽在计划中，不管是出自天意还是智识。既然我们只能探究可理解的计划，我们就来看看，迄今揭示的政治要点如何合为一体。第一个要点，是那些专职阐释基督教天意的人的政治影响，我们不从神意的角

---

① 对于基督教伦理在此剧中的作用，学者众说纷纭，参见 James C. Bryant，《〈罗密欧与朱丽叶〉中成问题的神父》（The Problematic Friar in *Romeo and Juliet*），载 *English Studies* 55.4（1974）：340 - 350，以及 Paul Siegel，《〈罗密欧与朱丽叶〉中的基督教与宗教之爱》（Christianity and the Religion of Love in *Romeo and Juliet*），载 *Shakespeare Quarterly* 12.4（1961）：371 - 392。朱丽叶会复活并跟罗密欧一起生活在曼图亚，将她的复活与她和罗密欧的婚姻直接联系起来，似乎奇迹的发生就是为了这个目的。

② 参见 Machiavelli，《论李维》3：1，前揭。罗密欧会带"复活"后的朱丽叶去曼图亚，这点跟耶稣同出一辙。正如无人亲见耶稣从死亡中复活，唯有罗密欧和神父目睹了朱丽叶"复活"。

度，而是从世俗和纯政治的视角来看。莎士比亚显然为我们提供了这种视角。他不仅把神父变成一个重要政治角色，还赋予他许多政治把戏，以安抚无神论者。尽管这并未解决神迹的真实性问题，①但至少明确允许我们思考，神父的宗教并不真实，而只是另一种有着特定政治影响的宗教。第二个要点是亲王和神父的宗教相似性；第三个要点是仁慈、爱与惩罚之间的复杂互动。

最终惩罚所有人的仁慈和爱产生了何种后果？要回答这个问题，我们必须回到之前所提之问。戏剧结束时，我们提出，服务的是谁的利益？由此产生了何种制度？谁真正统治着维罗纳？

赢家是——

在剧末的凄惨残局中——罗密欧、朱丽叶、帕里斯和蒙太古夫人都死了；凯普莱特家，蒙太古家和亲王都失去了亲人——民众成了最明显的赢家。显然，在这部剧中，只有民众不仅得偿所愿，似乎也没任何损失。维罗纳不是一个共和国，但在维罗纳，民众的利益最终借由贵族的牺牲、亲王的作为和牺牲以及神父的密谋实现。此剧的结局无疑符合民众利益。民众渴望和平与安宁，他们没有付出任何代价就如愿以偿。此外，这些悲惨事件助长了维罗纳的民众力量。罗密欧和朱丽叶死后，两个"声望相当的"贵族家族不仅在共同绝望的痛苦中和解，也失去了他们的唯一继承人（I. ii. 14；I. v. 137；比较 I. i. 115）。同样，亲王失去了一"双"贵族亲戚，由此也失去了他仰赖的贵族支持。亲王和凯普莱特家已不可能联合。事实上，此剧的结局是贵族的总体式微、城邦阶层的减少，趋向于亲王和民众的二元结构。一切皆因虔敬

---

① 当然，劳伦斯神父或任何信徒都会说，朱丽叶的复活为虚，耶稣的复活可不假。

亲王的软弱——他和神父都相信，天意支配着这场基督教化的软弱贵族的小打小闹，以及神父的政治干预。神父的道德在两个重要方面偏向民众：他认为，上帝面前人人平等，所有人都有"原罪"，事实上，神父还疯狂致力于民众最想要的东西——和平。无论亲王还是神父，都不想要剧中的政治结局。但很明显，这就是他们基督教动机的世俗后果。我们又如何看待这个结果呢？历尽劫难、民众化后的维罗纳，在剧末是一个更健康的政体吗？

维罗纳的政制

尽管维罗纳的政制历经民众化调整，贵族和亲王仍是政治行动者，并未出局。维罗纳仍不止一个阶层。不过，即便如此，三个阶层有一个共同点。尽管民众明显胜出，我们却不能说，由于他们的得利，他们就比基督教化的势微贵族或柔弱的基督徒亲王更强。当人们举起武器防止贵族掠夺，衰败的贵族权力最终被严重削弱时，我们不能说，维罗纳民众准备好抵御一切对其利益造成真正严重的威胁了。民众已在很长时间中处于和平，而且，他们的武器尽管在用，却已锈迹斑斑。此外，亲王揭示了一个关于他所依靠的民众军事力量的绝对惊人的事实。民兵不是由强健的士兵组成，而是由老人，即维罗纳的"老邦民"组成，他们被迫：

> 不能不脱下他们尊贵的装束，
> 在他们习于安乐的苍老衰弱的手里夺过古旧的长枪，
> 分解你们溃烂的纷争。（1. i. 90 – 93）①

在剧末，亲王悲呼，"清晨带来了凄凉的和平"。他没说错，

---

① 布鲁克没有提到民兵。这一关键角色，及其年龄的重要事实，均为莎士比亚杜撰。

因为获得内部安宁，代价惨重。但和平之所以"凄凉"，还另有原因，虽然我们没理由认为，亲王或维罗纳的其他人知道或理解它。剧中呈现的维罗纳政体，仿佛遗世独立。更确切地说，世界好像就是劳伦斯神父所说的那样，"广大"、没有敌意，无需外交政策和国防的威胁。在剧末，维罗纳只剩年老的民兵、一位依赖民兵的柔弱亲王，以及遭血洗的羸弱贵族，在世界面前不堪一击。

莎士比亚给了一个微妙的有力提示，事实上，维罗纳之外还有一个以法国为代表的世界。我们从茂丘西奥提供的线索中得知这点。在抱怨提伯尔特的新奇剑术时，茂丘西奥改用散文哀叹古老方式随风飘散：

> 这些滑稽的、口齿不清装腔作势、说起话来怪声怪气的荒唐鬼的对头。他们只会说："耶稣啊，多好的一柄锋利刀子！"——好一个高大的汉子，好一个风流的婊子！嘿，我的老爷子，咱们中间有这么一群不知从哪儿飞来的苍蝇，这一群满嘴法国话的时髦人，他们因为趋新好异，坐在一张旧凳子上也会不舒服，这不是一件可以痛哭流涕的事吗?！(Ⅱ. iv. 28 – 35)

罗密欧进场时，茂丘西奥继续说道："瞧他孤零零的神气，倒像一条风干的咸鱼。啊，你这块肉啊，你是怎样变成了鱼！……罗密欧先生，给你敬个法国式的礼！"（Ⅰ. iv. 37 – 45）贵族不仅抛弃了古老的方式，毫无男子气地向爱情屈服，在茂丘西奥看来，他们还完全被法国品味所俘：罗密欧穿着法式裤子！①

---

① 必须指出，茂丘西奥对维罗纳的评论均非出自布鲁克。事实上，茂丘西奥几乎未在布鲁克的作品中出现，也压根未在提伯尔特之死中扮演任何角色。因此，罗密欧在茂丘西奥和自己眼中变得女人气，不是问题。再者，布鲁克笔下压根未提法国。莎士比亚添加了这几点，它们对故事的叙事发展并非不可或缺。这几点之所以出现在莎士比亚笔下，主要是为了说明维罗纳的道德和政治局势，并（无论多微妙地）提请我们注意维罗纳并非孤悬于世界之外。

现在，既然我们看清了维罗纳的政治和军事弱点，此处提及法国，虽一笔带过，都如远方传来的一道闪电。任何马基雅维利的读者（莎士比亚肯定也是其一）肯定都清楚，法国对这些意大利的独立城邦意味着什么：它不仅是一种文化力量，还有致命的危险。① 詹森（Pamela K. Jensen）注意到，《奥赛罗》将实行共和制的威尼斯描述为"一个对军事德性闻所未闻的城邦"，并依靠雇佣兵防卫其帝国（1996，页157、159）。维罗纳——既无帝国，而且从《罗密欧与朱丽叶》可知，也无雇佣兵——总体上比威尼斯更易受世界的威胁，具体来说就是法国的威胁。② 不过，我们无需马基雅维利或对法国的微妙提及发出警告。只要能慧眼看清莎士比亚笔下的维罗纳就够了。维罗纳的政制——由贵族、亲王和民众构成——染了疾，饱受各个阶层缺乏活力和抵抗力之苦。

谁统治着维罗纳？

在《君主论》中，马基雅维利告诉我们，君主最终必须踏在民众的肩膀上建立自己的统治。但君王绝不能让自己信靠

> 站在民众肩上建立自己的规章制度。但当邦民们需要国家时，君王绝不能根据自己在国家平静时期看到的一切，因为在国家安宁之时，人人都会为国家奔走，都会发誓为国效劳。当死亡还遥远之际，每个人都愿意为君主而死。但相反，在困难的时期，当国家需要邦民们时，那就几乎找不到他们

---

① 参见马基雅维利，《君主论》（*The Prince*），Harvey C. Mansfield 译，Chicago: University of Chicago Press, 1985, III, IV, VII, XI, XVI, XXI, XXV；另参《论李维》，前揭，III：36, 43。

② 从马基雅维利的观点看，依靠雇佣军比依靠老年人要稍好。参见马基雅维利，《君主论》，前揭，XII。

了。这样的考验只能测试一次，因此它就显得更加危险了。所以，一个英明的君主必须想出一种方式，使得每个邦民在各种时期都总是需要国家、需要君主，这样他们便会对君主一贯忠诚了。

马基雅维利的此番建议，有助于认清亲王和神父共通的弱点。这个弱点无意中致使（至少）那些年老的公民再次拿起他们的武器。按照亲王自己的说法，他若一开始就能果断行动，那么，他早就彻底剪灭贵族内讧的余烬了。这样一来，亲王就不会给公民们因提伯尔特和茂丘西奥之死动武机会了（III. i. 130 – 139）。同样，如果亲王信守诺言，处死罗密欧，那么，公民们就无需在罗密欧放逐归来时再次动武（III. i. 192 – 193）。最后，民众也用不着为帕里斯和两位年轻恋人的死震惊了。需要警醒民众的是，世界是残酷的，充满危险，他们必须做好准备，应对各个政治阶层遭遇的暴力事件。从这个观点来看，亲王显然从放任纷争继续发展中（无论多不经意间）获益了。但在戏剧结尾处，无意间刺激民众的威胁消失了，亲王和贵族们——军事荣誉和骄傲的潜在典范——在民众面前式微，抬不起头。最后，亲王表示："一切人都受到了惩罚"。实际上，民众并未受到足够的惩罚，而且似乎永远都不会；在剧末，维罗纳没有任何东西能激起民众有力的军事血气。同样，在剧末，民众是赢家，但他们在世界面前羸弱不堪，毫无招架之力。

亲王果真要保障公共利益的话，他本该在这场游戏中打败神父。亲王足够仁慈、有爱，因为他唤起民众对和平的基督教式的爱。但亲王不像神父那样擅于惩罚。要想成功达到他的目的，亲王本该惩罚，并借此激励民众以他的意愿，而非仅靠偶然和意外的后果动武。亲王本该惩罚民众，使其为了维护自身利益，而必须依附亲王。即使民众不爱亲王，他们至少也会明白，他们需要亲王，并相信他靠得住，并为此对他感恩戴德。唯有这样，亲王才能依靠民众。为了建立一种能自我防卫的民众政制，亲王本该把干政的神父提出的原则制度化。这样一来，基督教的核心奥秘就能为亲王提供一种模式，对那些被基督教之爱败坏的人进行政治平反。由此产生的结果，不会是古典意义上的公民德性。在神父和基督教天意承诺的教诲下，面对腐败贵族的维罗纳民众不会认为，充满男子气的自豪和荣誉是人类德性的巅峰。相反，结果将是马基雅维利理解的那种现代政治秩序。（巧妙的惩罚）令民众意识到统摄一切生活的严酷必然性，他们将被迫保护其私人的和集体的私利，并打心底里对他们的领导者感恩戴德。

可惜亲王一无所成，最后，劳伦斯神父胜出。如果墓地的最后事故没有发生，神父早已通过他的惩罚手段，实现了他的最终目的——使两个反目的家庭握手言和。但由于意外失手，假的惩罚和复活成了真惩罚，结果，神父仍胜出：由于遭到丧亲和悲痛的惩戒，老凯普莱特和老蒙太古成了兄弟（V. iii. 296）。此外，最重要的是，神父获胜了（不付任何代价），虽然他最重要的个人与宗教责任受损——他虔敬的欺诈暴露在众目睽睽之下（V. iii. 243－249）。尽管暴露了欺诈行为，我们现在可能会将之视为亵渎，亲王却又代表民众说，"我们仍认为你是个圣人"，他还认同神父，一切天注定，而非神父所为（V. iii. 261，270，293）。我们没听出半点儿神父亵渎基督教核心奥秘的意思，即便这种亵渎已造成杀戮。难怪打一开始，神父就不怕他的秘密败露。显然，杀戮，甚至欺诈本身——只要虔敬——就能让亲王和民众忆起原初的惩罚和复活、此世兄弟之爱的承诺，以及来世的神奇慈悲。神父的武器威力无边：它就是划分现代政治世界与古代政治世界的那种宗教。

在剧末，劳伦斯神父才是维罗纳真正的统治者。他无需发动政变。维罗纳已为神父的影响和出场铺平道路、软化。神父结合仁慈、爱与惩罚，战胜了贵族和亲王，而所有人（包括民众）的命运，都交给了这个风烛残年的老人。尽管神父的方济各会秩序具普世性，他却以神职人员的方式（和目的）介入维罗纳的政治，是亲王的头号政治竞争对手，神父实现了自己的目的——亲王却未曾发现，在他的王室地盘上发生了些什么。维罗纳成了酷似神父对普世性、特定性和政治性的混合：在世界面前，这个城邦只能逆来顺受。神父当权，有时是不经意地，但总是间接地，永不必担责。神父没有宝剑，但一切都拜倒在他脚下。在《罗密欧和朱丽叶》里，莎士比亚描述了现代生活的一个独特问题：基督教道德的非凡韧性和力量，及其对政治的有害影响。维罗纳的公共利益——内部安宁——值得天意索取的可怕代价吗？遗憾地说，不值得。《罗密欧和朱丽叶》这部关于不幸恋人的悲剧，也是一部关于政治的悲剧。

思想史发微

从敬虔看加尔文的三一论

冯传涛

一、问题缘起

在《基督教要义》中，① 三位一体的教义是加尔文优先处理

---

① 文章缘起于2012年3月中旬至六月中旬谢文郁老师在山东大学所开设的有关加尔文的《基督教要义》（以下简称《要义》）的春季课程。在此课上，我们主要讨论了加尔文在《要义》中展现的神学方法以及他借此方法对一些神学主题的分析，主要参考了三种语言四个版本的《要义》。拉丁文版本：Jean Calvin，《加尔文：基督教要义》（*Ioannis Calvini Institutio Christianae religionis*，August Tholuck 编，两卷本，Berolini：Apud G. Eichler, 1834）。英译本：JohnCalvin，《基督教要义》（*The Institutes of the Christian Religion*，Henry Beveridge 英译，Edinburgh：Calvin Translation Society, 1846）。John Calvin，《加尔文：基督教要义》（*Calvin: Institutes of the Christian Religion*，Ford Lewis Battles 英译，John T. McNeill 编，两卷本，Philadelphia：Westminster Press, 1960）。中译本：加尔文，《基督教要义》，钱曜诚等译，孙毅、游冠辉修订，北京：三联书店，2010年。文中《要义》的引文如无另外说明，均出自此版本。另据我们掌握的材料，自20世纪四五十年代教会界人士做出翻译《要义》的努力开始，至今七八十年间，《要义》的汉译本至少有七个版本。

的神学话题。① 而对于加尔文的三一论思想，根据同样的证据和文本，学界却存在着正相反对的说法。加尔文在论述完三位一体的教义后以总结的语气说：

> 我以上的教导已足以反驳一切至今撒旦所用过想败坏纯正教义的诡计。最后，我相信我已经忠实地解释了这教义的各个方面的含义。②

一方认为，加尔文以圣经为根本准则（Ⅰ.13.3，页 100），结合启示、理性以及教会传统，反驳了那些破坏"三位一体"这一纯正教义的"仇敌"。由此，加尔文被认为是三一论的集大成者。德国神学思想史家盖斯（Wilhelm Gass）对加尔文的三一论所做贡献的赞誉被后来的学人广为引用。他在《新教教义史》（Geschichte der protestantischen Dogmatik）中认为：

> 在宗教改革者们所给与我们的著作中，加尔文对三位一体的探讨，无疑是最好和最为全面（circumspect）的：如同带有罗盘，[他]全面地对这一教义进行了勘察，且不迷失在任何一事上，从而明智地避开了那些拘泥于细枝末节的文字争论。③

---

① 三位一体（Trinity，希腊语：Τριάς，拉丁语：Trinitas）这个词最初出现在安提阿第七任主教 Theophilus 的 *Apology to Autolycus*（*Apologia ad Autolycum* II. 15）这一著作里，德尔图良（Tertullian）在他的 *Against Praxea* 里对三位一体给予了初步的界定，并开启了三一神学（Trinitarian theology）的讨论。经过几个世纪和几次大公会议的讨论，至 4 世纪末三位一体这一教义才最终确定了它的正统表达形式：Three Hypostases in one Ousia（希腊语：treis Hypostases，Homoousios。拉丁语：tres Personae，una Substantia）。我们这里简要的梳理旨在说明加尔文在《要义》中是在这一正统的意义上使用"三位一体"的。

② 加尔文,《基督教要义》, 前揭, Ⅰ.13.29, 页 136。下面出自《要义》的引文, 按照惯例以及为了检索的方便, 均按照"卷·章·节·页码"（如Ⅰ.13.29, 页 136）这样的方式在正文中标出。

③ 转引自 B. B. Warfield,《加尔文的三一论》（Calvin's Doctrine of the Trinity），见 *The Princeton Theological Review*, vol. 7, no. 4: 553 – 652, 1909, 页 561 – 562。

林德伯格（Carter Lindberg）在描述人们对加尔文毁誉参半的印象时说："他既是一个蹩脚的体系罗织者，又是神学家中的神学家；三一论之集大成者。"① 沃菲尔德（B. B. Warfield）认为加尔文对基督教神学的巨大贡献在于他区分了"本质"（essence）和"位格"（person），并且通过这一区分加尔文把握了三位一体的要领。他认为，在加尔文看来，"本质"指的是神单一而"自足的"（self‑existent, ex se ipso）神性，这保证了耶稣和圣灵的神性。而就本质而言，三个位格为一，但每一位格都拥有全部的本质或神性。② 托伦斯（T. F. Torrance）也认同沃菲尔德的这一分析，并认为如下这一点是加尔文对三一神论的最重要贡献："位格之关系或者本体（subsistence）的多维性寓于单一不可分割的神性（Godhead）之中。"③

另一方学者认为，加尔文只是把三一论作为教义史上的定案来处理，并未在如何"领悟"（Ⅰ.13.2，页97。译为明白，不妥）④ 神的三个位格以及合一本质方面做深入的分析，而他对教会传统的继承使得他的解释缺乏"原创性"。如巴特（Karl Barth）认为，相较于如三位一体这样"客观性的前提"而言，加尔文更关注于救赎。⑤ 这暗指加尔文并无太多反思地接受了三位一体的传

---

① Carter Lindberg，《欧洲的宗教改革》（*The European Reformations*，Wiley‑Blackwell，2010），页235。

② B. B. Warfield，《加尔文的三一论》，前揭，页609。

③ T. F. Torrance，《加尔文的三一论》（Calvin's Doctrine of the Trinity），见 *Trinitarian Perspectives*，Edinburgh：T. &T. Clark，1994，页54。

④ 在讨论《要义》的过程中，结合阅读心得，我们发觉孙版（加尔文，《基督教要义》，前揭。简称，下同）中的一些译文在涉及关乎加尔文思路的关键字眼上有诸多不妥。译文改动部分均用楷体给予强调。详细的理由，参阅冯传涛，《加尔文语境下'认识'的双重内涵》，见《基督教思想评论》，上海：上海人民出版社，2014，第18辑，页258‑266，尤参页264‑266。

⑤ 转引自 Charles Partee，《加尔文神学》（*The Theology of John Calvin*，Kentucky：Westminster John Knox Press，2008），页65。

统解释。温德尔（Francois Wendel）认为加尔文对基督神性的强调使得他的三一论缺乏原创性。①

这两方面的观点使人们产生这样的疑惑：加尔文究竟是怎样论述的三一论的？要厘清这一问题，首先要阐明的是，他在论述三位一体时有没有一个理论出发点？如果有的话，这是一个怎样的出发点？其次，加尔文通过这一出发点对三位一体做了怎样的探讨？最后，加尔文对三位一体的解释与教会传统的解释有哪些方面的差别？以及，他的三一论在什么意义上驳斥了诸如亚流主义（Arianism）、反"和子"论者以及塞尔维特等这些他所谓的"仇敌"的观点？

我们也因此将首先通过"敬虔"这一概念探讨加尔文的理论出发点的问题，继而展示他据此而对三位一体所做的分析，最后阐明加尔文的三一论与教会传统的关系。

二、"认识"与"敬虔"

首先阐明的是解读加尔文的思路问题。"敬虔"和"三位一体"这两个关键词其实反映了解读加尔文神学主题时的两种思路：一，以"敬虔"为出发点来解读三位一体等神学主题。"敬虔"是认识的先决条件（Ⅰ.2.1，页7）："宗教"（对神的认识）是源于"敬虔"的（religion takes its source from Piety）（Ⅰ.4.4，页18-19）。二，通过对神属性的认识而走向"敬虔"。如加尔文所言，敬虔是"经历神的恩惠并因这认识所产生的敬畏和爱"（Ⅰ.2.1，页8）。神的恩惠在于救赎，而这是与作为救赎者和中保的耶稣基督直接相关的。救赎经由上帝的启示，而三位一体正是

---

① François Wendel,《加尔文：他的宗教思想的起源和发展》（*Calvin: the Origins and Development of his Religious Thought*, New York: Harper& Row, 1963），页169。

上帝特殊启示的一部分。因此，可以说，"敬虔"是通过对三位一体等上帝的特殊启示的认识产生的。换言之，没有对三位一体的认识，就没有敬虔可言。

这两个思路，其实纠结在如何处理"敬虔"（pietas，piety）和"认识"（cognitio，knowledge）二者的关系这一问题上。我们的处理方式是：首先，"敬虔"与对神的认识是分不开的，在认识神的过程中，"敬虔"逐渐被彰显出来。从"敬虔"出发来论述三位一体等神的特殊启示，这一思路并非意味着在时间上先有敬虔而后才有对上帝启示的认识。而恰恰相反，在堕落后，"敬虔"是人起初被给予而后被遮蔽的要用毕生的信念和辨别力所追求的状态。事实上，加尔文所论述的"宗教的种子"（Ⅰ.3.1，页11）与"敬虔"这两个概念包含了同样的结构，只是前者是从生存状态的出发点意义上而言的，后者则是从完善意义上而言的。加尔文在《耶利米书注释》（耶10：25）中如是言道："敬虔始于对上帝的认识。"① 另外，堕落后的"世界没有真敬虔"（Ⅰ.4.1，页15）。上帝的特殊启示和普遍启示的目的在于"先是引领我们敬畏神，而后信靠神"（Ⅰ.10.2，页70），而这"敬畏"和"信靠"，即是敬虔。其次，没有敬虔，对神的认识也就无从谈起，这主要是针对第二条思路而言的。在敬虔的定义中，加尔文明确指出了敬畏和爱是敬虔两个方面。他同时认为"信心"与敬虔紧密相关联（Ⅲ.15.7，页795）。如他指出："抱着敬畏的心接受神……向我们启示的……真理，才是智慧的开端……一切对神正确的认识都来自顺服神。"（Ⅰ.7.2，页41－42）从"信心"和"顺服"这些角度来看，"敬虔"是认识神的根基和起点，是"认

---

① 转引自 F. L. Battles，《加尔文的真敬虔》（True Piety According to Calvin），见 *Interpreting John Calvin*，Robert Benedetto 编，Grand Rapids, MI: Baker Books, 1996, 页 289－306；参页290。

识"得以产生的可能性条件。因此，无论从哪个思路来诠释，"敬虔"与"认识"二者紧密相连这一点是共通的。

那么，"敬虔"和"认识"的含义为何？我们知道，加尔文在《要义》中开宗明义地提出：人的一切智慧都包含了"认识神"和"认识人"两部分，二者的关系如此密切，以至于很难断定它们"孰因孰果"（Ⅰ.1.1，页3-4）。然而，他把"认识神"作为预设和前提不免让人产生这样的疑惑：何谓神？何谓认识神？通过什么样的"认识"才算认识神？前者是通常意义上的本体论问题，而后两者则是通常所谓的认识论问题。我们将结合这三个问题来分析加尔文对"敬虔"和"认识"的探讨。

对于"何谓神"这一问题，加尔文把它与人的生存状态相关联。他认为，"神是什么"这样的问题无非是"思辨的文字游戏"（Ⅰ.2.2，页9），在反驳廊下派的多神论以及伊壁鸠鲁学派的无神论时，他说："那些试图用理智和学问测透天国奥秘的哲学家，他们形形色色的观点实在可悲。"（Ⅰ.5.12，页33）其实，加尔文并非消极回避"何谓神"这一问题，而是引入了"宗教种子"（Ⅰ.3.1，页11）这一概念。他认为，人生而就有"对神存在的意识"（Divinitatis sensum, sense of Divinity）（Ⅰ.3.1，页11），这是神植入人"良心"中的"宗教种子"。巴特尔斯（Ford Lewis Battles）认为"良心"和加尔文的"宗教种子"以及"对神存在的意识"相近，并认为"良心是人在道德上对神的反应"。（Ⅰ.3.1.注2，页11）但考虑到"神的形象"所包含的"理智"。（Ⅱ.2.17，页253）[①] 在加尔文语境中，"良心"因此不仅仅是在善恶选择上对神的回应，还指的是在是非判断上所依据的标准。换言之，"宗教种子"既包含对上帝实在性确认的"意识"或

---

① 加尔文认为"理智"包含了"辨别善恶"和"明白是非"两种能力（Ⅱ.2.12，页248）。

"情感",又包括"理解力"(Ⅰ.15.3,页165)或"分辨是非的能力"(Ⅰ.3.1,注2,页11)。① 所以,加尔文说:"所有的人都可以意识到神的存在并知道他是我们的造物主。"(Ⅰ.3.1,页11)② 这种"对神存在的意识"是人做出善恶和是非判断的依据和起点,它因此关涉的是人实实在在的生存。在这里我们可以看到,加尔文把上帝存在证明的本体论问题化约为人的生存。③ 加尔文的这一把对上帝存在证明的论证归于人的生存和情感的思路也为近代的施赖尔马赫和基尔克果等神学家所认同。④

---

① 其实,这两个方面也清晰地在《罗马书释义》中被加尔文揭示出来:他在注释一章19和20节时,通过对上帝为人所知是用 in 而非 to 这两个介词的区分,呼应了他在《要义》(Ⅰ.5.1,页20)中对"对神存在的意识"的强调。参阅 John Calvin,《罗马书释义》(Commentaries on the Epistle of Paul the Apostle to the Romans), John Owen 编译, Grand Rapids: CCEL, n. d. 页48。同时,由于受限于人的理解力以及人对神的藐视,加尔文认为人的认识就显得不足够清晰。参阅 John Calvin,《罗马书释义》,前揭,页49。

② 人是宗教性动物,这是加尔文开篇前几章时的一个观点,而其所建立的基础就是加尔文认为人生而拥有的对神存在的意识,也即在情感上对上帝实在性的确认(Ⅰ.3.页11ff.)。

③ 蒂利希参照巴特以及奥托(Rudolf Otto)的相关分析,认为在加尔文语境下,上帝的超越性是始终与人的生存状态相关联的:"加尔文比任何其他宗教改革者都更清楚地说明了上帝是在一种生存的状态下被认知的";"上帝论绝不是一种理论沉思的问题,他必须始终是生存参与的问题。巴特引自圣经《传道书》第五章第二节的话'上帝在天上,你在地下',是加尔文经常引用并做出解释的。"参阅蒂利希,《基督教思想史》,尹大贻译,北京:东方出版社,2008年,页237、238。

④ 对"生存"和"情感"的分析,参阅谢文郁对恩典与偶态分析的讨论。谢文郁,《存在论的基本问题》,见《世界哲学》,卷6: 25 - 35, 2006 年,页34 - 35。以及他对施莱尔马赫的自我意识特别是宗教情感的分析和对基尔克果的相关讨论。参阅谢文郁,《自由与生存:西方思想史上自由观追踪》,张秀华、王天民译,上海:上海人民出版社,2007 年,页 192 - 204、页 229 - 270。另外,加尔文对"何谓认识神"或所谓的"神的可知性"(Knowability of God)的问题探讨,体现在两个方面:在信任、敬畏和爱这些情感上对神的实在性的确认,以及主体理性意义上的对神的认知。对它们所体现的张力的分析,正契合了通常所谓的"生存分析"的一个基本预设:"所有的思想家在他们的思想活动中都感受到了他们自己的生存张力,并希望提供一套概念体系来解释他们所感受到的张力,指明道路。"参阅谢文郁,《自由与生存》,前揭,页1 - 2。

至于人处于什么样的生存状态中,加尔文借用保罗的话反映了他对这一问题的关注:"自从造天地以来,神的永能和神性是明明可知的,虽是眼不能见的……"(罗1:20)(Ⅰ.5.1,页21)"明明可知"却一无所知。这便是人的生存张力所在。"明明可知"是由于神把宗教的种子植入人的良心中,无论从自身以及自身之外的受造物身上,我们每一刻,每一处都"感受"到神的存在,正如加尔文所言:人一睁眼"就不得不看到他"(Ⅰ.5.1,页20)。然而,这种"感受",是人堕落之前拥有而之后被遮蔽的"原有的和单纯的……正直"(Ⅰ.2.1,页7)。① "正直",包含了"情感"和"理智"(Ⅰ.15.3,页165)。但在堕落后,"理智"不再引导"情感"去认识神和荣耀神,从而使得人们忘却自身来源,自以为是。而自以为是,在加尔文看来,是"无知"的根本特征。②

因此,我们看到,加尔文首先把上帝的本体论证明问题与人的"对神存在的意识"相关联,进而,通过对人的生存状态的划分,揭示出"对神存在的意识"所包含的对神的"情感"和"理智",并因此把它与"敬虔"相连。"正直""宗教的种子"和"敬虔"拥有相同的因素:"情感"和"理智"。这是由于无论对于堕落前后的人而言,他们都持有上帝的形象。但"正直"是就人受造时的生存状态而言的。"宗教的种子"是就堕落后人的生存起点意义而言的,而"敬虔"是就完善意义而言的,加尔文有时称其为"更新后的形象"(Ⅰ.15.4,页166-167)。由于处于不同的生存境况,"情感"和"理智"构成不同的秩序。

对于有关"认识"的问题,如加尔文所言,"敬畏和爱"是

---

① 加尔文承袭了奥古斯丁的思路,把人的生存区分为两种境况(参阅Ⅰ.15.1,页160;Ⅱ.1.3),一种是人当初受造时的境况,另一种是亚当堕落后的境况。

② 在讨论信心的根基是认识这一论题时,加尔文详细讨论了"无知"的两种形式(Ⅲ.2.1-4)。它们可被称为"天主教式的无知"和"信心中的无知"。

由于我们"经历神的恩惠,并因这认识"而在我们心里产生的(Ⅰ.2.1,页8)。有一点需要明确指出,正如我们上面指出的,"敬虔"与"认识"二者紧密相连,一方面,"敬虔"是认识神的根基和起点,是"认识"得以产生的可能性条件。另一方面,在认识神的过程中,"敬虔"逐渐被彰显出来,"敬虔始于对上帝的认识"。而这"认识"是什么呢?其实,加尔文在开篇以及多处都对"认识"做了明确的界定。我们将以加尔文对人堕落前后的两种生存状态来展开论述。首先,对于受造时的人而言,"认识"指的是人在"正直"中也即在"信靠"和"敬畏"中经历神的恩惠(Ⅰ.2.1,页7;Ⅰ.2.2,页9)。他认为,就人受造时的境况而言,导致这一对神的"认识"的一个核心因素是"情感",通过"情感",上帝的实在性得以确认。可以说,"情感"是"认识"得以产生的可能性条件。他因此这样界定"正直":

> 神的形象……指的是神原先赐给亚当的正直(integrity),因他当时有完整的悟性(understanding)且他的情感(affections)也在理智(reason)的支配之下……并且他当时将他一切卓越恩赐的荣耀归给神。(Ⅰ.15.3,页165)

其次,对于堕落后的人而言,相应地,"认识"则指的是在"敬虔"中也即在"敬畏"和"爱"中经历神的恩惠,而"认识神"的途径则是"普遍启示"以及"特殊启示"。[①] 加尔文在谈到

---

① 加尔文并没使用"普遍启示"这一语词,但从他对通过创造物而认识神的探讨中(Ⅰ.4,页20-38),我们可以把神通过造物者的"启示"称为"普遍启示"。加尔文比较明确地提到"普遍启示"与"特殊启示"的两处是:"除了基督做中保好拯救我们的特殊启示(包括信心和悔改的教义)之外,圣经也借着神创造和管理宇宙的启示清楚地分辨真神和众假神"(Ⅰ.6.2,页41);"圣经上所启示有关神的知识,与受造物上所启示的知识目的是一样的。这目标先是引领我们敬畏神,而后信靠神"(Ⅰ.10.2,页70)。

《圣经》中对神的认识所包含的两方面的内涵时说:"人首先获得那明白神是创造、掌管宇宙之主的认识之后……又使人获得叫人重生的内在的认识。"(Ⅰ.6.1,页40)因此,经由上帝的两类启示,"认识"也包含两个方面,一是在"敬畏"和"爱"这些情感中对上帝实在性的确认,或加尔文所言的"内在的认识",二是以这些情感为根基的理性通过普遍启示而对神如何作为的认识(Ⅰ.5.2,页22;Ⅱ.2.13-6,页249-253;Ⅰ.5.2,页22)。从这一角度讲,加尔文的"认识"具有双重性,或可被称为"双重认识论"。[①] 在对人的灵魂机能的分析中,加尔文指出,堕落后的灵魂与"神的形象"的关联:"神的形象就是人灵魂内在的良善。"(Ⅰ.15.4,页168)可以看到,受造时"正直"所包含的"情感"和"理智"是与堕落后人灵魂的"意志与理解力"这两种机能相对应的(Ⅰ.15.8,页171-172)。[②] 对于"情感"与"理性"孰者为基础的问题,加尔文强调了"情感"在认识神中的基础作用。如他认为,"信心"是领悟上帝启示的途径,是认识神的开端(Ⅰ.6.2,页41)。与"理性"相比较,"情感"甚至可以单独地引领人们去认识神,如他认为,对圣经的确信这样的信念和知识"并不要求任何的理由;这样的知识与最高的理性毫无冲突。事实上,这知识比任何依靠证据的知识更可靠"(Ⅰ.7.5,页50-51)。但是,由于堕落后人的"情感"被遮蔽,所以,理性的作用必要的。[③] 另外,他对 cerebrum〔脑〕和 cor

---

[①] 冯传涛,《加尔文语境下"认识"的双重内涵》,前揭,页261-264。
[②] 对堕落后人的"灵魂"的两种机能的探讨,参阅陈广培先生的相关讨论尤其是他对人作为"关系存在物"的分析。陈广培,《加尔文的自由与意志观》,见《基督教思想评论》,第15辑,卷2:56-74,2012年,页73。
[③] 对加尔文理性观的讨论,参阅 Partee,《加尔文神学》,前揭,页65以下。理性在认识神中所起的作用,则是我们的另一篇文字《加尔文的理性观——从塞尔维特案谈起》所讨论的主要问题。

[心]的区分也阐明了这一点（Ⅰ.5.9，注29.页30）。①

因此，在加尔文语境中，"认识"不仅仅指的是从主体出发的知性认识，更指代的是在"敬畏和爱"这些情感里，对神的顺服。认识神，简而言之，即是经由神的普遍和特殊启示，通过"情感"和"理智"与神建立关系，在"敬虔"中经历神的恩惠。这一"认识"，包含了信心和理性两部分，即是"正直"中所包含的"情感"和"理智"。认识的本真含义因此是"正直"或"敬虔"。

那么，如何诠释"正直"或"敬虔"呢？"敬虔"作为认识神的根基和起点，又是从何说起呢？理智只有通过信心起作用才能认识神，才能在敬虔中经历神的恩惠。这一点在解释加尔文思想时应并无异议。虽然加尔文对"敬虔"的界定非常清楚，即经历神的恩惠并因这认识产生的对神的敬畏和爱（Ⅰ.2.1，页8），但最具争议的是如何诠释他的这一界定。巴特尔斯详细地考察了"敬虔"的两方面的含义："内在的和外在的含义"；② 并依此相应地解释两个问题："加尔文的皈信事件"③ 和基督徒所应有的生活方式。④ 林鸿信先生似乎侧重"敬虔"的内在含义，如他所言："加尔文对敬虔的看法不是看重外表，乃是着重内心对上帝的

---

① 加尔文对"脑"和"心"的区分在理解"认识"与"信心"的关系上也为林鸿信先生所强调。林先生诠释了加尔文对这一关系的处理方式，认为加尔文"把'认识'视为信仰的基调，进而以'知'释'信'"。参阅林鸿信，《以知释信——加尔文对信的诠释》，见《基督宗教与东亚儒学的对话：以信仰与道德的分际为中心》，林鸿信著，台北：国立台湾大学出版中心，2010年，页183-205，页197-198。

② Battles,《加尔文的真敬虔》，前揭，页292。

③ Battles,《加尔文的真敬虔》，前揭，页293-294。对加尔文"皈信"的问题，从有着"直指人心的力量"的人文主义方法的维度，孙毅先生对加尔文"皈信"（转向）内涵（"真敬虔的知识"的转向）进行了的探讨。参阅孙毅，《人文主义方法对加尔文改教思想的影响》，见《加尔文与汉语神学》，陈佐人，孙毅编，香港：道风书社，2010年，页41-68，尤参页67、51。

④ Battles,《加尔文的真敬虔》，前揭，页295-300。

'敬畏与爱',包含了感情的投入和意志的顺从。"① 通过援引加尔文所常用的一句祈祷文,他虽然也指出"所有神学知识……就是为了是对上帝的敬虔继续得到进步"(同上,页49),但由于他把敬虔作为"情"和"意"来理解,所以,这句话的"敬虔继续得到进步"应该不是指的外在行为操练式的敬虔,而指的是类似于"信心的增长"(《林后》10:15;《帖后》1:3)的对上帝"敬虔"之"情"的增加。孙毅先生似乎也指出"敬虔"的"内在含义",如他用加尔文的"真敬虔的知识"这一措辞,② 但他更突出基于这一知识的"操练"的(同上,页251)或外显于日常生活的"敬虔":"加尔文式的敬虔并非仅是人内心深处的敬畏和爱,而同时是在人的日常生活中外显出来的敬畏。"(同上,页256)不过他似乎有针对性地指出,"敬虔"并非"人生命中所本有的情感"。③

"敬虔"是被神植入人心的包含有"情感"和"理智"的"对神存在的意识",是人们做出善恶和是非判断的依据,是认识神的原始情感。然而,问题是:加尔文语境下"情感"有什么含义?我们看到,加尔文认为人堕落前拥有"正直",它能引领我们达至对神的"原有和单纯的认识"(Ⅰ.2.1,页7)。加尔文把这一"正直"与"上帝的形象"相关联,认为:"神的形象……指的是神原先赐给亚当的正直,因他当时有完整的悟性且他的情感也在理智的支配之下。"(Ⅰ.15.3,页165)所谓"原始",是从受造时即拥有而堕落后亦保留的神的形象这一维度而言。

如果说"敬虔"是认识神原始的情感,那么,怎么处理"敬

---

① 林鸿信,《加尔文神学》,台北:校园书房出版社,2004年,页54。
② 孙毅,《加尔文的敬虔观》,见《基督教思想评论》,上海:上海人民出版社,2014,第18辑,页251–257,尤参页253。
③ 同上,页256。在"敬虔"这一情感中认识神,是我们解读加尔文时的心得。参阅冯传涛,《加尔文语境下"认识"的双重内涵》,前揭,注7,页260。

畏"和"爱",具体而言,为什么把"敬虔"而不是把"敬畏"或者"爱"作为认识神的原始情感?我们可以从两个维度来阐释。一方面,从产生这些情感的渠道来看,正如我们所指出的,加尔文对认识做了双重的区分(Ⅰ.2.1,页8;Ⅰ.6.1,页40),这里所言的"双重认识论",并非指加尔文所划分的对神作为"创造者"和"救赎者"的"双重认识"(Ⅰ.2.1,页8),而是指在敬虔这一情感中对上帝实在性的确认,以及经由理性而对上帝的认识。这其实对应于他对"启示"的二分。他把启示分为大自然普遍的启示以及上帝特殊的启示。通过普遍启示,作为大自然这一剧场中的观众(Ⅰ.6.2,页41),无论是普通人或者是学有专长的专家,都惊叹于大自然奇妙作为的鬼斧神工(Ⅰ.5.2,页21-22)。然而,殊不知,大自然并非造物主,创造并掌管大自然的上帝才是造物者。创造者的大能使人惊叹、"惧怕",从而对真正造物者产生"敬畏"(Ⅰ.2.2,页10)。加尔文因此说,只有那些敬畏之人,才能对上帝普遍启示的"明明可知的神性"有所"感受"(Ⅰ.2.1,页8)。这是人信靠神的"最初证据"(Ⅰ.14.20,页156)。进而,这一"感受"会激发人内心原有的"对神存在的意识",从而引导人们去荣耀神的名,去感受神的"爱"。其次,通过特殊启示,人深深地意识到自己卑微以及耶稣基督的爱。加尔文对人的悲惨处境的描述俯拾皆是。一个形象的比喻是,他认为人在上帝的荣耀面前不过是"灰尘"(Ⅰ.2.1,页8)。亚当堕落导致的一个直接结果就是人必须时刻面对随时到来的死亡。然而,这只是人悲惨处境的一部分,因为,参照加尔文对"原罪"的界定,人堕落后真实的处境是:"人类本性中遗传的堕落和败坏",已经"扩散到灵魂的各部分"(Ⅱ.1.8,页228)。这时的人虽然仍持有上帝的形象,但这一宗教的种子已经被罪所败坏:"在人心里有某种对神存在的意识,但这种子已败坏，靠自己只能结出恶果。"（Ⅰ.4.4，页19）自我认识因此就是认识到自己的"无能"和"缺乏"（Ⅱ.1.3，页222）。自身的卑微是与上帝的大能相对应的。这会使人反省自己一直以来所坚持的判断标准，从而顺服在神的大能下并产生"敬畏"。同时，道成肉身的基督以无罪之身成为人认识上帝的中保，成为使人脱离悲惨处境和获得救赎的不二之选。产生"敬畏"这一"感受"的人们也因此俯伏在耶稣基督的权柄下，进而接受上帝的"爱"并信靠他。[1]

与圣托马斯不同，加尔文并没有对"畏惧"（fear）和"敬畏"（reverence）这二者做明确区分。但他所说的"畏惧"侧重的是对神的大能的感受，以及藉此所显明的神的慈爱，公平，公义等属性，如他说："除非我们明白他的大能，否则我们怎能相信他以公平和公义统治世界哪？"（Ⅰ.10.2，页70）至于"敬畏"，在处理"信心"这一概念时，他明确指出：子对父的顺服是为"尊敬"（honor），而仆人对主的服侍是为"畏惧"，"尊敬"和"畏惧"二者的结合体是为"敬畏"。如他所言，"让尊敬和畏惧所组成的某种敬畏成为我们对耶和华的畏惧"（Ⅲ.2.26，页561）。但无论是"畏惧"抑或"敬畏"，都指的是对神的顺服，即是在情感上对神实在性的确认，如加尔文所言，对神的认识，"先是引领我们畏惧神，而后信靠神"（Ⅰ.10.2，页70）。

另一方面，从这些情感的来源来看，仅仅是对上帝"敬畏"

---

[1] 圣托马斯专门处理了"敬畏"（fear）的问题，不探究他和加尔文对"敬畏"的分析是如何的不同，至少如下一点是他们的共识："敬畏"是人对上帝权柄的顺服。圣托马斯在处理《诗篇》所言的"敬畏耶和华是智慧的开端"时（诗111∶10；阿奎那所引为：咏110∶10），认为："既然受神圣的律法引导的人行为的准则是属于智慧的，那么，在开始，人就首先必须敬畏上帝并顺服他，因为这样就会使得人们后来在所有事上顺服他。"ST Ⅱ‑Ⅱ, q.12, a.7。参阅 Thomas Aquinas,《神学大全》（*Summa Theologica*），Benziger Bros 编，CCEL，1947，页2825。

或者"爱"是不充分的,这是由于上帝把二者植入人的"良心"中。如加尔文曾指出"敬畏"与"爱"二者结合的重要性:"即使我们因圣经的威严而敬畏它,但除非圣灵将神的话印在我们心中,否则它就不会真正影响到我们。"(Ⅰ.7.5,页50)

"正直""宗教的种子"和"敬虔"都包含有"情感"和"理智"两部分。就人受造时的状态而言,"正直"包含了"情感"和"理智",理智引导情感使人去荣耀神。在"正直"中,"敬畏"和"爱"二者的结构和功能是和谐一致的。由于亚当的堕落,"正直"陷入被损坏的不完整状况,这并非指的是原有结构的丧失,而指的是秩序的混乱。即是说,"情感"和"理智"仍旧存在于人堕落后所拥有的"宗教种子"里,但"情感"被遮蔽,而人的"理性"在"认识神"方面的作用被夸张地应用。这造成的结果是:通过对普遍启示和对人自身悲惨处境的认识(Ⅱ.1.3,页222),只是激发人自身所拥有的对上帝的"敬畏"和"爱",但更多情况下,理性使人"疾行在背离圣经正道的道路上"(Ⅰ.6.3,页42),即是加尔文所说的"忘恩负义"(Ⅰ.5.4,页23-4)。

通过这两个方面,我们看到,在通过启示认识神以及人的自我认识中,人们"感受"到了上帝的大能,从而对作为造物者的上帝产生了"敬畏"。在对神的权柄的顺服下,人们进而在敬虔中经历上帝的恩赐和救赎,并体味出上帝的爱:"借此大能,神吸引甚至点燃我们的心,使我们甘心乐意并主动地顺服神。"(Ⅰ.7.5,页50)因此,无论从"情感"产生的渠道或者来源看,"敬畏"或者"爱"都不单独构成对上帝认识的原始情感,而只有二者的结合,也即"敬虔",才是认识神的出发点,[①] 是与神建

[①] 我们看到,在出发点意义上的"敬虔"所包含的"敬畏"和"爱"类似于一些学者所分析的施莱尔马赫所说的人对神情感上的绝对依赖。参阅谢文郁,《自由与生存》,前揭,页197-200。

立关系的可能性条件。

总之,"认识"一方面指在敬虔这一情感中也即在"敬畏"和"爱"中对上帝实在性的确认,也指经由理性而对上帝普遍启示的认知。这一"认识",包含了信心和理性两部分,即是"正直"中所包含的"情感"和"理智"。"认识"的本真含义是"正直"或"敬虔"。"认识"因此不仅指的是通常意义上的主体性认识,更指代的是在"敬畏和爱"这些情感里,对神的顺服。认识神,也即是在"敬虔"中经历神的恩惠。人的自我认识,也即对自己的来源和本分的认识。而"敬虔"则是被神植入人心的包含有"情感"和"理智"的"对神存在的意识"。其中"情感"处于支配性的地位,虽然在堕落后它被"理智"遮蔽。从这一角度讲,"敬虔"可以说是对上帝的"敬畏"和"爱"。由于"对神存在的意识"的前身是"正直",而"宗教种子"这一概念是就人的生存起点意义而言,"敬虔"或"更新后神的形象"是就完善意义而言。所以,可以说,"敬虔"是人们做出善恶和是非判断的依据,是认识神的起点和归宿。① 它因此也是与神建立关系的可能性条件,是认识神的原始情感,同时也是我们诠释加尔文思想的逻辑起点。而从情感的维度对人的生存问题进行关注这一做法,正契合了通常所谓的"生存分析"。②

---

① 对于"敬虔是认识神的生存起点和归宿"这一论题,我们将在《人之宗教性探析——从加尔文的'敬虔'和〈中庸〉之'诚'的维度看》一文里做详细的分析。而一个基本观察是,"敬虔"所蕴含的"敬畏"和"爱"这些情感是人们称义之路的动力所在。

② 对"生存分析"以及所涉及的重要概念的探讨,如"生存即实在""情感赋义""经验指称"和"出发点"等问题,参阅孙清海从思想史的维度的相关探讨。孙清海,《语言中的"上帝":经验指称与情感赋义》(哲学博士论文,山东大学,2012年),页45-55。另请参阅邹晓东依此方法对祁克果(基尔克果)"生成"概念的分析:邹晓东,谢文郁,《基尔克果的生存分析》,见《经典与解释36:基尔克果的苏格拉底》,娄林编,北京:华夏出版社,2012年,页125-161,页133、135-136。

三、"敬虔"与"三一论"

我们看到,"敬虔"是认识神的出发点,同时也是我们诠释加尔文思想的理论出发点。那么,"敬虔"在加尔文对三位一体的分析中是如何体现的呢?以"三位一体"这一词汇为切入点,以上帝的"合一"本质以及三个"位格"的分别为进路,通过"启示""理性"和"教会传统"三个维度,我们对这一问题展开探讨。

在诠释方法上,我们对加尔文的解读努力遵从穆勒(Richard A. Muller)的建议,即从加尔文的文本以及当时的语境出发来"聆听"加尔文。① 我们看到,无论是早期教会或中世纪教会,都认为"三位一体"并非圣经语词,然而,只是到了宗教改革时期,诚如穆勒所言:宗教改革家们在保持传统方面才遇到了前所未有的挑战。②因此,我们参考了相关研究对"三位一体"在加尔文时代展现出来的张力的考察。如穆勒认为,正统的改革家们既继承了以往对"三位一体"的规范用法,同时,也承受了它的"非圣经"用语形式(同上)。加尔文处理这一张力的态度和方法以及后来学人们对此的评介,造就了加尔文研究中的一个公案。

简而言之,这一公案可表述为:加尔文如何处理"三位一

---

① Richard A. Muller,《归正的加尔文》(或译为不容屈就的加尔文)(*The Unaccommodated Calvin: Studies in the Foundation of a Theological Tradition*, NewYork: Oxford University Press, 2000),页181以下。其实,注重对文本及其语境的分析一直以来都为"生存分析"所强调。参阅谢文郁,《基督论:一种生存分析》,见《基督教思想评论》,上海:上海人民出版社,2009年,第九辑,页56-74。

② Muller,《宗教改革后的新教教义》(*Post - Reformation Reformed Dogmatics*, Vol. 4, MI: Baker Academic, 2003),页171。

体"这个非圣经词汇?他对这一词汇既赞赏①又揶揄②的看法表达了这样一个基本态度:没有比"三位一体"更适合的词汇来表达上帝所启示的合一性以及三个位格。但如若对比他对"功德"(Merit)这一词汇的拒斥(Ⅲ.15.2,页789-790),③我们就不难发现这一公案竟是如此的复杂和棘手:同为非圣经用语,为何加尔文赞同前者而摒弃后者,换言之,依据什么标准来判定一个词是否符合上帝的启示?加尔文认为这一标准是圣经的权威,如他说,要"从圣经中寻求思想和言论可靠的准则"(Ⅰ.13.3,页100)。然而,对于上帝"俯就"(Ⅰ.13.1,页97)人们理性的启示和"准则",是需要通过"情感"和"理智"来领悟的。这就牵出三位一体等这些人为发明的非圣经用语是否在加尔文所说的"敬虔"的意义上解释了神的话语这一问题?加尔文在这一问题上强调直接、简单的释经原则(Ⅳ.8.16,页1188),然而,进一步的追问是,什么样的释经算是直接的方式?

因此,可以看到,这一公案的复杂性在于它包含了"启示""理性""教会传统"和"敬虔"等这几个方面。学者们以往大都选择一个或两个方面对公案进行处理,从而忽视了"敬虔"中所具有的"情感"和"理性"的双重结构。巴特以"Caroli 事件"

---

① 如他认为"三位一体"这一术语是对"既隐秘又复杂的经文"的"更清楚的"解释(Ⅰ.13.3,页100),并且,"三位一体"是启示的真理自身(Ⅰ.13.3,页100)。

② 加尔文认为,"三位一体"和"位格"这些词汇的应用是一个无奈和实际的选择。如他引用奥古斯丁的话说,对这些词的应用只是"不想在……神如何是三位"这件事上失语,它们只是"实际的表达方式"(Ⅰ.13.5,页103)。并且,如果能承认"一而三,三而一"的神之信仰,就无需用这些词汇(Ⅰ.13.5,页102)。

③ 加尔文在阐述因信称义的教导时批判了天主教的功德论。他说"功德"是"非圣经用语"(unscriptural word))(Ⅲ.15.2,页789)。我们知道,拉丁文的 meritum (merit,功德)翻译自希腊文的 $\mu\iota\sigma\vartheta\delta\varsigma$ (misthos, reward)(赏赐或报应)(太5:12)(罗2:6)。"赏赐"在经文中经常出现,但如果把它翻译为具有"善行"这一内涵的功德,并因功德而称义,是不为加尔文所认同的。

为线索，考察了加尔文对"三位一体"这一词汇以及"三一论"的传统表达在此事件前后态度上的转变。① 巴特的研究实际上暗示了加尔文在坚持圣经启示的同时，又接纳了教会传统。根据尼塞尔（Wilhelm Niesel）所引证的文献，他认为加尔文在这个事件上冒了被称为"亚流主义"的风险，却坚持了圣经的最终权威。② 托伦斯对加尔文三一论的分析在许多方面与我们的思路相吻合，如他也强调"敬虔"，以及加尔文对从教父时期的爱任纽（Irenaeus）和希拉里（Hilary）继承过来的关于上帝的启示和人的理解这一张力的体会。③ 但是，托伦斯仅仅把"敬虔"当作加尔文的"心灵上虔诚的态度"，而没有把它作为理论起点来探讨（同上，页41）。他因此也只是强调了人之于上帝启示的有限理解力，而没有深入考察"认识"和"敬虔"的复杂内涵。所以，表面看来，他是探讨了加尔文在处理公案时所采取的"启示"以及"教会传统"的方式，但实际上，他仍旧拘囿于加尔文的"启示"概念里，如他认为加尔文对待"启示"和"传统"的态度是："重要的不是语词本身而是语词所蕴含的实在"（同上，页47）。

因此，结合加尔文对"三位一体"集中论述的相关文本，我们将着重围绕"情感"和"理性"来展开对公案所涉及问题的分析：

> 神不但宣告他是独一的神，同时也向我们启示他有三个位格。（Ⅰ.13.2，页97）

---

① Karl Barth,《加尔文神学》(*The Theology of John Calvin*, Geoffrey W. Bromiley 英译, MI: Wm. B. Eerdmans Publishing, 1995), 页312。

② Wilhelm Niesel,《加尔文神学》(*The Theology of Calvin*, Harold Knight 英译, Philadelphia: The Westminster Press, 1956), 页55。

③ Thomas F. Torrance,《三一论视域中的教义认同》(*Trinitarian Perspectives: Toward Doctrinal Agreement*, Edinurgh: T&T Clark Ltd., 1994), 页41–44。

当我们宣称相信一位神时，神的名意味着（被理解为）单纯的本质，并且在这本质中有三个位格（persons 或 hypostases）。因此，当人未加分辨地提到神这称呼时，这称呼就包含父、子、圣灵；但当我们同时谈到子和父时，就免不了提到他们之间的关系；我们也以此区别不同的位格。但既因每个位格都有其特质（peculiar qualities），并且这三个特质有内在的秩序，即父是起始和源头，所以当我们同时提到父和子或父和圣灵时，神这称呼是专指父。如此一来，本质上的合一不受损，同时也维持一个合理的秩序（a reasoned order），①并且也没有减损子和圣灵的神性。（Ⅰ.13.20，页121）

首先，三一的上帝通过"信心"在"敬虔"里被认识，但问题是，三位一体的"启示"在"信心"或"敬虔"里是如何得到确证或辩护的（justified）？

从上述引文中的"宣告""启示"以及"相信"等这些措辞中，我们看到，上帝"单纯"或"合一"的本质以及三个"位格"的区分都是他自身的启示。可以说，"启示"是加尔文论述"三位一体"的基调。

我们已经谈到，加尔文把上帝的启示分为"特殊启示"和"普遍启示"（Ⅰ.6.2，页41）。②"三位一体"是上帝的"特殊启示"，它也因此符合加尔文所说的启示的三个方面的特征："对真道的确信""所领受的教义"以及对"圣言的记录"，以便"世世

---

① Ⅰ.13.20，页121。引文中的对应英文翻译参考自：Battles,《加尔文：基督教要义》，前揭，页144。

② 加尔文并没有明确地用"普遍启示"这个语词，但他在强调基督是神的道的"特殊启示"（specific doctrine/revelation）时（《要义》Ⅰ.6.2，页41；Battles, *Inst.*, Ⅰ.6.2，页72），无疑暗示了与此对应的作为创造主的上帝在"创造和管理宇宙"中所显示出来的与"特殊启示"相对应的"普遍启示"（universal revelation）。

代代被传扬"（Ⅰ.6.2，页41）。这三个方面的特征可被概括为：信心、教义以及律法。

当涉及"信心"这一概念时，加尔文主要围绕信心与圣灵的关系、隐含的信心和显明的信心以及信心的内涵这三个维度来探讨。与本文的讨论相关的观点是：信心包含了对神的"确据"，即是人对神"完全的"（Ⅲ.2.15，页549）敬畏和顺服。按照对"敬虔"的分析，这也即是对神在情感上完全的确认。另外，信心在"敬虔"中具有基础性的地位。正如加尔文所言："因信称义是一切敬虔的总纲。"（Ⅲ.15.7，页795）因此，可以说，"信心"是与"对神存在的意识"是相对应的，并因此与上帝的启示直接相关。

在论述三位一体时，加尔文对"上帝的合一性"和"三个位格之间的分别"做了分别讨论（Ⅰ.13.20，页121），而这两方面无疑都是在"信心"这一概念里展开的。首先，上帝"合一""单纯"的本质在"敬虔"里被认识。加尔文这样谈上帝的"合一"本质："当人未加分辨地提到神这称呼时，这称呼就包含父、子、圣灵"（Ⅰ.13.20，页121）；"每一个位格都完全是神，然而神却只有一位"（Ⅰ.13.3，页99）。这些论述基于这样的分析。一方面，上帝的本质是他的特殊启示，并且这一启示与人的信心相关联。加尔文在分析上帝的"合一"本质时分别阐述了"圣子"和"圣灵"的"永恒的神性"。如在分析"圣子"的神性时，他一开始甚至借助了次经的经文来说明"道"或"智慧"永恒的神性："父在创立世界之前就生了道"，"智慧在创立世界以前就存在于父神里"（Ⅰ.13.7，页106）。而后，通过对耶稣基督的位格在旧约时代以"拥有权柄的至高者"和"天使"等身份的显现（Ⅰ.13.9，页108、109）这一点的论述，他试图说明耶稣基督在旧约时代的神性。最后，通过新约中记载的"基督的事工"

(Ⅰ.13.12，页112)、"神迹"（Ⅰ.13.13，页113）以及"使徒的见证"（Ⅰ.13.11，页110），他探讨了作为中保的耶稣基督的永恒神性。由此他认为"圣子"永恒的神性且是与父神合一的。"圣灵"永恒神性的分析也与此相似。由此可见，加尔文在"启示"这一语境中提供了"圣子"和"圣灵"的永恒神性的证据。另一方面，在论述三个位格之间的区别时，加尔文也延续了同样的思路，如他说："若不理会圣经向我们所启示的也是不对的。"（Ⅰ.13.18，页119）

由此看来，"信心"是与三位一体的特殊启示直接相关的，即是说，对加尔文而言，上帝本质的"合一"以及"三个位格之间的分别"是在信心和敬虔中领受的。那么，进一步的问题是："信心"如何保证诸如"圣父""圣子"等这些"启示"的"确定性"（certainty）？① "启示"的确定性问题可以解析为两个层面。一是，"启示"的源泉问题。从加尔文对"启示"所做的二分中，我们看到，神的话语是上帝所显明的启示。那么，神话语的确定性是如何保障的哪？换言之，"我们怎么知道圣经是上帝的话语？"② 因为，如若这一源泉的确定性得不到保障，那么，源于它的"启示"的权威性和确定性也就无从谈起。我们看到，在讨论圣经的权威问题时（参阅Ⅰ.6；Ⅰ.7；Ⅰ.8），加尔文认为，圣经是必须受圣灵的印证的，而圣灵是自我印证的，换言之，圣经是"自我印证"（self-authentication）的。然而，"自我印证"的含

---

① 这里突出"启示"的"确定性"问题，只是想进一步理清"启示"与"敬虔"如何相关这一问题。
② 海姆（Paul Helm）在对Alvin Plantinga有关加尔文的论述做出回应时，认为，这是普兰丁格所关注的有关信仰的一个认识论问题。参阅 Paul Helm，《加尔文的思想》（*John Calvin's Ideas*，New York：Oxford University Press，2004），页269。我们有关启示的确定性问题的探讨也围绕 Helm 和 Plantinga 的争论而展开（或更准确地说，是 Helm 对 Plantinga 有关加尔文看法的评论）。

义为何？它和"确定性"又如何相关？这涉及的是"启示"的确定性问题的第二个层面。海姆（Paul Helm）考察了加尔文语境下"自我印证"的含义，认为这一概念不同于现代认识论意义上的无误性（Incorrigibility）：在"获得圣经的含义"或者认识"圣经的权威性"方面，"自我印证"其实"内在地"（inbuilt）包含着与圣经含义相差"一小步"的"非直接性"，因为它需要人理性或者释经的帮助。他同时认为，就加尔文而言，"圣灵的确定性"（HSC）是一种"认识"（notitia），但这"认识"并非那种建立在"无误的前提下并且需要证据的论证"才能获得的"知识"（scientia）（同上，页255-257）。对于加尔文语境下的"认识"，海姆也特别做了界定，认为它既非通常认识论意义上的，即通常所说的"知识是得到辩护的真信念"（JTB），亦非普兰丁格（Alvin Plantinga）所理解的"知识保证真信仰"意义上的，[①] 而是无需任何理性且理性与之相符的"认识"。圣经的"自我印证"与人的理性相契合，但是并非需要理性的证明，而是上帝的启示。因此，他认为，普兰丁格对加尔文的解释总体上是走在了"正确的路上"，但是，在涉及一些关键概念如"自我印证"和"认识"等方面走偏了（同上，页267）。

从上面海姆和普兰丁格的争论来看，就"启示"的确定性如何保证这一问题上，虽然他们对"认识"这一概念有着不同的理解，如他们二者对"对上帝存在的意识"（SD）以及"圣灵的确定性"有着不同的见解，但他们都强调信心的作用以及圣经的自我印证（同上，页266-267）。比较我们上面对加尔文语境下"认识"的双重划分，可以清楚地看到，他们都强调了"对神存

[①] 海姆用了现代认识论中认识的两种表达方式，一种是通常认识论意义上的（knowledge is justified true belief），另一种是普兰廷戈语境下的认识（what warrant yields if what is warranted is true）。参阅Helm，《加尔文的思想》，前揭，页257。

在的意识"这一面,也即是启示和信心。而这一点也为加尔文所强调,如他在谈到圣经的权威时,认为圣经真理性是不需要任何佐证而不言自明的:"真理是自我印证的,因此,它可以排除所有疑惑,并不需要外在的佐证。"(Ⅰ.8.1,页53)[①] 由此可知,"启示"是加尔文论述三位一体的基调。同时,"启示"的确定性,一方面在于其自身的自我印证,另一方面,它在"信心"也即是在"敬虔"里得到体现和保障。

在上面的分析中,在"启示"的确定性这一问题上,"理性"作为"敬虔"内涵的另一个方面也被论及,那么,"理性"在加尔文对三位一体的分析中有什么作用哪?

首先,理性在加尔文语境下的内涵。我们知道,加尔文以人的堕落事件为界线,把人的生存处境一分为二。在堕落前,"情感"与"理性"二者完全契合。如加尔文所言,"理解力"和"意志"在"正直"中有效地行使其各自的功用(Ⅰ.15.7,页171)。理性,在这一意义上,是上帝植入人的灵魂中的宗教种子的一部分,即他所说的"分别是非的能力"。这也被一些学者称为"天生的理性"(natural reason)。[②] 对于堕落后的人而言,加尔文是在消极与积极这两方面的意义上谈论理性的。加尔文对堕落后的人的理性持明显的消极观点。这延续了奥古斯丁的对理性的处理方式。他认为自己如同以往的神学家们一样,也接受奥古斯丁的这一观点:"人自然的恩赐已因罪而败坏,属灵的恩赐已完全丧失。"(Ⅱ.2.12,页248)人的信心以及理智都已经败坏,人的"意志"这匹待命出征马,"自愿"地降服于撒旦的命令

[①] 由于与译文有多处不同,这里列出英译:For truth is cleared of all doubt when, not sustained by external props, it serves as its own support(Battles,《加尔文:基督教要义》,前揭,Ⅰ.8.1,页82)。

[②] Partee,《加尔文神学》,前揭,页65。

（Ⅱ.4.1，页288-289）。这种"自愿"或"意志"，是一种自由的选择，而这种选择是出于理智的，不过这种理智只是一种虚妄（Ⅱ.2.19.页255）。如加尔文所言，人的理智是"神的形象"的一部分，它使人与别的受造物区别开来（Ⅱ.2.17，页253）。而这种出于意志的"自愿"选择，"必须先经过思考"（Ⅱ.2.26，页264）。这种败坏的理性几乎与属灵的事情绝缘。借用光与黑暗的对比（《约伯记》1：4-5），他认为："人的聪明才智就认识神而言是全然麻木的。"（Ⅱ.2.19，页255）总而言之，就对神的认识这一点而言，"理智"不是人的一种"才能"，而是一种无能（Ⅱ.1.3，页222）。

但是，理性也并非一无是处，恰恰相反，作为"敬虔"或"宗教的种子"的一部分，在认识神方面，它起到了工具性的辅助作用，在关涉三位一体的公案方面，它甚至是必不可少的。我们知道，信仰与理性关系的争论由来已久。而在宗教改革之前的中世纪后期这一语境中，理性的地位表现在两个方面，一个是"双重真理"（Double Truth）论，另一个则是"工具理性"（Instrumental function of Reason）论。① 加尔文在这一点上明显继承了教会传统的观念。对于堕落后的人而言，他认为理性在两方面起到积极作用。一方面是，理性是"敬虔"这一宗教种子的一部分，是被上帝植入人的内心的，是上帝所恩赐的。虽然上帝的恩赐由于人的堕落而败坏，但这一恩赐，如同光照，或明或暗地仍存在于人的心中："在人败坏和堕落的本性中仍存有一丝光芒。"（Ⅱ.2.12，页248）这光芒"或如火焰或如火花，但总不致熄灭"（Ⅱ.2.19，页255）。"这光芒证明人是有理性的受造物……赏赐他理解力。"（Ⅱ.2.12，页248）因此，从理性作为"分辨是非的

---

① Muller，《宗教改革后的新教教义》，卷一，前揭，参页384-400。

能力"是上帝的恩赐这一角度而言,它成为"认识"的一部分。另一方面,理性对于上帝的启示起到了辅助作用。这种辅助作用体现在,上帝的或明或暗的一部分启示可以通过人的理性得以了解。上帝在大自然中明白的启示可以通过"艺术"或者"科学"得以表达(Ⅱ.2.13－6,页249－253)。甚至对于上帝特殊启示中的隐晦的部分,人类也可以用自己的理智参透其中的奥秘。加尔文也承认,"三位一体"这些人为发明的词汇使得上帝的启示得以显明,并且成为人们不得已而为之的选择。概言之,对于加尔文而言,他一方面继承了自奥古斯丁以来的教会传统,认为人的堕落使人的理性僭越其应在的位置,从而在属灵的恩赐方面被完全遮蔽起来。然而,就其作为上帝的恩赐而言,理性的焰火并没有完全泯灭,它从哲学、神学和科学等方面使得上帝的启示得以显明。

其次,他如何运用"理性"来阐述他的三一论。在论述三个位格之间的区别时,加尔文论及了教会传统的"和子说"(filioque)争论,并且对"理性"和教会传统表达出复杂的态度。

一方面,正如我们前面所分析的,对上帝的认识只能依靠与信心相关联的上帝的自我启示,即是说,理性在属灵方面的作用是受限制的。加尔文把三个位格之间的区别解释为"关系"(Ⅰ.13.6,页105)。这一关系其实蕴含了两方面的内容,即他所说的"分别"(distinction)与"分割"(division)(Ⅰ.13.17,页118)。三个位格之间没有"分割",表明它们共享一个本质。位格之间有"分别",表明它们之间有着不同的特质。他进而把这种"分别"解释为"次序":"父是起源,子出于他,最终圣灵又出于父和子。"(Ⅰ.13.18,页120)不过,他坚持这种"次序"的"分别"是上帝的启示,如他引用格里高利的话表明了这一点(Ⅰ.13.17,页118)。他因此对教会传统用类比的方式来理解位格的"分别"持悬隔态度。①

另一方面，上帝的启示与理性并无冲突。加尔文认为，位格的"分别"是上帝的启示，但与此同时，这种"分别"也是一个"合理的秩序"（Ⅰ.13.18，页119）。在对他同时代的一些异端的驳斥中，他充分说明了这一观点。在反驳简泰利（Valentinus Gentilis）有关"子的神性"以及其所牵涉到的"和子说"的问题时，他试图说明"理性"的有限作用：圣灵出于"父和子"一方面是上帝的启示，另一方面也可以通过理性得以理解。他首先表明，这些异端的根本特征在于人的理性僭越了上帝的启示："我们要十分谨慎，免得我们的思想或语言僭越圣经在这教义上的启示。人极有限的思维如何能衡量神无法测度的本质……"（Ⅰ.13.21，页122-123）加尔文认为简泰利这类异端的错误在于，虽然他们承认神的三个位格，但他们却仅仅承认父是"本质的赏赐者"（Essentiator）。换言之，他们认为子的神性并非自有的，而是父所给与的。按照这样的逻辑，结论自然是：圣灵并非出于子，而仅仅来源于父（Ⅰ.13.23，页125-127）。② 而后，他反驳了塞尔维特对三一论的看法，因为塞尔维特甚至连三个位格都不承认，而仅仅认为神的这"三个部分"是"出于人的幻想"（Ⅰ.13.22，页124）。③ 加尔文从"敬虔"中所包含的"信心"和"理性"的维度给予了反驳。从"信心"的角度讲，圣灵以及保罗的见证都认

---

① 如他说道："我不确定借助人的事情来对这种区别作比较是否恰当。古时的神学家的确这样做过，但同时他们也承认这样的比较非常有限。"（Ⅰ.13.18，页119）

② 加尔文对简泰利所持三一论观点的理解可以在如下文献中得以佐证：Benedictus Aretius，《简泰利简史》（*A Short History of Valentinus Gentilis*，London：E. Whitlock，1696）。Battles 在注释里提到的 CR 和 J. Mackinnon 的有关著作（Ⅰ.13.23，notes 51，52，页125）。

③ 鉴于"塞尔维特案"所涉及问题的复杂性以及学术界对此已有诸多研究，这里不做展开讨论。我们在《加尔文的理性观——从塞尔维特案谈起》一文里比较详细探讨"理性"在塞尔维特案中的作用。

为子的神性或者本质是自有的:"圣灵称子为'耶和华'。"(Ⅰ. 13. 23,页 127)即使父神也说"那自有的打发我到你们这里来"(《出埃及记》3:14;参Ⅰ. 13. 23,页 127-128)。子的神性是上帝的启示,是在"敬虔"尤其是信心中得到确证的。从理性的角度讲,加尔文认为,这些异端也承认父与子在某种"特质"(mark)①上有差别。他们之所以把父称为"本质的赏赐者",是因为他们把"特质"的差别等同于"本质"(essence)的差别。加尔文运用"反证法"给予了反驳。他首先假设简泰利等人的前提是对的,即认为父是"本质的赏赐者",那么,按照他们的思路,对于子而言,他要么分有了父的本质,要么没有分有父的本质。如果子分有了父的本质,那么,子的这些来自父所赏赐的本质就使得他与父在本质上相分离,也就是说,由于父的本质被子分有,结果是父和子都成为"部分的神",而这是幼稚可笑,甚至是"邪恶的";如果"子"没有分有父神的本质,那结论更为荒谬,因为基督变的有名无实,成为一个"象征性的神"(Ⅰ. 13. 23,页 127)。所以,父与子的区别不是在本质上,而是在特质上。这样,一方面能保证父和子共享神的本质,另一方面,使得他们有所差别。因此,圣灵的本质不是父的赏赐,而是,圣灵本质上是出于父和子的神。

四、结论

回到我们在开篇所提出的问题。首先,通过"敬虔"和"认识"这两个概念我们对加尔文思想的理论出发点问题进行了探讨。对于"认识"。加尔文把"认识"一个怎样的神作为其神学主旨。

---

① Ⅰ. 13. 23,Battles 和 Beveridge 对"特质"的英译都是 mark。参阅 Battles,《加尔文:基督教要义》,前揭,页 150。Beveridge,《基督教要义》,前揭,页 133。

"对神存在的意识"以及人所处的生存状态成为阐释他的这一主旨的两个步骤。对于"何谓神"这一本体论问题，与德尔图良的本体论证明以及阿奎那的五路证明不同，加尔文把它与人的"对神存在的意识"相关联。人生而就有这一意识，它是被上帝植入人心中的"宗教种子"。而对这一"宗教种子"，其前身是"正直"。"正直"则包含了情感和理智。它是在善恶选择上人对神的回应，是人们做出是非判断上所依据的标准。因此，通过"对神存在的意识"，"何谓神"的问题就与人的生存相关联。而对于人处于什么样的生存状态这一问题，依据亚当的堕落，加尔文把生存状态划分为受造时和堕落后两种。在受造时，人拥有完整的悟性，即是由情感和理智组成的"正直"，这一"正直"引领人们认识神和荣耀神。"认识"因此指的是在"正直"中经历神的恩惠。堕落后，"明明可知"却一无所知是人所处的生存状态。从"对神存在的意识"这一点而言，上帝的神性对所有人而言都是"明明可知"的。但由于被罪这一人性中败坏的一面所遮蔽，"宗教种子"中的理性僭越了其应在的位置。而理性在属灵的事情上几乎一无是处。这是由"情感"和"理智"二者所构成的结构被罪所破坏造成的。它们二者在堕落前的正直中有着和谐的秩序，而堕落后，这一秩序被破坏。"宗教种子"是就人的生存起点意义而言的，"敬虔"或"更新后神的形象"是就完善意义或称义的意义上而言的。而"认识神"，则指的是在这一生存起点上，经由上帝的普遍和特殊启示，经历神的恩惠。由于"宗教种子"包含由正直而来的"情感"和"理智"，"认识"也因此包含两个方面内容，即是在"敬畏"和"爱"这些情感中对上帝实在性的确认，以及以这些情感为根基的理性通过普遍启示而对神如何作为的认识。总之，由加尔文对"对神存在的意识"和人所处的生存状态这两点我们可以知道，在加尔文语境中，"认识"不仅仅指的是从主体出发的知性认识,更指代的是在"敬畏和爱"这些情感里,对神的顺服。认识神,即是在"敬虔"中与神建立关系,经历神的恩惠。

对于"敬虔"。"敬虔"是被神植入人心的包含有"情感"和"理智"的"对神存在的意识",是人们做出善恶和是非判断的依据,是对上帝的"敬畏"和"爱",是认识神的原始情感。它因此是认识神的出发点,是与神建立关系的可能性条件。在分析如何解读加尔文思想的思路时,我们指出,"敬虔"与"认识"二者紧密相连。对"认识"这一概念的分析也清晰地呈现了这一点。"认识"的本真含义也可以说是"正直"或"敬虔"。加尔文对"敬虔"有着不同的称谓。受造时的"正直",在生存起点意义上的"对神存在的意识"或"宗教种子",以及"更新后神的形象"。但它们都拥有"情感"和"理智"两个部分。之所以把"敬虔"称为"情感",乃在于"情感"在"敬虔"中拥有基础性的地位。在"正直"中,他受"理智"的引导去认识神和荣耀神。即使在堕落后,如若没有"对神存在的意识",即是对上帝的"敬畏"和"爱",那么,上帝的实在性也不能得到确认,也就不能对神有所认识。而"敬畏",也即是对神的顺服。而所谓顺服,即是以神的心思意念为念,也即是我们在分析的,在善恶选择上对神的回应,以及在是非判断上以"敬虔"为准。之后,通过对"敬虔"所包含的"敬畏"和"爱"这些情感产生的渠道以及它们的来源这两个方面的分析,我们又阐明了"敬畏"和"爱"二者的不可分割性,从而说明了"敬畏"这一情感乃是认识神的原始情感和可能性条件。

其次,借助对"认识"和"敬虔"这两个概念的分析,从"信心"和"理性"这两个维度,我们探讨了加尔文通过"敬虔"对三位一体做了怎样的分析这一问题。一方面,三位一体这一上帝的特殊启示是在信心中被认识的。"敬虔"里包含着"敬畏"和"爱",加尔文并没有明确把"信心"包含在"敬虔"里面。但是,我们知道,敬畏指的是对神的权柄和旨意的顺服。而这一顺服,是按照神的旨意行事,是"与神同行"(《创世记》5:24),也即是信心。信心包含了对神的"确据",是人对神完全的敬畏和顺服。信心在"敬虔"中的作用之重要性不言而喻。以至于加尔文认为"因信称义是一切敬虔的总纲"(Ⅲ.15.7,页795)。另外,"信心"是与"对神存在的意识"是相对应的,并因此与上帝的启示直接相关。而启示是加尔文论述三位一体的基调。"上帝的合一性"和"三个位格之间的分别"是在信心中得到确证的,是在"敬虔"中被认识的。另外,通过探讨"启示"的源泉问题以及圣灵的自我印证这一问题,我们对"信心"如何保证"上帝的合一性"和"三个位格之间的分别"这一上帝的特殊启示的"确定性"问题进行了探讨。并进而认为,"启示"的确定性,不仅在于其自身的自我印证,其实在性还在"敬虔"里得到保障。另一方面,三位一体的启示是与理性相契合的,理性作为神形象的一部分,在认识神方面发挥着作用。

最后,我们对加尔文如何对待教会传统和异端这一问题上的态度做了简析。并认为,加尔文依据"敬虔"对神的三个位格的"合一"以及区别的探讨,对教会传统对待三位一体的方式持有保留的认同态度,而对于一些异端,他指出他们的症结乃在于使理性僭越了上帝的自我启示。

总而言之,"敬虔"作为认识神的可能性条件,使得我们对加尔文的三一论分析成为可能。

(作者单位:郑州大学,马克思主义学院)

旧文新刊

《春秋》天王賵仲子非禮辨

李嘉善

《春秋》："隱元年，秋七月，天王使宰咺來歸惠公仲子之賵。"

《左傳》："秋七月，天王使宰咺來歸惠公仲子之賵。緩，且子氏未薨，故名。天子七月而葬，同軌畢至。諸侯五月同盟至。大夫三月同位至。士踰月外姻至。贈死不及尸，弔生不及哀；豫凶事，非禮也。"（隱元年）

《公羊傳》："……惠公者何？隱之考也。仲子者何？桓之母也。何以不稱夫人？桓未君也。……桓未君則諸侯曷為來贈之？隱為桓立，故以桓母之喪告於諸侯。然則何言爾？成公意也。"（隱元年）

《穀梁傳》："禮，贈人之母則可，贈人之妾則不可。……"（隱元年）

《胡安國傳》："……仲子，惠公之妾爾，以天子之尊，下賵諸侯之妾，人道之大經拂矣！……"（隱元年）

　　嘉善案：四傳說各不同：左氏謂"贈死不及尸，弔生不及哀；豫凶事，非禮"，是言仲子時未薨也。《公羊》謂"隱為桓立，故以桓母之喪告於諸侯"，是言仲子已薨也。《穀梁》謂"賵母可，賵妾不可"，對天王之賵仲子為母為妾，是禮非禮，無肯定語。胡氏則直謂"仲子為惠公之妾，天王賵之拂經"。四說各異，茲彙舉諸家說，資為比較之助。

范氏寧曰："……仲氏子，宋姓也，婦人以姓配字，不忘本，示不適同姓也。"

孔氏穎達曰："仲子乃惠公之妾耳，王使賵之者，隱立桓為太子，成桓母夫人。天王知其然，故遣賵惠公，因即賵之。……"

程子曰："……夫婦人倫之本，最當先正。春秋之時，嫡妾僭亂，聖人尤謹其名分。仲子繫惠公而言；故正其名，不曰夫人，曰惠公仲子。謂惠公之仲子，妾稱也。以夫人之禮，賵人之妾，亂倫之甚也。……"

陳氏傅良曰："……古者諸侯不得再娶。再娶亦妾也。於是隱將讓桓，以夫人之禮喪其母，而赴于京師。歸賵，蓋命之也。其曰'惠公仲子'者，春秋之詞也。……"

張氏溥曰："……諸侯以王為天，而乘馬來賵人妾，即命下士猶有辱，況冢宰乎！……"

王氏充曰："左氏以仲子為未死。或以二年下'夫人子氏薨'，以子氏為仲子，因以為此時仲子尚在耳。天下有人未死，而先歸賵者乎？恐不然矣。"

啖氏助曰："左氏云'豫凶事'。夫仲子而在，天子寧有歸其賵乎？不辯菽麥者，猶不當爾？"

劉氏敞曰："左氏曰'緩，且子氏未薨，故名'，非也。惠公仲子為夫人，以桓公為太子，事相發也。杜云：'婦人無諡，故以字配氏。'審如杜說，天王則生賵人之母，魯之羣臣，亦生諡君夫人也。周德雖衰，不應生歸人賵。……皆非也。"

李氏廉曰："……至《穀梁》曰又以仲子為惠公之母，孝公之妾，則大失矣！"

《春秋傳說》："左氏謂子氏未薨，其謬不待辨矣，《穀梁》謂仲子為惠公之母。母以子氏，例以成風亦合。但《史記年表》，惠公即位於平王三年，至隱公元年歷四十七年，而其母始薨，似太久遠，當以《公羊》說為是。"

嘉善按：左氏謂豫凶事非禮。王氏充、啖氏助、劉氏敞、李氏廉、《春秋傳說》，俱證其謬。夫左氏所以有此說者，或以隱二年"十二月乙卯夫人子氏薨"之一條經文。此王氏充已言之。案《穀梁傳》："夫人者隱之妻也。"楊氏勛曰："左氏以子氏為桓公之母，公羊以為隱公之母，《穀梁》知是隱公之妻者，以隱推讓，據其為君，而亦稱公，故其妻亦稱夫人也。夫既不葬，故其妻亦不葬。而左氏桓未為君，其母稱夫人，是亂嫡庶也。公羊以為隱母，則隱既為君，何以不書葬？若以讓不書葬，何為書夫人？故《穀梁》以為隱妻也。"孫氏復曰："子氏，隱公夫人也。"呂氏大圭曰："夫人子氏，杜曰'桓母也'，公羊曰'隱母也'，《穀梁》曰'隱妻也'，宜孰從？……則其為隱之妻者近是。……"汪氏克寬曰："《左傳》以子氏為仲子，謂元年歸賵，豫凶事。安有其人未死而歸賵？雖五尺童子，固知其不可也……"黃氏正憲曰："《春秋》稱隱公則其妃必稱夫人，豈成隱之為君，而不成其妃為夫人乎？"《春秋傳說》："子氏薨，三傳互異：左氏以為桓母，固非矣；公羊以為隱母，先儒謂妾，不當稱夫人，春秋之初，禮法尚存，不得以成風、敬嬴為比；惟《穀梁》以為隱妻，義為長。……"顧氏炎武曰："未薨而賵，遠於人情，不可信，所以然者，以魯有兩仲子，孝公之妾一仲子，惠公之妾又一仲子，而隱公之夫人，又是子氏……"顧氏之說，頗為近理。並准諸家所論，則隱二年之夫人子氏，為隱之夫人也明矣，左氏謂豫凶事非禮者，勿待辯。

惠公仲子繫惠公，桓之母也，與隱二年之子氏無關。仲子薨，天王使宰咺賵之，孔穎達、程顥、胡安國、陳傅良、張溥諸家論仲子為惠公之妾，天王賵之拂人道之大經；唐代以前，無作此說者。此說殆始於孔穎達氏。孔氏之說當原於《穀梁》。《穀梁》謂："賵人之母則可，賵人之妾則不可。"然未明證仲子為惠公之妾也，更未明言天王賵仲子為非禮也。縱令其為暗射仲子，然既非肯定之詞，究竟是禮非禮，不可以無辯也。案《白虎通·嫁娶篇》："天子諸侯一娶九女何？重國廣嗣也。……諸侯娶一國，則二國往媵之。……二國來媵，誰為尊者？大國為尊，尊等以德。……"仲子，宋武公女；宋，大國也。隱為桓立，將讓桓也，故立而奉之。桓為太子，桓母——仲子——已貴，仲子薨，隱公以夫人之禮喪其母，而赴於京師；是魯之君臣尊仲子為夫人已久。時惠公已薨，天王賵之，賵桓母也，宜也。苟其不然，桓為太子，仲子為魯夫人，魯君以夫人之喪赴天王，天王而不賵；準以古例，誰為非禮？且《左傳》："惠公元妃孟子，孟子卒，繼室以聲子，生隱公。宋武公生仲子，仲子生而有文在其手曰'為魯夫人'。故仲子歸於我；生桓公，而惠公薨。是以隱公立而奉之。（隱元年）"或言古之諸侯無再娶之義；然《左傳》記仲子之歸魯，必更追始而述之，的未言仲子為妾也。賵妾非禮，賵人之母——《穀梁》"賵人之母則可"——安得謂為非禮？故曰："天王賵仲氏，謂為非禮，非也。"

揚雄奏四賦的年代

唐蘭

《大公報文史周刊》三十九期有陸侃如先生所寫的《揚雄與王音、王根、王商的關係》一文,我讀到了,很感到興趣。這一個問題從司馬光的《通鑑考異》提出以後,竟有這麼多的推測,而每一個推測,都不見得很妥當。

這個老問題,在原始史料裏,有兩處可疑。

(一)《漢書·揚雄傳》贊說:

> 初,雄年四十餘,自蜀來遊,至京師,大司馬車騎將軍王音奇其文雅,召以為門下史,薦雄待詔,歲餘,奏《羽獵賦》,除為郎,給事黃門。

考《文選·王文憲集序注》引《七略》:"子雲家牒言以甘露元年生也。"這應該是很可信的年代。《漢書》本傳說:"年七十一,天鳳五年卒",和家牒正合。從這兩個證據,我們可以確定他生於西元前五三,卒於西元一八。大司馬車騎將軍王音卒於成帝永始二年,即西元前一五。根據上述的證據,揚雄那時才三十九歲，所以錢大昕《三史拾遺》說：

> 使果為音所薦，則遊京師之年，尚未盈四十也。

(二)《文選·甘泉賦》李善注說：

> 《漢書》曰："永始四年正月行幸甘泉。"《七略》曰："《甘泉賦》，永始三年正月待詔臣雄上。"《漢書》三年無幸甘泉之文，疑《七略》誤也。

又《長楊賦》李善注說：

> 明年，謂作《羽獵賦》之明年，即校獵之年也。班欲敘作賦之明年，《漢書·成紀》曰"元延二年冬，幸長楊宮，縱胡客大校獵"是也。《七略》曰："《羽獵賦》，永始三年十二月上。"然永始三年去校獵之前，首尾四載，謂之明年，疑班固誤也。又《七略》曰："《長楊賦》，綏和元年上。"綏和在校獵後四歲，無容元延二年校獵。綏和元年賦，又疑《七略》誤。

李善這兩段注裏，一回說《七略》誤，一回又說班固誤，這是很可疑的。他所引的《七略》裏的三個年代，是原始史料。可是據《漢書·本紀》甘泉泰畤是永始三年十月才復的，四年正月才行幸甘泉，郊泰畤，怎麼會在三年的正月就上《甘泉賦》呢？

由於這兩點可疑，才有各種推測。司馬光根據揚雄的自序，做《甘泉賦》那一年的十二月又做了《羽獵賦》的一個事實，以為應該在元延二年，因而把薦雄待詔一事放在元延元年。那時王音已經早死了，所以說應當是王根把《甘泉》《河東》《羽獵》都放在元延二年。這一點，後來很多學者都同意。因為在《成帝本紀》裏，只有這一年的正月幸甘泉，三月幸河東，而冬天又有一次縱胡客大校獵，似乎是三者具備。不過宋祁校《漢書》引《通鑑考異》，把原文刪改了，好像司馬光把作三賦的年代，放在元延元年，是錯誤的。

有些人想替作《劇秦美新》的揚雄辨護，說沒有活到王莽的時候，把揚雄的見成帝，推早到成帝初年、建始改元時，因而說卒於天鳳五年是錯的。他們沒有看見《七略》裏所引的子雲家牒，明明白白地說生於甘露元年。這種徒勞的考證，我們可以不管。

何焯、周壽昌都沒有用司馬光的說法。何氏以為揚雄在永始三年是四十歲，就是四十餘自蜀游京師被王音薦舉的一年，《甘泉賦》是永始四年上的。周壽昌說他沒有把王音拜大司馬和薨年考一下是錯的。他也認為揚雄是王音薦的，但是"四十餘"應改作"三十餘"。其實周氏的說法也有困難。王音死時，揚雄三十九歲，如其薦雄在死前一兩年，怎麼能說三十餘，要是在王音剛拜大司馬時，揚雄剛三十二三歲，倒是可以說三十餘了。不過又怎樣去解釋這歲餘奏《羽獵賦》呢？

現在陸侃如先生的說法，還是根據司馬光，可不相信王音是王根的錯誤，而另外提出一個可能的人物，王商。因為王商在元延元年正月做大司馬衛將軍，十二月乙未遷大司馬大將軍，辛亥薨。庚申，光祿勳王根做大司馬驃騎將軍。陸先生說：

> 不知庚申為何日，但自乙未至此，已二十六日，故王根作大司馬一定在除夕前不久，而揚雄則在次年正月便從上甘泉作賦了，這時間未免太匆促了些。

他認為在元延元年薦揚雄的，應該是王商。考陳援庵先生《二十史朔閏表》，元延元年十二月朔是甲午，乙未是初二日，庚申是二十七日。在這一年裏，王根只做了三天大司馬，時間實在太匆促了。在這一點上，我是同意陸先生的看法的。王商的所以錯成王音，陸先生以為是班固記錯了。因為王商是衛將軍，"衛"字不容易錯成"車騎"。

不過主要的問題，還在司馬光的說法對不對。我覺得把王音改成王根，或者王商，如無確實的證據，都是有些危險的。因為班固離揚雄這麼近，看見過《七略》，看見過揚子雲的家諜，會把王根或王商錯做王音，驃騎將軍或衛將軍錯成車騎將軍嗎？

《七略》所載的三個年代，司馬光壓根兒就沒有注意過，應該是很大的漏洞。沈欽韓在《甘泉賦》和《校獵賦》裏都從《通鑑》作元延二年，在《長楊賦》卻說：

> 又疑《七略》編當時文，不當有失。或雄自敘，止據奏御之日，祕書典校，則憑寫進之年，故參差先後也。

這是他自相矛盾的地方。陸侃如雖也承認"《七略》當信賴"，可是他認為三賦是元延三年奏御，不能在四年前的永始三年寫進。又說即使奏御在永始時，也不能四年才幸甘泉而三年已然寫進。所以他的結論是"李善所見《七略》，恐怕不是原文"。

另外，還有一個重要的問題。本傳所引揚雄自序，做《羽獵賦》的明年，上將大誇胡人以多禽獸，所以從秋天起就把老百姓捉來的禽獸，送到長楊射熊館，叫胡人手搏，所以他又做了《長楊賦》。《成帝本紀》在元延二年冬說："行幸長楊宮，從胡客大校獵"，和《長楊賦》所說正合，應當是一件事情。司馬光等因為把元延二年冬的大校獵，當做《羽獵賦》的羽獵，反而把因叫胡人手搏禽獸而作的《長楊賦》落空了。司馬光很乾脆，就在元延三年硬添上一條，"上命胡人搏禽獸"，說《本紀》錯了。戴震認為元延三年沒有長楊校獵一回事，是揚雄傳錯的。錢大昕用司馬光的說法，以為元延三年幸長楊射熊館，《本紀》沒有寫，二年只校獵，沒有胡客，三年才有胡客，併兩事為一，是《本紀》錯的。

陸侃如先生似乎沒有注意到這一問題。我們不曉得他的看法如何，可是我總覺得《羽獵》和《長楊》兩個年代的關係是不應該分開來討論的。把王音改成王根或王商的先決問題，實在是揚雄作四賦的年代。

由司馬光起，主張《甘泉》到《羽獵》是元延二年做的，但是這個說法，必須作三個大膽的假設：

（一）假設班固在揚雄本傳把驃騎將軍王根或衛將軍王商錯成車騎將軍王音。

（二）假設李善所引的三條《七略》，全不足信。

（三）假設班固在《成帝本紀》裏，把從胡客大校獵的事記錯了。

這樣三個錯誤湊在一起，恐怕是不可能的。

如果平心靜氣去看，我覺得何焯的說法，或許是可取的。何氏的惟一錯誤，只在忘了王音的卒年。但是他說上《甘泉賦》在永始四年，和李善《甘泉賦》注正同，比司馬光的說法要好得多。我們不妨用這一個年代來看看。

第一、我們如其承認薦揚雄是王音，那末，雄自蜀來遊的時候，大約是三十八九歲。王音召雄為門下史，後來又薦雄待詔，那時行政手續遲緩，到揚雄真去待詔時，大概已是永始三年，王音已死，揚雄也四十歲了。事後追憶，人名是不容易錯的，數目字容易錯，所以就含混地說四十多了。這樣的含混，可能在自敘或家諜裏已是如此，不一定是班固弄錯的。

第二、我們如其假定揚雄在永始二年前到京師，永始三年待詔，待詔歲餘奏《羽獵賦》，那末，《甘泉》《河東》《羽獵》三賦是永始四年寫的。《成帝本紀》：" 四年，春正月，行幸甘泉，郊泰畤，三月行幸河東，祠后土。"陸侃如說"永始四年則僅至甘泉，既未至河東，亦未校獵"，和本傳不合，怕是記錯了。《本紀》在這一年雖則沒有說到羽獵，我們也不能因而推翻這個年代，因為紀傳有時可以闕略的。

第三、我們如其假定三賦作於永始四年，那末，《七略》所說《甘泉賦》和《羽獵賦》作於永始三年，就不用完全推翻，只須像李善《甘泉賦注》認為三年是四年之誤就可以了。數目字是比較容易錯誤的。

第四、我們如其假定寫《羽獵賦》是永始四年十二月，真正寫成奏上的時候，應該是元延元年了。明年就是元延二年，是《本紀》所說"行幸長楊宮，從胡客大校獵"的一年，也就是本傳明年作《長揚賦》的一年，我們就不用說《本紀》有錯誤了。

第五、我們如其假定《長揚賦》是元延二年寫的，那末，《七略》所說"《長楊賦》綏和元年上"，要遲三年。這裏，沈欽韓的說法"祕書典校，則憑寫進之年"，應當是對的。我們不必像李善的說法，以為《七略》是錯誤的。

這個說法對於這些原始史料，除了把《七略》兩處永始三年改成四年，此外就完全可以解釋，比司馬光的說法就妥當多了。

從事實上看，永始四年也是作賦的一個好機會。因為那一年是成帝第一次幸甘泉和河東，大赦天下，賞賜吏民，所以《甘泉賦》一開始就說：

惟漢十世，將郊上玄，定泰畤，雍神休，尊明号。

這決不是第二次巡幸的話。像司馬光的說法，三賦作在元延二年，可就是第二次了。那時人主心理上，已不那樣鋪張，不大赦，也不賞賜。揚雄如在那時才作賦，也未免太不合時宜了。況且《羽獵賦序》說"其十二月羽獵"，既沒有說長楊宮，也沒有胡人,更不是大校獵。《本紀》在元延二年所寫的卻是"冬,行幸長楊宮,從胡客大校獵"。怎麼會相合呢?

司馬光的錯誤,在只看見一個"獵"字,而忽略了其餘的條件。他因為元延二年既幸甘泉和河東,又有從胡客大校獵的事情,可以和《甘泉》《河東》《羽獵》三賦的製作在一年相附合,卻沒有注意到元延二年冬的大校獵,決不是羽獵,只是《長楊賦》的環境而不是《羽獵賦》的。他由這一點巧合,不惜把《漢書》的車騎將軍王音,硬改做驃騎將軍王根。但是,《長楊賦》又沒有著落了,只好硬加在元延三年。這樣似是而非的一再錯誤,就治絲而愈棼了。這個錯誤,可以說由司馬光一手造成的。後人紛紛推測,都受他的影響。

由此,我們可以看見考證之學,最好把原始史料都攤出來,然後尋求怎樣可以說得通。萬不可先有了成見,更不可只着眼在巧合。研究歷史,第一得有材料,第二就得在精密的方法。即使一個年代的考證,也是一點大意不得的。

孫夏峯學派的後勁

——馬平泉的學術

嵇文甫

當清朝嘉慶道光年間，河南禹州有一位聲名不甚顯赫的學者馬平泉先生，雖然在所有講清代學術史的著述中都不曾提到他，然而他確乎是孫夏峯一系的後勁，要想真切認識孫夏峯派的學術，對於他不能不特別注意。我向來有一種臆說，以為陸王學說中含有實用主義成分，孕育著清初經世致用的學風，而夏峯之學更直接和顏習齋有關係，可以作為從陸王到顏李的橋樑。這其間錯綜微妙異同流變的情形，我已經從許多方面步步證實。在讀過《平泉遺書》以後，更可以增加自信了。

平泉名時芳，字誠之，歷任封邱鞏縣教諭。所著書有《樸麗子》《求心錄》《馬氏心書》《來學纂言》《論語義疏》《風燭學鈔》《黃池隨筆》《芝田隨筆》《挑燈詩話》《垂香樓詩稿》等，於民國乙卯匯印為《平泉遺書》。王槐三先生敘其學術大旨道：

> 其學不淪幽渺，不滯言詮。外切求之人情世故，而內直反之吾心自安。峻者夷之，隘者廓之，間者溝之，迂者徑之。

自是行千里皆坦途。其于學以求樂，學以解縛之旨，一編之中三致意焉。蓋深悟為道日損，損之又損，以歸於簡易樸實，隤然無複壇宇之存。而其中心藏之者，則默以權略機應空明澄澈自喜（時龍山李公馭昌祿贈詩雲：權略機應皆適道，空明澄澈不是禪）。所未敢昌言嘩眾者，國之利器不以示人，誠慎之也。其師法自蘇門以規陽明白沙，而象山，而堯夫明道，而濂溪，而文中子，再溯郭林宗以薄張子房，而衍演為莊周老聃。其崇論不諱魏武，而更推轂司馬仲達姚廣孝，間及寄奴賀六渾，別出孤識以旌公孫鞅。日以惻憐天性呼人惺惺，顧文曰："菩心太重不可以學道。"此則俟知者知耳。綜觀先生述作以考班志，固屬儒家者流，而橫潰以入雜家，見王治之無不貫，此其所長也。每下愈況，百姓與能。及其至也，上哲其猶病諸。（《平泉遺書》序）

這段話講平泉學術最真切，最透澈，句句中肯，可以從《平泉遺書》中一一實證出來。本來平泉是從趙寬夫以上接夏峯學脈的。夏峯之學，專務躬行實踐，不講玄妙，不立崖岸，寬和平易，悃愊無華，與一般道學家之好為高論而孤僻迂拘、不近人情者，大異其趣。平泉從這一路發展下去，而更神會于陸王，氾濫於百家。所謂"權略機應皆適道，空明澄澈不是禪"，正揭出陸王妙諦，而可以把范少伯張子房那班智多星一齊籠罩在內。這顯然自成一格，已非複夏峯所能限了。我們先就他崇尚實用處講起。他說：

夫醫儒之學，必課諸事而後實。談玄妙，薄事功，自宋儒始也。士大夫好尚，中于人心，下為風俗，而上為政教。孔明謝安石皆能以一偶爭衡中原。宋發全盛之勢，遇敵即走，竄于臨安。是時尚有天下十分之七，端拱喘息，甘為小朝廷而弗恥。人皆謂朝廷無人,而不知學術之浮闊?有以基之厲也。流風相扇,至於今未已。吾兄試看世間,凡高談闊論,專攻簡冊者,有非夢夢者乎?是故我朝聖明,國家大事並不靠此等人,而書生兩字竟成舉世詬病,有由然也。……蓋古人即事為學,學焉日通。今人離事為學,學焉而日空,如之何其可也!(《黃池隨筆》)

吾聞之,"學在事上磨煉。"又聞之:"言己在人上見,言心在事上見。"醇正切實,歷萬古而不易矣。然羅仲素令學者靜坐觀喜怒哀樂未發氣象則何耶?非之者以為禪,稱之者曰:"靜而觀其氣象,正是靜而存養,周子無欲故靜之肯,龜山得兩程子之秘而傳之仲素,仲素傳之延平,延平傳之元晦。一燈相續,直接虞廷允執厥中之脈。……夫周子所謂無欲故靜,雖酬酢萬變,極喜怒哀樂之用,而本體湛然。動亦靜也,非閉門靜坐之謂也。且夫道若大路,所謂秘者何也?嗚呼!論者謂南宋以後,學者往往流而為禪,非以此與?此可為長歎息者也。蓋嘗推而論之,堯舜相傳一中,皆在事上見,故曰:"四海困窮,天祿永終。"後實事而談存養,總屬玄杳。虞廷授受,安得如此?再取二典所紀而詳考之,益昭昭然若發蒙矣。(《芝田隨筆》)

後世學孔子者,逢掖章甫,鞠躬踧踖。至於歷階攘袂風概,罕言及者矣。(《馬氏心書》)

古之聖人,或耕築,或屠鈞,孔子棲棲皇皇。後世所稱儒者氣象奚似乎?抑古未聞氣象之雲也。置實而課虛,儒風所以不競與!(仝上)

聖賢依乎《中庸》,以實心勵實行,以實學求實用。道學則務語精微,先理氣,後彝倫,尊性命,薄事功。(《樸麗子》)

言心,言性,言理氣,皆恍惚無可質對。至於實事,試而不驗，其短立見。故必持一不可行之說，使人不能試，而後號於眾曰："吾所傳者，先王之法，足為萬世開太平，如不用何？"後已言封建井田是也。（仝上）

看他尊重事功，講實事，講實用，反對離事為學，反對專攻書冊，反對閉門靜坐，反對一切無可質對無可證驗的空言高論，對於宋儒大加貶斥。許多痛快淋漓精悍峭刻的話，放到《顏李集》中簡直辨別不出來。更妙的是：

劉豫州詣孫權，求都督荊州。周瑜上疏曰："劉備以梟雄之姿，而有關張熊虎之將，必非久屈為人用者。謂宜徙置吳，為官室，多其美女玩好，以娛其耳目，猥割土地資業之，非計。"權不聽。宋太祖聞南唐主好佛，密遣名僧數人往。政事益廢。樸麗子曰："美女玩好以娛耳目，名僧以廢政事。是皆於淡中著手，如日銷膏而人不知，計之至毒者也。機變陰森，不寒而慄。抑陳向甫有言：'君父之無恥有所不顧，士大夫相與低眉拱手，以不談性命為恥，斯南宋所以不競也。夫性命不徵諸事功，則亦名僧而已矣，美女玩好而已矣。'"（《樸麗子》）

把名僧、美女玩好和空談性命不倫不類地拉在一起，像這樣刻毒的反道學言論，就讓顏李乃至袁子才紀曉嵐等來說，又當如何呢？這簡直使人不敢相信是夏峯後裔所說的話。根據這種事功派的實用主義的觀點，他對於《論語》上"曾點言志"那段故事提出一個別解：

聖人以天地萬物為一體，凡在同人，誰無此心。然非具經濟實用，亦何以與人家國事。……三子皆確有所以，不孤夫子之問，點獨從容鼓瑟不輟，於禮未是。即其言志，亦不過流連風景,始終一狂士故態,為清談濫觴,與夫子課實意大相刺謬,有何足與,而夫子特與之耶?竊嘗熟思之,與當似說文作黨與。吾非斯人之徒與而誰與,又行道德吾與,正此義。蓋其時孔子已老,棲棲卒無所合,而二三子皆堪有為,酬志亦複無期,反不如點之隨時有以自樂也。故曰:"吾與點也。"謂與點共童冠之樂也。一段高興,卻被點說得冰冷。俯仰往復,窮途思轉,喟然一歎,感傷而歎,非嘉喜而歎也。曰與點,實愴然有浮海意……(《論語義疏》)

我夫子之與點也,當時師弟言志,從容鼓瑟,公言異三子,不敢言,與夫子之問異也。即其言志,亦不過流連光景,始終一狂士故態。夫子歎曰與點,所以慨三子皆堪有為而不見知,而己亦棲棲徒老於行,反不如點之隨時有以自樂也。下歷論三子,辭氣未平,猶是喟然餘音。注未悉言外之意,泥其言而極推之,至以三子為規規於事為之末,嘻!是何言也!並孔子亦在下風矣!紫陽平生篤實畏敬突出此論,有似何鄧餘唾,與聖門課實之旨全相刺謬,亦咄咄怪事!自是崇議論,薄幹濟,脫繩檢,流弊無窮,由於不切求諸心,而自信輕也。(《黃池隨筆》)

春風舞雩,一段灑落自在光景,為歷來道學家所憧憬。"有'吾與點也'之意"乃一種極高境界的贊揚語,在這班人心目中,曾點地位直可以接席顏淵,而子路等三子"規規於事為之末",都只是些粗才而已。平泉卻來了個大翻案。他把與點之歎竟看成一句牢騷話,"感傷而歎,非嘉喜而歎"和"居九夷""乘桴浮海"是同樣意味。春風舞雩只是一種流連光景的狂士情態,而三子卻都是有實際幹略的經世人才,孔子屬意實在三子,而並非曾點。這種新穎而大膽的解說,非真知灼見別有會心,如何能發揮出來。他講"子貢貨殖"那一章也別致:

"億則屢中"言其天資穎異，無所稟承，"億度多中於理，其顏子之亞與"。《貨殖》亦古聖經書，不審人心。只因壟斷者多，至人淺薄。子貢自別，然未免有欲贏意，故曰"不受命"。此處輸顏一籌。顏子"庶幾"，子貢"屢如"，夫子都在能貧上低昂一番。豈貧即道，不貧即非道耶？蓋貧為害心第一關，最是驗人學力淺深。此非盡取古今人物切究之不知也。若無用而貧，計無所之，至於閉戶僵臥，沿門乞食，古人亦無此風尚。貧不可不安，生不可不治。九貢九賦，天子之治生也。本天因地，士庶人之治生也。（《論語義疏》）

儒者諱言功利，貨殖更所羞稱，而平泉偏說："貨殖亦古聖經書，不害人心。"他認為治生與安貧並行不悖。子貢只是在安貧一點上輸顏子一籌，卻並不能說他根本就不該治生。貧的本身決沒有什麼可貴。不能治生，以至於乞食、僵臥，這樣的人也值得崇拜麼？平泉屢屢稱贊許魯齋"儒者治生為先"之說，又指出版築屠釣等等為古聖賢治生實事，都可以和此章所解互相發明。他絕不諱言功利。如云：

> 帝廷明試以功，《周易》無不利。功利者，莫上下者也。古之仁聖賢人，大都正誼以謀利，明道以計功，斯功利悉歸道誼之中矣。後儒云："仁人者，正其誼不謀其利，明其道不計其功"。此徒為大言耳。不謀利，利於何有？不計功，功於何有？功利者，道誼之載也。離功利而言道誼，則道誼虛而無所措。尚虛辭而貌實務，究其害至於破家亡國。魏晉清淡，南宋性命，所由靡靡也。（《樸麗子》）

他把董仲舒的話下一轉語，"正誼以謀利，明道以計功。"這種論調極為警辟，和葉水心、陳同甫等一班浙東學者以及顏李派一鼻孔出氣。陳、葉等都主張卑之無甚高論，不以功利為諱，尊重事功，尊重漢唐豪傑。顏習齋認為三代聖人是"仁者安仁"，漢唐豪傑是"智者利仁"，他們都打破古今之界，不承認三代聖賢和後世豪傑有本質上的差異，平泉也是一樣，試看他說：

> 古人亦人耳，耳目口鼻之所同嗜，未必大遠于人人。但其詳不傳，所傳者僅落落數大端。論者于古人，見其精未見其粗，而求之也疏；於今人見其精並見其粗，而求之也密。是以古今人本不甚相遠，而自論者觀之，則如河漢之不可以相及。即如孔明、郭汾陽，在三代時蓋亦伊呂周召品流也，而其所處為尤難。孔明澹泊寧靜，倖免訾督，汾陽即不免以奢侈見貶，此亦求之太密之過也。(《樸麗子》)

> 冉有聚斂，阿附權門，凡今所傳漢唐名臣不為也。聞一得三，仲尼豈賢於子，何其闇塞。而宰我短喪，食稻衣錦，更為有傷名教，夫子之所痛斥。莫道一系賴聖門，便高出羣輩也。夫陳蔡諸賢，考以四科，今稱十哲矣。即以漢一代言之，若江都康成之德行，鄠侯長沙之政事，在聖門亦居高第。至於言語文學，益袞然不乏人矣。學者眼界須放開，撤去胸中一應藩籬。(仝上)

道學家每把古聖賢理想化，樹立一高不可攀的典型，而對於漢以後人物，則尋瑕索瘢，求全責備，極苛刻之能事。其實古今人不相遠，古聖賢的門牆並不那樣高，而三代下未嘗無人也。從前陳同甫和朱子大起王霸之辯，為漢唐豪傑爭地位。夏峯、習齋亦多持平之論。至於平泉，不僅把張子房、郭汾陽、韓魏公、徐中山抬到天上，不僅傾佩李卓吾，稱讚叔孫通，甚至津津樂道姚廣孝，對於曹操司馬懿都有好評，對於唐太宗殺建成元吉也要回護。照他這樣看法，什麼人沒有可取，又什麼時候、什麼地方非道之所存？所以他說：

> 學未嘗絕，道未嘗喪。賢者誇識其大，不賢者識其小。若是者，天實司之。天道以不息用者也。(《求心錄》)

> 宋以後人動云絕學，蓋濫觴于退之原道，從前無是語也。斯乃儒者之高論，其實不如此。(仝上)

> "正心誠意之言，世俗不講久矣！"誰為是語也？若皆意不誠，心不正，人類流為鬼魅，成何世界！夫一州一邑之中，亦必有忠信德義，足以型風俗而系人紀。是故誠意正心之道未嘗頃刻歇絕於世，不在講與不講。此化育保合，而天命所以流行也。(仝上)

自韓昌黎有"軻之死不得其傳"之說，後來宋儒爭言千載絕學。至朱子直把三代以後認為"天地亦是架漏過時，人心亦是牽補度日"，天地不成其為天地，人心不成其為人心，把漢唐儒者和豪傑一筆抹殺。當時同甫就力與爭辯。現在平泉更明白說"學未嘗絕，道未嘗喪"，大可以作同甫的聲援。"若皆意不誠……"云云，大類魏征之駁封德彝，實為妄分古今之界而慨歎學絕道喪者下一有力針砭。在夏峯理學宗傳中，不僅程、邵、朱、陸、薛、王、羅、顧並列為正宗，無分彼此，打破了道學家內部的壁壘，並且把漢唐儒者如董江都、文中子、韓昌黎等都列在道統以內。照這樣看法，道何嘗一日絕於天下，只是朱子那班道學家沒有把眼界放寬罷了。同甫、夏峯、習齋尺度放得都不高，平泉尤其是喜歡唱低調。他說：

> 不習難勝之禮，不為絕俗之行。節有所不敢虧，而亦不敢苦其節也。情有所不敢縱，而亦不敢矯其情也。居之以寬恕，而持之以平易。是亦君子之小心而已矣。(《樸麗子》)

他認為《周官》禮制太密,東漢節義太苦,都有流弊,所以主張寬恕平易,適可而止。這種學風正是夏峯嫡傳。他不責人以過高難行之事。如云:

> 餓死事果小耶?物果吾與耶?道大而正,遂成科律。若謂不用犧牲無以供祭祀,早寡無依不妨聽其再醮,誰肯出此憨語。究其間得失正相半耳。亦安可不知也。(《求心錄》)
>
> 襄城一婦早寡,父令改適,舅不可。鳴諸官,官從其父。又一婦,甫嫁而夫歿,有去志。舅喝斥之,踰月瘦死。又中牟東關一節婦坊,每建立輒有風雷之異,屢立屢倒,遂不立。今惟存石一堆,是尤有不可言者矣。惡莫大於矯誣,是必有使之然者。(仝上)

"餓死事小,失節事大",程伊川這句話久成為金科玉律,現在平泉竟公然提出"早寡無依不妨聽其再醮"的一種說法,認為與前說"得失相半"。他並舉出三個寡婦作例:一個是官斷改嫁,算得到解放;一個是被迫守節,以致瘦死,情事殊慘;至於最後一個,節婦坊建立不起,其中多少曖昧不可告人者,舊禮教的虛偽矯誣如此,這簡直是"五四"時代所謂"吃人的禮教"之呼聲了。他還有論王陽明居喪一段話,也很可玩味:

> 王文成公執父喪,宴席不廢酒肉。湛甘泉面非之,公唯唯謝過而已。甘泉出,門人問之,公曰:"為吾親而來者,豈可使與孝子同食?"樸麗子曰:"始余讀書至此,瞿然不能無疑;既而忽豁然有省曰:'此真是矣。道固如是之簡易乎!信如是也。吾道自此太平矣。'"(《樸麗子》)

中國喪禮最煩瑣,越來越趨於虛偽矯飾。王學本來是不管什麼傳統格套,而只行其心之所安的。王龍溪曾記陽明居喪,有時候賓至不哭，賓去反哭，和平泉此處所述參合來看，彌覺其親切自然而近人情。平泉專從這一路發展下去，絕不矯情鳴高，而務於平易近人。試看：

> 或謂樸麗子曰："每見子與人接，人或吶吶，而子刺刺。究其所言，亦祇平平，何也？"樸麗子憮然為間而答曰："僕無似，為世所擯。凡所相接，皆於僕有緣者也。士吾與之言功名，農吾與之言耕獲，工吾與之言斤削，商吾與之言買賣。且複款語二氏，旁及雜流，時參遊戲諧笑云云，都漫然無所關檢。豈直平平而已哉！字之言意在相規，雖僕亦自知其非是。顧惟老子婆娑，過物為盡。苟非頑讒不類，不欲以冷面沐人。"（《樸麗子》）

為平平無奇的與各行各業的人，懇款言笑、極盡歡洽，一片惻朴樂易熱心腸，純是夏峯一路風格。再看：

> 樸麗子與友人同飲茶園中，時日已暮，飲者以百數，坐未定，友亟去。樸麗子曰："何亟也？"曰："吾見眾目亂瞬，口亂翕張，不能耐。"樸麗子曰："若使吾要致多人，資而與之飲，吾力有所不及，且又不免酬應之煩。今在坐者各出數文，聚飲於此。渾貴賤，等貧富，老幼強弱、樵牧廝隸以及遐方異域、鯨鯢徒奴，一杯清茗，無所參異。用解煩渴，息勞倦，軒軒笑語，殆移我情。吾方不勝其樂，而又以為飲於此者小也。子何亟也？"友默然竟去。然自是其風概為之一變。（《樸麗子》）

讀這段話真使人鄙吝盡消。所謂"聞柳下惠之風者，鄙夫寬，薄夫敦"可於此驗之。中國士大夫的習氣，往往羞與俗人伍，像茶肆酒樓那樣流品混雜的地方，更相戒不敢涉足。但平泉卻和光同塵，偏在這囂亂場中領略出一種人間味，一點高自標榜厭惡俗人的意思沒有。他不嫌"俗"，常稱述《周官》"以俗教安"之義，旁人力求自異於大眾，他卻力求自同於大眾。他說：

> 聞韶不知肉味，則孔子知味可知也；唯酒無量，則孔子能飲可知也。委吏乘田，則孔子謀生可知也。由孔子以觀周公，醯醯鹽梅，掌之有司，則公之食定不廢烹調，設酒人，則公之飲定不貴魯酒之薄；而且袞衣繡裳，赤舄幾幾，即其宮禁嬪嬙定不尚黃髮大足短衣柳髻。大抵聖人都與人同，其不同者人異之耳。觀聖於其異，不如於其同。同則易親，異則易疏。親則引而近之而日上，羣入君子之途；疏則去而遠之而日下，卒為小人之歸。（《樸麗子》）

> 文中子與人款曲而待其會，君子樂其道，小人悅其惠。周濂溪胸懷灑落，一府皆傾。而陽明在龍場，土人鴃舌鳥語，久而益親。是即舜有膻行，所以成都之意。儒者若不透此關，與世隔閡，動致紛紜，無子之溫而厲過之，威而猛，恭而不安，正恐只是一矜為累耳。（仝上）

> 習俗移人，賢者不免。不免俗而賢，斯其所以賢也。……夫學古所以善俗，非以戾俗也。執古義以行于俗，安往而不窮哉！周禮大司徒以俗教安，帝王且不違俗，況士庶乎？（仝上）

聖人飲食男女，都與人同。陽明有言："與愚夫愚婦同的，是為同德；與愚夫愚婦異的，是為異端。"故"觀聖於其異，不如與其同"，這正是姚江家法。世儒不達此義，每好矜奇立異，執古以戾俗，做出牛鬼蛇神模樣，所以與世隔閡，到處惹麻煩。平泉書中指斥世儒迂僻執固的地方很多，任何好道理，一偏執都有毛病，反之，只要不偏執，什麼都可用。如云：

佛老申韓之書，去聖人之道皆遠。然自聖人用之，即聖人矣。譬之桂附皆有毒，然陰寒之疾，非此不愈。良醫用藥，期於投症，無定品也。(《樸麗子》)

夫參蓍可以引年，取壯夫嬰兒徧啖之，其亡也忽焉。故學不知盡，聖經賢傳皆足以遂非長傲，帝王官禮亦禍世殃民之資。(仝上)

或曰："論安言直，動引聖人。聖人不宜引歟？孔明非之何也？"樸麗子曰："聖人無不切之事，而自有聖人之時，可見者事也，不可見者時也。離時而比事，庸有當乎？是故時有不同，事從而變。非聖人不宜引，引聖人者失聖人也。"(仝上)

稻出荍中，苗厭厭然起，農夫摘而鋤之。或曰："是稻也，而顧鋤之乎？"農夫曰："稻之美甲六穀，然孤置荍中，則為廢苗矣。且稻夏穀也，今秋矣，故鋤之。"樸麗子曰：嗟乎！稻，人人之所習見，而人人之所共嗜者也。非其地，非其時，猶荍除如莨莠然。又況不為人人所習見，人人所共嗜者乎？易三百八十四爻，皆言平時地也。時地之義大矣哉！(仝上)

這些話何等通達！佛老申韓，無所不取；桂附參蓍，隨症使用。他緊緊把握住此地和此時，不"離時而比事"，"時有不同，事從而變"，一點牽掛拘泥地方沒有。章太炎稱陽明之學，"內斷疑悔，外絕牽制"，最長於應變。平泉學風也正是這一路，他有一段講王學的話：

龍溪王氏曰："千古聖學，從一念靈明做起。保此靈明之謂學，以此觸發感通之謂教，隨事不昧此為格物，不欺此為誠意。"樸麗子曰："一念靈明，知也。保也，觸發也，不昧也,不欺也,致知也。知非他,良知也。致者,致良知也。一部大學,致知焉盡之矣,陽明一生宗旨,致良知焉盡之矣。龍溪此言,透快精確,萬吉不易,使讀者手舞足蹈,心花俱開。"(《樸麗子》)

點出那"一念靈明",縱說橫說,一了百當,自是王學家快論。平泉于此別有會心,竟可以使他"手舞足蹈,心花俱開"。原來陸王派所講的是"心學",是專提本心作主宰的。運用之妙,全在一心。隨機應變,不拘故常。不像世儒沈溺在故紙堆中,越學越糊塗,越不能應事,象山有言:"古之學者以養心,今之學者以病心;古之學者以成事,今之學者以敗事。"心既病了,事那得不敗?好像一個有神經病的人,做起事來,能不七顛八倒麼?養心者,即養那"一念靈明"之謂也。不管你讀書也好,講論也好,做事也好,心裡糊塗總不行。所以我們必須沒有心病,必須培養得那"一念靈明"。陸王派所以不同於世儒的迂拘固滯,而和事功派有些默契者,正由於此。平泉對於這一點特別注意。他屢屢稱讚尤西川所謂講學是解縛法,有世俗縛、經傳縛、師說縛、意見縛,縛解方可言學云云。這簡直大有培根打破四種偶像的意味。這些東西都是有害於那"一念靈明"的,自然非除去不可。他說:

> 明世宗謂:"王守仁有道學。"道學有無用者耶?無用猶得為道學耶?然自章句訓詁之學興,精力都困敝在冊子上,內溺其心,而外作偶人形。尋常著衣噉飯,動致顛倒失措,遑問有用無用耶?(《樸麗子》)

這段話道破正統派道學以及一般俗儒的通病,亦表現出陸王派的真精神。他深病世儒之"愚",於迂儒腐儒陋儒曲儒等等之外，特立"愚儒"一目。救"愚"莫如"智"。所以平泉之學特別崇尚"智"。這或者正是上文所說他對於那"一念靈明"別有會心的地方。他最喜歡讀《智囊補》，有手批本，極為李文清公所推重。他說：

> 馮猶龍所輯《智囊》，有用之書也。《周易》開物成務，極深研變，然其義多隱，是書乃宣言之，余少而樂觀焉。今老矣，時還取讀。每至肯綮處，眲睞浮白，搖膝吟哦，不知手之舞之，足之蹈之也。因口占云："汝潁閒人野老裝，亂頭粗服甚頹庸。一般蘊藉無人見，鬥酒微吟看《智囊》。"（《樸麗子》）

這最足見平泉生平真正得力的秘奧所在。《智囊》這部書，一般學術界不大稱引，而他卻拿來和《周易》相發明，以至於手舞足蹈，搖膝長吟。從他看來，《周易》一書，專講消息盈虛進退存亡之道，足以開物成務，也正是一部《智囊》。《論語》上說："好智不好學，其蔽也賊。"而《禮記·經解篇》論《易》教之失，也恰好用一"賊"字。這可見"智"正屬於"易教"，《周易》和"智"確乎有一種特殊關係。再看：

> 孫夏峯與茅止生會江邨鹿伯順處。止生曰："劉玄德四海無家，以一言結無地樓臺，千載下遂以百尺樓屬之玄德。我三人各有百尺樓，不知誰當據其上者。"伯順問止生。答曰："吾欲郭汾陽、李臨淮耳。"伯順曰："吾已延陸子靜、王伯安矣。"夏峯曰："陳太邱、郭林宗是吾客也。"余方書此，友人在側，問曰："於君何如？"余笑而應之曰："吾自有鄉先生焉，其張子房、司馬德操乎！"（《樸麗子》）

他所最景仰的乃是張子房、司馬德操一流最富於智慧的人物，這班人平居從容無事,神閒氣定,一旦事機當前輕輕的"一點半撥間"(平泉論子房語)就成了大功。他們最會審時度勢沈機觀變,非到恰好處絕不輕易下手,和那班不計成敗而一往直前者,作風大不相同。平泉走的既然是這條路,所以他對於明代許多激烈人物表示不滿。他說:

> 作事不求濟,不慮敗,信己以往,而曰行之自我者常如是也。汔濟濡尾,何利之有?夫臨事而懼,好謀而成,凡事皆然,不第行軍而已也。明之一代,其謂士大夫偉然負盛名於世者,其於遺大投艱之時,往往以決裂而失之。事僕身辱,害及於天下國家,而自古聖人所以惓惓垂教之旨微矣。嗟乎!任事而不審時,尚勇而不好學,執理而不達情,弊之所從來久矣!(《樸麗子》)

> 善哉,孫文正之論梃擊也!曰:"事關東宮,不可不問;事涉貴妃,不可深問。龐寵劉成而下,不可不問;龐寵劉成而上,不可深問。"曉人不當如是耶!而當時方以深言為患,為能言人所難言,倘亦所謂果敢而窒者與!夫明之瑂禍,極於忠賢。然使士大夫能如葉福清孫高陽,適不至是。學之蔽可勝道哉!王文成觀政工部時,上邊務八事,言極剴切,晚年以為浮意氣。嗚呼!如此矯矯風節,如何謂之浮意氣哉。浮意氣烏足與於功名之會乎!以此為浮意氣,其所謂不浮意氣者又何如也?則亦烏可不深長而審思之也乎哉!(仝上)

這真是慨乎言之!明末閹禍死難諸君子如楊大洪等,忠烈真忠烈極了,然而無乃太不講于"臨時而懼,好謀而成"之道,就"智"字講,未免遺憾。夏峯當初不顧危難傾身營救諸君子,他們本來都是志同道合,然而在他的書中,對於諸君子多致惋惜之辭,與平泉所論正相符合。可見平泉之說,自有淵源,並非惡意苛求。他要做一個"曉人"，要除去陽明所謂"浮意氣"。這種老成練達的風格，實從夏峯來。大概由夏峯出發，矯激起來，則為習齋；曼衍下去，則為平泉。習齋卓犖，別樹一幟；平泉則卑之又卑，更帶黃老味，不善學之，或成為"世故老人"，而其圓練通脫處卻亦有非習齋所能及者。就形跡上講，習齋橫掃各家，連夏峯亦在拋棄之列，而平泉乃是從夏峰系統一直傳授下來，兩者截然異流。然而參互錯綜看起來，他們三家彼此間的關係實在很微妙呵。

评 论

评柏拉图《美诺》新译注本

普莱尔（Mark Pryor） 撰

杨志城 译

阿纳斯塔普罗（George Anastaplo）和伯恩斯（Laurence Berns）译注，《柏拉图的〈美诺〉》（*Plato's Meno*），MA：Focus Publishing，2004。

是否重视哲学探究如何开始这个问题，可以当作柏拉图《美诺》译本思想性成色的试金石。似乎正是出于这种考虑，阿纳斯塔普罗和伯恩斯清晰生动地翻译了这篇对话，［因而］这本书不再需要通常的导论；此书直接引领读者进入对话，而不是力图教导读者在文本中寻找什么确切的东西。读者首先会（即便是初次阅读）听到美诺（Meno）的各种意见，还有美诺深以为然的高尔吉亚（Gorgias）和恩培多克勒（Empedocles）的意见。我们也会听到美诺的奴隶的意见，以及即将成为民众领袖的安虞图斯[1]

---

[1] ［译注］后来控告苏格拉底的三个人之一，民主派人士，参《苏格拉底的申辩》。

(Anytus)的意见。苏格拉底自己也提出了某些意见，无论多么不副苏格拉底之名，读者还是可以自由地检视他的看法。同样值得注意的是，读者自己即可在文本中看到（即便没有相关背景知识）苏格拉底两次受到公然恐吓，虽然人们通常以为，这是一篇关乎"认识论"的早期对话，所以完全有别于政治哲学及其思考。对于一篇含有探究知识和真实的意见之间区别的对话来说，这样的意见是否真确呢（97a–98c）？

大部分学生要切入柏拉图的对话，都务求可靠的译文，阿纳斯塔普罗和伯恩斯的翻译恰当地传达出希腊文的意蕴。在对话后面，译者提供了160条总是有用但有时十分有争议的尾注以及两篇附录。译者分列他们的疏证和柏拉图的文本，并把这些疏证放在对话的译文之后，他们在形式上的努力，可以令读者难以忽略柏拉图写作的戏剧形式——倘若可能的话：因为译本的前46页，只有苏格拉底的对话或者探究。

尾注明白易懂，对入门者大有助益，即便高水平的读者也可能有所收获。特别有趣的是，尾注交叉参证，因此当我们重新考虑上下文时，每个论述的含意都会得到充实或者有所变化，由此将带出一系列洞见和问题。读者不妨整合那些巧妙地错落于长达30页的注释中的内容，并进行思考，这种［阅读］实践将有助于他们的再次或多次阅读。译者透彻地解释了许多希腊语术语，这于不懂希腊语的读者是不可或缺的。仅仅前三页注释就有如下术语：arete［美德］，didakton［可教之物］，asketon［凭学习而得之物］，sophia［智慧］，phronesis［明智］，aitios［原因］，gignoskein［知道］，to parapan［完全］，mnesis［记忆］，anamnesis［回忆］，aporia［缺乏］，ergon［行动］，agathos［好］，kalos［美］，kakia［邪恶］，zetein［探究］，ousia［实体］，einai［存在］和eidos［型相］。译者还提供了有助于进一步阅读的参考书籍和论文。此外，他们为对话中的每一段讲辞标上数字顺序，方便使用（尤其在课堂上），并与斯特凡（Stephanus）编码互为参照。尾注作为索引，有助于根据讲辞段落顺序和斯特凡编码回头查阅文本。

我认为，在某些情况下，伯恩斯和阿纳斯塔普罗决定采用英语中的近似词翻译某些重要而又含混的术语，是难以避免的做法，因为绝对的信译并不可能，这些近似词还顾及美诺看似已经理解了苏格拉底的［对话］方式，而且，他们的尾注保留了关于这些术语的讨论，严肃的学生将愿意琢磨这种讨论，并乐在其中。换言之，尾注并不仅仅是人们所认为的文本顺序的安排，而是这一翻译的重要组成部分。比如，请思考以下［讲辞段落或编码所对应的］注释：226（82e）；404（89c）；406（89c）和444（93d）以及288（84d）；388（88d）；494（97a）；554（99b）；562（99e）。正如有人所期望的那样，注释会回报仔细的阅读。例如，"在此苏格拉底似乎并没有区分"正确的意见和真实的意见（此系第502段讲辞，97b的相应注释，强调处为撰者所加）。"对的"（correct）、"正确的"（right）、"知道"（to know）以及"看见"（to see）、"美的"（beautiful）和"意见"（opinion）的不同形式在评注中反复出现且尤其重要。

尾注提请读者注意，苏格拉底开始定义形状为"在一切存在物之中唯一一直伴随着颜色的东西①"（第78段讲辞，75b），读者常常不考虑这定义，而赞赏恩培多克勒式的或者"肃剧式的"（tragic）定义——恰如苏格拉底所言（76c - 77a）。阿纳斯塔普罗和伯恩斯使读者思考涉及现象学定义的看的种类（人们通常这么说），既相较于那种在几何演示中的看，又相较于在聆听诗歌或者

---

① ［译注］此处参考王太庆先生的译文（柏拉图，《柏拉图对话集》，王太庆译，商务印书馆，2004，页162），并略加修改。

比如在法庭上听取证词时的所看或所闻。苏格拉底对诗人忒奥格尼斯（Theognis）的几处引述皆得到有益的检审。读者深受鼓励，并开始思考，在传达政治美德的过程中，城邦如何扮演智术师的角色，并起到模仿的作用。就真正的意见的功用而言，theoria［静观］和 praxis［行动］的决定性差异并未被忽略。

誓言索引（即附录 A）鼓励读者自己弄清楚誓言是什么、它想成为什么、它预设了什么；这与知识和意见问题并非不相干。自赫西俄德（Hesiod）以降，誓言理所当然是城邦的分内之物，这已然是明显或者足够明显的事情。

几何图形附录（即附录 B）为文中的论证提供了对一份清晰并便于理解的图形记录。这个译本对于教学实有裨益。

评《康德关于法律与和平的世界公民理论》

丘奇（Jefferey Church）撰
岑艳媚　梁其蕾　译

Otfried Höffe，《康德关于法律与和平的世界公民理论》（Kant's Cosmopolitan Theory of Law and Peace [*Königliche Völker. Zu Kants Kosmopolitischer Rechts - und Friedenstheorie*]），Alexandra Newton 英译，Cambridge：Cambridge University Press，2006。

赫费（Otfried Höffe），德国当代哲学和政治理论的领军人物之一，北美学界终于了解了他的重要性。他关于康德和亚里士多德的文本研究以及关于正义的哲学论著大多已译成英文（参附录）。在这部新译的优秀作品中，赫费结合文本解读和哲学分析，作为他总计划的一部分，试图恢复康德作为一位经典政治哲人的声誉，所谓经典的政治哲人，在于他能为当代围绕自由主义的迫切理论问题提供一个新视角。（我们大抵可以说，在英美政治理论的学术界，与其他典经典的政治哲人相比，康德没有获得应有的地位；但是，我们不应忽略大量关于康德政治哲学的英文学术成就——详见附录。）

像其他当代自由主义理论家一样，赫费热衷于为自由主义原则寻找合法基础。他的独特策略，亦即其经由康德的路径，是为了回应他在当代政治哲学上遇到的两个主要难题。第一个难题与自由主义向来存在的问题有关，亦即政府对个人的强制之范围程度和正当理由的问题。赫费认为，在政治独断论和怀疑论之间的"实践的二律背反"产生于对这个问题的通常回应（页114；另见赫费，1995年，页7-8）。一方面，法律实证主义（"政治教条主义"）想当然地认为，制度强制没有法律管辖之外的合法性，因此只有法律规范都是"合法的"。然而，另一方面，无政府主义和批判理论的一些形式（"政治怀疑主义"）却声称，没有法律规范能够合法地约束个人。解决这个实践的二律背反，在于要求政治强制具有法律管辖之外的合法性（以反对实证主义者），同时还要求只是作为某种程度的制度强制（以反对无政府主义者）。

在探寻这条中间道路的过程中，赫费面临第二个问题：如何回应当代关于政治正义原则之基础的各种不同理论。他认为，这一系列歧义纷呈的理论——从功利主义到罗尔斯（Rawls）到阿克塞尔罗德（Axelrod）到哈贝马斯（Habermas）到阿佩尔（Apel）——都没有充分论证自由正义的原则。罗尔斯的理论从经验的政治文化中搜求基本原则，所以，他的政治理论已变成"政治学的，而非形而上学的"；至于哈贝马斯的商谈伦理学，则没有探究以商谈为导向的过程本身的合法性（见赫费，2002，第11章论罗尔斯，第13章论哈贝马斯）。这些理论至多发展了理性的法律规范，它们在解决冲突方面或许是有效的，但是，它们却不能以绝对的道德律或无条件的善为基础建立法律规范。

于是，关于什么是合法的基础，赫费的标准很高。他追随康德，诉诸纯粹的理性原则，这些原则是普遍的、必然的，而不是诉诸不纯粹的经验观察，因为这些观察是狭隘的、偶然的。他在康德那里发现，一个政治哲人能够符合这种高标准。像康德一样，赫费也从主观道德律这一基础开始（第一部分），并且贯彻康德的论点，详细论证自由的正义（第二部分）和世界公民法（第三部分）。

这部论著的目的不是要全面勘定康德的道德哲学和政治哲学的版图（前言，页xvii），因此，在第一部分，赫费没有回应所有对康德道德哲学的异议，而是明智地选择了争论内容中的两点（参赫费，1994年，第八章，针对对康德的道德哲学的常见批评，他提供了更丰富的辩护；页149-151，他关于康德"行为准则"观点的解读极富原创性和启发性）。首先，他认为，由于对有关康德道德哲学的讽刺和批判的普遍接受，由于当代哲学中自然主义的流行，伦理学家们逐渐接受把亚里士多德作为康德不错的替代者（第二章）。然而，正如赫费指出，这鲜明的二者择——亚里士多德还是康德？——掩盖了两位哲学家之间深刻的连续性。两者都提出了一门可分离的哲学学科——实践哲学，这种实践哲学的目标不在于知，而在于行。像亚里士多德一样，康德赞同习惯和美德之于道德的重要。两者都持一种观点，即人类生活的目标是幸福，而幸福需要道德的卓越。尽管有这些相似性，根据康德的看法，道德可以从幸福中分离出来，并在逻辑上先于幸福，但对亚里士多德来说，幸福包含着道德行动作为道德努力的目标（页34-39）。赫费发现，康德关于道德行动的描述比亚里士多德更胜一筹：对亚里士多德来说，一切行动的展开都是为了幸福，然而对于康德来说，有些行动旨在人的幸福，而有些行动的展开只是因为人必须做正确的事情。根据赫费的观点，康德关于道德行动的描述比亚里士多德更符合我们的道德表达，因为有时我们必须以损害我们的幸福作为代价来做正确的事情。

赫费关于亚里士多德与康德之间相似性的讨论，启迪人心且富有洞见,但是,他过于仓促地得出康德优越于亚里士多德的结论。关于幸福,赫费诉诸一种特别当代的理解,把幸福当作一种纯粹个人的、意识的状态。相比之下,亚里士多德把幸福定义为"灵魂合乎美德的实现活动"(《尼各马可伦理学》,1098a15)。这些美德之一是正义,它包含做正确或合法的事情。因此,亚里士多德可能会拒绝把当代关于幸福的理解当作一种关于善的基本观点,这与牛一般的"享受性的生活"类似(同上,1095b15)。所以,为了回答这个问题——亚里士多德还是康德?——我们不能停留在赫费给我们留下的关于当代道德现象更好和更坏的描述这一层次,而必须深入研究古代和当代关于幸福的看法之间的差异。

赫费从第三章开始着手研究针对康德道德哲学的第二个讽刺,这种讽刺的观点认为,康德的伦理学排除了常识或谨慎的判断,将严格抽象的法则机械地运用于具体情况,这根本就是不合理的要求(页45-47)。康德强调一种纯粹的道德理论,这似乎将判断裁决于法庭之外,因为法庭只是把经验当作它的处理对象。然而,赫费认为,我们遇到的道德处境并不直接就是普遍法则的实例;相反,具体情况必须被理解为带有实践判断的道德律的"普遍的例示"(页51)。于是,为了改进我们在正确的时间、地点和环境中展开正确法则的能力,经验对于道德和政治处境是必不可少的,但是,我们不能容许经验的复杂性阻碍我们履行道德律的义务。

赫费对康德道德哲学的这种辩护和改进,为他在第二部分中以道德善为基础奠基政治权利铺平了道路。粗略浏览《道德形而上学》及其政治论文,我们都会发现,康德明显将政治权利与绝对命令联系起来,绝对命令是他的道德思想的基础概念。然而,把两者联系起来的论据是什么,目前还不完全清楚。

在第五章,赫费澄清康德的道德领域和政治领域在概念上的细微差别,由此而展开论证。对于康德来说,道德律经常不能激励人们的行动，因为一个真正的道德行为的展开必须是出自对道德律的敬重，而不是出自任何经验倾向。就其本身而论，人类需要政治法律来约束不公正的行为。但是，政治权利不能强制个人去成为有道德的人，因为这种强制会违背自律的基本价值。尽管如此，政治正义必须植根于道德——它必须从绝对的或必然的善之所是那里获得支撑，否则被视为正确而实行的东西，就取决于特定时间和地点的一系列偶然愿望。

在第六和第七章，赫费将正义奠基于道德，同时试图让正义符合纯粹实践理性的标准。康德认为，权利的基础原则（亦即绝对的善）是自由的人类行动。然而，正义不能像道德那样，奠基于"愿望的主观能力的结构"或主观的自由行动，而是相反，它必须奠基于一个扩展了的社会结构，即"源于社会视角的自由选择能力"的结构（页93）。就是说，我们不能从内部而是从外在表现去考查自由的人类行动。通过绝对命令来回答的合法性的问题，不再是严格的道德问题：我的主观箴言是否可普遍化？而是道德是否合法的问题——我自由的、公共的行动是否与其他任何一个人的行动的自由兼容，或者它是否干扰了这样的自由？于是，政治合法性问题要求深入研究人类共存——每个人享受他或她的自由活动——的可能性条件。康德认为，既然我们是有限的存在，占据着有限的空间、有限的资源，那么，人类就应该受到一种公正的法规的统治。这种法治允许我们划定能使这种自由活动成为可能的范围，并且理解什么东西是我的和你的。它确保每一个人拥有财产和活动的私人领域的权利，这同时也暗示了对他人的一种义务，不去干涉他人的这一领域。另外一种替代性选择，即自然状态，没有包含判定竞争性的财产索要的公正的观点，而只有主观断言。因此，在这样的情况下，这样的正义是不可能的。所以，赫费认为，对于康德而言，关于政治，人类有着双重的道德义务：第一，他们必须创造个人权利与公共法律，这构建起政治生活并允许个人自由的行使，康德称之为"普遍的合法性"（页112）；第二，他们还必须使自身的外部行为服从于这种法律，这样，他们的私人意志才能变为共同意志。

康德的观点也考虑到合法政府权力范围的批判，这样，赫费可以避免上述讨论的"实践的二律背反"。赫费这样解释康德的观点，即首先声称强制"本质上"主要起"保护作用"（页114），因为，当一个人以共同意志为代价来追求自己的私人意志时，正义就得到了重建。然而，政府无法用立法规范美德的方式来影响一个人自身的自我立法；它只能通过保持不干涉私人领域和法律的公正规则的完整性来规范公民的外部活动。简而言之，康德用国王似的人民取代哲学王：每个个体对于他自己来说都是具有独立主权和自治的。自由国家由这些国王似的人民构成，由此而维持个人主权的完整并避开独裁的政府权力的侵犯。

赫费对康德政治学的道德基础的重建令人印象深刻，也传达出他的勃勃雄心，但是，他还是会受到批评，尤其是关于权利的来源问题。在第七章，赫费坚持"权利不是天赋的，而必须是创造的"（页130）。康德拒绝洛克以自我所有权奠基自然权利的做法。相反，康德声称，基本权力来自于自主地履行一份原本义务，即"坚持自己作为法律上平等的权利"（页121）。于是，个人权力"取决于自己达成的行为而非他人的授予"（页122）。然而，赫费并不考虑以下问题：当有人未能履行法律上自我主张（legal self-assertion）的基本义务时，会发生什么呢？难道这个人不喜欢这个权利吗？此外，如果这个并不张扬的人还是受到道德律的约束，难道这不意味着这个人已经享有他的自主权，因此，他应该被视为他人的行为的一种目的，而非手段？康德《道德形而上学的奠基》中的目的王国已经包含"天赋"权利，所以除了有疑问的,"法律上的自我主张"这种观念似乎也属于多余了。

在第三部分,赫费展示了康德意义上的道德律如何必然超越国界,并进而关注国家间的关系。具体而言,康德提倡国家间的"永久和平",赫费称赞康德与黑格尔这样的后继者不同,因为黑格尔避开这一迫切需要的东西。和平的条件是需要履行两个被道德律强加于所有国家的义务。第一,正如个体有义务脱离自然的状态,各国也必须要寻求和平,尤其是通过废除常备军和避免干涉另一个国家的宪法。第二,各国必须自愿服从"最小的世界国家"(页199)。这两个义务的基础遵循了以上相同的观点,这些观点是基于国家共存的可能性的条件。

然而,赫费提出了国家和世界正义——这一世界正义可能会破坏和平的可能性——的两个差异。首先,与自然状态下的个体不同,我们没有理由指望在国际自然状态下的各国将逐渐意识到和平的珍贵。赫费在第九章和第十章提到,康德的历史哲学为各国最终将如何变得和平提供了一个解释:和黑格尔一样,康德认为"理性的狡计"在人类的活动中起作用(页162):不受政治竞争影响的经济活动的利己主义为所有人产生经济效益,竞争和战争倾向于力量的平衡与均势,艺术和科学的发展则可以引导民众更讲道德(页160–174)。

第二个区别是,在一个国家中,个体必须服从于法律规则,与此不同,世界各国不应组成一个世界国家。康德认为,这样一个世界国家会破坏未来自由的可能性,如果它转向专制的话,因为它将不会有对手来平衡或者质疑它的权威。然而,赫费与康德分道扬镳(这在书中实属难得),他认为,各国也不应该接受一个非常松散的国家联邦,其中每一个国家保留自己的绝对主权,因为那时世界国家将不会有任何强制权在成员国之间执行正义。赫费拒绝了"要么完全主权要么无(主权)"的要么/要么结构

(页197），他还认为，一个以辅助性原则为特征的联邦世界共和国会比康德的松散联邦更有效地推动和平（页200-201）。

然而，这样的主权分割面临理论与实际的困难。霍布斯式的理论反对说，主权不可分割，因为在任何特定的情况下都必须有一个最终的决定，这个决定权不在成员国之手，就在世界国家之手。根据辅助性原则，即使可以通过详尽阐述主权范围而回应这一理论上的反对，但是，还有现实的反对理由：一旦发生冲突，就可能打破这种谨慎的权限划定。力量的均衡不是转向世界国家（这会变得更加强大和影响深远），就是转向成员国（不得不在不知不觉之间陷入一个松散的联邦）。

由于观点的清晰和简洁，赫费著作在两个主要的问题上成功阐明了康德新颖而有价值的观点，即正义的自由原则的合法性和世界和平的可取性和实用性。然而，正如前文所言，赫费正义的基础在关于自然权利的来源上遇到了问题，而他和平的方案面临了理论和实际的困难。此外，虽然赫费展示了对政治哲学的历史广泛的了解和认识，但是在这本书中，他过于匆忙地越过其他人比如亚里士多德而站在康德一边。尽管如此，这本著作还是深刻地促进了关于康德的政治哲学的学术研究和当代自由主义理论的许多争论。这部著作增强了这种受欢迎的趋势：向英美读者介绍出色的德国学术成果，笔者还希望，随着赫费的更多渊博宏识的著作的翻译，这一趋势将得以延续。

附 录

赫费留意到康德伦理学的主要英文学术研究，最著名的是赫尔曼（Barbara Herman）、科尔斯戈德（Christine Korsgaard）以及奥尼尔（Onora O'Neill），但是，他并不是专业从事有关政治哲学的英文学术研究——我们不妨参阅，Patrick Riley 的《康德的政治哲学》（*Kant's Political Philosophy*,

Rowman & Littlefield, 1982)、Susan Shell 的《理性的权利》(*The Rights of Reason*, *University of Toronto Press*, 1980)、Alexander Kaufman 的《康德式国家的福利》(*Welfare in the Kantian State*, Oxford University Press, 1999)、Katrin Flikschuh 的《康德与现代政治哲学》(*Kant and Modern Political Philosophy*, Cambridge University Press, 2000)、Jeffrie G. Murphy 的《康德：权利哲学》(*Kant: The Philosophy of Right*, Mercer University Press, 1994) 以及 Elisabeth Ellis 的《康德的政治学：一个不确定的世界临时理论》(*Kant's Politics: Provisional Theory for an Uncertain World*, Yale University Press, 2005)。

参考文献

赫费 (Otfried Höffe),《康德传》(Immanuel Kant), Marshall Farrier 英译, Albany: SUNY Press, 1994（中译参《康德：生平、著作与影响》，郑伊倩译，北京：人民出版社，2007 年)。

《政治的正义性：法和国家的批判哲学之基础》(*Political Justice: Foundations for a Critical Philosophy of Law and the State*), Jeffrey C. Cohen 英译, Cambridge: Polity Press, 1995（中译参庞学铨、李张林译本，上海：上海译文出版社，1998 年；2014 年新版)。

《亚里士多德》(*Aristotle*), Christine Salazar 英译, Albany: SUNY Press, 2001。

《法的绝对原则：现代性的一种对应物》(*Categorical Principles of Law: A Counterpoint to Modernity*), Mark Migotti 英译, University Park: Pennsylvania State University Press, 2002。

图书在版编目（CIP）数据

伊索寓言中的伦理 / 娄林主编. --北京：华夏出版社，2017.2
（经典与解释）
ISBN 978-7-5080-9156-3

Ⅰ.①伊… Ⅱ.①娄… Ⅲ.①《伊索寓言》-文学研究 Ⅳ.①I545.077

中国版本图书馆CIP数据核字(2017)第040113号

伊索寓言中的伦理

主　　编	娄　林	
责任编辑	马涛红	
责任印制	刘　洋	
出版发行	华夏出版社	
经　　销	新华书店	
印　　刷	三河市少明印务有限公司	
装　　订	三河市少明印务有限公司	
版　　次	2017年2月北京第1版　2017年2月北京第1次印刷	
开　　本	880×1230　1/32	
印　　张	9.875	
字　　数	250千字	
定　　价	49.00元	

华夏出版社　地址：北京市东直门外香河园北里4号　邮编：100028
　　　　　　　网址：http://www.hxph.com.cn　电话：(010)64663331(转)
若发现本版图书有印装质量问题，请与我社营销中心联系调换。

西方传统：经典与解释
Classici et Commentarii
HERMES
刘小枫◎主编

古今丛编

孟德斯鸠的自由主义哲学
——《论法的精神》疏证 [美]潘戈 著
莫尔及其乌托邦 [德]考茨基 著
试论古今革命 [法]夏多布里昂 著
托兰德与激进启蒙 刘小枫 编
图书馆里的古今之战 [美]斯威夫特 著
但丁：皈依的诗学 [美]弗里切罗 著
在西方的目光下 [英]康拉德 著
大学与博雅教育 董成龙 编
探究哲学与信仰
——基尔克果与苏格拉底 [美]郝岚 著
民主的本性
——托克维尔的政治哲学 [法]马南 著
梅尔维尔的政治哲学
——《切雷诺》及其解读 李小均 编/译
席勒美学的哲学背景 [美]维塞尔 著
果戈里与鬼 [俄]梅列日科夫斯基 著
自传性反思 [德]沃格林 著
黑格尔与普世秩序 [美]希克斯 等著
新的方式与制度
——马基雅维利的《论李维》研究 [美]曼斯菲尔德 著
科耶夫的新拉丁帝国 [法]科耶夫 等著
《利维坦》附录 [英]霍布斯 著
或此或彼（上、下） [丹麦]基尔克果 著
海德格尔式的现代神学 刘小枫 选编
双重束缚 [美]基拉尔 著
古今之争中的核心问题
——施米特的学说与施特劳斯的论题 [德]迈尔 著
论永恒的智慧 [德]苏索 著
宗教经验种种 [美]詹姆斯 著
尼采反卢梭 [美]凯斯·安塞尔-皮尔逊 著
舍勒思想评述 [美]弗林斯 著
诗与哲学之争 [美]罗森 著
神圣与世俗 [罗]伊利亚德 著
论古人的智慧 [英]培根 著
但丁的圣约书 [美]霍金斯 著

古典学丛编

探究希腊人的灵魂 [美]戴维斯 著
尤利安文选 马勇 编/译
论月面 [古罗马]普鲁塔克 著
雅典谐剧与逻各斯
——《云》中的修辞、谐剧性及语言暴力
[美]奥里根 著
莱园哲人伊壁鸠鲁 罗晓颖 选编
《劳作与时日》笺释 吴雅凌 撰
希腊古风时期的真理大师 [法]德蒂安 著
古罗马的教育 [英]葛怀恩 著
古典学与现代性 刘小枫 编
表演文化与雅典民主政制
[英]戈尔德希尔、奥斯本 编
西方古典文献学发凡 刘小枫 编
古典语文学常谈 [德]克拉夫特 著
古希腊文学常谈 [英]多佛 等著
撒路斯特与政治史学 刘小枫 编
希罗多德的王霸之辨 吴小锋 编/译
第二代智术师
——罗马帝国早期的文化现象 [英]安德森 著
英雄诗系笺释 [古希腊]荷马 著
统治的热望
——修昔底德笔下的阿尔喀比亚德和帝国政治
[美]福特 著
论埃及神学与哲学
——伊希斯与俄赛里斯 [古希腊]普鲁塔克 著
凯撒的剑与笔 李世祥 编/译
伊壁鸠鲁主义的政治哲学 [意]詹姆斯·尼古拉斯 著
修昔底德笔下的人性 [加]欧文 著
修昔底德笔下的演说 [美]斯塔特 著
古希腊政治理论 [美]格雷纳 著
神谱笺释 吴雅凌 撰
赫西俄德：神话之艺 [法]居代·德·拉孔波 等著
赫拉克勒斯之盾笺释 罗逍然 译笺
《埃涅阿斯纪》章义 王承教 选编
维吉尔的帝国 [美]阿德勒 著
塔西佗的政治史学 曾维术 编

古希腊诗歌丛编
- 诗歌与城邦 [美]费拉格、纳吉 主编
- 阿尔戈英雄纪（上、下） [古希腊]阿波罗尼俄斯 著
- 俄耳甫斯教祷歌 吴雅凌 编译
- 俄耳甫斯教辑语 吴雅凌 编译

古希腊肃剧注疏集
- 希腊肃剧与政治哲学 [美]阿伦斯多夫 著

古希腊礼法
- 希腊人的正义观 [英]哈夫洛克 著

廊下派集
- 廊下派的城邦观 [英]斯科菲尔德 著

希伯莱圣经历代注疏
- 希腊化世界中的犹太人 [英]威廉逊 著
- 第一亚当和第二亚当 [德]朋霍费尔 著

新约历代经解
- 属灵的寓意 [古罗马]俄里根 著

基督教与古典传统
- 加尔文与现代政治的基础 [美]汉考克 著
- 无执之道——埃克哈特神学思想研究 [德]文森 著
- 恐惧与战栗 [丹麦]基尔克果 著
- 托尔斯泰与陀思妥耶夫斯基 [俄]梅列日科夫斯基 著
- 论宗教大法官的传说 [俄]罗赞诺夫 著
- 海德格尔与有限性思想（重订版） 刘小枫 选编
- 上帝国的信息 [德]拉加茨 著
- 基督教理论与现代 [德]特洛尔奇 著
- 亚历山大的克雷芒 [意]塞尔瓦托·利拉 著
- 中世纪的心灵之旅——波纳文图拉神学著作选 [意]圣·波纳文图拉 著

德意志古典传统丛编
- 穆佐书简 [奥]里尔克 著
- 纪念苏格拉底——哈曼文选 刘新利 选编
- 夜颂中的革命和宗教——诺瓦利斯选集卷一 [德]诺瓦利斯 著
- 大革命与诗话小说——诺瓦利斯选集卷二 [德]诺瓦利斯 著
- 黑格尔的观念论 [美]皮平 著
- 浪漫派风格——施莱格尔批评文集 [德]施莱格尔 著

美国宪政与古典传统
- 美国1787年宪法讲疏 [美]阿纳斯塔普罗 著

品达注疏集
- 幽暗的诱惑——品达、晦涩与古典传统 [美]汉密尔顿 著

阿里斯托芬集
- 《阿卡奈人》笺释 [古希腊]阿里斯托芬 著

色诺芬注疏集
- 居鲁士的教育 [古希腊]色诺芬 著
- 色诺芬的《会饮》 [古希腊]色诺芬 著

柏拉图注疏集
- 哲学的奥德赛——《王制》引论 [美]郝兰 著
- 爱欲与启蒙的迷醉——论柏拉图的《会饮》 [美]贝尔格 著
- 为哲学的写作技艺一辩——《斐德若》疏证 [美]伯格 著
- 柏拉图式的迷宫——《斐多》义疏 [美]伯格 著
- 哲学如何成为苏格拉底式的 [美]朗佩特 著
- 苏格拉底与希琵阿斯 王江涛 编译
- 理想国 [古希腊]柏拉图 著
- 谁来教育老师——《普罗塔戈拉》发微 刘小枫 编
- 立法者的神学——柏拉图《法义》卷十绎读 林志猛 编
- 柏拉图对话中的神 [德]薇依 著
- 厄庇诺米斯 [古希腊]柏拉图 著
- 智慧与幸福——柏拉图的《厄庇诺米斯》 程志敏 选编
- 论柏拉图对话 [德]施莱尔马赫 著
- 柏拉图《美诺》疏证 [美]克莱因 著
- 政治哲学的悖论——苏格拉底的哲学审判 [美]郝岚 著
- 神话诗人柏拉图 张文涛 选编
- 阿尔喀比亚德 [古希腊]柏拉图 著
- 叙拉古的雅典异乡人——柏拉图《书简七》探幽 彭磊 选编
- 阿威罗伊论《王制》 [阿拉伯]阿威罗伊 著
- 《王制》要义 刘小枫 选编
- 柏拉图的《会饮》 [古希腊]柏拉图 等著
- 苏格拉底的申辩（修订版） [古希腊]柏拉图 著
- 苏格拉底与政治共同体 [美]尼科尔斯 著
- 政制与美德——柏拉图《法义》疏解 [美]潘戈 著
- 《法义》导读 [法]卡斯代尔·布舒奇 著
- 论真理的本质 [德]海德格尔 著

哲人的无知 [德]费勃 著
米诺斯 [古希腊]柏拉图 著

亚里士多德注疏集
品格的技艺 [美]加佛 著
亚里士多德哲学的基本概念 [德]海德格尔 著
《政治学》疏证 [意]托马斯·阿奎那 著
尼各马可伦理学义疏
——亚里士多德与苏格拉底的对话 [美]伯格 著
哲学之诗——亚里士多德《诗学》解诂 [美]戴维斯 著
对亚里士多德的现象学解释 [德]海德格尔 著
城邦与自然——亚里士多德与现代性 刘小枫 编
论诗术中篇义疏 [阿拉伯]阿威罗伊 著
哲学的政治
——亚里士多德《政治学》疏证 [美]戴维斯 著

普鲁塔克集
普鲁塔克的《对比列传》 [美]达夫 著
普鲁塔克的实践伦理学 [美]胡芙 著

莎士比亚绎读
莎士比亚的历史剧 [英]蒂利亚德 著
莎士比亚戏剧与政治哲学 彭磊 选编
莎士比亚的政治盛典 [美]阿鲁里斯/苏利文 编
丹麦王子与马基雅维利 罗峰 选编

洛克集
上帝、洛克与平等 [美]沃尔德伦 著

卢梭集
论哲学生活的幸福 [德]迈尔 著
致博蒙书 [法]卢梭 著
政治制度论 [法]卢梭 著
哲学的自传
——卢梭的《孤独漫步者的遐思》 [法]戴维斯 著
文学与道德杂篇 [法]卢梭 著
设计论证——卢梭的《社会契约论》 [美]吉尔丁 著
卢梭的自然状态 [美]普拉特纳 等著
卢梭的榜样人生
——作为政治哲学的《忏悔录》 [美]凯利 著

莱辛注疏集
汉堡剧评 [德]莱辛 著
关于悲剧的通信 [德]莱辛 著
《智者纳坦》研究版 [德]莱辛 等著
启蒙运动的内在问题
——莱辛思想再释 [美]维塞尔 著
莱辛剧作七种 [德]莱辛 著
历史与启示——莱辛神学文选 [德]莱辛 著
论人类的教育——莱辛政治哲学文选 [德]莱辛 著

尼采注疏集
尼采引论 [德]施特格迈尔 著
尼采与基督教——尼采的《敌基督》论集 刘小枫 编
尼采眼中的苏格拉底 [美]丹豪瑟 著
尼采的使命——《善恶的彼岸》绎读 [美]朗佩特 著
尼采与现时代
——解读培根、笛卡尔与尼采 [美]朗佩特 著
动物与超人之间的绳索 [德]A.彼珀 著

施特劳斯集
原著
论僭政（重订本）
——色诺芬《希耶罗》义疏 [美]施特劳斯 科耶夫 著
苏格拉底问题与现代性（增订本）
——施特劳斯讲演与论文集：卷二
犹太哲人与启蒙——施特劳斯演讲与论文集：卷一
霍布斯的宗教批判
斯宾诺莎的宗教批判
门德尔松与莱辛
哲学与律法——论迈蒙尼德及其先驱
迫害与写作艺术
柏拉图式政治哲学研究
论柏拉图的《会饮》
柏拉图《法义》的论辩与情节
什么是政治哲学
古典政治理性主义的重生
回归古典政治哲学——施特劳斯通信集
苏格拉底与阿里斯托芬

研究作品
论源初遗忘
——海德格尔、施特劳斯与哲学的前提 [美]维克利 著
政治哲学与启示宗教的挑战 [德]迈尔 著
阅读施特劳斯 [美]斯密什 著
施特劳斯与流亡政治学 [美]谢帕德 著
隐匿的对话——施米特与施特劳斯 [德]迈尔 著
驯服欲望
——施特劳斯笔下的色诺芬撰述 [法]科耶夫 等著

施米特集

施米特对自由主义的批判　[美]麦考米特 著

宪法专政
　　——现代民主国家中的危机政府　[美]罗斯托 著

施米特对自由主义的批判　[美]约翰·麦考米克 著

伯纳德特集

古典诗学之路（第二版）
　　——相遇与反思：与伯纳德特聚谈　[美]伯格 编

弓与琴（重订本）
　　——从柏拉图解读《奥德赛》　[美]伯纳德特 著

神圣的罪业　[美]伯纳德特 著

布鲁姆集

巨人与侏儒（1960-1990）

人应该如何生活——柏拉图《王制》释义

爱的设计——卢梭与浪漫派

爱的戏剧——莎士比亚与自然

爱的阶梯——柏拉图的《会饮》

伊索克拉底的政治哲学

大学素质教育读本

古典诗文绎读 西学卷·古代编（上、下）

古典诗文绎读 西学卷·现代编（上、下）

中国传统：经典与解释
Classici et Commentarii

刘小枫　陈少明○主编

周易古经注解考辨 / 李炳海 著

浮山文集 / [明]方以智 著

药地炮庄 / [明]方以智 著

药地炮庄笺释·总论篇 / [明]方以智 著

青原志略 / [明]方以智 编

冬灰录 / [明]方以智 著

冬炼三时传旧火 / 邢益海 编

《毛诗》郑王比义发微 / 史应勇 著

宋人经筵诗讲义四种 / [宋]张纲 等撰

道德真经藏室纂微篇 / [宋]陈景元 撰

道德真经四子古道集解 / [金]寇才质 撰

皇清经解提要 / [清]沈豫 撰

经学通论 / [清]皮锡瑞 著

松阳讲义 / [清]陆陇其 著

起凤书院答问 / [清]姚永朴 撰

周礼疑义辨证 / 陈衍 撰

《铎书》校注 / 孙尚扬 肖清和 等校注

韩愈志 / 钱基博 著

论语辑释 / 陈大齐 著

《庄子·天下篇》注疏四种 / 张丰乾 编

荀子的辩说 / 陈文洁 著

古学经子 / 王锦民 著

经学以自治 / 刘少虎 著

从公羊学论《春秋》的性质 / 阮芝生 撰

经典与解释辑刊（刘小枫 陈少明 主编）

1 柏拉图的哲学戏剧
2 经典与解释的张力
3 康德与启蒙
4 荷尔德林的新神话
5 古典传统与自由教育
6 卢梭的苏格拉底主义
7 赫尔墨斯的计谋
8 苏格拉底问题
9 美德可教吗
10 马基雅维利的喜剧
11 回想托克维尔
12 阅读的德性
13 色诺分的品味
14 政治哲学中的摩西
15 诗学解诂
16 柏拉图的真伪
17 修昔底德的春秋笔法
18 血气与政治
19 索福克勒斯与雅典启蒙
20 犹太教中的柏拉图门徒
21 莎士比亚笔下的王者
22 政治哲学中的莎士比亚
23 政治生活的限度与满足
24 雅典民主的谐剧
25 维柯与古今之争
26 霍布斯的修辞
27 埃斯库罗斯的神义论
28 施莱尔马赫的柏拉图
29 奥林匹亚的荣耀
30 笛卡尔的精灵
31 柏拉图与天人政治
32 海德格尔的政治时刻
33 荷马笔下的伦理
34 格劳秀斯与国际正义
35 西塞罗的苏格拉底
36 基尔克果的苏格拉底
37 《理想国》的内与外
38 诗艺与政治
39 律法与政治哲学
40 古今之间的但丁
41 拉伯雷与赫尔墨斯秘学
42 柏拉图与古典乐教
43 孟德斯鸠论政制衰败
44 博丹论主权
45 道伯与比较古典学
46 伊索寓言中的伦理

刘小枫集

这一代人的怕和爱［第三版］

沉重的肉身［珍藏版］

圣灵降临的叙事［增订本］

罪与欠

儒教与民族国家

拣尽寒枝

施特劳斯的路标

重启古典诗学

共和与经纬

设计共和

古典学与古今之争

现代性与现代中国：现代性社会理论绪论

诗化哲学［重订本］

拯救与逍遥［修订本］

走向十字架上的真

卢梭与我们

西学断章

现代人及其敌人

好智之罪：普罗米修斯神话通释

民主与爱欲：柏拉图《会饮》绎读

民主与教化：柏拉图《普罗塔戈拉》绎读

巫阳招魂：《诗术》绎读

编修［博雅读本］

凯若斯：古希腊语文读本［全二册］

古希腊语文学述要

雅努斯：古典拉丁语文读本

古典拉丁语文学述要

危微精一：政治法学原理九讲

琴瑟友之：钢琴与古典乐色十讲